LE ROI ZOSIMO

DU MÊME AUTEUR

Fayard
La Concession du téléphone, 1999
La Saison de la chasse, 2001 (Prix de traduction Amédée Pichot)
Un filet de fumée, 2002

Flammarion
Pirandello, 2002

Fleuve Noir
La Forme de l'eau, 1998
Chien de faïence, 1999
Un mois avec Montalbano, 1999
Le Voleur de goûter, 2000
La Voix du violon, 2001
La Démission de Montalbano, 2001
L'Excursion à Tindari, 2002
L'Odeur de la nuit, 2003

Le Promeneur
Un massacre oublié, 2002
Indulgences à la carte, 2002

Métailié
L'Opéra de Vigàta, 1999
Le Coup du cavalier, 2000
La Disparition de Judas, 2002

Mille et une nuits
Le Jeu de la mouche, 2000

Andrea Camilleri

LE ROI ZOSIMO

roman

traduit de l'italien par
Dominique Vittoz

préfacé par
Mario Fusco

Fayard

Cet ouvrage est la traduction intégrale, publiée
pour la première fois en France, du livre de langue italienne :

IL RE DI GIRGENTI

édité par Sellerio Editore.

Préface

Il aura suffi de quelques années à peine pour qu'Andrea Camilleri s'impose comme l'un des auteurs italiens les plus féconds et les plus originaux. Dans ses ouvrages, il fait alterner avec bonheur des récits policiers, construits comme il se doit autour d'un personnage récurrent d'enquêteur, le commissaire Montalbano, et qui se passent à l'époque actuelle, et des romans généralement situés à la fin du XIXe *siècle, histoires inspirées de faits divers, parfois anodins, parfois dramatiques. Tous ont en commun la caractéristique de renvoyer invariablement à la Sicile, et plus précisément à la ville imaginaire de Vigàta, transposition transparente de Porto Empedocle, la ville natale de l'auteur.*

Toutefois, par rapport à ce qui pouvait apparaître comme l'exploitation habile d'une série de recettes narratives bien rodées, servies par une utilisation inédite et efficace des ressources du dialecte sicilien, Camilleri a soudain opéré un changement de cap radical en publiant, en 2001, Il re di Girgenti (Le Roi Zosimo), *un gros roman historique auquel il travaillait en secret depuis plusieurs années. Inspiré d'un épisode mineur du début du* XVIIIe *siècle, censément découvert par hasard dans un livre, c'est, pour l'essentiel, le récit d'une jacquerie fomentée par un paysan pauvre mais doté d'un exceptionnel charisme qui, en 1718, se déclara roi d'Agrigente.*

Un certain nombre d'éléments se mêlent et s'entrecroisent dans ce roman d'un personnage d'exception, tour à tour récit historique ponctué par de précises indications topographiques et chronologiques, qui relate les faits et gestes de ce paysan misérable et surdoué, et célébration mythique d'un héros hors du commun, depuis les circonstances rocambolesques, encore que nullement surnaturelles, qui ont précédé sa naissance. Car le livre commence par une longue préhistoire de Zosimo, allègrement troussée sur un ton populaire qui n'est pas sans rappeler tout un courant de nouvelles dont l'archétype remonte à Boccace. C'est aussi un prétexte à camper ce que pouvait être la société sicilienne à la fin du XVII*e siècle, partagée entre un monde paysan vivant toujours au seuil d'une misère noire et une minorité d'aristocrates, grands propriétaires terriens inféodés à l'autorité du vice-roi, et principalement soucieux de défendre leurs privilèges et leurs revenus. Ballottés entre les uns et les autres, on trouve un embryon de classe moyenne, juristes, médecins, marchands, et un clergé sous la coupe de la toute-puissante Inquisition, mais sans prise réelle sur des fidèles pour qui la religion se résume à quelques pratiques formelles et à des rites de convention. C'est pourtant à un ermite passablement illuminé et grand expert en diableries que le petit Zosimo doit d'apprendre à lire et de se faire, encore tout jeune, une culture parfaitement insolite dans son milieu et qui contribue à asseoir son autorité naturelle.*

Entre les difficultés de la vie au quotidien, la disette qui toujours menace, l'arbitraire omniprésent et les calamités naturelles, peste ou tremblements de terre, mille aventures et péripéties dramatiques s'enchaînent sur un rythme soutenu, au gré de l'intarissable capacité d'invention narrative de Camilleri, jusqu'au moment où la fiction rejoint l'histoire. Il s'agit en effet de cette « controverse liparitaine » naguère évoquée par Leonardo Sciascia, où une absurde question de taxes sur les pois chiches provoque une affaire d'état entre le vice-roi et le Saint-Siège, accompagnée de l'excommunication de la plus grande partie du clergé local. Les insupportables exigences financières d'un duc, les maladresses d'un évêque déchaînent la fureur des paysans. Zosimo, animé par un souci de justice sociale peut-être utopique et malgré sa répugnance à user de la violence, se met à leur tête afin de tenter de faire échec aux troupes du vice-roi, alors que les aléas de la politique ont pour un temps fait passer la Sicile sous la tutelle du roi de Savoie. Bénéficiant d'abord de l'appui des nobles avant de se voir trahi par eux quand son importance croissante commence à être périlleuse pour l'ordre social existant, Zosimo, qui s'est proclamé roi d'Agrigente, est arrêté puis condamné à être pendu, réalisant ainsi, une fois de plus, ce qu'une vision lui avait à l'avance révélé. Car Zosimo est aussi un voyant, ce qui contribue à la singularité de son personnage hors du commun, non pas banal illuminé ou meneur frénétique, mais au contraire esprit réfléchi, méditatif et ouvert à l'imagination et à la fantaisie : qu'il suffise de citer la scène où, encore enfant, il découvre avec émerveillement un cerf-volant dont il se souviendra sur son gibet, dans une étonnante envolée, proprement cinématographique, coïncidant avec sa propre mort.

Mais il y a quelque chose de plus qui motive son attitude et dont il confie la clef à deux occasions différentes ; d'abord quand, à l'un de ses compagnons déplorant qu'il soit difficile de changer le monde, il rétorque : « On a une chose, dit-il, toujours sérieusement. L'imagination. Qu'est l'arme la plus dangereuse. Mais il faut saisir le bon moment. » Et, un peu plus tard, à un marquis l'interrogeant sur ce qu'il apporte aux insurgés, il répond :

« Vous n'comprendrez jamais c'que je leur donne.

– Je vais tâcher moyen.

– Vous pouvez pas, vous avez pas connu la faim, la misère noire. Mais je vais vous y dire quand même : j'leur offre un rêve. »

C'est à de telles phrases que l'on devine à quel point ce livre compte pour Camilleri, bien au-delà du divertissement que de toute évidence il éprouve à proposer des histoires comme celle-ci, et qu'il excelle à faire partager à ses lecteurs. Raconter des histoires siciliennes, en inventer avec une verve intarissable, comme il le fait, ce n'est pas seulement donner de cette réalité une représentation haute en couleur, tantôt dramatique et tantôt désopilante, c'est aussi se replonger dans une histoire tumultueuse et cruelle et tenter de laisser percevoir ce qui se dissimule derrière ces manières d'être, sous ces manières de dire.

Car précisément, les mots ont ici une très grande importance. On sait que Camilleri a, une fois pour toutes, adopté le parti d'écrire en mêlant étroitement l'italien littéraire et le dialecte sicilien, ou pour le moins des formes dialectales siciliennes, lexicales ou syntaxiques, non seulement dans les dialogues, mais aussi dans le corps du récit, au risque de désorienter ses lecteurs, à telle enseigne qu'il avait joint un lexique en appendice de ses premiers romans.

Dans le Roi Zosimo, il est allé encore plus loin, ajoutant au dialecte des termes et des expressions espagnols, qui se justifient en raison des liens étroits qu'entretenait alors la noblesse sicilienne avec la cour et les innombrables dignitaires entourant le vice-roi, représentant direct, comme on sait, du roi d'Espagne. C'est aussi pour des raisons historiques qu'à l'occasion il a, pour parler d'une histoire qui se déroule il y a trois siècles, utilisé une langue italienne datée, au parfum parfois un peu suranné. Il y a donc dans ce roman une sorte de stratification linguistique, correspondant aux classes sociales en présence (et en conflit), qui vient savoureusement contaminer l'italien du narrateur, lui-même largement métissé de formes régionales ou anciennes. Il est à noter que dans des circonstances particulièrement importantes et chargées de sens, par exemple lors de la montée de Zosimo sur les marches du gibet, les personnages ont recours à l'italien, d'une façon soulignée avec insistance par Camilleri, ce qui s'explique, dit-il, « rapport que le moment était ce qu'il était et que quand le moment est ce qu'il est, c'est nécessité de japiller en italien, sinon on dit que vous avez fait votre éducation autour du collège, que vous n'êtes qu'un pauvre riclaire et pas un marquant ».

On touche ici du doigt à la fois cet insolite et déconcertant langage camillerien, et le parti adopté par la traductrice afin de le restituer en français, sachant que celui-ci ne dispose pas de la multiplicité de registres linguistiques qui caractérisent l'italien en raison de la persistance des dialectes. Le problème est très approximativement analogue, si l'on veut, à celui que poserait le tirage en noir et blanc d'une image originale en couleurs, ou encore à la réduction pour le piano d'une partition d'orchestre. Faute de disposer simultanément de plusieurs registres linguistiques également compréhensibles, la traduction en français d'un original italien faisant appel au dialecte doit donc, à moins de renoncer purement et simplement au multilinguisme original, inventer des solutions de rechange, en ayant recours soit aux ressources de l'argot (forcément sectoriel et instable), soit à celles (malheureusement limitées) des patois. Passons sur l'usage que l'on rencontre parfois de néologismes plus ou moins phonétiques, et malaisément déchiffrables. Reste une ressource, que Dominique Vittoz a rodée avec bonheur dans la Saison de la chasse et Un filet de fumée, du même Camilleri, et qui consiste à transposer l'effet de décalage existant entre l'italien et le dialecte par le recours à un décalage du même ordre, tel que celui que permet par exemple le parler franco-provençal de la région rhodanienne. Le lecteur français, même s'il ne consulte pas le lexique obligeamment mis à sa disposition par la traductrice, tout *comme le fait à partir d'un texte original de Camilleri un Italien qui ne connaît pas le sicilien, perçoit donc le mouvement général des phrases et du récit, emporté qu'il est par le mouvement de la narration et des dialogues, dans une lecture globale que pimentent des termes ou des expressions peut-être inhabituelles pour lui, voire oubliées, mais nullement hermétiques.*

Cette constante vibration du langage, qui est l'une des caractéristiques les plus évidentes de l'écriture de Camilleri – et que l'on retrouve, très efficament rendue, dans la traduction du Roi Zosimo *–, est assurément, tout autant que son intarissable inventivité verbale, l'une des raisons de l'affection que lui porte un public toujours plus étendu. Elle est l'autre face du talent qu'il met à inventer des personnages fortement typés, souvent imprévisibles dans leur comportement et leurs réactions. Et il est bien difficile de demeurer indifférent au rythme apparemment infatigable des péripéties qui les entraînent comme à la verve goguenarde, leste et incongrue qui anime leurs propos.*

Mario Fusco
(février 2003)

À Rosetta.

PREMIÈRE PARTIE

Où Zosimo est conçu

CHAPITRE UN

Là maintenant, les Zosimo étaient dans la paille jusqu'au ventre. Mais seize ans plus tôt, tout frais mariés, Gisuè et Filònia avaient souffert la faim, la vraie, à emboquer la fumée de la lampe. Fils, petits-fils de gens de journée, ils vivaient eux aussi de leurs bras, battant les campagnes pour la loue au moment des récoltes et quand ils trouvaient à s'embesogner, ils pouvaient enfin manger pendant quelques semaines, par exemple un carrichon de pain avec son accompagnement : un petas de fromage, une sardine salée, une *caponatina* d'aubergines. La nuit, en été, ils dormaient en plein air, sous les étoiles ; en hiver, ils s'acuchonnaient à quatre ou cinq dans une fenière où leur haleine les tenait chauds comme des cailles.

Un matin où la brigade des journaliers, une trentaine de personnes en comptant hommes, fenottes, anciens et petiots, quittait le domaine de Trasatta pour le domaine de Tumminello, Gisuè et Filònia avaient entendu une voix au loin, que le vent rapprochait par intermittence. Celui qui vochiait semblait avoir la mort entre les dents :

« Par les saintes âmes du Purgatoire, sauvez-moi ! Holà, braves gens ! À l'aide ! Par la vertu Dieu, sortez-moi d'ici ! »

Gisuè dit à sa Filònia toute sensipotée par cette voix de fantôme ou d'âme damnée, de rejoindre la brigade qui continuait sans avoir rien entendu et de garder courte langue. Lui, partit belle tire vers l'endroit d'où provenaient les quinchées, de plus en plus désespérées. Arrivé à la ravine du Pirrera – un ruisseau qui coulait quand l'envie le prenait et, le reste de l'année, se réduisait à une crevasse, une cicatrice dans la terre –, il vit à mi-pente, une quinzaine de mètres plus bas, un homme qu'avait débaroulé et s'était arrapé à une touffe de sorgho, pendant que son cheval était allé s'écramailler une trentaine de mètres plus bas, sur les pierres ferrifères et les rochers pointus et blanchâtres du lit asséché. En une main tournée, Gisuè défit la goyarde affilée qu'il portait attachée à sa taille et trancha vite fait bien fait une branche d'olivier dont il se fit une solide tavelle. Il remit la goyarde à sa ceinture, défubla son gilet qu'il jeta par terre et entama sa descente, franc risquée et difficultueuse. Qu'il appesât le pied de travers et personne ne saurait plus distinguer sa chair d'homme de celle du bestiau. Il mit une grande demi-heure pour arriver à la hauteur de l'homme qui s'agrippait des deux mains à la plante, et dont tout le corps reposait sur la pointe du pied gauche, coincée dans une racine. Le pauvre bougre, qu'avait tant tellement quinché, semblait maintenant avoir perdu sa langue. Il remirait son sauveur avec des quinquets d'agneau orphelin. C'était un riche, un vrai, habillé de drap fin tissé d'or, chaussé de bottes en chevreau qui devaient coûter ce que Gisuè jamais ne gagnerait durant toute sa sampillerie de vie, portant aux doigts des deux mains de grosses bagues en or montées de pierres précieuses et au cou, une chaîne en or massif et une médaille rutilante tombant sur sa poitrine. Havre de grâce ! Gisuè en était comme une carpe qui perd l'eau. C'était pas un homme, de chair et de sang, mais une mine, un filon qui mettrait à couvert sa famille, et ses enfants encore à faire, pour le restant de ses jours ! Vingt dieux, c'était un sacré coup de ragache ! Le v'là qu'allait d'venir riche !

« Sauvez-moi ! fit l'homme, la voix dans le cul.

– Comptes-y ! » se pensa Gisuè.

Mais il ne rebecqua rien, tout à sa réflexion. S'agissait de bien sonder le gué de c'te affaire. Quel était le meilleur parti ? L'estourber sur place serait peut-être une erreur, il y manquait d'aise : vois-tu pas qu'au coup de goyarde, le bonhomme lâche prise sans que lui, Gisuè, réussisse à l'agraper au passage, qu'il aille s'abouser aux côtés de son cheval et, pour finir le plat, égare dans sa chute la belle chaîne en or ou dessampille son habit en ripant sur la pente ? Alors, adieu paniers, les vendanges seraient faites ! Il ne lui restait plus qu'à s'armer de force et de patience, à tirer son homme de ce mauvais pas et, une fois sorti de la ravine, à l'escoffier d'un bon coup de goyarde. Quoique ça, Gisuè ne savait par où commencer, l'homme ne semblait pas en état de se dégrober, plus mou qu'une panosse. Et, du coup, tétanisé comme il l'était, il risquait de poser un pied de travers et de les envoyer tous les deux tenir compagnie au quadrupède. Non, non : il fallait parer au nécessaire sur place. Gisuè s'agrippa à un autre buisson, descendit encore et, arrivé à la hauteur des bottes en chevreau, il creusa un golet avec sa main, un pertuis où l'homme pourrait enquiller son pied droit, qu'était coincé derrière son autre jambe. Pour ça, il fallait que le quidam pivotât sur son pied gauche, afin de se retrouver le nez dans la pente. Mais pas moyen de moyenner, le bonhomme était mort comme terre, on aurait dit une statue de marbre. Alors Gisuè lui attrapa le pied de force, pour le fiche dans le golet.

« Nooooon ! » fit l'homme ébravagé en serrant les cuisses, d'une voix de fenotte qui rappela à Gisuè celle de Filònia le jour où il l'avait déflorée. À la fin des fins, il parvint à coller cette charipe de pied dans le pertuis et l'homme put soulager son autre jambe, en répartissant mieux le poids de son corps. Maintenant il fallait que Gisuè trouvât la bonne position pour tenir sans les mains. Il se dépotenta encore une bonne demi-heure pour y arriver enfin. Devant que passer à l'action, il révisa mentalement. D'une main, il lui fallait bloquer son homme contre la paroi et de l'autre, lui atouser un coup de goyarde. De dos comme il était, l'autre ne se rendrait compte de rien. Gisuè entreprit de desceindre sa serpe.

« Hé ! Vous, là, en bas ! »

Gisuè sentit son sang se glacer, c'était manquablement la voix de Dieu, du Seigneur Jésus, qui l'ablageait pour son péché, ce meurtre qu'il allait commettre. Mais autre chose lui passa immédiatement par le coqueluchon, le faisant copieusement endéver :

« Mais enfin, avec la création tout entière sur les bras, c'est à moi que le Seigneur vient briser les pelotons ? »

« Holà ! Vous, en bas, regardez donc en haut ! »

Gisuè releva difficilement la tête. En haut de la ravine, il y avait une vingtaine de visages, plus un visage par-dessus les autres, qui disait :

« Retenez le prince. Pas d'initiative. On descend. »

Gisuè obéit, tout en rimant richement en Dieu contre sa défortune : avoir un trésor à portée de main et le perdre. Il avait le nez à la hauteur du cul du prince et il comprit que ce dernier avait caqué d'effroi. Il n'en revenait pas : bien sûr que toutes les créatures de la terre fiantaient, mais pourquoi donc la merde d'un noble puait si tant tellement plus que celle d'un pauvre riclaire ?

Il arriva en haut de la ravine, complètement éclené. Nul ne l'avait aidé à remonter, la vingtaine de pèlerins avec cordes et treuils s'était attroupée autour du prince, qu'avait été embrelé comme un saucisson, puis hissé sain et sauf. Pas un qu'aurait dit à Gisuè ni quoi ni qu'est-ce. Il se consola en pensant qu'une fois ce saccage de monde parti, il redescendrait dare-dare dans la ravine récupérer le harnachement du cheval écaché dont, même de loin, il estimait qu'il pourrait faire ses choux gras pendant de longues années.

Le prince était acassé par terre, un de ses gens se tenait à quatre pattes derrière lui, pour qu'il puisse caler confortablement son dos tandis que, à cacaboson devant, un autre lui tendait tantôt un flacon d'essence à inhaler, tantôt à boire une petite flasque, habillée de velours violet.

À sa droite, les bras croisés, il y avait un homme grand et maigre comme un bâton de rogations, encore plus cafi d'or et de pierres précieuses que le prince. Ils étaient venus avec une litière parce qu'en un tel endroit un carrosse aurait manquablement fait patacul et que ce n'était pas rien le moment de proposer un cheval au prince qui, en effet, s'était relevé mais trampalait sur ses jambes et que deux serviteurs durent soutenir. Quoique ça, il n'avait apparemment rien de cassé, il gambillait juste un peu.

« Que quelqu'un descende dans la ravine récupérer le harnachement de mon cheval », ordonna-t-il dès qu'il eut repris son souffle et ses couleurs.

Gisuè trouva encore moyen de se consoler : quand ils seraient tous partis, il descendrait se trancher une belle cuisse de cheval.

« Et puis, continua monsieur le prince, qu'on charge la carcasse et qu'on l'emporte à la cassine. »

Gisuè ne trouva plus rien du tout pour se consoler.

« Toi, viens par ici. »

Gisuè s'approcha, pas rassuré, le prince le regardait avec un air d'avoir deux airs, va savoir s'il n'avait pas saisi son intention de l'estourber et de lui rafler son or ?

« Comment t'appelles-tu ?

– Zosimo Gisuè.

– Le prénom ?

– Gisuè.

– Que fais-tu ?

– Je ne fais rien, Votre Excellence. Ce que je fais là ? Rien. Votre Excellence m'a appelé et je suis venu.

– Je ne parle pas pour maintenant, grand babian. Tu travailles ?

– Oui bien, quand ça peut. Demain, on attaque au domaine de Tumminello, pour la récolte des olives.

– C'est bon, file. Je te ferai appeler. »

Gisuè récupéra son gilet par terre et tira pays sans demander son reste. L'autre seigneur, celui qu'était comme un bâton de rogations, lui avait tourné les sens ; il n'avait pas ouvert la bouche, mais il l'avait toisé centimètre après centimètre, comme pour jauger le prix au marché d'un kilo de Gisuè. Capables de tout qu'ils étaient ces riches, faits comme les chiens pour mordre le monde.

Quand, la journée finie, la brigade se fut endormie, Gisuè recensa discrètement le tout à Filònia, y compris son idée d'escoffier l'homme de la ravine, le prince cafi d'or.

« T'as eu bien tort de pas y faire, dit Filònia qu'était fenotte de cervelle. La preuve, c'est que le prince t'a pas seulement donné un tarì pour lui avoir répité la vie. Tu lui atousais le coup de goyarde sans barguigner et à cette heure on était riches. Mais bon, c'était pour sûr la volonté du Seigneur.

– Il va me faire appeler pourtant, qu'il a dit.

– Nage toujours et t'y fie pas : la parole d'un riche, c'est que des faliboundes. »

Mais en l'occurrence, Filònia se trompait devant et derrière. Trois jours plus tard, au matin, on vit arriver don Aneto Purpigno, qu'était messier au domaine de Trasatta.

« Gisuè, viens un peu par ici. »

Il lui expliqua que le seigneur et prince le voulait chez lui le lendemain matin. Il lui paierait le travail perdu.

« Et vous venez avec, don Anè ? quérit Gisuè.

– Non, t'y vas tout seul, fit Purpigno en remirant Filònia, qui lui faisait fortement monter le sang. Moi je reste ici.

– Et, sans vous commander, comment j'fais pour trouver la cassine ?

– T'as qu'à prendre mon cheval, il sait, rebecqua le messier en mettant pied à terre. Je le reprendrai à ton retour. »

Dans la grande cour pavée de la cassine qu'aurait nourri cinq familles si on l'avait cultivée, un valet se chargea du cheval qu'avait cheminé trois heures. Sur la porte, apparut un personnage gauné d'un gilet plein de broderies qui lui arrivait à mi-cuisse. Il tenait en équilibre sur des mules dont le talon, peu plus peu moins, atteignait les huit pouces. Gisuè ne se laissa pas impressionner : c'était un domestique, censément plus important que celui qui s'était chargé du cheval, mais un domestique quand même.

« C'est vous Gisuè ? C'est bien ça ? demanda-t-il en faisant le haussebec comme quand on est dégoûté. Vous pouvez y aller, monsieur le prince vous attend. Vous prenez l'escalier central, vous arrivez dans le salon, envis il y a une porte, toujours tout droit vous trouvez une salle, et encore après, c'est la chambre à coucher de monsieur le prince. »

L'escalier, pour géants, tout en marbre, était d'un froid noir. Les pieds de Gisuè, emmargaillés de boue du depuis qu'il savait marcher, avec leurs plantes endurcies qui n'avaient jamais connu de grollons, commencèrent par refroidir, puis gelèrent. Gisuè entra dans le salon en lâchant un éternuement qui le secoua des clapotons à la tête et lui fit pleurer les yeux. Il sentit la roupie couler de son nez et se moucha en se prenant les nifles entre le gros det et le majeur, puis en soufflant à toute force : une partie de la mouchure tomba par terre et le reste lui emplâtra la main, qu'il appropria sur son pantalon. Mais soudain, il s'arrêta sur cul. À sa gauche, dans un coin, il y avait une fenotte, nue comme un crâne de magistrat, qui d'un bras se cachait les posses et de l'autre les natures : pour sûr la femme du prince, qui venait de se lever et déambulait ainsi, se croyait seule.

Gisuè fit demi-tour et ressortit du salon, pas trop tranquille, il risquait de se faire copieusement graisser les épaules pour avoir remiré la princesse toute nue. Il attendit un peu, puis, quand il estima que la princesse avait eu tout son temps pour rentrer dans ses appartements, il repassa précautionneusement la tête à l'intérieur. La fenotte n'avait pas bougé d'un poil, elle était toujours exactement dans la même position. Il la remira mieux : elle était blanche comme une merde de laitier, peut-être que le prince l'avait embaumée. En tournant la tête, il découvrit une autre fenotte comme la première, nue des quatre parts, sauf que cette guenipe-là ne se cachait pas seulement, elle tenait à l'air ses posses, et tout ce que le bon Dieu lui avait donné. Gisuè décida de déguerpir et finit par arriver dans la pièce suivante. Il n'y avait même pas de siège, rien. Dans le mur, quatre portes, toutes fermées.

Prenant bonne patience, il s'approcha de la première porte à droite, leva la main et chapota vigoureusement du poing. Il se fit mal, ce n'était pas du bois, mais le mur. Il recula de deux pas : la porte y était, et y était pas. Elle y était, en tant qu'elle se présentait comme porte et elle y était pas, en tant qu'elle y était pas. Arregarde donc, charipe, c'était fait esqueprès pour gourer le monde. Il s'approcha de la deuxième et, maintenant qu'il savait le pays, chapota de la main gauche. C'était jus vert, vert jus, un mur celle-là aussi. Mêmement la troisième, et la quatrième. Mais par où diable entrait-on ?

« Attatends, je redescends vers ce galavard de domestique, j'y donne deux trois coups de pied dans les gras et je me fais expliquer où est l'entrée, la vraie », pensa Gisuè.

Il se retourna et vit justement le domestique en chef sur le seuil.

« Vous vous trompez, dit-il fringant et frétillant, la porte, c'est par là. »

Et il désigna le mur de gauche. Je t'en moque, pas plus de porte que sur sa main ! Le mur était par entier peint en blanc : on lui faisait la figue. Gisuè sentit le sang lui bouillir aux oreilles et, planté comme une quille, lança au valet un regard à couper un clou. Comprenant qu'il avait rencontré cul à son nez, ce dernier se décida à s'approcher lui-même du mur et à chapoter en plein milieu. Gisuè entendit alors résonner du bois.

« Gisuè est arrivé, Votre Excellence.

– Fais-le entrer. »

Le domestique en chef posa la main sur le mur et pressa. Blanche comme la paroi, invisible tant qu'elle était fermée, la porte s'ouvrit.

« Entrez donc », et il le gratifia d'une révérence à cul ouvert.

C'était pour le vanner, mais Gisuè fit comme si cette déférence lui était due.

La première chose qu'il vit en entrant fut un grand lit à baldaquin, rideaux ouverts, un lit si tant tellement grand qu'on y aurait logé sans mal trois maris et leurs femmes.

« J'embrasse les mains de Votre Excellence », dit Gisuè en s'inclinant. Il réitérait tout ce que, la veille au soir, lui avait montré le père Casio Lippo qui, dans son jeune temps, avait été homme de société.

« Bonjour, âne bâté », dit une voix derrière lui.

Gisuè fit volte-face. C'était de la magie, sûr de sûr. Maintenant il voyait un lit, aussi grand que le premier, et au mitan un prince tout plein pareil à l'autre. Ces gens voulaient donc lui faire perdre la carte ? Le prince comprit le souci de Gisuè.

« Tourne-toi lentement », lui dit-il.

Gisuè se retourna et vit le même lit avec le même prince.

« C'est un mirail, triple sot. »

C'était là un mot que Gisuè n'avait jamais entendu. En revanche, il connaissait le mot miaille, se faire peter la miaille, c'était se donner de gros baisers sonores. Mais bon, miaille vaille que vaille, ça n'expliquait pas ce mirail qui vous montrait en entier. Heureusement, le prince dissipa ses doutes.

« Tu t'es déjà vu dans de l'eau gelée ?

– Oui bien, une fois. J'étais petit gone. C'était du côté de Cammarata. Il faisait un froid à vous couper les os.

– Bon. Eh bien, le mirail, c'est de l'eau gelée. »

Du coup, Gisuè se recorda ses dix ans, ce jour où il s'était amusé à remirer son visage. Et derechef, là devant le miroir, il prit à se tirer le coin des yeux, et à rire ; à faire la bobe, les lèvres relâchées poussées en avant, et à rire ; à poser la main sur son front en faisant les cornes, et à rire.

« Ô créature gracieuse et bénigne ![1], fit le prince.

– Plaît-il ?

– Non, rien, dit le prince en se dégrobant de son lit. As-tu faim ?

– C'est pas pour dire de dire, mais j'ai l'estomac tout dépontelé. C'est long ni peu ni trop pour arriver jusqu'ici. »

Le prince frappa dans ses mains levées. En moins de temps qu'il n'en faut pour le dire, s'ouvrit une porte que Gisuè n'avait pas vue et apparut un autre valet, un jouvent doré comme un calice et bien troussé.

« Lui, c'est Cocò, mon *valet de chambre**[2]. Il vaut son pesant d'or. Il n'a qu'un défaut, si on peut appeler ça un défaut : il aime bien jouer les femmes de temps en temps. »

Gisuè n'y comprit rien, si ce n'est que cette jeunesse s'appelait Cocò.

« Dis à Monzù Filibert de servir le demi-chevreau que j'ai laissé hier soir. Apporte aussi un pichet de bon vin. »

Devant que Cocò ne sorte, le prince lui petonna les fesses, et

1. Dante, *Enfer*, V, 89 (traduction d'André Pézard, Paris, Gallimard, 1965). *(Toutes les notes sont de la traductrice.)*

2. Les passages en italique suivis d'un astérisque sont en français dans le texte.

le jouvenceau lança à Gisuè un regard accompagné d'un sourire pudique.

« Sais-tu qui je suis ?

– Oui bien, mecieu, répondit Gisuè qui n'avait pas une mémoire de lièvre et se souvenait de la leçon du père Casio. Votre Excellence est le prince don Filippo Pensabene di Baucina, seigneur des domaines de Trasatta, Tumminello, Argirò et Ponentino.

– Faux. Je m'appelle toujours pareil, mais je n'ai plus mes domaines. Je ne possède plus rien du tout. Pas même cette maison, pas même ce lit.

– Vous déparlez ! Vous, à cras ? Comment ça se fait ?

– Les cartes.

– Les cartes, pardine, c'est bien la ruine du pauvre monde !

– Et qu'est-ce que tu en sais toi, pauvre benoni ?

– C'est le père Casio qui m'y a dit. Le père Casio dit aussi qu'il vaut mieux recevoir un coup de couteau que la carte d'un créancier.

– Mais non, fit le prince en riant, je parlais de cartes à jouer. Pendant quinze jours et quinze nuits, j'ai joué contre le duc Sebastiano Vanasco Pes y Pes, cet homme tout en noir que tu as vu quand tu m'as tiré du ravin. Et j'ai perdu sans arrêt. Il n'y avait rien à faire, je pouvais changer de jeu, passer de la brisque, avec ou sans la variante du bésigue, à la triomphe, avec ou sans la variante de l'écarté, de la bassette au tri, du lansquenet à la manille à deux, et ainsi de suite, la chance n'était jamais de mon côté. La veille du jour où tu m'as sauvé, j'avais fini par perdre cette maison aussi. Dans sa magnanimité, le duc m'a concédé d'y rester encore sept jours. Et tu sais quoi ? Cette charipe n'avait pas arrêté de tricher. Je l'ai compris soudain, pendant que nous chevauchions ensemble pour tromper la fatigue. Mais je ne pouvais plus rien y faire. Il avait gagné.

– Mais ça n'a point de nez, Excellence ! Comme j'ai compris, ce duc est un joueur de gobelets ! Allez en justice !

– La justice ! Sais-tu qui commande en Sicile ?

– Le roi d'Espagne.

– D'accord, mais le roi est en Espagne, et il y reste. Ici, on a son vice-roi, dont la fille, Isabella, une beauté, est mariée comme par hasard avec le duc Pes y Pes. Tu entends quelle heure il est, maintenant ?

– Oui bien, mecieu. De trou ou de brou, Votre Excellence aura toujours tort.

– Et ce matin-là, au même moment où j'ai compris le système qu'avait adopté le duc pour m'emboiser, j'ai trouvé la solution à tous mes ennuis futurs. J'ai donné un coup d'éperon et je me suis jeté dans ce précipice. »

Gisuè mit une demi-minute à comprendre ce que le prince venait de lui dire. Alors il écarta les bras tout en ouvrant grand la bouche, se retrouvant ainsi dans l'attitude de ce santon qu'on appelle « le ravi ». Attitude mal choisie en la circonstance, car elle exposait pleinement le ventre de Gisuè au coup de pied que le prince, qu'avait opportunément chaussé ses bottes, lui atousa de plein élais.

Gisuè tomba agrogné sur les genoux en se tenant l'ambuni des deux mains. Et ce fut encore une attitude mal choisie car le prince, qu'avait harpé un long chausse-pied en os et cuir, put le fouetter à double rebras, en quinchant de rage.

« Mais puisque vous appeliez à l'aide ! C'est pas rien de ma faute ! réussit à dire Gisuè, sous la chauchée qui lui marquait les chairs.

– Bien sûr que j'appelais, pauvre bugne ! J'appelais parce que c'est instinctif ! J'appelais parce que je m'étais instinctivement agrippé à ce buisson ! Quand un homme décide de se tuer, il faut qu'il réussisse à mourir tout de suite, sinon, au premier obstacle, c'est tout son corps qui se met à piaffer comme un cheval rétif ! »

La diatribe avait été longue et, par force, longue fut la trivasse que le prince lui infligea le temps de jaquiller tout ça. Gisuè décida de ne plus rebecquer, il aurait toujours tort, comme le prince lui-même avec le duc Pes y Pes, il n'y avait rien à faire contre. Finalement le prince se lassa et, éclééné, se jeta dans un fauteuil. Gisuè sentait les brûlures de l'enfer dans la vaste plaie qu'était devenu son dos.

« Veux-tu encore de ma merci ? demanda le prince.

– Non mecieu, ce que vous m'avez donné de merci me fait de l'abonde. »

On chapota à la porte. Cocò entra et alla dresser une petite table, près de la fenêtre. Il étala un fin tissu, blanc comme la jeune âme innocente d'un enfantelet d'abord mort que né, posa dessus une assiette en argent, une coupe, en argent aussi, un pichet, toujours en argent et un couteau, en argent comme de bien s'accorde. Et tout cela tréluisait. À la fin finale, il y déposa un bassin, manquablement en argent, pour moitié rempli d'eau.

« Et j'en fais quoi de tout ce bazar ? » se demanda Gisuè, planté là, à se marcourer le menillon.

On chapota derechef. Cette fois, entra un gros homme, avec des moustaches comme des branches de fayard, tout de blanc vêtu, portant un long devantail blanc et un chapeau, blanc lui aussi, en forme de champignon. Sur la paume de sa main tendue, il portait un plat en argent où trônait un demi-chevreau entouré de pommes de terre au four. Gisuè en sentit le fumet pénétrer ses nifles et il eut l'impression que ses douleurs d'échine étaient après partir.

« *Bien levé, monsieur le Prince. Voilà!**, fit l'homme en blanc.

– *Merci, monsieur Filibert**. »

Monzù Filibert posa le grand plat sur la petite table.

« *Qu'y a-t-il à déjeuner?** » demanda le prince à Monzù.

« Pour sûr qu'il veut jeûner ! se pensa Gisuè. Avec le paquet d'embiernes qu'il a ! »

Alors Monzù partit dans une litanie qui n'en était pas une, mais consistait, comme Gisuè le comprit tout seul en dépit de l'étrange dialecte qu'employaient le prince et Monzù, à énumérer les mets préparés pour le prince.

« Nom d'un rat ! se dit Gisuè. Je jeûnerais bien comme ça, moi aussi ! »

Le prince congédia Monzù qui sortit avec une révérence à s'en peter le coqueluchon par terre.

Ni Cocò ni Monzù Filibert n'avaient remiré Gisuè encore à genoux, battu à sang et à marque.

« Accompagne-moi aux retraits », dit le prince à Cocò en se levant lentement.

Cocò se précipita pour lui donner le bras. Gisuè resta agenouillé, non parce qu'il n'aurait tenu debout, il y serait parfaitement arrivé, c'était un homme fort et bien membré mais, en restant dans cette position, il leur ferait peut-être pitié et s'éviterait un éventuel supplément de horions.

Le prince et son serviteur disparurent derrière une porte. De bref, Cocò s'en revint seul.

« Le prince a dit que vous pouvez manger. Levez-vous. »

Il lui tendit les mains, Gisuè les prit et se releva.

« Faites-moi voir, dit Cocò en passant derrière lui. Oh, mon Dieu ! Ce vilain méchant prince vous a fait bobo ! Ôtez votre chemise ! »

Gisuè défubla sa chemise toute dessampillée, du moins ce qu'il en restait, c'est-à-dire le devant et les manches.

Cocò courut à l'armoire, l'ouvrit, prit dans un tiroir deux mouchenez de soie et un petit pot d'onguent sur une étagère. Il étala délicatement la pommade puis tamponna avec les carrés de soie, tout en murmurant :

« Regardez ce grand méchant dans quel état il a mis ces belles épaules ! Si fermes ! Si musclées ! Ah c'est péché d'abîmer comme ça un cadeau du ciel ! » Sous les mains féminines de Cocò, et la crème ainsi étalée, Gisuè se sentit repapillotté jusqu'aux oreilles. Puis Cocò le conduisit à table. La fouettade lui ayant donné grandement soif, il saisit le bassin rempli d'eau pour le lamper. Cocò l'agrapa au passage.

« C'est pour se laver les mains, gros bêta ! »

Et il remplit sa coupe avec le vin du pichet. Même quand le prince sortit des retraits, lavé et parfumé, Gisuè ne décessa pas de manger, ni de boire. Quand il eut fini, il s'aperçut que le prince, baché de cap à pied, était maintenant assis en face de lui.

« Donne-lui une de mes chemises », dit le prince à Cocò.

Le serviteur prit une chemise en soie dans l'armoire et tout en aidant Gisuè à l'enfiler, lui passa la main sur l'antibust.

« Avez-vous vu, monsieur le prince, ces poils ! Des touffeaux d'herbe !

–File », rebecqua le prince. Et Cocò sortit.

« Assieds-toi. »

Gisuè s'assit.

« Parlons d'homme à homme, dit le prince en le remirant droit dans les yeux. Il me reste quatre jours. Et toi, tu vas m'aider à mourir. »

CHAPITRE DEUX

Du trajet de retour, Gisuè ne vit ni fric ni frac, il était trop occupé à scrutiner la proposition du prince dont il pourpensait chacun des mots.

« Mon ami, la chose est claire comme le soleil en plein midi. Je ne veux pas d'une vie de pauvre, donc je me tue. Sauf qu'au dernier moment, je le sens, le courage peut me manquer. J'ai besoin de quelqu'un à mes côtés qui, au bon moment, sache m'aider. Tu es un homme généreux, tu as risqué ta vie pour sauver la mienne ; là si tu me tues, tu ne risques rien. Je suis sûr que même Dieu le Père, quand ton heure sera venue, n'aura rien à te reprocher : tu auras encore fait acte de générosité, voilà tout. Et à mon tour, je me montrerai généreux : je te donne cent écus, les derniers qui me restent. Et personne n'en saura rien, nous ferons bien les choses. D'ici quatre jours, je dois quitter cette maison. Par conséquent, tu vas reprendre le cheval et retourner travailler, tu diras au messier que, sur mon ordre, c'est toi qui gardes la bête pour le moment. Tu as trois jours pour te décider. Si c'est oui, tu prends le cheval et tu reviens ici, à n'importe quelle heure du jour ou de la nuit, je serai prêt. Si c'est non, renvoie-moi le cheval avec le messier. »

Un cent d'écus ! Avec un cent d'écus, il pouvait s'acheter un morceau de terre, pas rien grand mais suffisant pour un potager qui lui donnerait la paix et les quatre repas, à lui et à sa famille. Pourquoi diable n'avait-il pas accepté incontinent ? Cette question le tiripilla jusqu'à tant qu'il trouvât la réponse, seulement quand il arriva en vue de la brigade qu'était au travail : parce que murtrir son prochain à chaud est une chose et le murtrir à froid en est une autre.

La brigade poussa un long « oh ! » d'étonnement en le voyant arriver. Tout le monde désormais savait que Gisuè avait répité la vie du prince et on se pensait que ce dernier l'avait mandé quérir pour payer son débit. Et si on jugeait de l'affaire sur l'étiquette, la chemise de soie qu'endossait Gisuè était bon signe. Gisuè mit pied à terre et harda la bête à un arbre. Pas de don Aneto Purpigno en vue. Pas plus que de Filònia. Gisuè défubla sa chemise et fit état de se mettre au travail.

« Qu'est-ce t'es après faire ? »

C'était la voix du chef d'équipe, Colotto Zìcari, un homme bas de fesses et tout ringue, méchant comme un derne, toujours à brouger un mauvais coup.

« Ce que je fais ? Je me mets à la manœuvre.

– J't'en moque ! Aujourd'hui tu travailles pas, non mais, qui tu crois entoueiller ? Tu veux double gain ? Don Aneto Purpigno m'a dit que le prince te paierait la journée perdue. Il l'a puis fait ?

– Oui bien, mecieu, il m'a demandé combien je gagnais pour ma journée et il me l'a ponée.

– Et alors ? Pense donc plutôt à chercher ta fenotte, ça fait une demi-heure qu'elle est allée faire ses besoins et elle se renvient pas souvent. C'est du pain bien long, tu trouves pas ? »

Il y avait de la fourbe. Gisuè remira le père Casio, qui le guigna de la tête de ne pas y aller. On voulait donc l'entraper.

« J'y vais », rebecqua Gisuè en remettant sa chemise et, pour gagner du temps, il feignit de s'ôter une échiffre du pied.

Alors les gens de journée entonnèrent la chanson de saint Jean, celle qui disait :

Compères, compères de saint Jean,
sommes compères jusqu'à Noël,
à partager tout c'que nous avons,
même l'eau claire que nous buvons :
pain et os,
nous allons dans la fosse ;

pain et riz,
nous allons au paradis.

Gisuè sourit. Avec cette cantilène, la brigade lui recordait son devoir, c'est-à-dire dispartir avec eux tous ce que le prince lui avait donné comme merci. C'était une règle toujours appliquée : chacun gardait sa journée pour soi, mais s'il arrivait des pécuniaux à l'improvu, fallait partager.

Comme l'année devant, quand le père Casio avait convaincu Billìa, un chef d'équipe, de se faire dire la bonne aventure. Le père Casio avait une façon péculière de remirer dans les années futures des gens : il leur demandait de pisser par terre et selon la façon dont le liquide se dirigeait, il en tirait des conséquences. La fois de Billìa, le pissement fut censément d'une lecture difficultueuse, qui requit du temps : ric-à-rac le temps pour la brigade d'escamoter un demi-quintal d'olives, qui fut par ensuite équitablement réparti.

« Ô chenuse fenotte ! ô dulcifique fenotte ! » soupirait don Aneto Purpigno.

Filònia se tenait debout devant lui, les yeux baissés, comme de bien s'accorde pour une honnête fenotte.

« Ô cavale sauvagine, celui qui vous encole la bride devient un dieu ! » continua don Aneto qui, jeune homme, avait appartenu à la maisniée d'un comte espagnol où il avait appris qu'aux oreilles des fenottes les mots sonnaient mieux que les argents. Mais Filònia n'y voyait pas comme ça.

« Qu'est-ce qu'il ternigasse, c't homme ! Il sait donc ni lier ni délier ? » se pensait-elle.

Don Aneto avait mis sur le métier une comparaison à boc et tabac entre Filònia et la lune, mais Filònia décida de prendre l'initiative rapport que par ce train, ils y seraient encore à la brune.

« Pourquoi vous me chancagnez comme ça ? Que voulez-vous d'une pauvre fenotte comme moi ? »

Don Aneto Purpigno se coléra comme si Filònia l'avait offensé.

« Pauvre ? Vous, pauvre ! Ne dites jamais ça, même pour gandoiser !

– Parce que, d'après vous, je serais riche ?

– Riche ? Vous êtes riche à millions, plus riche que la reine d'Espagne ! »

Pas moyen de moyenner, ils allaient niaiser jusqu'à la nuit serrée.

« Et où ai-je mis toute cette chevance ?

– Dans votre chair, Filònia ! Vous possédez trois domaines : un au levant, un au couchant et le dernier à mi-pente. Dans le domaine du levant, il y a une petite vallée ombragée, emplie de suaves vapeurs et surplombée d'une forêt touffue ; au couchant, il n'y a ni arbres ni pré, tout est lisse, la terre est comme la soie et entre les deux vallées, bien catie, il y a une petite grotte étroite ; à mi-pente, il y a deux rondes collines negines, à la cime rosée. Voilà votre chevance, non ?

– Ces domaines, comme vous dites, vous savez bien que c'est Gisuè, mon mari, qui les a ponés ? rebecqua Filònia qui riait sous son chaperon aux faliboursdes de don Aneto.

– Mais je ne veux pas rien les acheter ! Je veux seulement venir m'y lentibardaner de temps en temps, une fois dans la vallée et une fois dans la grotte. Et sans jamais perdre de vue le domaine des collines. »

Filònia entendit bien chat sans qu'on lui dise minon : il ne s'agissait pas de rebrasser sa jupe et de s'adosser à un arbre ou bien de s'allonger dans l'herbe. Cet homme la voulait nue.

« Et combien de fois voulez-vous faire ces bambanes ?

– Disons une fois par mois. Et chaque fois, pour le dérangement, je peux vous donner un tarì. »

Un tarì ? Il était bien étroit de la ceinture, le bougre ! Elle allait le tenir en presse. Filònia toisa don Aneto.

« N'y voyez pas d'offense, dame Filònia. Réfléchissez.

– C'est tout réfléchi. Bien le bonsoir. »

Elle tourna les talons pour s'en aller, mais s'entendit rappeler. Don Aneto avait un tarì à la main et le lui montrait.

« Que vous faut ? Vous m'avez dit vous-même de réfléchir.

– Dame Filònia, écoutez-moi. Dans le domaine à mi-pente,

de chaque côté, il y a deux terrains fleuris. Je voudrais odorer le parfum d'un de ces fleurages, rien qu'un. »

Filònia qui, pour affaner, portait une brassière sans manches et un foulard sur les épaules, de la main droite agrapa le tarì et du même temps leva le bras gauche. Don Aneto enfouit son nez dans le toupillon de poils à l'aisselle de la fenotte.

Ô vaporement de cannelle ! odorement d'épice précieuse ! œillet! jasmin d'Arabie !

Déjà il avesprait et on ne voyait quasiment plus les olives quand Colotto Zìcari se fourra deux doigts dans la bouche pour siffler à la façon des mandriers, marquant la fin de la journée. Toute la brigade haria Gisuè, allongé sous un arbre, tenant à la main une vergette qu'il avait taillée dans une branche.

« Dis voir, que t'a donné le prince ?

– T'as reçu de l'or ?

– Une terre à tenir ? »

Sans dire ni quoi ni qu'est-ce, Gisuè releva la chemise de soie et se tourna, montrant à tout un chacun les entames de son dos.

« Voilà comment il m'a regracié ! Et cette merci, je vais la partager avec vous, pas plus tard que tout de suite. »

Frappant à torche lorgne, il rossa tout son monde, et qui plus y mit, plus y perdit. La brigade esquiva comme elle put, puis s'éloigna en grumelant contre la chicheté et l'ingratitude du prince.

Gisuè tendit la chemise de soie à Filònia qui entre-temps s'était approchée.

« Prends-y toi, ça m'a tout l'air d'une affaire de fenotte ».

Et enfin, à la brigade qui se préparait pour une sainte nuit de repos :

« Ah, j'oubliais ! Pour le juste compas : il m'a aussi donné à manger, un demi-chevreau. Si vous voulez, quand je l'aurai digéré, on fera chou pour chou. »

Gisuè, qui n'abondait pas à dormir, réveilla sa fenotte.

« Viens avec moi. Il faut qu'on parle. »

Autour d'eux, les autres dormaient comme des sabots, éclénés par la journée de travail.

Une fois loin d'oreilles qu'auraient été capables d'écouter les avoines lever, Gisuè attaqua.

« Quand je suis arrivé, t'étais pas là et Colotto Zìcari m'a envoyé te chercher. Mais le père Casio m'a guigné de pas y aller.

– Quelle pillandre, c't homme ! rebecqua Filònia. Il aurait bien aimé mettre le feu aux étoupes. Il voulait que tu me trouves avec don Aneto. »

C'était ça le piège, voilà comment Colotto voulait l'entraper.

« Et il voulait quoi, don Aneto ?

– Ce que veulent toujours les hommes. Il dit que pour me bistoquer une fois par mois, il donnera un tarì à chaque coup. »

Gisuè cracha par terre

« La rançon d'un roi ! fut son commentaire ironique.

– On va pas passer la nuit à baliverner de ce caquenano, coupa Filònia. Dis-moi plutôt ce qui s'est vraiment passé chez le prince, moi j'te crois qu'à moitié, je te vois tout ébravagé. »

Gisuè raconta par le menu les bissêtres du prince et la proposition qu'il lui avait faite.

« Et t'es encore là à gandiller ? Faut que tu m'expliques : l'autre jour qu'il était coincé dans sa ravine, tu voulais l'escoffier et maintenant que c'est lui qui te le demande, tu l'envoies aux pelosses ? Fais-lui donc plaisir, à ce prince, qu'on puisse enfin savoir ce que manger veut dire ! »

Ce fut une nuit agitée, que la plupart de ceux qui jusqu'à présent sont entrés dans notre histoire passèrent à se tarabâter peu ou prou.

Nu et seul dans une fenière, don Aneto Purpigno essayait de retenir le vaporement de l'aisselle de Filònia, une de ses mains en forme de coupe sur son nez, tandis que l'autre jouait les pompiers, tentant frénétiquement d'éteindre l'incendie.

Le prince don Filippo Pensabene di Baucina bouliguait tant et tant dans son lit qu'il se retouva entraficolé dans son drap jusqu'aux oreilles, aussi empêtré qu'un ver à soie dans son fil. Il tira le cordon à la tête de son lit et un Cocò emburelucoqué de sommeil ne tarda pas à se présenter.

« Que voulez-vous, monsieur ?

– Déshabille-toi et viens te coucher près de moi. Console-moi, Cocò. »

À Palerme, dans la chambre à coucher de son palais du centre ville, le duc Sebastiano Vanasco Pes y Pes, nu et chagrineux, était acassé dans un fauteuil tandis que, nue et magnifique, la duchesse Isabella allait et venait dans la pièce, les mains sur les hanches.

« Je me sens agitada. »

C'était ce qu'elle répondait toujours à son mari quand il lui demandait pourquoi, depuis un certain temps, après l'amour, elle se mettait ainsi en dare. Mais là, entendant pour la vingtième fois le duc lui reposer la même question au mot près, sans la moindre imagination, doña Isabella ne se contint plus et, tout d'une boutée, lui sortit ce qu'elle avait sur l'estomac depuis trois ans, depuis qu'ils étaient mariés.

Elle dit qu'elle aimait mucho practicar avec son esposo au sein du mariage, que c'était sacramental et que par conséquent même toutes les noches, mais seulement avec lui parce que les autres hombres suscitaient son asco, son dégoût, et que donc el problema n'était pas aquí. La cuestión était qu'elle voyait bien que son esposo, dès qu'ils avaient fini de copular, se posait toujours la misma pregunta : cette fois-ci serait-elle la bonne, de la concepción d'un hijo ? Eh bien, il fallait que son esposo le sache une bonne fois pour toutes : elle était tout à fait cierta de ne pas être estéril, la verdad était qu'elle sentait la semilla de son esposo arriver dans son ventre déjà frígida et muerta. Voilà tout. Que son esposo l'excuse mais, au couvent, on lui avait appris las reglas de Santa Teresa d'Avila. La bienheureuse disait qu'il fallait toujours hablar simplement, de façon auténtica et religiosa.

Quant à ce qui était de penser, doña Isabella suivait une règle toute personnelle, mais elle n'en dit rien à son époux.

Anéanti, don Sebastiano se prit la tête entre les mains.

Pour finir, don Filippo Pensabene n'avait pu fermer l'œil qu'au petit matin, l'officieux Cocò dormait aussi, éclené par les consolations qu'il avait prodiguées à son bon maître. Pour le coup, le chef des domestiques, qui vint chapoter à la porte du prince, lui fit partir les oreilles pire qu'une cannonade.

« Qui est-ce ? demanda-t-il, en malerage.

– C'est moi, monsieur. La personne d'hier matin est revenue et désire vous parler.

– Un instant. »

Il réveilla Cocò, qui en jaunoya tout sec.

« Encore ?

– Non, fit le prince. Il faut que tu retournes dans ta chambre en vitesse.

– Entrez », ajouta-t-il après s'être assuré d'un coup d'œil que Cocò avait disparu de la chambre sans laisser de traces.

Gisuè entra. Le prince se sentit incontinent serein et lucide.

« Alors, tu acceptes ?

– Ben, j'suis là, mecieu, dit Gisuè en écartant les bras.

– Tu as toute ma gratitude. Moi je suis prêt », rebecqua le prince en descendant prestement du lit. Il le prit par le bras.

« Assieds-toi, qu'on parle. »

Et don Filippo s'assit aussi, à ses côtés.

« J'suis pas tranquille, commença Gisuè.

– Et pourquoi, grande bugne ?

– Parce qu'on fait p't-être le loup plus petit qu'il n'est : et si, quand tout s'ra dit, on me donne le démérite de votre mort ? C'est tôt fait d'aller penser que j'vous ai tué parce que j'avais en propos de corbiner vos cent écus.

– Tu me crois vraiment aussi stupide ? J'ai pensé à tout. En fin de matinée, tu sors d'ici et tu rentres travailler au domaine. Tu rends son cheval à don Aneto et tu lui dis que tu n'en as plus besoin. Ça va ?

– Oui bien, mecieu. Jusqu'ici, c'est simple de clarté.

– Si on te demande pourquoi j'ai voulu te revoir, tu réponds que c'était pour te donner une récompense. Puis quand tout le monde dort, sans te faire voir, tu cours à la ravine, à l'endroit où était arrêtée la litière. Ça va toujours ?

– Faudra pas moins d'deux heures, même en allant plus vite que le pas.

– Ça ne fait rien. Le premier arrivé attend l'autre. D'accord ?

– Oui bien, mecieu.

– As-tu dîné ?

– Comme d'habitude, mecieu : plutôt par cœur que pour de vrai. »

La cérémonie de la première fois se renouvela. Don Filippo frappa dans ses mains, Cocò apparut, disparut, réapparut avec Monzù, prépara la table. Là, il y eut une nouvelleté. Devant que Gisuè ne s'envoie dans le corgnolon une chose qui n'y était encore jamais passée, appelée pintade et qui ressemblait à une poule, le prince en présence de Cocò et Monzù jeta un écu sur la table.

« Pour toi, Gisuè. Pour m'avoir sauvé la vie. »

Gisuè arriva au moment où la brigade finissait de manger son pain et companage. Il montra à tous l'écu du prince.

« Il m'a donné un écu pour merci. Tout à l'heure, on fait du menu et on partage. »

La déception fut palpable. Or ce, quelqu'un te répite la vie et toi, qu'as des argents à regonfle, tu lui donnes un écu, pas plus ? Une fois réparti entre eux tous, ce serait pour chacun tout juste la paie d'une journée de manœuvre.

Le père Casio qu'était philosophe prit les choses en bonne lune :

« C'est toujours mieux qu'un coup de pied dans les pelotons. »

Gisuè s'approcha de don Aneto Purpigno qu'était assis à côté de Filònia, mais sans manger. Don Aneto semblait déconforté. Il avait une mine de *Dies irae*, les yeux cernés.

« Le prince a dit que le cheval ne me fait plus occasion et que vous devez le retourner arrière, là maintenant. »

Don Aneto vira encore plus sombreux. En se levant, il gringuenotta à l'oreille de Filònia :

« Contrepense à ma proposition. »

Quand don Aneto Purpigno fut parti, Colotto Zìcari siffla en mandrier la reprise du travail. Gisuè défubla la chemise.

« Que te faut ?

– Je m'mets à la manœuvre.

– Ton prince t'a pas poné la journée ?

– Pas ce coup-ci. Mais vous m'compterez qu'une demi-journée. »

Colotto Zìcari fit tant tellement la longue qu'à son coup de sifflet, on ne voyait plus les olives, ni même seulement le visage des autres chrétiens. Moulus de fatigue, ils ne se firent pas prier pour sombrer dans le sommeil.

« Et alors ? Le prince a changé d'idée ? Il veut plus défunter ? demanda Filònia à son mari.

– Pas du tout. Maintenant, quand je suis sûr qu'ils dorment tous comme des plots, je file. Le prince m'attend. C'est comme si c'était fait.

– Mais alors pourquoi t'as dû revenir ? C'est vendre son cheval pour avoir du foin !

– C'est le prince qu'a voulu comme ça, pour que personne par après puisse me coulper de sa mort. »

Vingt dieux de vingt dieux de bren ! Ça faisait pas une demi-heure que Gisuè courait comme chat maigre vers le lieu du rendez-vous que s'abattit une avale d'eau. Et pas à picasser ! Il en tombait comme qui la jette, si bien que, de bref, Gisuè avança à pas de poule. Quand il arriva à l'endroit convenu, il était tout fin baigné, sueux, le souffle court.

« À tous les coups je prends la crève », se pensa-t-il.

Le prince était déjà arrivé, et se tenait pique-plante sous un arbre auquel il avait hardé son cheval.

« Je pensais que tu ne viendrais plus.

– Faites excuse, mecieu, mais c'te singotte, ça m'a pas aidé à arriver. Je sois tondu si je vous manquais de parole ! »

Le prince ne pipait mot. Alors Gisuè demanda :

« Comment voulez-vous défunter, mecieu ? Voulez-vous que je vous envoie débarouler par la ravine ?

– Non. J'ai bien réfléchi. Je veux mourir pendu.

– Pendu ? Et la hart, j'la prends où ?

– J'en ai apporté une. Je l'ai demandée à Cocò en lui donnant un prétexte. Elle est là, attachée à ma selle. Va la chercher. »

Il y avait trois brasses de hart, ça faisait de l'abonde.

« Sais-tu faire un nœud coulant ?

– Oui bien, mecieu.

– Alors vas-y, pendant ce temps, je dirai mes prières. »

Le prince se mit à genoux, se signa, inclina le coqueluchon et partit à réciter. Il gringuenotta longuement et quand il eut fini, il s'aperçut que le nœud n'était ni fait ni à faire.

« Que se passe-t-il ?

– Il se passe que la hart est baignée.

– Voilà le détail qui décourage », dit le prince et, plus que s'asseoir, il parut s'acasser à terre. Rimant richement en Dieu, Gisuè continuait à tirepiller la hart. Tout par un coup, le prince se leva et détala haut le pied. Gisuè lâcha la hart et partit au train de don Filippo qui se sauvait belle erre. Il le bloqua à presque cinquante brasses de là, en l'agrapant par les jambes.

« Je ne veux pas mourir ! » quincha le prince en lui atousant un coup de pied en plein visage, sans que toutefois Gisuè lâchât prise.

« Tout beau, mon prince, rebecqua Gisuè. On a fait pache, il faut tenir votre parole. »

Ce rappel au respect de sa parole désatisa le prince.

« Excuse-moi », dit-il. Il se leva et suivit Gisuè.

Pour finir, la hart eut son nœud. Mais il n'était pas très coulant.

« Pas moyen d'faire mieux.

– On fera avec, dit le prince.

– Bon, j'vais monter dans cet arbre, dit Gisuè, et attacher la hart.

– Si tu montes dans l'arbre, fit le prince, aussi vrai que Dieu existe, je vais en profiter pour me sauver.

– Alors comment on fait ?

– On fait comme ça, écoute. Tu me donnes un bon coup de poing et moi je m'évanouis.

– Oui bien, mecieu. »

Gisuè lui décocha une soubarbade et le prince tomba comme une poire mûre. Quand il eut fini de lier la hart, la pluie avait cessé mais pas l'évanouissement du prince.

« Faut-il qu'il défunte en conscience ou pas ? » se demanda Gisuè.

Une batelée de revire-marions sur les deux joues réveilla don Filippo.

« Tout est en place ?

– Oui bien, mecieu.

– Alors, on y va. »

Près de l'arbre, il examina la longueur de la hart.

« Je crois que c'est bon, dit-il. Mais tu devrais installer une grosse pierre pour que je monte dessus et que je passe ma tête dans le nœud.

– Tirez pas peine, rebecqua Gisuè, si vous venez à chevauchons sur mes épaules, vous y arriverez, juste comme le doigt au trou. »

Gisuè se baissa, le prince monta à califourchon. Gisuè le porta jusque sous la hart et le prince enfila sa tête dans le nœud.

« Quand j'aurai fini mon oraison jaculatoire, fit le prince, tu n'auras qu'à avancer de deux pas.

– Oui bien, mecieu. »

Mais c'était quoi, cette raison éjaculatoire ?

« Jésus, Joseph et Marie, je vous remets mon âme. »

C'était ça, l'éjaculatoire.

« Aaaamen », ponctua Gisuè comme on lui avait appris à dire au bout de chaque prière.

Et il essaya de bondir en avant. Essaya, rapport que les jambes du prince lui serraient la gargate jusqu'à l'étrangler.

Il parvint à le déchevaucher, avança de trois pas et quand il se retourna pour voir de voir, don Filippo ressemblait à un pantin détrancané. Il lançait bras et jambes dans tous les sens et tournait sur lui-même comme une fiarde. À l'évidence, le nœud n'avait pas ripé comme il fallait. Gisuè prit son élan pour s'accrocher d'un bond aux genoux de don Filippo. Il se retrouva suspendu, à se balancer au-dessus du sol. Ainsi balancé, il pensait à la bourse de cent écus que le prince lui avait donnée à son arrivée et qui maintenant pendait à sa ceinture. À se balancer comme ça, Gisuè prit envie de chanter de contentement. Alors il chanta.

CHAPITRE TROIS

Dans la matinée, Cocò fut réveillé par Monzù qui comme d'habitude s'était rendu chez le prince pour lui quérir ce qu'il voulait manger à midi. Ayant trouvé nez de bois, il s'était adressé à Cocò, lequel se mit lui aussi après chercher son maître, mais rien n'y valut. Ils entreprirent le chef des domestiques, qui ne savait rien. Un des garçons d'écurie se souvint avoir entendu du sicotis dans la nuit. Le cheval de leur maître n'était pas là. Ils se pensèrent alors que le prince était sorti se bambaner et cessèrent de se tarabuster l'entendement. Même quand, midi venu, il n'était toujours pas de retour, ils ne tirèrent pas davantage peine, leur maître faisait ça souvent, il sortait au plus matin et rentrait à l'anuitier. Mais quand il fut nuit fermée et que le prince ne se renvenait toujours pas, ils entrèrent en souci.

Si une nuit le prince avait en propos de ne pas repairer, il le faisait toujours assavoir. Il fallait donc organiser des recherches, peut-être avait-il chuté de cheval et était-il trop flape pour se mettre sus et revenir de pied. Mais ils y croyaient sans y croire car, dans ce cas, la bête serait rentrée à l'écurie. Le chef des domestiques nécessita tous les serviteurs, exception faite de Monzù et de Caterino qu'était surâgé, à prendre un cheval et une arme et leur attribua une zone de recherches. Mais au dernier moment Monzù s'avança, il était affectionné au prince qui savait dignement apprécier son art culinaire. Le chef des domestiques assigna au maître queux la zone de la ravine et ce fut donc Monzù qui dénicha son maître pendillant à un arbre.

Il descendit de cheval et tira un coup en l'air pour avertir les autres.

On coupa la hart, mais on ne put tollir le nœud, trop serré. Il fallut mettre pourpoint bas pour l'emmener à la cassine, rapport que le prince était maintenant raide comme un piquet et dur comme du bois, on aurait dit un quartier de morue séchée. À la parfin, on se résolut à l'embreler de tout son long à dos de cheval. Tout bien compté et rabattu, l'aube pointait quand la cassine fut en vue.

Le même matin, le duc Sebastiano Pes y Pes qui descendait de carrosse dans la cour de la cassine sentit le serpent dessous l'herbe devant même qu'appeser le pied par terre. Pas un cheval dans les écuries, ni palefrenier, ni serviteur. Un valet de chambre décrépité vint à ses devants, tout en larmes :

« Il a disparu, not' maître a disparu ! »

Disparu ? Attatends, et si ce cabrón de prince avait filé du derrière sans lui reconnaître par écrit la propriété de la cassine et des domaines ? Il atousa un coup de pied à l'ancien pour le faire débagager et se précipita envers le maître escalier. Il n'eut pas le temps d'en monter la première marche.

« Señor ! » C'était Hortensio qui le vochiait.

Pour le cas où quelque désagréable discussion s'élèverait avec le prince, le duc avait amené avec lui deux Espagnols, deux hommes de main depuis longtemps à son service : Honorio, une crapule en cramoisi et Hortensio, qui n'avait aucunement la grâce de la fleur dont il portait presque le nom. C'étaient gens à l'estocade facile, surtout quand il s'agissait de la porter dans le dos plutôt qu'à la poitrine.

Le duc se renvint dans la cour juste au moment où y pénétrait le cortège ramenant le mort. La hart au cou du prince était simple de clarté. Le duc ordonna que le prince défunté fût porté dans sa chambre et déposé tel quel sur les draps. Durant que les serviteurs s'exécutaient, le duc remira sur la table de nuit un cartel portant la signature et le sceau du prince.

« Dehors todos ! quincha-t-il. Et fermez la puerta ! Je veux rester seul, prier pour l'alma de mon pobre amigo. »

Tous sortirent vitement et le duc fut de randon au chevet du lit. Il avait bien vu. Étant sans parents proches, le prince disposait que toutes ses propriétés, résidences et domaines, devaient changer de mains pour devenir propriété de don Sebastiano. Sous la signature et le sceau, il y avait encore deux lignes qui disaient que personne ne devait être accusé de la mort qu'il allait se donner.

Don Sebastiano s'arrêta ni peu ni trop sur ces derniers mots. Il était bien certain que la phrase ne le visait pas : quelle faute avait-il, lui, le duc, si le défunt était assez estúpido pour no entender quand on l'enquinaudait aux cartas ? Il voulait sans doute parler de quelqu'un d'autre. Mais de qui, s'il n'avait ni parents ni amis et que les serviteurs semblaient tous parfaitement dévoués ? Pour parer à toute éventualité, il raccourcit la feuille au coupe-papier, enlevant ces lignes qui heureusement venaient après la signature et le sceau. Il mit ce morceau de papier dans sa poche, prit un visage de circonstance, rouvrit la porte.

« Vous pouvez entrar. Mais qu'on aille vite à Montelusa, avisar le capitàn de justicia. »

Don Stellario Spidicato avait été élu capitaine de justice à l'écrasante minorité de la noblesse, parce que dans ces affaires-là la majorité du peuple ne valait pas les quatre fers d'un chien. C'était le bon choix, l'homme était sot comme un panier percé, disposé par imbécillité et servilité tout à la fois à avaler la première falibourde venue, du moment que c'était un apparent, un notable qui la lui servait. Ayant appris que le duc Vanasco Pes y Pes, époux de la fille du vice-roi, voulait le voir, il mit moins d'une heure, à tue-cheval, pour venir de Montelusa à la cassine du domaine de Trasatta.

Dans la chambre à coucher, les serviteurs à genoux priaient. Monzù avait installé le défunté à toute peine, et entortillé un chapelet autour de ses mains. Seul Cocò ne priait pas, il pleurait. Il ne croyait pas en Dieu et le prince, qui de fois à autre avait des accès de religion, le redarguait :

« Cocò, tu penses trop à ton cul et pas assez à ton âme. »

Stellario Spidicato remira le corps et enfla le gosier :

« Simple de clarté. Il s'est tué.

– Semble-t-il », rebecqua le duc.

Le capitaine de justice en resta mort comme terre. Il avait peut-être parlé à boc et tabac. Que voulait dire ce « semble-t-il » ?

« Il semble qu'il se soit tué, rectifia-t-il incontinent.

– Han », fit le duc don Sebastiano à demi-bouche.

Tomba un silence de plomb. Les serviteurs avaient laissé de prier et oreillaient eux aussi.

« Regardez la nariz », dit sombrement don Sebastiano.

Doux Jésus ! C'était quoi, c'te nariz ? Et où était-elle ?

Par chance, le duc guigna du doigt le nez du mort.

« Vous voyez ? Il semble cassé, comme par un coup de poing. Voyez-vous le sangre sur la cara ?

– Han, fit Stellario Spidicato sans se compromettre.

– La cuestión est la suivante : qui a donné ce coup à la nariz du prince antes qu'il se ahorque ? Ou bien ne faut-il pas supposer que le prince a été ahorcado par une main inconnue ? »

Il avait semé beaucoup de doutes, le doute portait toujours ses fruits.

« Nous ne le saurons nunca », conclut-il en écartant les bras.

Une fois le prince sépulturé dans la chapelle de famille au cimetière de Montelusa, le duc remit entre les mains de l'abogado de la vice-royauté, envoyé de Palerme par son beau-père, tous les papiers pour entrer en possession de ses biens. Vu que les choses allaient durer ni peu ni trop, quatre jours après la mort du prince, la duchesse Isabella arriva à la cassine, accompagnée de sa chambrière personnelle.

La chambrière, qui s'appelait Rosario (tout de même, ces Espagnols : coller un nom de gars à une fenotte !), était basse de fesses, pelue, les jambes tout de cambre, un œil qui regarde la sainte Vierge et l'autre saint Joseph, raboulette comme une bareille de vin et fort mamelue avec des seins qui pendaient comme deux boges vides. Le duc ne pouvait pas la souffrir et par le fait l'expédia dormir au dernier étage avec les autres domestiques, sans se soucier des protestations de la duchesse qui voulait la loger dans la chambre où, devant, dormait Cocò. Lequel pleurant et chignant fut mêmement envoyé au dernier étage.

Rosario démena grand bruit, quinchant qu'il était peligroso pour une mujer de dormir seule parmi cet escadron de bonshommes, mais don Sebastiano ne se laissa pas arraisonner.

À midi, autre drame, mais sans éclats cette fois. C'était du commencement que Monzù voyait cet Espagnol d'un mauvais œil. Mais ça lui souleva carrément le cœur de tomber nez sur lui le matin même du jour où ils avaient retrouvé leur maître pendu, tout floupé de noir comme une margot, déjà prêt à s'impatroniser des biens qu'il avait escroqués au prince en le guillant au jeu. Du coup, quand la duchesse fut arrivée, Monzù ne mit pas particulièrement les petits plats dans les grands, mais cuisina comme d'habitude, avec le soin et l'application de toujours.

Au moment de servir le deuxième plat, il s'aperçut que la duchesse s'était léché les cinq doigts et le pouce du premier mais que don Sebastiano, lui, n'en avait pas même pris une gobe. Au regard interrogateur de Monzù, il répondit :

« C'est une porquería », et il repoussa son assiette.

Une heure plus tard, sans avoir tiré peine d'en aviser le maître, Monzù Filibert allait son grand chemin sur une charrette, direction Montelusa, où il entendait louer un carrosse pour se présenter au duc de Salaparuta qui, depuis trois ans, voulait l'embesogner en le payant deux fois autant que le pauvre prince.

Tout de suite après déjeuner, Hortensio et Honorio à ses éperons, le duc fureta par toute la cassine qu'était immense. Dans un des murs de la cave, dissimulée derrière deux bareilles, ils découvrirent une petite porte en bois empegée de toiles d'araignée. Don Sebastiano ordonna de l'ouvrir, ce qu'Hortensio et Honorio ne réussirent qu'après s'être passablement salis. C'était noir comme le cul du diable et il fallut allumer des torches. Ils trouvèrent trois cachots, cavés dans la roche, muni chacun d'une porte mangée par la moisissure. Un des cachots avait des enferges scellées dans le mur pour enchaîner pieds et poings les prisonniers. Ces trois cellules n'avaient censément plus servi depuis des dizaines et des dizaines d'années. Le duc intima à ses deux satellites de garder la bouche sur leur découverte.

Avant la brune, il se fit présenter les serviteurs un à un. Il s'était assis derrière le bureau, dans le cabinet de travail, Hortensio d'un côté et Honorio de l'autre. Un trio qui vous mettait froid aux os.

Don Sebastiano quérit à tous la même chose :

« Después être tombé dans le despeñadero, et avant de disparaître, le difunto prince avait-il rencontré quelqu'un ? »

Il reçut de tous la même, immutable, réponse :

« Oui bien mecieu, le prince avait rencontré deux fois Gisuè Zosimo, l'homme qui lui avait répité la vie, qui l'avait fortrait de la ravine, du despeñadero, comme l'appelle mecieu le duc. »

Tant qu'à ces rencontres, Cocò était la personne qui en connaissait tous les détails de bon lieu. Le pauvre prince – Dieu ait son âme : un si bel homme, si bon – avait mandé quérir Gisuè par don Aneto Purpigno, le messier. Gisuè était venu et au lieu de recevoir une merci comme il s'y attendait peut-être, il avait écopé d'une magistrale vertouillée.

« Por qué ? »

Là Cocò était à quia. En revanche, il pouvait dire que le prince avait fait une chose qui ne tenait pas debout : il avait fait servir un demi-chevreau à Gisuè. Ça n'avait point de nez : il commençait par le rosser à double rebras, et après il le coquelinait ?

« Et qué pasó la segunda fois ? »

Cocò dit que le deuxième coup, le prince avait tenu rêne à Gisuè sans témoin. Puis il lui avait derechef donné à manger, et parçonné un écu pour le sauvement. Gisuè avait quitté la cassine sans deport le matin même et plus personne ne l'avait revu. Non mecieu, durant ces journées, le prince n'avait parlé qu'à Gisuè et il n'avait pas mis le nez hors de chez lui.

Devant que renvoyer les domestiques, le duc dit au chef des palefreniers que le lendemain, à la piquette du jour, il devait aller quérir don Aneto car le nouveau maître voulait le voir incontinent.

Puis après le repas, pain-fromage-saucisse-amandes douces, il s'alla coucher. Doña Isabella dormait déjà, éclénée par le voyage et le démènement de la journée. Don Sebastiano resta éveillé jusque tard, pensant à Gisuè Zosimo et à ses rapports avec le prince. Il finit par se forger son idée et c'était une idée qui, appliquée en homme de cervelle, pouvait apporter de l'eau à son moulin.

Don Aneto rapporta au duc tout ce qu'il savait de l'affaire, c'est-à-dire la queue du singe. Le prince, Dieu ait son âme, lui avait demandé de quérir Gisuè et de mettre à sa disposition son cheval, avec lequel il pourrair aller et revenir et, manquablement, avec son cheval, celui-ci était allé et revenu. De cœur, il ne savait rien de plus.

« Où està ahora ce Zosimo ?

– On est dimanche, Votre Excellence. Chaque dimanche, Gisuè et la sienne, Filònia, vont à Montelusa. Puis ils se renviennent à l'angélus. »

Après avoir congédié don Aneto, le duc donna un ordre précis à Honorio et Hortensio.

Gisuè et sa Filònia avaient passé la sainte journée du dimanche chez la sœur de Filònia qui s'appelait Angilina et avait fait un bon mariage avec un cordonnier de Montelusa, Girlando Pitrella, un homme qui savait ce que parler veut dire et que le monde écoutait comme, et même mieux, qu'un juge. Quand Gisuè et Filònia étaient embesognés sur un domaine, Angilina et son mari s'occupaient de Pippìno, le petit de Filònia et Gisuè. Ils le prenaient chez eux et l'amignardaient comme un fils, peut-être parce que Notre Seigneur – loué soit-Il – avait refusé à Girlando et Angilina la joie d'avoir un enfant. Pippìno avait maintenant deux ans et six mois et il était éveillé comme une potée de souris.

Devant qu'il commence à anuitier, Gisuè et Filònia après avoir embrassé et coqué leur petit, se mirent en route pour le domaine de Tumminello, trois bonnes heures de marche. Une demi-heure après avoir franchi la porte de Montelusa, alors qu'ils étaient en plein parlement sur ce qu'était de faire du cent d'écus que Gisuè avait cati au pied d'un caroubier, ils virent surgir deux particuliers floupés de noir. Filònia prit peur et Gisuè la protégea de son corps.

« Non, pas miedo, pas peur, fit un des deux en souriant.

– Juste une pregunta, une question », fit l'autre.

Ce n'étaient pas des rencontreurs de bois, ils étaient bien bachés. Gisuè se sentit ravoié.

« Que vous faut ?

– C'est vous, Gisuè Zosimo ?

– Oui bien, mecieu. »

En une maintournée, Hortensio avait pointé son estoc sur la gargate de Gisuè, tandis qu'Honorio décochait à Filònia un violent coup de pied dans le ventre ; elle tomba à terre, épâmie.

Mais Gisuè n'était pas seulement bien tourné de membres, il avait aussi de bons réflexes.

Il agrapa la main d'Hortensio et la lui tordit. Hortensio tenta alors de lui atouser un coup de genou dans les bulles mais Gisuè l'évita. À ce moment-là, Honorio qui s'était retrouvé derrière Gisuè, une pierre à la main, lui en estordit un bon coup sur le cotivet. Ce dernier lâcha prise, ses genoux devinrent mous comme des tripes. Alors, à toute force, Hortensio lui décocha une soubarbade bien placée. Ils lui hardèrent les mains dans le dos, le traînèrent jusqu'à l'endroit où ils avaient laissé les trois chevaux, l'installèrent rampé en travers sur l'un d'eux, montèrent sur les deux autres et discédèrent.

Quand Filònia rouvrit les yeux, elle se ramenta toute la scène de prime venue. Elle ne quincha ni pleura, mais une fois debout, malgré son ventre dolent du coup qu'elle avait reçu, elle se mit incontinent à chercher alenviron si, par cas d'aventure, les deux tirelupins n'avaient pas estourbé son mari et caché le corps dans l'herbe. Filònia avait bonne vue et bien qu'il fît nuit serrée, elle eut la certitude qu'on avait pris Gisuè vivant et qu'on l'avait emmené Dieu seul savait où. Elle reprit en courant la route pour Montelusa et quand elle arriva au poste de police, elle ne pouvait plus piouter, à bout de souffle. Le garde devant le poste l'apincha sans aucune curiosité et ne lui demanda pas seulement pourquoi elle était sensipotée comme ça. Filònia avait la corgnole sèche, mais elle s'efforça de parler quand même.

« J'veux voir don Stellario Spidicato.

– Vous ne voulez ni peu ni tant, vouloir n'est pas un mot pour vous, rebecqua le garde en lui lançant cette fois un regard à couper un clou.

– Alors dites-moi comment j'dois y dire.

– Vous devez dire : puis-je avoir la grâce de voir le capitaine don Stellario Spidicato ?

– Puis-je avoir la grâce de voir le capitaine Stellario Spidicato ?

– C'est pas bon : z'avez oublié le *don.* »

Filònia dut se refraindre pour ne pas lui sauter à la gorge et lui labourer des ongles son sale groin de gavache. Cette fois elle répéta la phrase par entier, mais le garde ne lui répondit ni quoi ni qu'est-ce.

« Alors, c'te grâce, je peux y avoir ?

– Vous ne pouvez pas, parce que le capitaine n'est pas là. »

Dans sa bouche essardrée, Filònia n'avait plus de salive mais elle fit quand même le geste et le bruit de lui cracher sur les pieds avec mépris, puis elle tourna les talons et repartit tout d'un train chez sa sœur.

Angilina et Girlando étaient après manger, Pippìno avait été couché et de conséquent, pour ne pas le réveiller et l'effrayer, Filònia raconta toute l'histoire à demi-bouche, en piant un peu de vin.

« Viens avec moi », dit Girlando en glissant dans sa faque un tranchet bien affilé : il passait pour maître dans l'art de manier cet instrument aussi bien sur le cuir que sur le visage des gens.

Le garde, pique-plante au même endroit, reconnut Filònia mais ne se dégroba pas.

« Tu sais qui je suis ? demanda Girlando.

– Oui bien.

– Et qui suis-je ?

– Vous êtes don Girlando Pitrella.

– Bien. Et madame est ma belle-sœur.

– Honoré et ravi.

– Puis-je avoir la grâce d'assavoir ton nom ? Je voudrais me le ramenter.

– Don Girlando, faites excuse, j'y savais pas que madame était votre belle-sœur, et à cause…

– Bon, pour cette fois, je mets ça derrière le dos. Le capitaine est là ?

– Oui bien. »

Quand il le vit entrer dans la salle, le capitaine se leva.

« Don Girlando, quel plaisir ! »

L'année devant, pendant la famine, les menus gens poussés par la faim avaient oppugné quatre palais d'échevins, la résidence de l'évêque (qu'avait refusé de dispartir le blé aux affamés) et même le poste de police. Don Calòrio Pinna et don Agazio Renella avaient payé de leur gorge, et le capitaine don Stellario Spidicato avait déjà la hart encolée quand don Girlando était intervenu et que, grâce à son autorité sur la commune, il avait réussi à le fortraire vivant de cette male aventure.

« Puis-je quelque chose pour vous ?

– Vous pouvez », dit don Girlando.

Honorio et Hortensio arrivèrent à la cassine à la nuit close, mais devant que d'entrer dans la cour, ils bâillonnèrent Gisuè et hardèrent le cheval à un arbre. Puis ils allèrent dans le cabinet de travail où les attendait le duc qui ordonna à Honorio de monter au dernier étage, pour acertainer que tous les domestiques dormaient. Sans tabusser, Honorio passa dans les chambres, et il eut l'impression que tous dormaient comme des sabots. Une impression, parce que Caterino avait la dorveille des anciens, qu'ouvrent les yeux à la première feuille qui bouge. Honorio ravala au cabinet de travail, reçut l'ordre d'aller avec Hortensio prélever Gisuè, de l'emmener dans la grotte aux enferges et de l'y enchaîner, toujours avec son bâillon. Les deux maroufles s'exécutèrent, sans voir que Caterino les remirait d'une lucarne. Tout était vieux chez Caterino, sauf les yeux, gingants comme ceux d'un mousse. Quand tout fut en ordre, le duc s'alla coucher. Doña Isabella, qu'était veillante, attendit la main de son mari sur sa cuisse, signal du comienzo, mais le duc ne bougea ni pied ni patte. Depuis la nuit où elle lui avait dit la verdad, son époux avait arrêté de practicar avec elle et elle, jeune y caliente, avait toujours besoin de práctica.

À la description donnée par la femme de Gisuè, don Stellario comprit que celui-ci avait été harpé par les deux créats du duc. Et il était tout aussi acertainé que ces gens-là n'avaient pas agi à la venvole, mais sur ordre de don Sebastiano. Ce qui signifiait des embiernes, et de taille. Il ravicola Girlando et Filònia : il allait sur la chaude commencer les recherches. Tandis que Filònia départait avec son beau-frère chez qui elle passerait la nuit, don Stellario ordonna que le lendemain à la piquette du jour, quatre gardes à cheval vinssent se présenter à sa porte.

C'est ainsi qu'à la diane, le représentant de la justice arriva à la cassine, escorté de quatre gens d'armes.

Hortensio alla vitement réveiller le duc.

« Dois-je le conducir au cabinet de travail ?

– Non. Il doit quedarse dehors. »

Don Sebastiano prit le temps de se pimpeloter, descendit, sortit sur le pas de la porte en faisant la froigne et ne salua personne.

« Qué pasó ?

– Mecieu le duc, hier soir, aux portes de Montelusa, deux individus ont pris un homme.

– Et pourquoi venez-vous me raconter cet asunto ?

– À cause que, sans vouloir vous manquer de respect, la femme de l'homme a décrit deux individus qui ressemblent par entier à ces deux mecieux qui sont à côté de Votre Excellence.

– Cet hombre est loco ! » dit Hortensio en s'ébouffant de rire.

Mais Honorio furieux fit un pas en avant. Don Sebastiano l'arrêta d'un geste.

« Ces deux messieurs, déclara le duc d'une voix forte et ferme, hier, todo el día, sont restés à la quinta, à la cassine. »

Don Stellario y apensa un instant, puis écarta les bras.

« Mecieu le duc, excusez-nous de vous avoir dérangé. »

Et il fit état de remonter sur son cheval. Ce fut alors que le duc sourit.

« Venez dans mon cabinet boire un verre, señor capitán. Faites volver vos hombres à Montelusa. »

Quand ils furent seuls, le duc attaqua de prime abordée.

« Capitaine, vous êtes un hombre de cerebro. Vous avez compris, et muy bien. C'est Hortensio et Honorio qui ont efectuado la detención de Gisuè. »

Effectuer l'arrestation ? Mais c'était lui, don Stellario, qui arrêtait les gens, pas le duc. Ça le mit dans une telle malerage qu'il en parla espagnol :

« Entre detención et secuestro, il y a une belle diferencia, mecieu le duc.

– Seguro. Mais j'ai ordonné la detención.

– Arrêter les gens est de la compétence du capitaine de justice.

– Pas aquí. Yo suis informado. Par une ley de 1302, les princes Pensabene di Baucina ont droit de haute et basse justice sur leurs propriedades. Donc, comme heredero du prince, j'ai la misma podestad. Claro ?

– Mais il y a plus de quatre cents ans que les Pensabene n'ont pas exercé ce droit !

– Ça n'a pas d'importancia. La podestad n'a pas été borrada, supprimée. Si vous avez quelque duda, quelque doute, capitaine, vous pouvez présenter la cuestión au vice-roi. »

Don Stellario comprit qu'il était entoueillé.

Tandis qu'au cabinet se déroulait cet échange de vues juridiques raffiné, un journalier mandé par le messier entra dans la cour de la cassine avec une mule, enfardelée de huit sacs d'olives à mettre dans la saumure, pour les besoins des maîtres. Caterino lui donna la main pour défarder. Et il en profita pour lui dire d'avertir la brigade que Gisuè avait été harpé par les satellites du duc.

« Mais puis-je au moins savoir pourquoi vous l'avez fait arrêter ? quérit don Stellario.

– Ça, oui. Pour avoir asesinado le prince.

– Mais que dites-vous, Excellence ? Le pauvre prince s'est péri de ses propres mains.

– C'est ce que l'asesino a voulu faire croire. En cambio, il a assommé d'un coup de puño le pobre don Filippo et il lui a mis la cuerda al cuello. Vous vous souvenez que je vous ai fait remarquer que le muerto avait la nariz cassée et du sangre sur la cara ?

– Oui bien », fit don Stellario. Puis il se décida à quérir : « Mais pour quelle raison l'aurait-il tué ?

– Por rabia. Por desilusión.

– De quoi ?

– Gisuè Zosimo avait sauvé la vida du prince et très justamente il esperava una recompensa. Mais au lieu de ça, la primera vez que le prince l'a fait venir à la cassine, il l'a reçu à coups de bastón ; et la segunda vez, il ne lui a donné qu'un écu. Alors, sous quelque prétexte, Gisuè a attiré le prince fuera de la villa et l'a matado. »

La démonstration du duc n'avait pas de nez, elle allait complètement à bric et à brac.

Don Stellario Spidicato pesa le pour et le contre. Là tout de suite, en se renvenant à Montelusa et en disant qu'il n'avait pas abondé à trouver Gisuè, il gagnait du temps. Et c'était le meilleur parti.

« Voulez-vous asistir à l'interrogatoire du prisionero ? demanda avec un petit sourire don Sebastiano qui prévoyait la réponse.

– Du tout ! fit le capitaine qu'était prêt à se laver les mains cent fois plus que Pilate. Je m'en remets à votre sens de l'équité. »

Il sortit du cabinet, se retrouva dans la cour, enfourcha son cheval et tira ses guêtres comme s'il avait eu le diable à ses trousses.

CHAPITRE QUATRE

Le capitaine de justice piquait bon cheval envers Montelusa depuis un bon bout de temps quand, tout bien contrepensé, il ralentit son allure. Il était sûr de trouver, à son arrivée au poste, la femme de Gisuè et don Girlando Pitrella attendant devant la porte. Pouvait-il dire les choses à pleine bouche ? Leur expliquer que la justice était impuissante devant les abus d'un frelampier d'Espagnol ? Ce serait une énorme perte de prestige et si ça s'ébruitait, tout un chacun se sentirait en droit de venir lui chier dans la malle. Pour l'heure, la première chose était d'y aller doucement. Et de choisir sortablement ses mots.

Quand le journalier qu'avait apporté l'ânée à la cassine se renvint à l'oliveraie du domaine de Tumminello, la brigade n'avait pas encore fini sa matinée et du coup, il se mit à la manœuvre lui aussi pour ne pas se faire ablager par cette sampille de Colotto Zìcari, le chef d'équipe. Quoique ça, dès qu'il se trouva à côté d'un autre, il lui dit en basset :

« C'est l'duc espagnol qu'a harpé Gisuè. »

Enfin Colotto siffla la recesse et le manger, et tous purent alors parler par escot de c't'affaire. Ils se demandaient aussi où pouvait bien être Filònia.

« Mais on y peut quoi nous, pauv'gens ? soupira quelqu'un.

– On peut une chose », assevera le père Casio qu'avait bien réfléchi.

Quand Colotto siffla la reprise du travail et que tout le monde ressaillit, le père Casio resta éterni par terre.

« Et toi ?

– Mal au dos, c'est la vieillonge, à force de prendre d'âge.

– Pour ça, il y a l'infusion de gravier, au cimetière. En attendant, tant que t'es ici, tu affanes comme les autres.

– Et si je me dégrate ?

– J'te soudrai même pas ta demi-journée.

– Tu peux t'la mettre au cul, ta demi-journée », dit une voix anonyme au milieu de la brigade.

Colotto comprit que le mécontentement couvait parmi ses gens et fit celui qu'a rien entendu. Le père Casio se leva et démigra vers le chemin. Il trouverait de léger un âne ou une charrette pour l'emmener à Montelusa.

Hortensio ouvrit la porte chancie du cachot et une bouffée puante assaillit don Sebastiano, lui donnant envie de débagoller : le prisonnier s'était fianté dessus.

« Enlève-lui la mordaza », ordonna don Sebastiano.

À la lueur de la torche que son compère Honorio tenait haut levée, Hortensio dénoua le bâillon.

« C'est pas d'peur que j'ai caqué, mais d'nécessité. »

C'était une précision à laquelle il tenait.

Mais le duc en avait plus que sa portée d'une telle puanteur.

« Qu'il se lave. Que Caterino apporte du linge limpio. Después, quand il sera lavado, vous me l'amenez au cabinet de travail. »

Contrairement à ce qu'il prévoyait, don Stellario ne trouva devant le poste de police ni Filònia ni don Girlando. Il interrogea un garde qui lui expliqua qu'en effet ces deux-là étaient restés presque tout le tantôt à la porte mais qu'après, un ancien était venu, qu'ils étaient entrés en paroles, puis s'en étaient allés de collagne.

Le capitaine de justice sentit étoupes en sa quenouille. Qu'était-ce à dire ? On ne goguenardait pas avec don Girlando, c'était un particulier qu'était ni noble ni riche, un simple artisan cordonnier, mais un mot de lui et c'était le caquehan chez les menus gens. Il valait mieux ne pas lui faire monter la colère. Il reprit son cheval et se présenta chez les Pitrella.

Quand il entra, maître Girlando était assis devant la table à manger, avec un ancien qu'il ne connaissait pas. Filònia, la femme de Gisuè, était acassée sur un lit, les quinquets enflés comme deux aubergines, avec à côté d'elle sa sœur Angilina qu'essayait de la serener. Pippìno lui, jouait comme rat en paille à travers la maison, tirant une carriole en bois au bout d'une ficelle.

Les deux hommes ressaillirent en voyant le capitaine.

« C'est l'duc qu'a harpé Gisuè.

– Je sais, rebecqua don Stellario. J'y ai parlé, mais il rebarbe.

– C'quidam a pas l'droit d'arrêter le monde.

– Lui dit que si, rapport à une vieille loi, du temps qu'on se mouchait sur la manche. Je peux toujours écrire au vice-roi. Mais vous savez comme moi que don Sebastiano est son filastre. »

Il fit une pause pour donner plus de volume à ce qu'il allait dire : s'ils s'en laissaient conter, il ne serait plus embierné.

« Et si vous preniez un avocat ? »

L'ancien qui jusque-là avait écouté en bonne silence, se prit à rire.

« Mecieu le capitaine, vous savez c'qu'on dit ? Avec un avocat, vous perdez cacous et céleri. »

L'ancien faisait allusion à une histoire légendaire. Un pagan s'en allait vendre six œufs et quelques bottes de céleri au marché de Montelusa. Un maroufle s'était mis en travers de son chemin et lui avait soutiré sa marchandise par befflerie. Acertainé de son bon droit, le pagan s'était adressé à un avocat pour intenter un procès au maroufle. Résultat : le pagan avait perdu, il avait dû payer l'homme de loi et n'avait récupéré ni ses œufs ni son céleri.

Devant une conviction aussi définitive, don Stellario fut réduit à quia.

La question la plus sensée vint de Filònia :

« Mais pourquoi le harper ? »

La vérité est toujours révolutionnaire, affirmerait quelqu'un des années plus tard. Don Stellario n'était guère asavanté, mais il vit à l'œil que s'il disait la vérité sur la raison de l'arrestation, il déclencherait une révolution, c'est-à-dire un sapré bordel.

« Le duc n'a pas voulu me le dire.

– Vous vous êtes dérangé et nous vous en regracions, fit maître Girlando. Mais nous avons compris qu'il ne s'agit pas de justice.

– Faut croire », rebecqua le capitaine de justice, et il départit.

« Yo, duc don Sebastián Vanasco de Pes y Pes, acuso cet hombre, Gisuè Zosimo, d'avoir asesinado le prince don Filippo Pensabene, mon amigo, par resentimiento et espíritu de venganza. »

Les paroles du duc tombèrent dans un complet silence. Dans le cabinet, derrière le bureau, était assis don Sebastiano avec Hortensio et Honorio debout à sa droite.

Gisuè était devant le bureau, debout lui aussi, mais enferré. Il portait des culottes et une chemise propres que lui avait données Caterino. Au fond du cabinet, serrés tous de flotte contre le mur, il y avait les domestiques, ainsi que don Aneto Purpigno parmi quelques autres messiers.

Le duc voulait un procès public, il l'avait fait assavoir à tout le monde.

« Toi, Gisuè Zosimo, te déclares-tu culpable ou inocente ?

– J'ai pas estourbé don Filippo », dit Gisuè hautement et clairement.

C'était l'heure d'aller manger.

« Que l'on ramène le prisionero dans sa celda, décréta le duc. Le proceso reprendra mañana por la mañana. Cette noche, le prisionero aura le temps de pensar à decir la verdad. »

De saut, Aneto Purpigno eut une montée de haine. Avoy ! Cet aliboron de duc, avec son idée cornue de jouer les juges, éloignait Filònia de sa portée alors qu'il était à deux doigts de pouvoir prendre un pain sur la fournée.

« Mecieu le duc ! quincha-t-il alors que les autres départaient, je veux la grâce de pouvoir surveiller cet assasino. »

Don Sebastiano le regarda au nez. On lui avait dit que don

Aneto était franc du collier, qu'il ne favorisait personne et avait toujours servi les intérêts du maître. Et puis Hortensio et Honorio ne pouvaient pas avoir un œil à la poêle et l'autre au chat.

« Entendu », dit-il.

Don Aneto Purpigno s'approcha de Gisuè et lui campa une mornifle en pleine face.

« Charipe ! J'vais m'occuper d'toi ! »

Si un Sicilien veut emboiser un autre Sicilien, il ne faut pas qu'il l'apinche dans les yeux. Or en lui atousant son revire-marion, don Aneto chercha le regard de Gisuè qui comprit alors que don Aneto endormait le mulot. Et il prit la balle au bond :

« Sampille ! Attatends que j'sorte d'ici, on s'ra deux ! »

Don Aneto rebecqua avec une autre plamuse.

Le duc sourit, ces deux hommes étaient prêts à se manger le blanc des yeux, Gisuè était entre de bonnes mains.

« Mais ce procès est-il une necesidad ? demanda Hortensio. Si Votre Excelencia veut faire desaparecer cet hombre… »

Il n'abonda pas à finir sa phrase. La porte du cabinet s'ouvrit violemment et Cocò, cendreux, chignant et tremblant, irrua et se jeta à genoux les mains jointes, suppliant.

« Prenez merci, Excellence, pitié.

– Que te faut ?

– Je dois vous parler, rapport à Gisuè.

– La puerta, fit le duc à Honorio qu'alla la fermer. Maintenant, habla !

– Gisuè est innocent, Excellence ! Il n'a pas escoffié le prince !

– Comment le sais-tu ?

– À cause que le prince m'avait fait sortir pour parler en barbe avec Gisuè, et moi, de la pièce d'à côté, j'ai tout entendu. Ils ont fait pache. Gisuè devait aider le prince à se périr rapport que, tout bien compté et rabattu, le cœur pouvait lui faillir. Il a promis cent écus à Gisuè. C'est la vérité vraie, je le jure sur la sainte croix ! »

Et il se mit à pleurer comme une vache.

Le duc se leva lentement, solennel.

« Debout, joven généreux et valiente ! »

Cocò ressaillit, la poitrine encore secouée, et d'une main il essuya la mouchure qui lui pendait du nez.

Pendant ce temps, le duc avait ouvert un tiroir, y avait pris un petit sac en grosse toile et le brandissait.

« Voici diez écus. Prends ! »

Il lança la bourse à Cocò qui l'agrapa au vol.

« C'est la recompensa pour ton corazón leal et puro. Mais tu ne dois hablar avec personne de ce que tu nous as dit. Mañana por la mañana, quand recommencera le proceso, tu porteras testimonio en favor de Gisuè. Ahora, va-t'en. Et pas un mot ! »

Plus étonné qu'un fondeur de cloches, rapport qu'il s'attendait à tout de la part du duc, sauf à une merci pour son geste, Cocò d'un bond arriva jusqu'à don Sebastiano, se mit à lui baiser la main en l'emmargaillant de larmes, de mouchure et de salive. Hortensio dut intervenir pour désenfergier son maître.

Cocò n'était pas départi que :

« Cette noche, tu dois le matar », dit le duc à Honorio.

Cocò était encore dans le couloir, les jambes molles comme des tripes, quand il s'entendit vochier. C'était Honorio. Arrivé à sa hauteur, l'homme ne dit rien, il lui posa les mains sur les hanches et l'attira contre lui. Il continuait à l'apincher dans les yeux, sans piper mot. Puis il leva sa main droite et passa très doucement son index sur les lèvres du jouvent.

« Toi », dit-il.

Le doigt bouchonna une joue.

« Toi. »

Une oreille.

« Toi. »

Cocò se sentit fondre. L'homme lui dit quelque chose à l'oreille qu'il venait de caresser.

« Oui bien », dit Cocò.

La chance aida don Aneto Purpigno. Juste à la porte de Montelusa, alors qu'il se demandait comment trouver l'endroit où habitait maître Girlando Pitrella, il entrevint avec le père Casio qui rentrait à Tumminello. Don Aneto descendit de cheval et s'approcha.

« Bien le bonsoir.

– Bien le bonsoir.

– Le soleil peut-il se musser ? » demanda Aneto à l'ancien.

Non, le soleil ne pouvait pas se cacher.

« Et l'amour ?

– Non plus.

– Donc, père Casio, vous avez vu à l'œil combien je suis coiffé de Filònia.

– Et vous êtes planté sur le pied gauche car Filònia est une fenotte mariée.

– Moi aussi, je suis marié.

– Pas pareil.

– C'est vous qui le dites. La mienne sait manier le couteau mieux que Gisuè.

– Parlons à bon : que vous faut ?

– Savoir de vous où habite Filònia, à Montelusa. Vous comprenez bien que je ne peux pas lui vouloir de mal. »

Le père Casio y contrepensa un instant. S'il lui disait où habitait le cordonnier, il ne risquait pas de faire tomber Filònia en la malebouche, puisqu'elle ne s'y trouvait pas seule. Il indiqua donc le chemin à Aneto.

Devant qu'entrer, don Aneto Purpigno remira par une petite fenêtre à l'intérieur des deux pièces qui constituaient toute l'habitation du cordonnier. Un homme, sans doute Girlando Pitrella, mangeait avec une fenotte qui tirait d'air à Filònia. Filònia, elle, était assise sur un lit où dormait un enfant. À l'évidence, elle n'avait aucune envie de manger.

Doux Jésus ! C'était pas Dieu possible ! Quel était ce miracle ? Filònia avait les quinquets rougis par les larmes, le bout du picou rouge lui aussi, ses cheveux arrangés comme une poignée de sottises, les lèvres toutes gonflées parce qu'elle les avait mordues pour ne pas quincher, et pourtant elle était encore plus belle. Oui bien, encore plus belle !

Il chapota, la porte était entrouverte, il entra.

« Bien le bonsoir », dit-il, et il en resta là, rapport qu'il s'étrangla et, trampalant, dut s'appuyer au chambranle.

Dominant l'odeur du fromage bien fait que les deux autres mangeaient, le vaporement de Filònia, exalté par la sueur nerveuse, lui était arrivé comme un coup de dague dans les nifles.

Ô quinte essence de baume ! ô fine fleur d'oranger ! eau de rose !

Il n'arrivait pas à détourner ses yeux de ceux de Filònia et elle aussi semblait enforgée à son regard.

« C'est don Aneto Purpigno, le messier du domaine de Trasatta », dit Filònia si bas que c'était presque comme si elle n'avait pas parlé.

Mais don Girlando Pitrella avait saisi. Un messier ! Les messiers étaient le pis du panier. Quand un serviteur fait pache avec son maître, il devient pire que le maître.

« Que vous faut ? demanda-t-il enfiélé.

– Je viens en ami, fit don Aneto en levant les mains, paumes en avant.

– Le moyen de ne pas vous mécroire ?

– Gisuè m'a dit une chose que seule dame Filònia peut comprendre.

– Et c'est ? »

Don Aneto Purpigno s'adressa directement à la fenotte.

« Je n'en connais pas le sens, mais je vous y répète comme Gisuè m'y a dit : c'est pas d'plaisir, mais d'douleur. »

Filònia rougit, baissa les yeux. Ça remontait à la deuxième fois où elle avait fait l'amour avec Gisuè. Arrivé un moment, elle avait pris à pousser des : « Ah ! ah ! » et Gisuè lui avait dit : « T'y prends goût, hein ? » Alors elle avait rebecqué : « Mais non, c'est pas d'plaisir, c'est d'douleur ! Y a une pierre pointue qui me charpille le dos. »

« Il vient en ami, assevera Filònia.

– Venez vous asseoir et prendre un verre de vin », fit maître Girlando.

Don Aneto raconta comment il avait gagné la confiance du duc. Mais la chose n'en montait guère au cordonnier qu'avait un autre souci.

« Peut-on assavoir pourquoi le duc l'a harpé ?

– Pour sûr. Il dit que le prince ne s'est pas péri, mais que Gisuè l'a escoffié.

– Et Gisuè, il a répondu quoi ?

– Que c'était pas vrai, qu'il n'y avait ni part ni quart. »

Donc, pensa Filònia, il voulait garder la bouche sur son pache avec le prince. Personne sans doute ne devait y apprendre, elle saurait avoir courte langue.

« Mais pourquoi le duc croit ça ? quérit maître Girlando.

– Parce que Gisuè aurait mal pris la merci du prince, après qu'il lui avait répité la vie.

– Ça n'a point de nez. Le duc ne prise pas un bouton de la vie du prince. Ils n'étaient même pas amis. Non, je me demande à quoi rime toute cette menée.

– Moi aussi », dit don Aneto. Puis il ajouta :

« Sortons parler. »

Il lui en coûtait de ne plus caresser Filònia du regard, mais le vaporement de la fenotte lui faisait perdre la tramontane.

Maître Girlando était apercevant. Dès qu'ils furent dehors, il ne se feignit pas de dire :

« J'ai compris pourquoi vous vous embattez dans cette histoire.

– À cause ? Ça se voit ?

– Le soleil peut-il se musser ? » rebecqua maître Girlando.

Ils parlèrent jusqu'au jour failli. À la fin, ils ne purent que tomber d'accord sur une conclusion déconfortante : il n'y avait rien d'autre à faire qu'attendre comment ça allait tourner. Heureusement que don Aneto pourrait informer la famille.

« Puis-je saluer dame Filònia ? » demanda don Aneto quand vint l'heure de se déprendre.

Maître Girlando écarta les bras. Le soleil peut-il se musser ?

Ils rentrèrent. Filònia s'était endormie, son fils serré contre elle. Don Aneto n'eut pas le cœur de la réveiller.

À l'encontre, quelqu'un se réveilla à la cassine et comprit que c'était l'heure. Sans tabusser, Cocò s'habilla, descendit les escaliers, saillit dans la cour, la traversa et arriva à la grille. L'assignation convenue était sous l'olivier, le premier de la rangée, à gauche. C'était nuit serrée, on n'y voyait ni peu ni tant. Il entendit un léger sifflement, il se dirigea vers l'endroit d'où il venait. L'arbre était un olivier gigantesque qui, au lieu de pousser vers le haut, étendait ses branches au-dessus du sol, comme des serpents entraficolés. Dès qu'Honorio vit Cocò, il le prit par la taille, le serrant bien fort, tandis que le jouvent lui passait les bras autour du cou et l'embrassait à en perdre le souffle. Honorio déboutonna sa braguette et Cocò poigna l'escourgeon.

« Dans la bouche », dit Honorio.

Cocò, qu'était pain à toutes sauces, se mit à genoux sans froncier.

« Baste », dit Honorio à tant.

Toujours de bonne mène, Cocò défubla ses culottes et s'appuya des deux mains sur une branche assez basse.

Honorio se mit à son cul. La chose dura un monde et plus elle durait et plus Cocò se doulousait de plaisir. À l'instant même où Honorio débondonna, il asséna à Cocò un tatin puissant, du tranchant de la main, sur la nuque. Le jouvent défunta sur le coup.

Alors qu'Honorio se rajustait, Hortensio dérocha du haut de l'olivier.

« Muy bien », fit-il.

Ils embrelèrent le malheureux sur un cheval, Hortensio l'enfourcha et déparqua.

Honorio se rentourna informer le duc que son ordre avait été exécuté et qu'Hortensio était en route pour se décombrer du cadavre qu'il jetterait dans la même ravine où le prince avait baroulé. Le duc dit à Honorio de monter au dernier étage, sans réveiller personne et de chercher l'endroit où Cocò avait cati les écus qu'il lui avait parçonnés.

Doña Isabella sentit son mari entrer dans le lit. Elle attendit la main sur sa cuisse. Rien. Que lui arrivait-il donc ? Avait-il le malengroin pour ce qu'elle lui avait dit ? Elle se promit de lui parler la nuit suivante car elle en avait désormais plus que sa portée : elle avait besoin de sentir un homme en elle.

Sans le vouloir, ce fut don Aneto Purpigno qui passa la hart au cou de Gisuè. Le messier avait pu dormir deux petites heures. Il voulait arriver à la cassine sans détardance pour être là quand le duc reprendrait la farce du procès. Au lieu de suivre le chemin, il porta son cheval dans un raccourci qui, à un endroit, côtoyait la ravine. Et ce fut manquablement sur le bord du précipice qu'il vit, dans la faible lumière de l'aube, une chaussure en équilibre, dodinant au vent du matin. Intrigué, il descendit de sa bête, se pencha. Tout au fond, sur le chenal, il y avait un corps. La dévalée était dangereuse, don Aneto ne s'y risqua pas puisqu'à une demi-heure de là, un sentier descendait à la rivière. Le messier tourna bride en jurant. Y aurait détardance.

« Yo, duc don Sebastián Vanasco de Pes y Pes, déclare abierto le secundo día del proceso contre Gisuè Zosimo, acusado d'avoir asesinado le prince don Filippo Pensabene. »

La scène était la même que l'autre fois, les domestiques au fond du cabinet, Gisuè encepé au mitan, Hortensio et Honorio aux côtés du duc qui s'assit lentement.

Devant que le duc reprenne la parole, don Aneto Purpigno apparut sur le pas de la porte, le souffle court, et guigna Honorio qu'il voulait lui parler. Honorio s'approcha et Aneto lui parla tout bas. Le duc fronça les sourcils mais ne dit ni quoi ni qu'est-ce. Tout le monde démena grande curiosité, sauf Gisuè qui resta pique-plante, sans ciller les yeux. À son tour, Honorio parla à l'oreille du duc. Don Sebastiano l'écouta sans rompre le dé, puis se leva.

« La noticia que j'apprends maintenant est une confirmación de ce que je savais déjà. Ayer, un des serviteurs, Nicola Parrinello, Cocò, m'a avoué, en presencia de messieurs Hortensio et Honorio Fierro, avoir été le complice de Gisuè Zosimo dans l'homicide du prince don Filippo Pensabene et d'avoir recibido une récompensa de diez écus. Rongé par le remordimiento, cette noche Nicola Parrinello s'est suicidé en se jetant dans un despeñadero, son cuerpo a été retrouvé à la madrugada par don

Aneto Purpigno. Yo pense que le prix de sa traición, diez écus, est encore dans son habitación. J'autorise la servidumbre à chercher ce dinero et à se le partager. » Il s'arrêta parce qu'une pensée venait de le traverser. Comment se faisait-il que la servidumbre n'eût réagi ni peu ni tant à la nouvelle de la muerte de Cocò ? Il fallait qu'il charge Honorio d'enquérir.

Le duc ne savait pas que Caterino, qui la nuit redevenait comme un enfantelet, avait vu Cocò avoler par les escaliers et qu'il l'avait suivi. Il s'était mis aux embûches et, ayant assisté à la mort effroyable du garçon, avait tout raconté aux autres.

« Après ce qui vient de se passer, j'estime inútil de continuer le proceso. Todo est claro. La condena pour ce delito est la muerte. C'est pourquoi je condeno Gisuè Zosimo à être ahorcado.

– C'est quoi, ahorcado ? quérit Gisuè à don Aneto, qui s'était mis sur ses côtés.

– Mis au vent, pendu », répondit le messier.

CHAPITRE CINQ

Le matin où il condamna Gisuè à mourir pendu, le duc, en l'absence de Monzù, appela Rosario, la chambrière personnelle de la duchesse et lui ordonna d'affaiter en cuisine.

Rosario poussa une quinchée suraiguë, de cochon qu'on égosille.

« C'est une misión provisional », précisa don Sebastiano pour la désatiser.

Ce fut pire, la chambrière se mit en foucade, glatit qu'elle n'avait que faire ni que souder en cuisine, que c'était seulement pour assister sa maîtresse qu'elle était venue dans cet endroit oublié de Dieu et peuplé de pas-riens qu'attendaient l'heure de bonne encontre où la passer à la casserole. Doña Isabella accourut et Rosario se jeta à ses pieds, chantant le grand hélas en s'arrachant les cheveux. Au regard noir de sa femme, don Sebastiano comprit qu'il valait mieux souffler la chandelle, et il confia la cuisine à Caterino.

Ce fut à la fois un bon et un mauvais choix. Un bon choix, rapport qu'au temps lointain de sa jeunesse Caterino, bandé avec des brigands, s'était attiré, en même temps qu'une réputation de cuisinier touché par la grâce divine, le respect de tous les rencontreurs de bois et harpailleurs du canton ; un mauvais choix, rapport que Caterino était rancuneux et n'avait digéré ni le meurtre de Cocò d'abord, ni l'injuste condamnation de Gisuè ensuite. C'est pourquoi il prépara avec art et amour un bouillon de géline et que, juste avant de le faire servir par

Rosario qui s'était pliée à cette menue tâche, il avait, sans le su de la chambrière, pissé dru dans la soupière.

À la première cuillerée, la duchesse eut envie de vomiter, à l'encontre le duc gloutit le bouillon sans en rien laisser et dit ensuite qu'il était exquis. Cet adjectif mit doña Isabella dans tous ses états, pire que si le diable la berçait : mais quel palais avait-il – quérit-elle à son mari – pour engouer un potage si tant emboconné qu'un pot à pisser n'en aurait pas voulu ? Et elle sortit, refusant de rester à table.

La voyant aussi emmalicée, le duc comprit que la fenotte n'en pouvait plus de l'abstinence à laquelle il l'obligeait. Il décida alors d'activer la menée qu'il avait pris à ourdir.

Sans même finir de manger, il entra dans la salle où Honorio, Hortensio et celui qu'ils croyaient leur nouvel ami, don Aneto, cornaient chacun leur bouteille. Les trois hommes ressaillirent.

« Accompagnez-moi auprès du prisionero. »

Gisuè était toujours enforgé au mur.

« Je vous avise que la sentencia sera effectuée mañana por la mañana, à la hora qui m'adviendra le mieux. »

Gisuè l'apincha, tout fin escarbillat, on aurait dit que c'était quelqu'un d'autre qu'allait recevoir l'ordre du cordier. Il arrive parfois qu'on mécroie l'heure de sa mort arrivée.

« Je veux un curé, je veux me confesser. »

Don Sebastiano ne catolla pas longtemps. Il ne pouvait pas refuser le consuelo de la religión à un moribundo, d'autant plus que, si à Palerme les juges de l'Inquisición venaient à le savoir, il pourrait lui-même finir pire que ahorcado. Il s'adressa donc sans aguet à don Aneto Purpigno, puisqu'il était du canton.

« De acuerdo. »

Don Aneto partit belle tire.

Au lieu d'aller tout sec chercher le curé, le messier, arrivé à Montelusa, se précipita chez maître Girlando Pitrella. Ils savaient déjà pour la condamnation à mort de Gisuè. Qui le leur avait dit ?

« L'air, fit maître Girlando. Parfois on sait les choses par la voie des airs, un mot est dit dans un endroit éloigné et, de saut, ce mot vous arrive. C'est l'air qui l'apporte. »

Maître Girlando ajouta qu'en fin de matinée ils avaient convaincu Filònia d'aller au marché, le besoin ne s'y adonnait pas, c'était seulement pour lui changer les idées, et elle y avait entendu dire que le duc avait condamné à mort son mari. Elle s'était épâmie. Un garde de l'octroi l'avait relevée et raccompagnée.

Le stylet de la jalousie transperça don Aneto : les mains du capitaine gardaient sûrement l'odorement (ô liqueur de cumin ! ô surette oseille ! ô nectar de fruits !), le vaporement de la fenotte.

« Et où se trouve dame Filònia maintenant ?

– Elle dort à côté, la mienne la veille. »

Il ne la verrait donc pas, il lui fallait piller patience.

« Alors, on le laisse défunter comme ça ?

– Non fait. Tôt ce matin, le père Casio est venu me proposer une chose qu'on pourrait tenter coûte et vaille. Je lui ai dit que j'en serais.

– On peut assavoir ? »

Maître Girlando expliqua. Don Aneto approuva : c'était encore le mieux.

La quête d'un curé se révéla affaireuse même si Montelusa en comptait grande force. Le premier sollicité fut le père Calcedonio Schirò. Il pesait, net, cent quatre-vingt-seize kilos. Quand il devait se rendre chez un de ses paroissiens, ils se mettaient à six pour le trajecter, rampé sur une espèce de chaise à porteurs, mais il restait presque toujours le problème que le père Calcedonio n'entrait ni de cul ni de tête par la porte des logis, et du coup, s'il s'agissait par exemple d'administrer l'extrême-onction, on sortait le moribond dans la rue et c'est là que le curé officiait.

« Je pourrais prendre ma voiture pour venir à la cassine », dit le père Calcedonio.

Le curé avait fait démonter tout un côté de sa voiture pour y entrer.

« Mais la mule grimpera-t-elle le raidillon du Salsetto ? »

En effet. Pour aller à la cassine en voiture, pas moyen de moyenner, fallait se grimper le raidillon du Salsetto. Don Aneto comprit qu'il n'y avait qu'une réponse possible.

« Non fait. »

Le deuxième curé sollicité fut le père Palizio Intelisano.

« Vous balivernez ? rebecqua le curé à la requête d'Aneto, vous ne voyez pas ce que je suis après faire ?

– Non, qu'êtes-vous après faire ?

– Je suis après orner l'église, pour la fête de saint Calò.

– Il y a bien, mais la fête n'est que dans trois jours, tandis que cet homme, on l'exécute demain matin. En quatre heures, on a fait l'aller-retour.

– Oui mais, saint Calò, il va y voir comment, c't'affaire ? Tu le connais. C'est un saint qui prend la mouche pour un oui ou pour un non. À tous les coups il va se penser que je m'en bats les joues et m'envoyer quelque malheur. Il a vite fait de s'efferver et moi, je le crains. »

Don Aneto ne durait plus en sa peau. Il décida de recourir au père Uhù Ferlito qui, depuis cinq ans, s'était retiré dans une caverne, au milieu des montagnes du Crasto. Il fallait une heure et demie de cheval, mais don Aneto Purpigno ne se déconforta pas.

À vingt-cinq ans, le père Ugo Ferlito, que les fidèles appelaient Uhù, était devenu secrétaire de l'évêque de Montelusa. Malgré son jeune âge, le père Uhù avait acquis une réputation d'homme de bien, honnête, se tirant les yeux sur les livres. Tout ça jusqu'au jour où l'évêque lui annonça qu'il était chargé d'une mission délicate.

« Vous n'êtes pas sans savoir, très cher fils, entama-t-il, ce que décida le synode de Braga en 563.

– Là tout de suite, je ne vois pas très bien », répondit le père Ferlito, un peu quinaud.

Le synode de Braga, lui ramenta l'évêque, avait lancé l'anathème contre ceux qui pensaient que le diable pouvait, par sa volonté propre, déchaîner tonnerre, foudre, tempêtes et sécheresses. Mais en 840, Agobart de Lyon, dans son *Liber contra insulsam opinionem de grandine et tonitruis*, avait corrigé l'opinion du synode, en affirmant que le diable peut faire tous ces dégâts *per praeceptum dei*, en exécutant la volonté du Seigneur.

Pendant une heure encore, il parla au curé de Burchard de Worms et de son *Malleus maleficarum*, de saint Thomas et de la *Summa*, tout particulièrement là où il explique comment il faut procéder contre les animaux possédés du démon. Et finalement, il entra dans le vif du sujet.

« Le domaine du baron Argirò di Alicudi e Filicudi a été envahi par des millions de limaces qui sont en train de détruire les récoltes. Les paysans affirment que le diable est entré dans chacune des limaces. Le baron lui-même est venu me trouver, et a laissé un don très généreux. J'ai pris des dispositions pour leur envoyer le père Stanislao Cumella qui s'y connaît en la matière.

– Mais nous pouvons ?

– Si fait, nous pouvons. En se référant précisément aux dommages causés par les limaces, la sentence de Mâcon en 1481 prescrit aux prêtres de les admonester une, deux, trois fois : qu'elles s'abstiennent de manger et dévaster les récoltes.

– Et au cas où les limaces n'obéiraient pas ? quérit le père Ferlito.

– Si elles n'obéissent pas, dit toujours la sentence, il est évident qu'elles sont les instruments de Satan et qu'il faut donc les maudire et les excommunier. »

Le père Ugo Ferlito ne dit ni quoi ni qu'est-ce.

« Je vous envoie là-bas parce que le père Stanislao Cumella se laisse aller à des excès quand il exorcise, vous devrez le contrôler. »

Effectivement, il y avait des milliards de limaces, on ne pouvait pas faire un pas sans en écramailler et elles restaient empégées aux semelles, gluantes, si bien qu'on risquait toujours de glisser et d'aboucher.

Une vingtaine de pagans, hommes et fenottes, se tenaient à genoux, à la lisière du champ où opérait le père Stanislao Cumella. Sous l'effet de la chaleur féroce et de l'énergie qu'il mettait à exorciser, le curé avait tout défublé, restant en culotte.

Il capriolait, tournait sur lui-même, parfois lentement et parfois comme une fiarde, un rain de buis béni dans sa main gauche et une croix dans la droite. D'une voix tonnante, le père Stanislao récitait l'exorcisme.

« Sors puis de là / diable gouliafre / Fuis et défuis / au nom d'Marie / N'y reviens plus / au nom d'Jésus / Diable gouliafre / sal' diabloton / ne me cass' pas / les pelotons… »

Avait-il bien entendu ? se demanda, alarmé, le père Uhù.

« Diable, diablot rouge / me cass' pas les bouges… »

Il avait bien entendu. Voilà à quoi pensait l'évêque quand il lui avait dit que le père Cumella se laissait aller à des excès. La chose dura encore abondamment, jusqu'à ce que le père Stanislao, complètement épuisé, s'applatât au sol, exanimé. De prime venue, don Ferlito ne sut que faire, puis il courut au secours de son confrère. Le peu de temps qu'il mit pour arriver près du corps du père Stanislao suffit pour qu'une centaine de limaces le recouvrît. Le père Uhù, qu'était bien embêté, prit idée de lui poser une main sur le front. Et alors, tout soudain, les limaces qui maréaient sur le père Cumella se figèrent, puis se rabougrirent comme si elles flambaient et défuntèrent. Que se passait-il ? Bauché en place, le père Uhù enleva sa main et la posa par terre. Sur une distance de plusieurs brasses, les limaces défuntèrent tout sec. Le curé en était tressuant. Il remira son parcours jusqu'à l'endroit où était étendu son confrère : il y avait comme un sentier de limaces mortes là où il avait appesé le pied. Tandis que le père Cumella revenait à soi, il voulut faire un essai et renjamba de cinq pas. Avec horreur, il vit que sur autant de brasses, toutes les limaces étaient recrénillées tandis que les plus éloignées continuaient à ramper. Il ne dit rien, ne bougea pas d'un pouce. Manquablement, quand le père Cumella rouvrit les yeux et qu'il vit les limaces défuntées, il crut que son exorcisme opérait et il reprit de plus belle ses conjurations. Le père Uhù en profita pour remonter à cheval et prendre le large.

En se renvenant à Montelusa, il se sentait fiévreux. Avait-il donc le pouvoir ? Il était en pleine confusion, il risquait de chuter de son cheval et, du coup, il décida de se relaisser un peu sous un arbre.

Son cerveau était bruyeux comme si ses rouages avaient manqué d'huile, toutefois il perçut, venant de derrière un buisson, une voix qui piaulait et se doulousait. Il ressaillit pensant qu'il s'agissait d'un blessé, et apincha. De l'autre côté des buissons, se trouvait une petite clairière et, au mitan, une fenotte dont il n'abonda pas à déterminer l'âge, allongée sur le dos, sa jupe recoursée jusqu'au ventre qui la laissait nue, les cuisses ouvertes, les bras levés et arrondis comme si elle étreignait quelqu'un ; on voyait à l'œil qu'elle forniquait avec le vide. Le père Ferlito n'eut pas le temps de se merveiller car il aperçut, du côté opposé à celui où il se tenait, un jeune gars qui remirait lui aussi la scène. Tandis que la fenotte continuait sa congression avec l'air, le jouvent décidé à profiter de l'occasion se défubla et une fois nu s'approcha sans tabus de la fenotte, plongea entre ses cuisses et la pénétra. Ce fut immédiat, une flambe ardente jaillit entre leurs deux corps, le jouvent se releva en feu, la fenotte sembla se réveiller, poussa une quinchée effroyable et s'enfuit comme foudre. Don Ferlito vit le gars brûler sous ses yeux, et en vomita tout ce qu'il avait dans le corps.

Quand il arriva à l'évêché, il dit à son supérieur que tout allait bien et qu'ils méritaient bien la prébende offerte par le baron Argirò. De belle nuit, il alla dans la bibliothèque de l'évêque et emporta dans sa chambre tous les livres qui parlaient du diable. La rencontre avec le *Perì energeias daimonion* de Michel Constantin Psellus dans la traduction française de 1615, c'est-à-dire datant d'une cinquantaine d'années, changea sa vie. Il y apprit qu'étant des anges déchus les diables n'ont en général pas de corps mais qu'ils peuvent en prendre un, humain ou animal. Quand ils ne sont faits que d'air, ils peuvent copuler, et c'était à cela qu'il avait assisté, dans la mesure où la pénétration a lieu comme si le membre était de chair (et dans ce cas, la semence est bouillante, visqueuse et abondante) ; en revanche, quand ils ont une apparence humaine visible, cela veut dire qu'ils ont pris possession du corps d'un mort (et dans ce deuxième cas, leur semence est aussi froide que la glace et ne procrée pas). Psellus soutenait que la semence bouillante d'une enveloppe d'air avait donné naissance, dans l'ordre, à Romulus et Remus, Platon, Alexandre le Grand, Scipion l'Africain et, d'après Cocleo, à Martin Luther aussi.

La classification des démons, conçue par Psellus, en Ignés (sis dans l'atmosphère supérieure), Aériens (dans l'atmosphère environnante), Terrestres (dans la terre), Aquatiques (dans les eaux), Souterrains (dans les cavernes) et Lucifuges (dans les grottes inférieures) lui donna le coup de grâce.

Don Ferlito sonda le gué de l'affaire. Il possédait le pouvoir de combattre le diable, mais s'il attendait que le diable vînt dans la maison du Seigneur, il risquait de rester longtemps le bec en l'eau. Il fallait le chercher dehors, dans les campagnes.

Il avait alors revêtu une robe de moine, s'était fabriqué une croix géante et s'en était allé vivre dans une caverne (proche donc des Souterrains et des Lucifuges). Il mangeait de l'herbe, pratiquait des exorcismes, hargotait sa croix pour chasser les démons et parfois aussi pour en atouser quelques bons coups sur le coqueluchon de ceux qui l'emmaliçaient. Il maniait la croix, disaient les pagans, mieux que Roland sa Durandal.

Quand don Aneto atteignit la caverne, le père Uhù était à bouchetons par terre, après commander à deux sauterelles de ne pas s'accoupler, et surtout de ne pas se reproduire.

Don Aneto lui expliqua le cas.

« On y va, dit le curé, mais pour la croix ?

– Montez sur le cheval devant moi et on mallera la croix en travers, sur vos jambes. »

Pendant que don Aneto quêtait un curé, don Stellario Spidicato, le capitaine de justice, ayant appris lui aussi par la voie des airs la nouvelle de la condamnation à mort de Gisuè Zosimo, et flairant la fricassée, se dit qu'il lui fallait de bond ou de volée assurer ses arrières, quelqu'un aurait pu lui demander pourquoi était restée secrète cette histoire du droit de haute et basse justice revenant au duc Vanasco de Pes y Pes par décret royal – va-t'en d'ailleurs savoir de quel roi – qui remontait à plus de trois cents ans et dont personne ne se ramentait, à commencer par le prince Filippo Pensabene. Il alla voir maître Tinco Lumèra qu'était avocat, et il lui parla de cœur.

« Voici une affaire très élégante », commenta l'avocat radieux. Et c'était son défaut : plus la question était juridiquement subtile, élégante, à faire trois morceaux d'une cerise, plus l'avocat s'y infrasquait, jusqu'à ne plus savoir comment en ressortir. Et au bout du compte, soit sa plaidoirie n'était pas plus à propos que s'il avait parlé du prêtre Jean, soit il se mettait à fatrouiller, perdant les causes auxquelles il tenait le plus.

« Donc, fit-il, comme chacun sait, le droit de *merum et mistum imperium*, c'est-à-dire la juridiction pénale, était jusqu'en 1297 l'apanage en Sicile des membres de la famille royale, de Frédéric III. Puis, pour se concilier les barons, le roi leur céda ce privilège. Par la suite, ce droit devint héréditaire. Quand Martin le Jeune en 1372 se proclama *rex Siciliae*, il retira ce privilège aux nobles qui ne l'avaient pas soutenu et le laissa à ses alliés. Depuis lors, une chose est certaine : que les privilèges accordés par Frédéric III sont presque tous restés entiers. »

Il sourit, content de lui. Il tira un cordon de sonnette, un domestique entra, il lui ordonna d'apporter un verre de malvoisie et des biscuits au moût de vin cuit.

« Tout frais », assura-t-il. « Mais l'élégance de la question n'est pas là, reprit-il au bout d'un moment. Le droit d'exercer la basse et la haute justice est-il attaché à la propriété ou à la famille ? Veuillez m'excuser. »

Il passa dans la pièce d'à côté. Pendant qu'il possait sa malvoisie et croquait les gâteaux, don Stellario entendit le bruit de livres qui chutaient, de dossiers qui se dessampillaient et, pardessus tout ce rabât, l'avocat qui proférait une batelée de jurons. Tinco Lumèra fut presque une heure devant que revenir, mais il revint souriant.

« Regardez, capitaine, au cours des vingt dernières années, il y a eu quatre procès pour des droits qu'on soutenait être attachés seulement à la famille : Bardicchia contre Tulascio, Zeppitello contre Pensabene, Calappio conte Fragapane, Gisualdi contre Papè. Eh bien, dans les quatre cas, le tribunal a jugé que les droits étaient attachés à la propriété. D'ailleurs, ça paraît logique : si vous n'avez pas un endroit où exercer votre justice, autant faire des figues à un aveugle et dire des pouilles à un sourd !

– Veuillez me pardonner, mais je ne comprends pas très bien.

– Mon cher don Stellario, vous pouvez dormir sur vos deux oreilles. Votre duc peut se cuisiner son journalier en sauce ou grillé : personne n'a le droit de lui dire ni fric ni frac. Hein qu'ils sont frais, ces petits biscuits ? »

Il n'était pas entré dans la cour de la cassine que le père Uhù enchargeait la croix sur son dos et demandait à Honorio, pique plante devant la grand porte :

« Où est ce défortuné ? »

Il croyait parler normalement, mais en fait, habitué comme il était à exorciser au cours des manifestations de la volonté divine (pestes, tremblements de terre, tempêtes, sécheresses, famines) qui sont presque toujours bruyeuses, il avait attrapé une voix de jugement universel. Doña Isabella, qui dormait dans sa chambre, se réveilla ébravagée, Caterino laissa choir quatre coupes en argent, Hortensio poigna sa dague, le duc sursauta, Rosario tomba à genoux.

Honorio guigna le curé de le suivre. Mais le bonhomme resta immobile au milieu de la cour, il sentait le vaporement de quelque chose qu'il connaissait pour le pratiquer depuis longtemps : quelque part, était cati un démon.

Gisuè était toujours encepé au cachot.

« Détravez-le, et allez voir ailleurs si j'y suis. »

Après avoir exécuté l'ordre du curé, Honorio, préférant tenir le loup par les oreilles, se mit de garde à l'entrée de la cave. Son cheval pansé, don Aneto alla tenir compagnie à l'Espagnol.

La confession dura une grande demi-heure, puis le père Uhù ressortit, sa croix sur le dos. Honorio enferra Gisuè derechef.

« Vous aurez un innocent sur la conscience », dit mordamment le curé à Honorio. Ils gravirent l'escalier de la cave, sa croix poquant à chaque marche. Arrivé dans la cour où don Aneto l'attendait pour l'aider à remonter sur le cheval, le père

Uhù s'arrêta sur cul et se tourna très lentement vers la grand porte, par où il venait de sortir. Sur le seuil, droit comme un cierge, se tenait le duc. Quand le curé l'advisa, il poussa une telle quinchée que toute la demeure en trembla.

« Qui es-tu donc ? » glatit l'homme de Dieu, en plantant sa croix entre l'homme floupé de noir et lui.

Tous les habitants de la cassine se montrèrent, qui aux fenêtres, qui aux portes : doña Isabella, Rosario, Hortensio, Honorio, Caterino, le chef des domestiques, le chef des écuries, le second du chef des écuries, les six palefreniers et trois garçons d'étable.

Don Sebastiano parvint à dominer el miedo, la peur, que ce fraile lui inspirait. Et par le fait, tel qu'il était là, le père Uhù mettait froid aux os : les cheveux droits sur la cocuce, les yeux qui pointoyaient à toute outrance, sa main droite, crochue, tendue vers le duc, un tremblement qui le secouait jusqu'aux oreilles.

« Qui es-tu ? » quérit-il plus hautement encore, et on aurait dit qu'un coup de vent ployait les arbres.

« Yo suis le duc don Sebastián… »

Il n'eut pas moyen de finir, don Ferlito lui coupa le dé :

« Non ! juppa le curé. Je sais qui tu es ! Tu es le démon Belial qui s'est incarné dans un mort ! Ta semence est froide comme la glace ! »

On entendit une quinchée suraiguë en provenance d'une des fenêtres du deuxième étage. Doña Isabella, qui connaissait la température de la semilla de son mari, s'était épâmie entre les bras de Rosario.

Le duc s'efferva aux mêmes mots qui avaient fait s'évanouir doña Isabella.

« Jetez-le fuera ! » ordonna-t-il.

Trois personnes seulement se dégrobèrent : Hortensio et Honorio, rapport qu'ils n'avaient pas le choix, et le second du chef, rapport qu'il espérait devenir chef à la place du chef et cherchait à se mettre en valeur devant le duc.

Sans mot dire, le père Uhù prit à faire tournoyer sa croix au-dessus de son coqueluchon. Les trois hommes s'arrêtèrent tout sec : un coup asséné de plein élais avec cet engin pouvait bien vous tuer net. À reculons, maniant la croix, le curé sortit de la cour. En une main tournée, les trois autres refermèrent la grande grille de la cassine.

Don Sebastiano ne perdit pas de temps.

« Accompagnez-moi auprès du prisionero. »

Une fois dans le cachot, le duc ordonna à Hortensio et Honorio de sortir, il voulait hablar seul à seul en confianza, avec le condenado.

« Tu n'as aucune posibilidad de salvación, attaqua don Sebastiano. Dans quelques horas, tu morirás.

– Votre Excellence m'y a déjà dit, rebecqua Gisuè sans s'émouvoir.

– Mais yo puedo te donner un moyen de no morir ahorcado.

– Ah oui, et comment ? brûlé ? décolé ?

– Non, de rester vivo.

– Vous voulez que j'escoffie un autre quidam ?

– Je veux en cambio que tu donnes, no la muerte, mais la vida. »

Gisuè n'y comprenait censément rien.

« As-tu des hijos, des enfants ?

– Oui bien. Un garçon », répondit Gisuè sans se donner merveille, il était sûr maintenant que l'Espagnol détrancanait complètement.

« Ferais-tu un enfant pour moi ?

– Votre Excellence veut que Filònia et moi on fasse un enfant et qu'on le donne à Votre Excellence ?

– No avec ta mujer, mais avec la mienne, doña Isabella. Cette noche. Tu la mets encinta et moi mañana por la mañana, je te laisse en libertad. Palabra de honor. Qu'en dis-tu ? »

Le cerveau de Gisuè gironna aux grandes allures. Et il se fit vite son idée.

« Devant que répondre, je veux l'curé. Il me reste un péché mortel.

– Réponds d'abord.

– Je veux l'curé ! Il me reste un péché mortel ! » s'époumona Gisuè.

Les quinchées de Gisuè faisait partir les oreilles au duc tandis que, dehors, éclatait ce qui semblait être une canonnade.

« L'curé ! L'curé ! »

Nouveau cañonazo. Mais qui donc tirait au canon sur la cassine ?

Arrivé dans la cour, le duc comprit ce qui se passait. C'était le curé qui buquait la grille de sa croix transformée en bélier, tout en rugissant :

« Faites-moi entrer ! Le condamné veut m'voir ! »

Don Sebastiano donna sèchement quelques ordres, comme s'ils avaient été sur un champ de bataille. Tout le monde devait dégager le terrain, don Aneto ouvrir, puis se tirer à sauvement.

La grille ouverte, le père Uhù se trouva devant un désert. Il fila haut le pied jusqu'à la cellule.

À peine cinq minutes plus tard, il ressortait et vochiait don Aneto.

« Faites-moi sortir de cette maison maudite ! »

Au même moment, on entendit derechef Gisuè.

« J'veux Filònia ! J'veux voir Filònia !

– Mecieu le duc, je fais quoi ? » quérit don Aneto.

Le duc lui répondit qu'il était d'accord : don Aneto n'avait qu'à embarquer ce maldito curé, ou qui diable c'était, puis revenir avec la mujer du condenado.

Par ensuite, quand les choses se furent finalement un peu accoisées, le duc s'en retourna au cachot.

« C'est d'accord ?

– Devant, j'veux voir Filònia, et par ensuite, j'vous dirai peut-être oui.

– Tu ne parleras pas à ta mujer de ce que je t'ai demandé ?

– Non fait, j'veux juste la serrer dans mes bras.

– Tu ne diras nada de notre pacte ?

– Ni peu ni tant. »

Ils venaient tout juste d'entrer dans le chemin de terre quand le père Uhù dit à don Aneto de s'arrêter. Il descendit de cheval, enfardela sa croix.

« Je finis à pied, ne t'amuse pas à m'accompagner. Écoute-moi bien, mon fils, Gisuè n'avait pas gardé de péché mortel, il voulait me faire assavoir ce que le duc lui avait demandé. Il veut que cette nuit Gisuè fifre la duchesse et l'engrosse. »

Don Aneto Purpigno n'échappa pas de cheval parce qu'il réussit à se cramponner à la crinière. Puis, il se reprit et s'ébouffa de rire, quasiment jusqu'aux larmes.

« Tout ce volume qu'il fait et au bout du compte, c'est un impuissant !

– Pas *coeundi*, mais *generandi*, précisa le père Uhù, c'est-à-dire qu'il ne peut pas faire d'enfant.

– Alors Gisuè est à sauveté ! Si le duc veut qu'il serve sa dame, par après il doit le déprisonner.

– Gisuè a bien entendu chat sans qu'on lui dise minon, rebecqua le curé. Et je pense qu'il a raison. Demain matin, après lui avoir fait empreigner sa femme, le duc le pendra aussi bien. La loi ignore leur pache et à ses yeux Gisuè a été condamné à mort pour meurtre. Par ainsi, Belial, le démon, aura accompli son œuvre maligne. Je vais prier pour l'âme de ce défortuné. Bonsoir. »

Ce n'était pas encore jour faillant, il restait de la lumière, mais le temps ne faisait pas d'abonde. Don Aneto piqua bon cheval envers Montelusa.

CHAPITRE SIX

« Si Gisuè veut me voir, partons sur pied, dit Filònia délibérée.

– Et comment ? quérit maître Girlando.

– Avec le cheval à don Aneto, j'me mets d'vant, et lui derrière. »

Don Aneto manifestement déteignit. Pour le sûr, il n'y arriverait pas. Quoi ? Une heure et demie à chevaucher en la tenant devant lui ? Cela signifiait : un, que ses cheveux à elle seraient à la hauteur de son nez (ô froment à peine levé ! ô pois chiche encore vert ! ô pâquerette de mars !) ; deux, que la partie basse postérieure de dame Filònia (ô pain frais pétri ! ô cuignet à peine défourné ! ô tendre chair d'agneau !) serait en contact permanent avec sa partie basse antérieure à lui avec, pour finir le plat, le mouvement crossant du cheval au trot, avant arrière, avant arrière ; trois, que pour bien la tenir à chevauchons, il devrait ceinturer son ventre de son bras gauche (ô coussin de feuilles ! ô herbette tendre ! ô duvet de poussin !). Il n'y abonderait pas, son cœur (et manquablement quelque autre partie de son corps) peterait la guille avant.

« Vous déparlez, fit don Aneto, la voix étranglée. Si on vous voit à cheval avec moi, que vont penser les gens ?

– Je m'en bats les joues de ce que pensent les gens », rebecqua Filònia, résolue.

Maître Girlando intervint.

« On va faire comme ça : j'emprunte la voiture d'un ami, vous y attelez votre cheval et tout est dit. »

Don Aneto poussa un soupir de soulagement.

Dans son cabinet où il attendait Hortensio et Honorio partis quérir un domestique, don Sebastiano aborda le fond de la question : si le condenado répondait oui à sa propuesta, cuando allait-il anunciar à doña Isabella qu'elle devait copular avec un hombre qui n'était pas son esposo ? Il n'avait aucun doute sur le fait que la duchesse, par fuerza ou par razón, se plierait à sa voluntad, mais doña Isabella allait à coup seguro llorar, rogar, gritar, bref faire du ruido, du grabuge, et c'était à éviter. Puis il sourit et se traita d'estúpido : même si Isabella ébranlait les muros de la maison avec ses gritos, personne ne l'entendrait.

Ses deux hommes de main entrèrent. Sans dire pipette, le duc ouvrit une des laies de son bureau avec une clé, y prit une fiole en argent bouchée par un tapon vissé qu'il tint haut levée.

« L'agua del sueño ! » murmura Honorio qui l'avait reconnue. C'était lui qui l'avait parçonnée à son maître deux ans devant à Palerme, il se l'était procurée chez une bonne femme qui faisait des mixturas de amor et de muerte, et elle lui avait coûté mucho. Une demi-goutte dans une garrafa plongeait cuatro personas pendant cinco horas dans un sueño d'abord profundo puis plus ligero. Dès qu'il avait eu cette eau de sommeil, don Sebastiano en grand secret en avait donné quelques gouttes à doña Carmen Hortolano laquelle, chaque soir, en mettait deux chiches dans le vin de son mari, don Isidoro. Le pauvre homme avait tout juste le temps de s'applater sur son lit, et dodo. Doña Carmen se couchait à côté de son homme et attendait l'arrivée du duc. Quel grand divertissement pour la pareja d'amants de jouir l'un de l'autre pendant que l'époux dormait dans la misma cama ! Il l'avait utilisée une deuxième fois quand, à une de ses preguntas, doña Isabella avait sauté hors du lit en criant :

« Es peccado ! Es contra naturam ! »

Le lendemain soir, don Sebastiano lui en avait glissé un quart de larme dans son potage. Mais il n'avait pris aucun plaisir, son épouse était comme un cadáver. « Je veux qu'après comer, todos, je dis bien todos, dorment. Je ne veux personne despierto quand il faudra ahorcar le condenado. »

Il remit solennellement la fiole à Honorio.

« Quelques gotas suffiront, ensuite tu me rendras le frasquito. »

L'agua del sueño lui servirait encore.

On chapota à la porte. C'était le chef des domestiques.

« Mecieu le duc, une voiture est arrivée, c'est la femme à Gisuè. »

Ils étaient tous dehors, serviteurs, palefreniers, garçons, à remirer Filònia pique-plante dans la cour, à côté de la voiture.

« Cette maison maintenant, c'est mieux que le théâtre de marionnettes, dit Caterino au chef des domestiques.

– Accompagnez-la », fit don Sebastiano à Honorio et Hortensio.

Don Aneto Purpigno s'approcha du duc et lui fit une révérence à cul ouvert.

« Si Votre Excellence n'a plus besoin de moi, je voudrais me rentourner au domaine surveiller les journaliers. »

Le duc le congédia : un témoin de moins.

Il laissa passer un peu de temps, puis pénétra dans la cave et se présenta devant le cachot. Filònia étreignait son mari, elle le serrait contre elle sans chigner ni rien dire.

« Assez ! Llevate cette mujer, confiez-la à Caterino dans la cocina, puis revenez ici. »

Ils durent s'y mettre à deux pour désallier Filònia et son mari. Et pendant qu'elle s'entre-harpait avec les deux hommes, la fenotte ne dit pas un mot, ne poussa pas une plainte.

Restés seuls, les deux hommes s'apinchèrent dans les yeux.

« Oui », dit Gisuè.

Le duc avait une consigne à lui passer, et il le fit.

« Tu dois copular avec doña Isabella jusqu'à ce que tu sentes que dans ton cuerpo, il n'y a plus une gota de fluido viril. Claro ? Je dois avoir la certidumbre que ma mujer tombe encinta.

– Mecieu, j'y ferai tant que je pourrai.

– Attention, ne lui fais pas mal, j'ai ta mujer dans mes manos. »

Gisuè guigna affirmativement de la tête.

Hortensio et Honorio réapparurent et refermèrent la porte du cachot. Quand ils passèrent dans la cave, don Sebastiano les arrêta.

« Que prépare Caterino à la cocina ?

– Une soupe pour la servidumbre.

– Muy bien. Vous allez y verser l'agua del sueño. Dites à Caterino que ce soir, yo n'ai pas d'apetito. Vosotros, vous mangerez avec moi plus tard.

– Le condenado doit-il manger ? quérit Honorio.

– Non. Je vous attends tout à l'heure, quand vous aurez controlado que todos sont endormis. Yo suis dans le cabinet. »

Mais il voulut d'abord passer par la chambre à coucher. Doña Isabella avait allumé de la clarté et lisait à la lumière des chandeliers, assise dans un fauteuil. C'est tout juste si elle leva la tête en voyant entrer son mari.

« Vous ne mangez pas ? »

Sans dire ni quoi ni qu'est-ce, la duchesse indiqua une desserte où Rosario avait apprêté des fruits de saison et une coupe pleine de lait de chèvre, qu'elle aimait beaucoup.

« Muy bien », fit le duc.

Par ainsi, il était sûr que doña Isabella ne prendrait pas talent de potage. Sa mujer devait à toutes mains rester despierta.

Le duc finit de scrutiner les papiers où étaient consignées les rentes des quatre domaines. Il sourit, content comme Barabas à la Passion : il avait réalisé un excellent negocio, en biseautant les cartas contre le prince Pensabene. On chapota.

« Venez voir », dit Honorio, orgulloso.

Dans la vaste cuisine, Caterino et Filònia dormaient, Caterino les bras derrière le dossel de la chaise, le coqueluchon incliné sur une épaule, tandis que Filònia avait croisé ses bras sur la table pour y poser son front. La cuisine donnait sur une autre pièce : c'était là que se trouvaient Rosario et le chef des domestiques, assommeillés. Après cette pièce, venait la grand salle, atintée de bancs et d'une table si tant tellement longue qu'on n'en voyait pas la fin. Et là se tenait le reste de la maisniée, comme si était passé l'ange qui dit « amen », celui qu'arrête tout sur cul, en l'état.

Il y avait un silencio de muerte. Pas un ronflement. Sans doute un effet de l'agua del sueño, c'était un sommeil artificial.

Pour plus de sécurité, le duc voulut qu'Hortensio comptât les dormeurs : tout le monde était là.

En signe de satisfacción, le duc posa la main sur l'épaule d'Honorio, mais ne lui quérit pas le frasquito, la fiole : ç'aurait été une falta, les deux hombres ne devaient rien sospechar.

« Nosotros mangerons après avoir fait un certain trabajo. Toi, continua-t-il en s'adressant à Honorio, va chercher le condenado et emmène-le au camarín de toilette qui est à côté de mon cabinet de travail. Il doit se desnudar et se lavar. Toi, poursuivit-il en se tournant vers Hortensio, va aux establos et prends deux étrilles, dos cepillos pour chevaux. Lavez-le vous-mêmes avec les brosses. Il doit être todo limpio. »

Ils en avaient vu et entendu de toutes sortes avec le duc, mais là c'était la meilleure. Hortensio et Honorio se remirèrent l'un l'autre, puis regardèrent le dueño.

« La muerte, proféra solennellement don Sebastiano, est noble et pura. On ne se présente pas à elle le cuerpo sucio. »

L'experiencia avait convaincu les deux marpauts que la muerte était à l'incontraire une chose pas du tout noble, voire asquerosa, répugnante : mais ils préférèrent ne pas contredire le duc.

Ses deux satellites partis, don Sebastiano monta dans la chambre à coucher, doña Isabella dormait, le souffle calme et régulier. En bonne silence, le duc s'allongea, tout baché, sur leur lit et prit à contrepenser. Et si cet hombre échouait ? Et si c'était une hija ? Lui faudrait-il tout recommencer depuis le début ? Il se tressua dans ces doutes jusqu'au moment où il estima que l'heure était venue de redescendre dans son cabinet. Quand il quitta la chambre, le sueño de sa mujer était inchangé, tranquille et regular.

Au camarín de toilette, Gisuè était debout dans la gerle qui servait pour le bain. Hortensio et Honorio le remiraient, satisfaits, ils avaient bien travaillé, la peau était rougie, les étrilles avaient laissé leur marque. Don Sebastiano jeta un rapide coup d'œil à l'aparato de Gisuè, volumineux et largement dimensionné, avec deux cojones gros comme des oranges, prometteurs.

« Emmenez-le au cabinet. »

Quand ils furent dans le cabinet :

« Attachez-le à cet anillo », fit le duc en montrant la cheminée.

Honorio trouva un morceau de corde et harda Gisuè à l'anneau qui, placé en hauteur, l'obligeait à se tenir droit, les bras dans le dos, à côté de la cheminée.

« Et ahora, allons comer. »

Ils organisèrent leur dîner dans la petite pièce où Rosario et le chef des domestiques dormaient. Pour faire de la place, Hortensio les envoya s'écramailler par terre de deux coups de pied dans leurs chaises, sans même les réveiller. Honorio prit dans le cellier du pan, des aceitunas, du queso, du pescado salado, du jamón. Hortensio arriva avec une grande botella de vin et trois verres qu'il remplit incontinent.

Ils venaient d'attaquer les olives quand don Sebastiano s'immobilisa, une main en l'air.

« Qué pasó ? » demanda-t-il, en souci.

Les deux autres, qui n'avaient rien entendu, le remirèrent d'un air interrogateur.

« Un ruido, un bruit, qui venait de la grand salle où dorment les serviteurs. Quelqu'un se serait-il despertado ? »

Hortensio et Honorio se levèrent et irruèrent hors de la pièce. Don Sebastiano tira de sa poche une minuscule botella qu'il avait remplie avant de confier l'agua del sueño à Honorio, et en versa une goutte dans le verre de ses créats.

Un sueño tranquille et regular... à d'autres ! Elle ne s'était pas plutôt mise en camisón et glissée entre les draps que la chaleur qu'elle éprouvait dans sa chair mua en flammes vives et en huile bouillante courant dans ses veines. Elle ressaillit, alla au camarín de toilette, se benouilla d'abondance, puis retourna sous ses draps, toute trempe. Mais autant battre vent, cette épouvantable chaleur n'était pas dehors, mais dedans. Et doña

Isabella en connaissait la raison à pur et à plein. Sainte Thérèse d'Avila définissait le désir charnel comme une « faute très grave », un péché si effroyable que, disait toujours la sainte, on ne pouvait pas faire volte route, même en demandant miséricorde et pardon. Mais le feu augmentait de minute en minute, étrapait la terreur du péché mortel. Doña Isabella bouliguait sur son lit, se mettait à plat dos, à plat ventre, sur le côté : c'était même farine, le feu de l'enfer s'était emparé d'elle. Ce fut à ce moment-là que le duc entra et s'allongea sur le lit. Par un effort dont elle ne se croyait pas capable, elle s'imposa de ne plus se tarabâter et de rester calme, de respirer comme quelqu'un qui dort paisiblement. À un moment, elle craignit de ne plus y arriver, elle aurait voulu se dresser dans le lit et lancer une quinchée à réveiller les morts. Heureusement son mari se leva et sortit. Alors doña Isabella rejeta le drap qui pesait sur sa peau, prit à ouvrir et fermer les jambes comme des ciseaux dans la main d'un fou, et puis à ribaler la tête d'un côté, puis de l'autre, sur l'oreiller, de plus en plus vite, de plus en plus dru. Ah Jésus, doux Jésus ! Alors, sous son crâne, une rumeur de vent violent enfla, et un grondement de vagues en tempête, tandis que l'incendie la chauffourait tout du long et du lé. C'était sans fin ni cesse. La même chose lui était arrivée à quinze ans, quand elle était encore au couvent : elle s'était levée, avait couru à la cellule de la mère supérieure, en larmes elle lui avait dit tout à plat ce qu'elle sentait et montré sans aguet l'endroit où le feu était le plus ardent. Et la mère supérieure avait posé sur elle une main charitable pour l'éteindre, ce feu, et elle l'avait réconfortée en la caressant, l'embrassant, la coquelinant. Mais qui près d'elle, à présent, lui apporterait soulagement et refrigère ? Soudain une voix qu'était la sienne sans être la sienne, récita silencieusement ces mots :

« A onde te ascondiste, / Amado, y me dexaste con gemido ? »

C'étaient les deux premiers vers du *Cantique spirituel* de saint Jean de la Croix qu'elle connaissait par cœur. Où t'es-tu cati, mon amour, me laissant seule à me démarcourer ? Il fallait l'aller chercher. Elle se leva, mais elle tirait peine à tenir debout, bronchant sur ses jambes mal assurées. Et pour finir le plat, son regard était comme étoupé par une espèce de brouillard. Devant la porte de sa chambre, elle s'arrêta, remira à droite et à gauche. Le couloir était désert.

« Ô heureuse aventure / je sortis sans me montrer / quand ma maison fut enfin apaisée. »

C'était toujours san Juan de la Cruz qui chantait la chanson de l'âme.

« Dans l'obscurité, en sécurité / par la secrète échelle déguisée… »

Là san Juan se trompait, l'escalier n'était pas secret et elle n'était pas masquée, mais c'était tout du même. Où allait-elle ? Elle l'ignorait mais continuait d'aller par la maison.

« Sans lumière j'allais / autre que celle qui en mon cœur brûlait… »

Elle arriva sur le palier, l'escalier continuait mais il y avait aussi la porte du cabinet de travail. Elle s'y dirigea.

« Et elle me guidait / plus sûre que la lumière de midi / au lieu où m'attendait / moi je savais bien qui / en un lieu où nul ne paraissait. »

En effet dans le cabinet, il n'y avait personne. Doña Isabella était entrée sans tabusser, légère sur ses pieds nus. Puis elle regarda envers la cheminée et elle le vit. Nu était son Amado et il avait les yeux fermés. Gisuè, dérompu, s'était endormi tout droit, comme les chevaux. Elle tomba à genoux et cette fois, le bruit réveilla Gisuè. Mais ils décoconnaient pour de bon, dans cette maison ! Qui était cette fenotte en chemise de nuit, flâtrée à ses pieds, les mains jointes ? Belle, ça elle l'était. Mais pourquoi balmait-elle d'avant en arrière ? Trop bu ?

« No quieras despreciarme. »

Elle voulait rire ? Qui la méprisait ? Elle était un objet précieux.

« Que si color moreno en mí hallaste. »

Les fenottes blondes ne lui plaisaient pas, elles avaient un vaporement de fleurs fanées.

« Ya bien puedes mirarme. »

À cause ? Il faisait que ça, la contempler ! Belle que c'était pas Dieu posse !

« Después que me miraste. »

Ah non, là elle se trompait, il ne l'avait jamais vue avant.

« Que gracia y hermosura en mí dexaste. »

La fenotte ressaillit, se dirigea vers le guéridon où était posée l'épée du duc. Elle la dégaina, s'approcha de Gisuè, l'arme au poing. Gisuè sentit son cœur qui devenait foie, il ouvrit des yeux comme des paumes, crut qu'elle voulait l'estourber. À l'encontre, la fenotte passa dans son dos et de deux coups nets, trancha ses harts. Puis elle renjamba de trois pas et dit, toujours en le remirant :

« Ô nuit qui as uni / l'aimé avec l'aimée ! »

Puis elle défubla sa chemise de nuit et fut nue. Le cabinet était éclairé à la bougie mais à ce moment-là Gisuè eut l'impression qu'un soleil s'était levé dans la pièce.

Ils finirent par s'écrouler, Hortensio le nez dans son jamón tandis qu'Honorio tombait de sa chaise et s'agrobognait sous la table. Le duc poussa un soupir de soulagement, maintenant venait le moment le plus delicado, hablar avec sa mujer. Il calcula que la servidumbre dormait déjà depuis plus d'une heure, restaient donc quatre horas utiles. De ces quatre horas, à coup seguro, il allait en gaspiller une à convaincre doña Isabella. Il lui rappellerait le testamento de son père qui laissait tous ses biens à son nieto, son petit-fils, c'est-à-dire au premier-né du couple : pouvaient-ils se permettre de perdre cette fortune ? Il lui rappellerait que, après la concepción, ils pourraient à nouveau copular sans problemas. Mais il y avait d'autres problemas, et de taille ! Le premier, déjà : sa mujer n'avait jamais manqué une ocasión de declarar son horror à la pensée de copular avec un autre hombre que son legítimo esposo. Or, une mujer peut-elle engendrar avec un hombre pour qui elle éprouve de l'horror ? Deuxièmement : était-ce la bonne noche pour qu'Isabella pût concebir ? Tercero : quelle inteligencia aurait le hijo, né de la semilla d'un campesino ignorant et grosero ?

En attendant, il fallait hablar avec Isabella. Il se décida. Il monta la première volée de l'escalera, mais s'arrêta. Par la puerta ouverte, arrivait un gemido, une plainte continue. Et si le condenado avait tenté de se périr ? C'était la fin de son proyecto. Il faillit entrer, mais s'immobilisa. Et s'il s'agissait d'un engaño ? Peut-être le condenado était-il parvenu à se libérer et se trouvait-il derrière la porte, sa propre espada à la main, prêt à le matar. Que faire ? De l'endroit où il se tenait, il pouvait voir le reloj, une précieuse horloge à pendule. Elle marquait onze heures du soir. Comment ? Deux horas déjà étaient passées depuis que la servidumbre s'était endormie ! Le tiempo s'envolait inutilement. Ce fut ce qui le décida : il entra brusquement, en faisant un écart sur la gauche pour evitar l'eventualidad d'un coup d'espada ou d'une cuchillada. Mais il fut quand même poignardé en pleine poitrine quand il vit ce qu'il vit.

Isabella, étendue par terre, étreignait le dos du condenado, ses jambes crochetées sur les nalgas, sur les fesses de l'hombre qui la chevauchait vigoureusement, avec tant de fuerza que le cuerpo de sa mujer, à chaque golpe, avançait sur le suelo.

Et ce qu'il avait pris pour un gemido continu étaient des paroles haletantes, étouffées, qui sortaient de la bouche d'Isabella :

« Ay, quién podrá sanarme ! / Acaba de entregarte ya de vero... »

Il se sauva, littéralement, les manos étoupant ses orejas, pour ne plus entendre la voix de paloma en chaleur de sa mujer. Dans la cour, il essaya de se calmer, la soirée était belle, avec une batelée d'étoiles au ciel. Pourquoi avait-il eu cette reacción ? Il se dirigea vers le puits, tira une seille d'agua, y plongea la cara et l'y laissa jusqu'à la suffocation. Donc, l'explicación pouvait être la suivante, à savoir qu'Isabella était allée le chercher au cabinet, mais qu'elle avait été asaltada par le condenado qui avait réussi à se détraver. Mais pourquoi Isabella trumait-elle en camisón dans une quinta pleine de gens ? Et puis, chose plus terrible, pourquoi récitait-elle ces palabras, comme si elle y prenait ébatement ?

Baste, baste ces pensamientos, ces preguntas. Et, en premier lugar, du calme. Il n'y avait aucune necesidad de perdre son calme juste parce que la situación lui avait escapada des manos.

Du reste, ça ne changeait nada. Toutefois, à majeure razón, cet hombre devait être ahorcado de todos modos. Il avait décidé de longue main que l'hombre devait mourir après la noche avec Isabella, ahora il devait mourir pour une culpa véritable : il avait fait violencia à sa mujer.

Quand, à vue de nez, il estima qu'une hora était passée, il rentra dans la quinta, monta la première volée de l'escalera, tendit l'oreille. Encore ! Ils étaient encore après ! Il se pencha pour remirer, en ne passant que la cabeza à l'intérieur du cabinet. Doña Isabella était penchée sur l'escritorio, les brazos étendus pour se tenir aux bords avec les manos, la cara posée sur la madera, sur le bois. L'hombre était debout derrière la mujer, et à chacun de ses golpes, l'escritorio se soulevait légèrement pour ensuite retomber au sol. La voix de la duchesse était un halètement rauque :

« Apaga mis enojos, / pues que ninguno basta a deshazellos… »

Devant que se dégrater, il regarda la pendule : medianoche était déjà pasada.

Dès qu'il fut dans la cour, un doute le saisit : si l'hombre était dans cette posición et Isabella dans l'autre, pouvait-on être sûr que la semilla serait echada, déversée, dans la bonne urna ? Savait-il, ce patán, distinguir entre les deux agujeros ? Il replongea la cara dans l'agua puis, résigné à jocquer encore un certain temps, alla à l'écurie. Quand ils le virent, les chevaux tressuèrent. Alors il ouvrit la portière d'une voiture et se glissa à l'intérieur : il avait un peu frío.

Maintenant l'hombre était éterni sur le dos et sa mujer, dessus, galopait salvajemente et beurlait :

Mi Amado las montañas,
los valles solitarios nemorosos,
las ínsulas extrañas,

los ríos sonorosos,
el silbo de los aires amorosos…

Don Sebastiano se pensa que, même à cette allure fougueuse, il leur restait tant que tant de contrées à chevaucher. La pendule indiquait qu'à son tour la première hora du matin était pasada.

Les cinq horas de sueño profond étaient écoulées, comprit-il soudain, alguien pouvait se réveiller. Dans la cuisine, Caterino et Filònia étaient toujours dans la misma posición ainsi qu'Hortensio, Honorio, Rosario et le chef des domestiques. À l'encontre, dans la grand salle, deux criados avaient fait quelques movimientos, ils étaient dans une posición différente. Pour avoir un œil à la poêle et l'autre au chat, don Sebastiano décida de rester dans la grand salle. Il s'assit sur un banc, se prit la cabeza entre les mains. Au bout d'un certain tiempo, il sursauta au ruido d'un criado qui avait essayé de se lever, mais était retombé assis. Il n'y avait plus de tiempo à perder. Il dégaina la dague qu'il avait prise à Hortensio en passant et se rentourna une fois de plus sur le palier. Il n'eut pas le temps d'entrer dans le cabinet qu'il vit sa mujer, desnuda, une sonrisa indéfinissable sur ses lèvres légèrement turgescentes. Elle ne regarda pas son esposo, don Sebastiano eut même l'impresión d'être pétri d'air, invisible. Doña Isabella prit à monter l'escalera envers la chambre à coucher, en fredonnant sans remuer los labios :

« La blanca palomica / al arca con el ramo se ha tornado… »

Le duc irrua dans le cabinet, dague au poing. Et il vit Gisuè, extenuado, qui dormait. Don Sebastiano était décidé à le matar de ses propres manos, sans jouer la comédie de l'ahorcar. Il ne pouvait plus attendre, il lui fallait sa venganza tout sec. Il leva la dague pour atouser le golpe et aperçut le camisón de sa mujer, en boule dans un rincón. Il l'agrapa et l'enfila dans une liette du bureau. Mais cette infime perte de temps ficha tout en l'air. Alors qu'il levait la dague derechef, un terrible cañonazo résonna dans la cour, amplifié par le silencio de la noche.

Puis il entendit la voz du frater, ce loco qui le prenait pour un diable :

« Ouvre la porte, Belial ! »

Et bang, un autre cañonazo. Que se passait-il ? La fenêtre était abierta, il regarda. Ce qu'il vit lui mit froid aux os. La cassine était entourée de tous points par une marée de torches allumées. Il sortit du cabinet, courut à l'arrière de la quinta, ouvrit une autre fenêtre : c'était pareil. Un tercer cañonazo éclata et ce fut comme un signal parce que les trois cents personnes au moins qui circondaient la maison entonnèrent en chœur :

« Baise, baise, Gisuè, / dans le cul et le caudet ! / Vas-y, embourre, laboure, / empreigne bien cette gouge / et engrosse-la à plein / comme t'y fais tant et bien. / Donne-lui puis tout son dû / à ce grand salaud de duc ! »

Ils savaient ! Ils savaient tout ! Et ahora, s'il avait matado Gisuè, il ne pourrait plus se justifier, en particulier devant le capitaine de justice.

Cette nuit-là, rapportèrent ensuite les chroniques, trois colonnes se mirent en branle pour cicuir la cassine. C'était une idée au père Casio pour sauver Gisuè de la pendaison, et le père Casio en personne préallait la colonne de la brigade des journaliers du domaine de Tumminello. Maître Girlando commandait la colonne venue de Montelusa, composée de gars hauts à la main, qui prenaient au poil toutes les occasions de tumultuer. À chef de la troisième colonne, il y avait don Aneto Purpigno qu'emmenait les ouvriers du troisième domaine, vu que le quatrième des domaines du pauvre prince était trop loin. Le texte du turelure avait été composé par Pepè Attanasio, poète improvisateur, qu'était de la brigade où travaillait Gisuè.

Don Sebastiano s'imagina un tableau terrifique : s'il ne mettait pas tout de suite en libertad le prisionero, cette gentaille allait incendier sa quinta et il périrait asado, rôti. Tout était perdu désormais. Il réveilla Gisuè en lui estordant un coup de pied.

« Va-t'en, tu es en libertad. Tes compañeros t'attendent. Yo suis un hombre qui tient toujours sa palabra.

– Non fait mecieu, je dépars pas sans Filònia.

– Ta mujer est à la cocina. Prends-la et va-t'en. »

À la cuisine, Filònia dormait. Gisuè tâcha moyen de la réveiller mais elle ne se dégrobait pas. Il la chargea sur son dos, ouvrit la grille de la cour et, nu jusqu'aux oreilles, sortit. Il fut accueilli dans un tabus étourdissant de quinchées, d'applaudissements, d'embrassades, de vivats et de rires. Don Aneto prit Filònia sur son cheval ; elle avait rouvert les yeux et ne comprenait qu'une seule chose : que Gisuè était à sauveté. Les retrouvailles fêtées, les trois colonnes se séparèrent, se renvenant qui chez soi, qui à son travail : on ne pouvait pas rien se permettre de perdre la journée.

Pendant que la brigade allait son grand chemin envers le domaine de Tumminello, le cheval de don Aneto se retrouva tout en queue. Quand les autres furent hors de portée, don Aneto arrêta sa bête et fit descendre Filònia. Ils acculèrent sous un arbre.

« Merci », dit Filònia en papillotant des quinquets.

Puis elle défubla son chemisier, leva le bras gauche. Les yeux ouverts comme un miron qui fait dans la sciure, don Aneto plongea ses nifles dans l'aisselle de la fenotte (Ô vaporement de sauge ! odorement de myrte! fleur de pistache !). Filònia laissa se désaltérer cet animal assoiffé, puis elle leva l'autre bras. Don Aneto s'y jeta comme un affamé (Ô vaporement de raisin ! odorement de laurier ! asperge sauvage !) puis il se mit à lentibardaner avec son nez, de la sauge à l'asperge, du myrte au raisin, et réciproquement, jusqu'à tant que Filònia l'arrêtât. Alors don Aneto posa sa main sur le lacet de la brassière qui lui ceignait la poitrine.

« Défuble-la », implora-t-il d'une voix rauque.

Filònia repoussa sa main.

« C'est pas encore le moment.

– Pas le moment ? Pas le moment ? prit à quincher don Aneto. Alors que vous me mettez dans c't état ? »

Et prenant son élan, il poqua sa tête contre le tronc de l'arbre, comme un fou. Son front pancha le sang.

Filònia en fut peinée.

« Bon, donnez-y. Ici », dit-elle, en tendant une main charitable.

Ils travaillèrent toute la journée comme des massacres, mais joyeusement. Ce fut à la brune seulement qu'ils se sentirent éclénés, aussi parce qu'il leur manquait une nuit de sommeil. Quand elle fut sûre que tout le monde dormait, Filònia prit la main de son homme. Ils s'isolèrent.

« T'as encore les vires qu'il y faut, après ta nuit avec la duchesse ? »

Gisuè eut un léger rire de supériorité et entreprit la besogne.

Ainsi fut conçu Michele, Michele Zosimo.

Le futur duc Simón de Pes y Pes, encore invisible à l'œil nu, était déjà solidement arrapé dans l'utérus de sa mère, doña Isabella.

INTERMÈDE

Le matin du jour où arriva ce qu'il arriva, on eût dit la cassine peuplée non pas de monde en chair et en os, mais de spectres. L'agua del sueño avait ceci de particulier : elle vous laissait dépontelé et emburelucoqué un sapré bout de temps. C'est ainsi qu'errant par la maison certains se poquaient aux gens ou aux meubles comme des phalènes empégées dans la lumière, d'autres avaient les oreilles étoupées ou bien les jambes molles comme des tripes, à ne pas tenir droit plus de deux pas. Honorio et Hortensio réveillés en restèrent tout couânes. Que s'était-il passé ? Encore à moitié potringués, ils se lancèrent à la recherche de leur maître et le trouvèrent dans son cabinet de travail. Ils regardèrent à la ronde, sans voir Gisuè. Don Sebastiano était sérieusement dans ses noirs.

Sous les yeux du duc qui lançaient des flammes, les deux marque-mal ne risquèrent pas un mot.

Don Sebastiano pointa sur Honorio un index droit plus redoutable qu'un pistolet, et quérit :

« Où est la botella de agua ? »

Honorio poussa un soupir de soulagement. Il la savait dans sa faque. Mais quand il voulut la prendre, il s'aperçut qu'elle n'y était plus. Il fouilla ses vêtements de plus en plus vite pour, au bout du compte, écarter les bras, tout quinaud, les yeux baissés.

Don Sebastiano ouvrit la laie du guéridon, en sortit la fiole (dont il s'était emparé pendant qu'Honorio dormait) et la montra aux deux créats.

« La mujer du condenado, dit-il. Elle t'a vu verser l'agua dans la soupe. Elle a todo entendu. T'es-tu acercado d'elle ? »

Oui, Honorio s'était approché d'elle, juste un instant, le temps de lui passer une main au trasero, au cul.

« Oui, fit-il en jaunoyant.

– Muy bien. La mujer s'est aprovechada et elle t'a pris la frasquita du bolsillo, de la poche. Puis elle a versé de l'agua del sueño dans notre vin.

– No es posible ! quincha Honorio. La mujer dormait ! C'est cierto !

– Non, rebecqua don Sebastiano. Elle faisait semblant, c'était une ficción. Elle nous a envoyés dormir todos, ensuite elle a liberado son esposo et ils ont escapado. Muchas gracias, Honorio. »

D'un pas lent, le duc s'approcha et souffleta Honorio d'un violent revire-marion.

« Hombre de mierda ! »

Honorio en tremblait par entier, comme de fièvre tierce.

« Donnez-moi le permiso. Je vais les buscar, je les amène ici et je les égorge sous vos ojos. »

Don Sebastiano leva justement les ojos et les bras au ciel, comme un curé qui dit la messe.

« Dios l'a voulu ! La huida du condenado est un signe du ciel ! Nadie maintenant ne doit plus lui faire de mal ! C'est une orden ! »

Hortensio et Honorio ne décrurent pas ce que racontait leur maître. À l'encontre, le reste de la maisniée connut la vérité vraie dès le début du tantôt, quand un jeune gars de la brigade embesognée à Tumminello, apporta une nouvelle ânée d'olives. Tout d'un train, l'air même autour du duc changea. À un sourire qui s'effaçait soudain du visage d'un serviteur, à une phrase laissée en suspens par deux garçons d'écurie, aux huit pouces de profondeur que le chef des domestiques avait rajoutés à ses révérences, don Sebastiano comprit que la servidumbre savait. Il décida toutefois de continuer son esistenzia comme si rien ne s'était passé, soufflez !

Rencontrant Rosario, il lui demanda si sa mujer était réveillée.

« À l'instant, répondit la chambrière. Peut-être se sent-elle mal, ou bien a-t-elle de la fiebre. »

Le duc monta l'escalera à pas de poule, au ralenti, en ruminant les palabras à trouver avec doña Isabella.

Il ouvrit la puerta sans faire le moindre ruido. La fenotte était desnuda, droite, elle lui tournait le dos et remirait fixement le mur. Le duc fut poigné d'un deseo qui naissait moins de la hermosura, de la beauté des formes de sa mujer, que du recuerdo de la noche précédente, où il l'avait vue jouir entre les brazos d'un autre hombre. Il revoyait le visage de sa femme appuyé contre l'escritorio du cabinet, haletante, la boca ouverte et tordue d'où pendait un hilo de salive.

Excitado à l'extremo, il s'approcha d'elle et l'embrassa dans la nuca. Doña Isabella se retourna, apincha son mari, les yeux perdus dans le vague puis, quand elle le sortit du flou, elle lança un cri suraigu. Pris au dépourvu par une telle reacción, don Sebastiano renjamba de trois pas, effrayé. Doña Isabella irrua vers la cheminée, saisit un hierro pour tisonner la leña et le brandit contre son mari.

« Ne te hasarde pas à me tocar ! Reste lejos de moi ! Je n'ai qu'horror pour tes manos, pour ta boca, pour ton sexo, pour ton esperma frígido ! Cette noche, mon Amado, mon véritable esposo, m'est aparecido, il m'a prise dans ses brazos ! Ah comme il était fuerte ! Ah comme il m'a penetrada toda ! J'ai éprouvé l'extasis suprême ! La totale annihilation dans mon querido ! Toi, hombre, tu n'entreras plus dans mon lecho ! Je suis et je serai enteramente à lui, pour toujours, cuerpo et alma ! »

Et elle s'élança contre don Sebastiano pour lui cravanter la tête d'un coup de tisonnier. Le duc esquiva prestement, agrapa le poignet de sa mujer et lui tordit le bras tant qu'à la désarmer. Alors elle s'acassa sur ses genoux, les bras ouverts, crucifiés, la tête forjetée comme arrachée du cou, les tétins pointés au ciel, entonnant son Juan chéri :

« Allí me dió su pecho, / allí me enseñó ciencia muy sabrosa... »

« Ça, pas de doute : il t'a enseigné une science savoureuse, bagasse ! » explosa le duc. Et il lui cracha au visage.

Six jours après la nuit où arriva ce qu'il arriva, Filònia était délibérée à payer la première échéance de son dû à don Aneto Purpigno. Dans la fenière où il l'avait emmenée, elle s'était défublée de saut, et maintenant, allongée nue sur la paille, elle attendait : nu aussi, don Aneto était resté droit, à la remirer d'en haut, et ne se décidait pas encore à enrayer la besogne. Car là était le hic, pour don Aneto à qui une telle abondance de biens faisait perdre la carte : par où diantre commencer ? Quand il estima que ses yeux avaient fait chère pleinière, il résolut de découvrir Filònia en son lieu le plus mussé. Il se jeta à bouchetons et rampa comme un serpent entre les jambes écartées de la fenotte. Arrivé à portée de ses natures, il y plongea le nez et inspira profondément (Ô tapis de mousse sauvage ! ô racine de réglisse ! ô résine de pin !). Vue et odorat repus, il imagina d'y rester bambaner avec un troisième sens, le goût. La sensation qu'il éprouva sur la chaude fut si violente (Ô sirupeuse malvoisie ! ô miel de Grèce ! ô douce liqueur de cumin !) qu'il n'y put tenir et peta la guille, panchant sur la paille sa force d'homme.

Le même sixième jour après la nuit où arriva ce qu'il arriva, le père Uhù Ferlito vint à chef de son jeûne de préparation rituel. Cinq jours et cinq nuits durant, il n'avait ni mangé ni bu ni dormi, il était resté agenouillé, en prières. Il ne s'était interrompu que les deux fois où Caterino était venu le voir pour lui recenser les habitudes que don Sebastiano avait prises depuis que doña Isabella ne le voulait plus dans son lit et qu'il lui fallait dormir dans la chambre d'amis.

Il lui restait une dernière chose à accomplir. Le moine-curé se releva en trampalant, les genoux dolents, les rotules comme des cailloux. Il se dirigea au fond de la caverne vers une faille très étroite et, bien qu'il eût autant de chair sur les os qu'une sardine séchée, il se disposa de profil pour s'y engoulfer. De l'autre côté de la faille, se trouvait une petite grotte et en son mitan, un miroir d'eau propre et fraîche alimenté par l'eau qui dégouttait de la voûte. Le père Uhù Ferlito l'avait bénie. Il défubla son froc, entra dans l'eau bénite qui lui arrivait à la poitrine. Puis il s'acassa sur les genoux et se laissa recouvrir par entier, sans décesser de prier. Quand il ressortit, il était lavé, le corps débué et le reste aussi, prêt à entamer sa guerre contre l'être deux fois encorné : comme homme, aucun doute que don Sebastiano portât les cornes puisque son épouse avait forniqué avec un autre, et comme diable, elles lui revenaient par nature. Il faisait nuit serrée quand il se mit en route pour la cassine, mais il y avait une belle lune. Sa croix sur le dos lui parut légère.

Il marcha deux bonnes heures. Caterino lui avait raconté que chaque matin le duc sortait par la grille et départait à travers champs. À deux cents pas de là, il y avait un pistachier au pied duquel feu le prince avait fait installer une pierre carrée où, de fois à autre, il venait s'asseoir pour contempler le paysage. Le duc avait repris cette habitude, il poussait jusqu'au siège de pierre et culletait là une heure, pourpensant à ses affaires.

En appesant sur le sol le pied de sa croix inclinée, le père Uhù toupilla autour du pistachier en dessinant un cercle qu'avait pour centre exact l'arbre et le siège. Puis, en répétant la même manœuvre, il traça à l'extérieur du cercle cinquante-sept petites croix. De la hart autour de sa taille, il desceignit une cruche en terre pleine d'eau bénite de la grotte et la pancha sur le sol, toujours en gironnant à l'extérieur du cercle et en récitant la formule rituelle :

« Te rogamus ut hos campos benedicere, conservare et ab omni daemonium infestatione custodire digneris. »

Il sortit de sa gibasse une miche de pain, en coupa plusieurs taillons qu'il émietta un à un entre ses paumes, laissant tomber les miettes à l'intérieur du cercle. Il répéta le même aprêt avec trois poignées de sel en gringuenottant la conjuration de Thierhaupten, la plus secrète, la plus terrible :

« Ely Eloy Ely Messias Yeye Sother Saday lux Sammanu... »

Il avait fait ce qu'était de faire, maintenant il ne lui restait plus qu'à se catir dans l'herbe et voir venir. Pendant qu'il attendait, un doute le traversa sur la formule à utiliser pour faire disparaître le démon. Car si on se trompait de formule et qu'on en prononçât une mesadvenante quant au degré hiérarchique du diable à exorciser, alors non seulement ça ne marchait pas du tout, mais ça devenait même dangereux. Indiscutablement le duc était Belial, le frater l'avait immédiatement reconnu. Or Belial était roi, à la tête de soixante-six légions (les démons se répartissent en quatre catégories : rois, marquis, ducs et comtes), mais était-il oui ou non supérieur à Sydonai, roi lui aussi, mais commandant soixante-dix légions ? En revanche l'heure était juste, les démons rois pouvant être évoqués entre tierce et midi. De l'endroit où il s'était racaté, il vit aux premières lueurs du jour le duc arriver d'un pas tardif, pénétrer dans le cercle sans rien remarquer, s'asseoir sur le siège de pierre. À peine don Sebastiano eut-il posé son coude sur son genou et son menton dans sa main, qu'il s'enfonça vertigineusement dans le sol, disparaissant de la vue du curé.

Complètement ébaffé, le duc était toujours assis sur sa pierre, dans la même posición, mais à trois brasses sous tierra, coincé dans une fosse dont la forme rigoureusement circulaire était chose merveillable. Il se leva, remira vers le haut, vit un coin de ciel, les feuilles de l'arbre. Les parois de cette espèce de puits n'offraient aucune prise. Toutefois le duc crut avoir trouvé une solution : la pierre avait quatre empans de longueur, s'il la dressait et se guindait dessus, il atteindrait peut-être le bord de la fosse, il se baissa pour la poigner mais s'arrêta tout net. La terre des parois scintillait, comme parsemée d'écailles de métal. Il remira de plus près. Et il crut que son cœur allait s'arrêter. C'étaient des yeux, des centaines et des centaines d'ojos pequeños, des ojos de serpiente. Et tandis que le duc quinchait d'horreur et de souleur, les serpents, longs de deux empans à peine, jaillirent par milliers, tombant comme une avale d'eau, et formèrent une masse compacte qui lui monta aux genoux. Le duc tenta de se décapier, d'extirper au moins une jambe, mais en vain, les serpents étaient devenus un ciment vivant qui l'empiautrait. Puis toute la partie supérieure de puits qu'il croyait en terre s'abousa, l'ensevelissant jusqu'au cou pendant qu'il levait les bras pour se protéger. Ce n'était pas de la terre, mais des milliards et des milliards de fourmis rouges, de celles qui estiquent. Les fourmis baroulèrent sur le tortis de serpents, comblant jusqu'aux plus petits interstices. Avec leurs morsures, ce fut une brûlure ardente qui s'engoulfa dans les veines de don Sebastiano. Il aurait mieux valu de vraies flammes, parce qu'au moins une fois qu'elles vous ont crinsé, tout est dit, tandis que cette arseure n'en finissait pas de finir, ravivée à chaque battement de son cœur. Il ne pouvait plus se dégogner, les bras levés, les yeux exorbités, les cheveux droits sur la tête et, de terreur, il s'était pissé et caqué dessus.

Le coin de ciel qu'il voyait s'effaça, bouché par le visage du moine détrancané, le père Uhù. Le curé avait choisi la conjuration du milieu qu'il récita au duc, tout en le benouillant d'eau bénite :

« Par la vertu suprême de Jésus, tu dois disparaître ! Il a chassé les sept démons de Marie la Magdaléenne. Il a néanti les royaumes de la mort, et libéré de ton pouvoir ceux que tu avais envoûtés ! Il est le roi de la gloire qui sortit de la bouche du Père ! Et moi, par cette même bouche, je t'ordonne de te rentourner dans l'enfer d'où tu es venu ! »

Mais il n'y eut ni fric ni frac. Le duc ne disparut pas, il resta pique-plante, statue à la bouche ouverte et aux bras levés. Le père Uhù fut pris sur un pied. S'était-il emboisé ? Peut-être n'était-ce pas Belial, mais Decarabia ou Forneus ou Gomory ? Pas un roi, mais un duc ? Pas la bonne heure ? Il fallait tout recommencer à zéro, le jeûne, la purification, les prières. Déconforté, il jeta sa croix sur son dos et reprit le chemin de sa grotte.

L'heure de déjeuner arrivée, la table mise, Hortensio et Honorio s'aperçurent que leur seigneur et maître n'était en aucun cuarto de la quinta. Les caballos étaient todos dans les establos, le duc devait donc s'être alejado à pied et ne pouvait pas être allé bien loin. Hortensio partit sur le chemin et Honorio prit à travers champs. Au bout d'une centaine de pas,

Honorio se rassura en voyant don Sebastiano assis sur une piedra en forme de siège. Arrivé à portée de voix, il l'appela. Mais le duc restait arrapé, il semblait absorbé dans de profonds pensamientos, le menton apoyado dans sa main et le coude posé sur la jambe gauche. Quand Honorio fut à un pas de lui, son sang se glaça. Les yeux écarquillés, don Sebastiano fixait la nada, et ses cheveux étaient tout blancos.

Il se retint à male peine de filer du derrière et vochia Hortensio de venir vite, qu'il avait trouvé le duc. En le voyant, Hortensio ne fut pas moins épouvanté. Puis rassemblant leur courage, ils essayèrent de le changer de position et de le remettre debout. Rien n'y fit : s'ils le soulevaient en le prenant sous les bras, le duc gardait les jambes pliées comme s'il était encore agrobé sur sa pierre. Alors, en croisant avant-bras et mains, ils firent la chaise comme pour porter les enfants, et l'emmenèrent jusqu'à la chambre où il dormait désormais. Mais ils eurent beau faire le vert et le sec pour l'étendre sur son lit, le duc resta agrogné dans la même position. Ils le déposèrent alors sur une chaise. Puis, tandis qu'Honorio montait la garde à la porte de la chambre, Hortensio piqua bon cheval envers Montelusa, chercher le meilleur médico. Il revint trois horas plus tard, précédant de peu le coche du docteur Spiridione Zagarrigo.

Gros et grand, bien membré, la barbe tant tellement longue que pour un peu il marchait dessus, Zagarrigo était un excellent médecin, mais seulement quand on le prenait en bonne lune, car certains jours il avait des accès de philosophie et son cerveau battait vent. Or, chose qu'Honorio et Hortensio ignoraient, ce jour-là était précisément jour de spéculation. Il savait ce qui s'était passé parce qu'en venant le chercher en ville l'Espagnol le lui avait expliqué. Sans dire ni quoi ni qu'est-ce, il s'assit devant le duc et le remira longuement.

« Eh bien oui, lâchait-il de fois à autre, se confortant peu à peu dans son opinion. Eh bien oui. »

Au bout d'une demi-heure, il se décida à ouvrir la bouche.

« Puis-je voir madame la duchesse ? »

Comme tout le monde, il avait su pour la fameuse nuit, dès le matin, et c'était par curiosité qu'il voulait la voir, aucun rapport avec la maladie du duc. On lui avait dit que c'était une bien belle fenotte et il aimait les belles fenottes.

« No es posible, fit Honorio.

– La duchesse si siente mal, précisa Hortensio.

– Alors je peux la soigner ! » dit Spiridione Zagarrigo dont tout le visage s'éclaira : peut-être arriverait-il à la voir nue.

« No es posible », appuya Honorio. Et il avança d'un pas en lui lançant un regard à couper un clou.

Le médecin comprit qu'une auscultation n'était ni de mise ni de recepte et changea de sujet.

« Le duc est-il courageux ?

– Mucho.

– Valiente et intrépide.

– Quand vous l'avez trouvé assis sous l'arbre, avez-vous compris ce qui avait pu l'effrayer autant ?

– Il n'y avait nada.

– Todo était normal.

– Alors, il n'y a qu'une explication. À force de pourpenser, car il est dans la position typique du penseur, le duc est tombé, il a chu.

– Precipitado ? Où ?

– Il n'y a pas de foso là où le duc est passé.

– Il a chu dans l'abîme de l'esprit, de la pensée, de la spéculation et non dans une fosse matérielle. Suis-je clair ? »

Hortensio et Honorio n'y avaient pas compris la queue d'un ciron, mais ils guignèrent que oui de la tête.

« Ça va être très difficile, et même dangereux, de le ramener à la surface ; il risque de chuter encore plus.

– Que devons-nous faire ? quérit Hortensio en souci.

– Il faut procéder par étapes. C'est quoi un enfant, pour vous ?

– Pour nosotros ? C'est un niño, rebecqua Honorio, mincement imaginatif.

– Non, bien plus que ça. L'enfant est l'exacte image de l'homme quand le monde était dans l'enfance de l'humanité. Il faut que le duc redevienne comme un petit enfant. Faites-le jouer. Avec des balles de couleur, un cerf-volant. Chantez-lui des comptines et des berceuses. Il doit, j'insiste sur il doit, redevenir comme un enfant de quatre ans. Tenez-moi au courant et dès qu'il dit papa ou tout autre chose, faites-moi appeler. »

Et le médecin se leva, sortit, monta dans sa voiture et partit, laissant Hortensio et Honorio aussi pétrifiés que leur maître.

Peu après l'angélus, sans balles ni comptines, le duc finit par dégager la main qui soutenait son menton, puis il ferma et rouvrit les yeux. Hortensio et Honorio remarquèrent qu'il n'y avait plus rien d'ébravagé dans son regard, qui paraissait plutôt coléré, et pas qu'un peu. Il se leva, fit quelques pas en trampalant jusqu'à son lit où il s'étendit et s'endormit tout sec.

Il dormit douze heures de rang. Une fois réveillé, il se changea et alla dans son cabinet de travail. La première personne qu'il convoqua fut Rosario, la chambrière de la duchesse.

« Préparez les vestidos et toutes les cosas de ma mujer. Mañana por la mañana, à la madrugada, à l'aube, vous devrez être en route pour Palerme avec la duchesse. Honorio vous accompagnera. »

Puis il resta deux heures à attendre le capitaine de justice et don Aneto Purpigno qu'Honorio et le chef des domestiques étaient partis chercher.

Il ordonna qu'entrât d'abord don Stellario Spidicato, le capitaine de justice, lequel en chemin avait acquis la conviction que ce frelampier de duc voulait encore l'entraîner dans un de ses tours de mal engin.

Don Sebastiano, remarqua don Stellario ébaffé, avait revêtu son habit de cour et portait une perruque haute, toute en boucles, qui cachait parfaitement ses cheveux blancs. Le capitaine le trouva vieilli, une mine de papier mâché, les mains tremblotantes.

« Monsieur le capitaine, fit don Sebastiano, voici ma comunicación. D'ici deux ou trois días, je vais quitter, peut-être pour siempre, ce lugar. Je délègue le señor Aneto Purpigno pour représenter mes intereses dans mes propriedades ici, y compris sur les domaines de Trasatta et Tumminello. Veuillez en prendre acto oficialmente.

– J'en prends officiellement acte », dit le capitaine de justice en l'envoyant mentalement se faire voir et pire, mais somme toute fort benaise que cette convocation se résumât à une perte de temps.

Le lendemain matin du jour où disparut de la maison toute trace de ces gavaches d'Espagnols, don Aneto Purpigno fit approprier la cassine à grande eau, de la cave au grenier, comme pour en chasser la puanteur, l'odorement, de ces gens. L'ordre que lui avait d'abord donné le duc était de fermer la maison et de renvoyer toute la maisniée, la servidumbre, comme il disait. Mais don Aneto était homme de cervelle et avait bon nez, la preuve : don Sebastiano n'avait jamais soupçonné son double jeu dans l'histoire avec Gisuè, à l'incontraire il l'avait complimenté pour sa fidélité et sa loyauté. Et par le fait, il le convainquit de tout laisser en l'état ; un jour ou l'autre madame la duchesse pourrait censément prendre envie de revenir du côté de Montelusa, pour le bon air et la fraîcheur en été. Don Sebastiano accueillit sa proposition, entrevoyant dans les paroles de don Aneto une possibilité de se débarrasser, de temps en temps, de cette casse-cojones qu'était devenue sa mujer. Et ainsi don Aneto sauva le gagne-pain de la servidumbre.

Le duc départi et le danger passé, Gisuè put défouir ses cent écus. Il s'en remit à don Aneto, devenu un marquant. Et celui-ci lui trouva un beau morceau de terrain, au-dessus de Monserrato, sur une colline qui s'appelait Sanpietro, entre Montelusa et la plage de Vigàta. Le terrain était planté en amandiers ; sans vouloir qu'on le refonde d'un sou, don Aneto fournit de bons essemins de blé et de fèves. Aidé par quatre jeunes gars de la brigade des journaliers, Gisuè estora en trois mois une belle petite maison, une salle en bas, deux chambres en haut et, attenant, l'étable pour deux bêtes et un four pour le pain. Des fenêtres, on voyait la mer au loin.

Le 20 juin 1670, dans le tantôt, alors qu'elle fendait du bois à la hache, Filònia comprit à un élancement plus intense, que c'était l'heure. La mère Gisuina Palillo, de la brigade, qui s'était accouchée de quatorze, lui avait expliqué comment faire. Filònia ne rentra pas dans la maison, elle était de ces fenottes qu'auraient lavé l'eau et elle ne voulait pas emmargailler son intérieur qu'elle tenait tout fin propre. C'est pourquoi elle acuchonna un peu de paille à côté du puits et s'y allongea après s'être entièrement défublée. Elle était seule : Gisuè était allé à Vigàta avec l'âne, et il avait voulu emmener Pippìno qu'avait maintenant plus de trois ans et aidait déjà le père.

Tout d'un train, à une poussée plus forte, elle se benouilla entre les jambes, c'étaient les eaux qu'aidaient la tête du bébé à sortir. La douleur était grande et Filònia prit à quincher, de toute façon elle était seule. À ce moment-là, tous leurs animaux approchèrent : un chien errant désormais amaisonné chez eux et que tout le monde appelait, sans trop se tarabuster, « l'chien », une cabre d'Agrigente, une belle bête au long pelage marron, avec deux cornes de licorne et de plantureuses mamelles sombres, et quatre gélines. Le coq noir, lui, allait et venait, tout en dare. Quand le bébé fut enfin entièrement sorti, Filònia vit qu'elle avait engié d'un garçon, un deuxième après Pippìno, et elle en fut toute benaise. Ah, les enfants mâles, bénéficence et richesse des familles ! Ah, poitrines solides, épaules robustes, bras moigneux et fifres pour planter des enfants, des mouées d'enfants !

Michele était né. Elle avait choisi le prénom avec Gisuè : leur enfant s'appellerait Michele comme le père de Filònia si c'était un garçon (ils avaient déjà donné le nom du père de Gisuè à Pippìno) et Concetta, comme la mère de Gisuè, si par male aventure c'était une fille.

Elle approcha le cordon de sa bouche, l'adenta, le coupa net, puis le noua. Ensuite elle agrapa Michele par les pieds, tête en bas, comme avait dit la mère Gisuina, et lui donna une tape dans le dos. Alors il y eut quelque chose. Sous la secousse, Michele ouvrit les quinquets, apincha sa mère et au lieu de se mettre à chougner comme ç'aurait été naturel, il partit à rire. Sur le moment, Filònia mécrut ses yeux, mais elle dut vite se rendre à l'évidence : son fils riait, s'ébouffait de rire, comme un adulte.

Éclénée, la fenotte mit son poupart à côté d'elle sur la paille, et ouvrit les bras pour respirer à fond. Quelque chose de rond et chaud vint se poser dans sa main gauche, c'était un œuf que lui offrait une des gélines. Les yeux fermés, Filònia y perça un golet à l'aide d'un caillou et le goba. Puis elle sentit que le soleil disparaissait de son visage. Elle rouvrit les yeux : la cabre d'Agrigente s'était placée au-dessus d'elle, ses poupels à portée de lèvres. Filònia leva les mains pour traire le lait chaud qui lui gicla directement dans la bouche. Quand la chèvre recula, la fenotte vit que le chien avait léché et tout bien approprié son poupon. Une nouvelle contraction expulsa la délivre. Le chien la mangea.

DEUXIÈME PARTIE

Enfance et jeunesse de Zosimo

CHAPITRE UN

Trois mois après la naissance de Zosimo (allez assavoir pourquoi tout le monde l'appelait ainsi, Zò, et pas Michele), on voyait à l'œil que désormais il rechignait à posser le lait du sein pourtant généreux de sa mère. Chaque fois qu'on lui mettait le poupel de force dans la bouche, il tournait brusquement la tête et le forjetait.

« Il mange rien ! Il fait que pignocher ! » disait Filònia inquiète et déconsolée. Et comme ça durait, elle démenait grand chagrin. En soupirant, elle quérait à l'âne, à la cabre, au coq, aux gélines, au chien, à l'herbe, aux arbres :

« Il a quoi, mon petit ? »

Elle en parla aussi à don Aneto, lequel venait deux fois par mois, seulement pour l'odorer. Il avait en effet acquis la conviction que Filònia n'était pas une fenotte qu'on possédait, mais qu'on odorait. Par le fait, ce qu'il éprouvait quand il niflait ses aisselles ou ses natures était bien plus fort que toutes les sensations que donne un usage normal des fenottes. Tant et si bien qu'un jour où il l'avait odorée trois heures de rang, il était parti à pleurer.

« Cette fois, avait-il expliqué entre deux sanglots, vous aviez le vaporement de la lune par une nuit d'août. Avec vous, j'apprends tous les odorements de la création. »

Quand il sut que le petit ne mangeait plus, don Aneto proposa de venir chercher Filònia et Zosimo en voiture pour les accompagner à Montelusa voir le docteur Spiridione Zagarrigo, un médecin qui, s'il le voulait, guérissait les morts.

Mais point ne fut besoin de médecin. Un jour où Gisuè mangeait une sardine salée préparée avec de l'ail, du vinaigre et de l'origan, Zosimo tendit son petit bras et, guignant le plat, dit simplement mais fermement :

« Don' »

Comme sa femme n'était pas dans les parages, Gisuè préleva un chiquet de sardine avec les doigts et embecqua son fils. Zosimo trouva la sardine à son goût, éclata de ce rire d'homme qu'il avait déjà, et réclama :

« Don' »

Gisuè lui en donna un autre brison. Au moment où il portait à sa bouche un morceau de pain trempé dans la sauce, Zosimo le guigna et réclama :

« Don' »

Gisuè lui donna son taillon de pain et le petit, ravi, eut un sourire de satisfaction qui lui envahit la moitié du visage.

Gisuè fut alors pris d'un scrupule. Tout le monde sait que la sardine sans vin fâche le ventre. Alors il agrapa le pichier et le porta aux lèvres de son fils. Le poupon gloutit la valeur d'un doigt.

Depuis ce jour-là, Zosimo ne possa plus Filònia. Un brison de sardine, parfois la moitié d'une, deux olives, un petas de fromage, deux doigts de vin : à tant lui suffisait pour vivre. À sept mois, on lui fit goûter du *cacio all'argentera*, qu'étaient de très fines tranches de fromage fait, revenues avec de la tomate et assaisonnées de vinaigre : il s'en relicha et du coup pompa quatre doigts de vin.

« Est bon », dit-il pour finir.

Filònia, Gisuè et Pippìno lui-même en restèrent tout couânes. Un petiot de sept mois peut-il parler ? On n'avait jamais vu ça, ils avaient manquablement mal entendu.

« Qu'est ce que t'as dit ? quérit Filònia à tout hasard.

– Vous êtes sourds ? J'ai dit que c'est bon », expliqua Zosimo, tranquille comme Baptiste.

La nouvelle se répandit que Zosimo, le deuxième fils de Gisuè, était enlangagié à sept mois. Et c'est ainsi qu'un dimanche matin, la famille eut la visite du père Casio, qu'avait vu d'autres vents venter et de Pepè Attanasio, l'improvisateur de poèmes. Ils s'assirent tous devant la maison, le petit au milieu.

« Tu sais puis parler ? commença le père Casio.

– Pour sûr qu'il parle, il caquète même à double ratelée », dit Gisuè plus fier qu'un Suisse d'église. Et s'adressant à son fils :

« Eh bien, parle. Ne te fais pas prier. »

Zosimo qui, jusqu'à l'arrivée des deux autres, avait jaqueté dru avec Pippìno, était maintenant muet comme une carpe.

« Allez, parle-nous, insista le poète.

– Dis ce que tu veux.

– Un mot.

– Ouvre cette bouche !

– Un son, quelque chose ! »

Timonné de tous côtés, Zosimo finalement parla :

« Allêtez de me casser les couilles », dit-il, car il avait encore du mal avec la lettre r.

Quand il entendit l'histoire de l'enfanceau qui parlait à sept mois, le père Uhù chauvit de l'oreille. Si la chose était vraie, elle n'entrait pas dans l'ordre de la nature. Et si elle n'entrait pas dans l'ordre de la nature, elle ne pouvait se situer qu'au-dessus ou en dessous. Si elle se situait au-dessus de la nature, ce petit était assurément un ange incarné ; si elle se situait en dessous, il était possédé du démon. Et il repensa avec souci à l'affaire de Rimèra, un village où, cent ans devant, le diable avait pris possession d'une dizaine d'enfants, lesquels avaient escoffié leurs parents. C'est ainsi qu'un jour il débarqua chez Gisuè, sa croix sur le dos. Par cas fortuit, le premier qui vint à ses devants fut justement Zosimo qu'avait aussi pris à marcher.

« C'est toi le petiot qui parle ?

– Oui bien, c'est moi.

– Et pourquoi parles-tu ?

– Passque ça sort.

– Parles-tu au nom de Dieu ou au nom du diable ? »

Zosimo y pourpensa.

« J'parle en mon nom », rebecqua-t-il.

Le père Uhù en fut tout sensipoté. Ce Zosimo était trop démenet. Filònia sortit de la maison, invita le curé à entrer et lui offrit un verre de vin.

« Que nous vaut, mon père ?

– J'ai appris que votre petit parlait et ça corne le brûlé.

– Sainte Vierge ! dit Filònia effrayée en se signant.

– Ne vous donnez pas peur. C'est pas dit. À le voir, Zosimo me semble normal, un enfant comme les autres.

– Et alors ?

– Il faut que je vous le prenne jusqu'à demain matin, puis je vous le ramènerai. »

Gisuè avait acheté une mule le mois devant. Filònia la prêta au curé qui partit à chevauchons avec Zosimo et la croix. De tout le voyage qui durait trois heures, le curé ne dit ni quoi ni qu'est-ce. Il tenait le petit devant lui et, à une ou deux reprises, il lui posa sur le coqueluchon la petite croix qu'il portait encolée au bout d'une cordelette. Le petiot ne s'en aperçut pas ni ne réagit. S'il avait été un diabloton incarné, il aurait quinché. La promenade à dos de mule avec le curé ravissait Zosimo qui remirait alenviron, tout benaise. Quand ils atteignirent la caverne, le curé ne perdit pas de temps. Il prit Zosimo par la main, lui fit traverser la faille de la paroi qui donnait dans la petite grotte et, une fois devant le réservoir d'eau bénite, lui fila une bourrade qui l'envoya aboucher en plein mitan.

C'était l'épreuve décisive : si Zosimo avait été possédé du démon, il aurait fui comme foudre hors de l'eau, pire qu'ébouillanté. À l'encontre, le petit savoura le bain.

« Comme elle est fraîche ! »

Le père Uhù, tout bouligué, en avait les larmes aux yeux. Ce petit n'était ni ange ni démon, c'était simplement un enfant : il marchait et parlait par la grâce du Seigneur qu'avait panché sur lui la lumière de l'intelligence. Alors il entra lui aussi dans la mare d'eau bénite et baptisa Zosimo au nom du Père et du Fils, à l'ancienne, comme faisaient les prophètes.

Il laissa de côté le nom du Saint-Esprit parce qu'il était

simple de clarté que ce dernier avait déjà pris le petit sous son aile.

« Sèche-toi au soleil », lui dit-il enfin.

Quand à son tour il sortit de la grotte, le petiot courait dans l'herbe. Le père Uhù le remira, dubitatif. Petiot ? Alors c'était quoi cette espèce de branche d'arbre qui lui dodinait sous le ventre ?

Au temps dont nous parlons, un enfant, un fils de pagans, avait une période pour jouer, entre le moment où il tenait droit sur ses jambes et ses six ans. Ensuite, il n'était plus un enfant, mais un apprenti qui, en aidant le père aux champs, apprenait le train de dehors. Il avait des jouets de pauvre, rabobinés avec ce qu'on pouvait récupérer à la maison ou à l'extérieur. Avec deux belles pierres plates il jouait à ronquille ; une planche en équilibre sur un caillou lui faisait une balançoire ; une feuille de vigne en travers des lèvres devenait sifflet et un morceau de roseau, un pipeau.

Et puis il y avait la loterie, la caniche, saute-mouton, la sarbacane, les battes, les gobilles, la fiarde, la balle, l'élinde et des centaines d'autres jeux sortis de l'imagination sans bornes des enfants.

Mais le jeu où Zosimo s'esbaniait le plus était celui qu'il pratiquait avec son frère Pippìno quand ce dernier avait un peu de temps. C'était cachemouchet. Zosimo préférait chercher qu'être cherché, tant et si bien qu'au bout d'un moment le jeu ne se fit plus que dans un sens : Pippìno se cachait et Zosimo le cherchait.

« Rapport que j'aime me donner peur, expliqua-t-il à Pippìno un jour où il lui en demandait la raison.

– Peur de quoi ?

– Peur quand je pense que je viens te chercher et que t'y es plus : je te cherche tout partout et je te trouve plus, pour toujours. »

Un jour où il était venu pour Filònia, don Aneto, après ses flairements, appela Zosimo qu'apinchait une colonne de fourmis.

« J'ai un cadeau pour toi. »

Il sortit de sa faque quatre grandes feuilles de papier pliées, il en étrenna deux au petit garçon en lui disant de les garder et avec les deux autres, plus deux bouts de roseau, un brison de colle et une pelote de ficelle fine, il fabriqua un cerf-volant. Durant que don Aneto affaitait le jouet, Zosimo remirait le papier, fasciné. Il était très fin, presque transparent, si on se le mettait devant les yeux, on voyait la lumière au travers. Et quelle belle couleur bleu clair ! À ce temps, on ne voyait pas de papier, le seul papier qu'il avait rencontré jusque-là était celui des livres du père Uhù dans sa caverne, épais et couvert d'écriture. Il eut un coup de cœur pour ce papier et il l'alla ranger devant même que don Aneto eût fini. Celui-ci lui apprit comment faire décoller son cerf-volant, le garder en l'air, lui donner du mou, l'empêcher de retomber en piqué et de se dessampiller dans un arbre. Il lui apprit aussi comment envoyer un message au cerf-volant pendant qu'il volait : on prenait un morceau de papier, on faisait un golet au milieu, on l'enfilait dans la ficelle et le message montait le long de la ficelle jusqu'au cerf-volant.

Pour sa part, Zosimo mit trois jours à comprendre que les meilleurs moments où faire voler son jouet étaient à la piquette du jour et le soir sur la brune.

Un soir où Filònia l'avait déjà vochié pour qu'il vienne manger, Zosimo eut l'impression que son cerf-volant était carrément devenu vivant, qu'il s'était changé en une blanche colombe, très haut dans le ciel. Il comprenait que la colombe était vivante parce qu'elle tirait sur la ficelle, de plus en plus fort, par saccades.

« Je n'en peux plus d'être attachée ! »

Voilà la peur qu'il aimait. S'il ouvrait les doigts et laissait partir la ficelle, retrouverait-il jamais son cerf-volant ?

Il ouvrit les doigts. Il le suivit des yeux tant qu'il put, il le vit se catir derrière un nuage.

« Demain, j'viens te chercher », lui dit-il.

Mais il savait que ce ne serait pas possible. Tant et si bien qu'à Filònia qui lui quérit où était son cerf-volant, il répondit :

« Je l'ai perdu. La ficelle m'a ripé des mains. »

Il arriva qu'Angilina, la sœur de Filònia, la femme de maître Girlando Pitrella le cordonnier, emboconnée d'une maladie inconnue, dut s'aliter. Dès qu'elle le sut, Filònia partit à Montelusa assister sa sœur, laissant le gouvernement de la maison entre les mains de Gisuè. Or à Vorzìcca, un bourg près de Rimèra, se tenait une grande foire pour la fête de saint Palescio, et Gisuè était délibéré à y acheter deux cochons. Vu l'absence de Filònia, il décida de ne pas y aller. Mais Pippìno le convainquit du contraire. Pendant les trois jours de son absence, c'est lui qui s'occuperait des champs, de la maison et de Zosimo. Gisuè pondéra qu'il afférait de donner cette preuve de confiance à son aîné et partit.

On aurait dit que c'était fait exprès. La mule de Gisuè venait de déparquer que les petiots l'entendirent se renvenir. Ils sortirent devant la maison et virent qu'il s'agissait de quelqu'un d'autre qu'arrivait au même moment. Ils l'apinchèrent, ébaffés.

L'homme était monté sur un cheval majestueux, il avait une barbe blanche, dru bouclée, sur le coqueluchon un chapeau pointu couleur ciel, très très grand, il était gauné d'un manteau lui aussi couleur ciel, mais cafi d'étoiles et de demi-lunes tissées de fils d'argent. Sur les côtés de la selle étaient hochées deux caisses de bois. Mais pour Pippìno et Zosimo, le plus merveillable de tout était l'objet que le quidam empaumait dans sa main gauche. C'était une courte tavelle où était fixé un perchoir et, sur le perchoir, un gros oiseau à longue queue, avec des plumes jaunes et vertes et un énorme bec jaune.

Il y eut trois questions presque simultanées :

« Y a personne ? quérit l'homme.

– T'es qui ? demanda Pippìno.

– C'est quoi cet oiseau ? interrogea Zosimo.

– Cet oiseau est un papegai, expliqua le bonhomme, et son nom est Durandarte. Moi, c'est Apparenzio, je suis magicien. » Et il quérit derechef :

« Y a personne ?

– Y a nous, mon frère et moi, rebecqua Zosimo offensé. Ça suffit pas ? Ou bien nous, c'est personne ? »

Non, se pensa le magicien, un petiot de cet âge qui parlait ainsi ne pouvait être personne. Il fut pris de curiosité, ce qui ne lui arrivait pas à toutes rencontres, partant que les gens étaient ce qu'ils étaient et qu'ils ne posaient de questions ou ne donnaient de réponses qu'il ne connût déjà.

« C'est quoi, un magicien ? » lui quérit Zosimo.

Apparenzio descendit de cheval, le perchoir toujours empaumé, et l'oiseau dessus toujours coi.

« Un magicien est quelqu'un qui parle avec les étoiles et la lune, qui sait si les journées seront belles ou sombres, qui vend des horoscopes et dit la bonne aventure.

– Et ça coûte combien pour se faire lire son horoscope et dire la bonne aventure ? fit Pippìno, que la chose titillait.

– Ça dépend de celui qui demande.

– Moi, ça me coûterait combien ? » fit encore Pippìno.

Le magicien le jaugea du regard.

« Toi, ça te coûtera le fourrage pour mon cheval et un sac de fèves pour moi.

– Et rien pour le perroquet ? quérit Zosimo.

– Durandarte ne mange que de la mandragore et du népenthès, des plantes qu'on ne trouve pas ici.

– D'accord, rebecqua Pippìno, dites-moi la bonne aventure. »

Le magicien renjamba vers le cheval, ouvrit une des caisses en bois. À l'intérieur, des parchemins étaient acuchonnés si serrés qu'un filet d'air n'y serait pas passé.

« Durandarte ! ordonna le magicien au perroquet. Donnez-moi l'horoscope de ce garçon ! »

L'oiseau s'envola de son perchoir et se posa sur le rebord de la caisse.

La tête penchée, il remira d'abord Pippìno, puis plongea son bec et, sans catoller, gruppa un parchemin.

« Pour vous servir, mon maître », dit-il en le tendant au magicien.

Il parlait ? Un oiseau qui parlait ? Plus vert que feuille, Pippìno poussa une quinchée et se réfugia belle tire dans la maison. Mais Zosimo eut un petit sourire de supériorité : il s'était toujours pensé que les animaux parlaient, sauf qu'ils ne voulaient pas le faire assavoir aux hommes, ils le révélaient de fois à autres, à du monde de confiance. Le visage blême de Pippìno apparut derrière une fenêtre. Pendant ce temps, Apparenzio avait étendu l'horoscope par terre et le scrutinait. Zosimo vit qu'y étaient dessinés des étoiles, des demi-lunes, des lunes entières, des vers à deux ou trois pattes, des choses rondes comme des olives, des choses carrées, des zigzags comme la foudre dans le ciel. Le petit s'aperçut que le magicien faisait la froigne, l'air sombre. Puis, apinchant Pippìno, il prit le parchemin de l'horoscope et l'enquilla parmi les autres, dans la caisse.

« Alors ? Quelle est la prédiction ? » quérit Pippìno de loin.

Zosimo eut l'impression que d'abord le magicien toupillait à l'entour du buisson, puis finalement il se décida :

« Tu as l'avenir d'un pagan qui panche son sang sur la terre, jusqu'à sa mort. »

Ce n'était pas une bonne prédiction et Pippìno s'en alla, déçu.

Mais Zosimo comprit sur pied qu'Apparenzio lui alléchait les oreilles, qu'il mentait.

« Et moi, vous m'y faites pas ? »

Apparenzio lui passa la main dans les cheveux.

« Aide-moi à défarder le cheval, dit-il. Après, donne-lui une bonne ration de fourrage. Moi, je suis dérompu, je vais m'allonger sur la paille. Réveille-moi à la brune. »

La tavelle qu'il empaumait avait un bout pointu. Le magicien la ficha en terre. Le perroquet y resta arrapé.

« Ne t'approche pas de l'oiseau, dit encore le magicien, rapport qu'il pourrait te couper le doigt d'un coup de bec.

– Et si le chien l'attaque ?

– Tire pas peine, mon papegai sait se défendre.

– Devant que dormir, voulez-vous une broche de vin ?

– C'est pas de refus », répondit le magicien.

Il faisait désormais nuit serrée, Pippìno s'était allé coucher, le lendemain il devait se dématiner. La nuit était sereine, lumineuse, la pleine lune semblait huchée sur le jardin. Apparenzio se réveilla à une pression de main de Zosimo.

« C'est l'heure, fit Zosimo. Mais devant, mangez. »

Dans une écuelle, il y avait des olives, du fromage et un taillon de pain. Le petit rentra dans la maison et se renvint avec un pichet.

« Quel âge as-tu ? quérit le magicien tout en mangeant.

– Quatre et demi.

– Tu déparles ! rebecqua Apparenzio, ébaffé.

– Non mecieu. Vous n'avez qu'à compter : je suis né le vingtième jour du mois de juin 1670.

– Sais-tu vers quelle heure ?

– Ma mère m'a dit que c'était en début de tantôt.

– Sais-tu lire et écrire ?

– Non mecieu.

– Et compter ?

– Non mecieu. »

Apparenzio finit de manger, licha le vin, se leva, ouvrit l'autre caisse : il y avait quelques livres et un long tube, qui devint encore plus long quand le magicien tira sur une de ses extrémités.

« C'est quoi ?

– Ça s'appelle une longue-vue et ça sert à remirer les étoiles de près. Je suis aussi astrologue.

– C'est quoi ?

– C'est quand on observe le ciel, qu'on étudie la lune et les étoiles et qu'on essaie de comprendre l'avenir des hommes. Tu veux voir la lune ? Je vais porter la longue-vue, elle est trop lourde pour toi. »

Zosimo ne tenait plus en sa peau. Comme c'était beau, la lune vue de près ! À l'œil nu, elle semblait plate et froide, et en fait elle était cafie de taches, de ravines, de pertuis. Pendant que Zosimo la remirait, il perçut comme une musique, une fois il avait entendu un violon et une mandoline, là il y en avait des centaines.

« Vous jouez de la musique ? quérit-il au magicien sans lever les yeux de la longue-vue.

– À cause ? Tu entends de la musique ?

– Oui, plein.

– Non, ce n'est pas moi. C'est la musique de la lune. »

Puis le magicien récupéra sa longue-vue, prit dans la caisse un livre, une feuille de papier, une plume d'oie et un petit flacon d'encre.

Il remirait les étoiles, écrivait des nombres et des lettres sur sa feuille. Quand il eut fini, il étrenna la feuille écrite à Zosimo.

« Garde-la. Tu te la feras expliquer par un autre magicien, quand il en passera un.

– Et en attendant, vous pouvez rien me dire ?

– Une seule chose, mais garde la bouche, y compris avec tes père et mère, et frère. Sur ta tête, il y a une couronne.

– Ça veut dire quoi ?

– Quelle vie voudrais-tu avoir ?

– Je voudrais une vie comme elle vient, comme le Seigneur me l'envoie.

– Et il en sera ainsi. »

Puis Apparenzio fit une chose que Zosimo n'aurait jamais imaginée : lentement, il s'agenouilla et lui baisa la main.

CHAPITRE DEUX

Il venait de s'endormir après le départ du magicien astrologue à la nuit close, ou du moins eut-il cette impression, quand une voix forte et plaintive le réveilla. Mais une fois les chelus franc ouverts, il se rendit compte qu'en réalité il faisait grand jour et que Pippìno était de longue main parti travailler aux champs. Zosimo ne comprenait pas ce que disait la voix, et par ainsi il se leva pour aller voir à la fenêtre.

Devant chez eux se tenait un homme maigre, grand comme un dépendeur d'andouilles, qu'était à la fois habillé et déshabillé, dans le sens qu'il portait des vêtements, mais tant tellement dessampillés et décharpis qu'on lui voyait presque toute la peau et même quelques toupillons de poils du côté de ses pauvretés.

« Ho ! Ho ! Donnez l'aumône à Grégoire : / vous évit'rez mille ans d'purgatoire ! »

Voilà ce que disait la voix : celui qui lui donnerait une aumône, séjournerait mille ans de moins au purgatoire.

Sa mère Filònia lui avait expliqué en détail comment tout cela marchait. Quand on meurt, le Seigneur Dieu vous fait passer un terrible examen. Si on a fait de gros péchés, on file droit en enfer ; si on a fait des péchés comme ci comme ça, on est expédié au purgatoire le temps nécessaire pour expier ses fautes et, au bout du compte, on monte au paradis ; si toute sa vie on a été bon et obéissant, le Seigneur Dieu vous harpe directement sur les nuages et vous assied à ses côtés.

Partant que, pour l'heure, il n'avait fait que des péchés plutôt légers, Zosimo se pensa que la proposition était avantageuse. Il coupa un carrichon de pain, sortit devant la maison et le tendit à cet étranger qui s'appelait Grégoire.

Le bonhomme prit le pain et parla.

« Le Seigneur, qu'il soit loué, / m'envoie un'belle journée. »

Zosimo trouva du tout plaisante la façon dont cet homme parlait. Il prononçait les mots, mais on aurait dit qu'il les chantait.

« Encore », dit-il.

Grégoire l'apincha, benaise.

« As-tu voulu signifier / qu'en vers je te dois parler ?

– Oui », rebecqua Zosimo.

Le quidam l'apincha à nouveau, un sourire de renardise passa sur son visage.

« Si tu me régales de sardines salées, / j'en aurai bien plus encor de belles journées. »

Zosimo rentra à la volée dans la maison, ressortit avec deux sardines que l'homme glissa telles quelles dans sa faque, après les avoir odorées. Puis il se fendit en un sourire encore plus large.

« Et si un oeuf tu me veux donner, / matin et soir seront à mon gré. »

Le petit fila du derrière jusqu'au poulailler, chercha dans la paille, trouva deux cacous, les rapporta au bonhomme qui les enquilla dans la faque où se trouvaient déjà les sardines. Ensuite, il ouvrit derechef la bouche :

« Un peu de fromage aussi ? / quelques olives, l'ami ? »

Zosimo partit de son énorme rire d'homme fait, et le quidam en resta tout couâne, comme s'il venait seulement de se rendre compte qu'il parlait avec un enfant.

« Non, fini, c'est assez, / c'est plus que ton dîner. »

À cette réponse, Grégoire s'ébouffa de rire, puis reprit :

« Bien vite tu appris, / voyons le reste aussi. »

La réponse du petiot fut immédiate.

« Tu vas par les routes de campagne / et moi je grimpe aussi la montagne.

– Dans cette riche maison, enfant, / vis-tu seul ou avec d'autres gens ?

– Avec d'autres gens, qui sont absents / mais de retour dans deux jours de temps.

– Et t'as pas peur, petit et seul ?

– Il y a Peppi avec moi, mon frère.

– Et ce frère, il est grand comment ?

– Il a quasi quatre ans de plus que moi. »

Grégoire apincha la maison, la porte, les fenêtres. Il savait ce qu'il voulait savoir. Il dit :

« Je te salue et te dis merci ; / de pain et de mots je suis rempli. »

Il tourna les talons et repartit par où il était venu. Zosimo resta à l'apincher jusqu'à ce qu'il disparût au tournant de la route. Ça lui avait bien plu de parler en vers, comme disait Grégoire. Il trouvait que, utilisés de cette manière, les mots prenaient exactement leur place, devenaient ceux qu'il fallait. Sans doute, les vers faits sérieusement, pas seulement pour s'amuser, étaient comme une brise très légère qui caressait l'herbe, ordonnait les feuilles des arbres, modifiait la forme des nuages, changeait en musique les pampres de la vigne.

Sous le soleil à pic qui cognait à en faire éclater les pierres, Zosimo entendait au loin son frère Pippìno qui piochait, ses « han ! » quand, du souffle, il accompagnait la maigle retombant sur la terre. Le quidam qui se présenta à ce moment-là portait à sa ceinture cinq sacs en peau de cabre et, de prime abordée, on aurait dit qu'il était vêtu d'une jupe et non de bragues. Il empaumait une flûte blanche, en os.

« Je suis Fura, l'homme aux serpents, dit-il. Vous avez des serpents, par ici ?

– Pour sûr », répondit Zosimo.

L'homme était bas de fesses, à peine un empan de plus que Zosimo, mais il portait barbe et moustache. Il parlait avec une toute petite voix, comme si le souffle allait lui manquer d'un moment à l'autre.

« Tu peux me dire où y en a ?

– Suivez-moi. »

Ils allèrent vers le noyer où son père avait entassé les cailloux qu'il avait sortis de leur terrain.

« Y a aussi des vipères ?

– Oui mecieu. »

Les vipères, il connaissait. Un jour Gisuè en avait escoffié une et l'avait montrée aux enfants pour qu'ils pussent observer sa forme et sa couleur, et la ganchir s'ils en rencontraient une. Si une vipère vous mord, il n'y a pas de bon Dieu qui tienne, le venin qu'elle vous panche dans les veines arrive de plain saut au cœur, vous donne la gangrène noire et vous en mourez.

« Vous en faites quoi, des vipères ?

– Je les harpe, je les mets dans ma gibasse, puis je leur tire le venin et le vais vendre à Montelusa, au docteur Spiridione Zagarrigo, qu'en a l'usage et me le paie un bon prix.

– Comment vous les gruppez ?

– À la main.

– Vous déparlez ?

– Petiot, je déparle jamais, rebecqua Fura malgratieux.

– Et si elle vous mord ? Vous mourez ?

– On meurt, on meurt pas. La gent serpentine me connaît, c'est bien rare s'ils me mordent. De toute façon, il faut savoir y faire. »

Ils étaient arrivés au pied du noyer et, de prime venue, Zosimo entendit ramper dans l'herbe les serpents qui approchaient.

« Ne bouge pas, dit Fura précautionné. Je sens qu'au milieu des gicles, des péliades et des coronelles il y a aussi une vipère. Je vais l'appeler, qu'elle se dégrobe de sous l'herbe. »

Il montra sa flûte au petit garçon.

« Cette flûte a au moins trois cents ans. C'est l'os du bras d'un de mes aves, qui s'appelait Artemisio, le meilleur chasseur de serpents du monde. Quand il défunta, ses enfants se dispartirent ses os et en firent des instruments. Lui, il y causait, aux serpents. »

Il se mit à jouer un son qu'imitait le bruit du serpent quand il rampe, enroulant puis déroulant ses anneaux, encore et encore, et Zosimo, pris de sommeil, sentit papilloter ses quinquets.

« La voilà », dit Fura.

La vipère était sortie à découvert et, agrobée sur une pierre, restait aux aguets. Elle était grosse comme le bras de Zosimo.

« Tiens-moi ma flûte », dit l'homme aux serpents.

Il s'approcha de la pierre à pas de poule, sans faire le moindre bruit, la vipère et lui semblaient se remirer dans les yeux. La langue du reptile sortait de sa gueule en triangle et tremblait comme celle des chiens quand ils ont chaud.

Tout d'un horion, l'homme plongea sur la gauche en pliant la jambe et en claquant fortement des doigts de la main gauche. Rapide comme l'éclair, la vipère tourna la tête à gauche. Un autre claquement de doigts et elle fut entredeux de sauter. Mais le chasseur ne lui en laissa pas le temps, il abattit sa main droite sur elle, la bloquant contre la pierre. Elle se démangogna mais ne put s'échapper. L'homme fit glisser sa main le long de son corps puis, arrivé un peu en dessous de la tête, il la serra entre son gros det et son laridet pour la soulever. La bête se tortillait, ébravagée. L'homme défit la cordelette d'un sac, y enquilla la vipère, resserra la corde. Il se fit rendre sa flûte par Zosimo.

Il était tout benaise.

« T'as compris le truc ? quérit-il.

– Non mecieu.

– Le truc, c'est que les sales bêtes, hommes ou animaux, il faut toujours les attaquer par derrain, dans le dos, dans le cul, où tu veux, mais toujours par derrain. »

Un bruit lui fit rouvrir les yeux, des voix d'hommes qui jaquetaient dans la pièce du bas. Était-ce pour de vrai ou bien rêvait-il ? Il chauvit de l'oreille. Pas de doute, il y avait du monde dans la maison. Il posa une main sur l'épaule de Pippìno qui dormait à côté de lui et le saboula.

« Pippìno ! Pippìno ! »

Son frère ne se dégroba pas, comme défunté. Éréné par le travail de la journée, il gourdait dans le sommeil comme une pierre au fond de l'eau. Alors, Zosimo se leva sans tabusser et s'approcha de l'escalier.

En bas dans la salle, assis à table, il y avait deux hommes qui mangeaient. L'un était Grégoire, celui qui parlait en vers, et l'autre, envis de lui et par conséquent dos à Zosimo, était une espèce de géant roux. Les deux compères se baufraient chacun une écuelle de pois chiches, froment et fèves qu'ils venaient de cuire puisque la braise dans le foyer de pierre était encore fumante.

Depuis quand étaient-ils entrés ? La porte était ouverte, mêmement la fenêtre à côté de la porte.

Il s'était déplacé sans le moindre bruit, et pourtant l'homme roux l'entendit et s'adressa à lui, toujours de dos.

« Descends, petit, descends. »

Zosimo obéit. Grégoire guigna de la main les cheveux roux et dit :

« C'est Salamone le grand brigand, / celui qui fait peur à tous les gens »

Doux Jésus ! Saintes âmes du purgatoire ! Zosimo sentit ses genoux plier sous lui de souleur. Quinze jours devant, la mère Filippa était venue chez eux avec son fils Jacomino, un marmot qu'avait toujours le pied en l'air et petafinait tout ce qu'il touchait. Au bout d'un moment, la mère Filippa l'avait menacé :

« Si tu continues à bouliguer comme ça, j'appelle Salamone le brigand : lui, les enfants tarabâtes il les mange rôtis à son souper. »

À le voir, ce brigand semblait en effet capable de manger les enfants pour de bon. Ils avaient allumé cinq bougies et la salle était claire comme en plein jour. À cette lumière, la barbe et les cheveux du brigand flamboyaient.

« C'est vrai que tu manges les enfants ? » quérit Zosimo en tremblant.

Salamone l'apincha. Puis on entendit dans la salle un grondement, d'abord comme le tonnerre au loin, puis ça se rapprocha de plus en plus près, pour éclater, énorme, faisant brimbaler les écuelles et les verres posés sur la table.

À cet épouvantable strépit, Zosimo s'accula d'un bond, en s'étoupant les oreilles de ses mains.

« C'était quoi ? quérit-il presque en chougnant.

– C'était quoi ? répéta Salamone surpris par la frayeur du petit. C'était rien, j'ai pété. »

Et il enchaîna, en découvrant des dents jaunes de cheval en une espèce de sourire :

« C'est la faute à ce que je viens de manger.

– Ceires et fèves sont bons à manger / mais vous font jusques à l'âme péter », glosa Grégoire.

Sur la table, le brigand avait posé une sorte de longue-vue, quasiment aussi grande que celle du magicien astrologue.

« Tu y remires la lune ? quérit Zosimo.

– Non. Avec ça, qu'est pas une longue-vue mais un tromblon, la lune, j'y envoie les gens, tout sec. »

Et il partit dans un grand rire, imité par Grégoire.

Le brigand s'emboqua une autre poignée de ceires et de fèves.

Puis il possa la moitié de la bouteille de vin directement au brocheron.

« Comment t'appelles-tu ?

– Michele, mais on m'appelle Zosimo. »

Salamone y brougea un instant puis récita, comme une leçon apprise par cœur :

« Zosimo, pape et saint. Il succéda à Innocent Ier et son successeur fut Boniface Ier. Dans un premier temps, il défendit la doctrine de Pélage et Caelestius, puis la condamna. Sa fête tombe le vingt-six décembre, le lendemain de la naissance de Notre-Seigneur Jésus. »

Et il se signa dévotement.

« Mais t'es brigand ou curé ?

– Les deux, expliqua Salamone. Devant, j'étais curé, après je suis devenu brigand.

– Comment t'as fait ? »

La question de Zosimo était pour le sûr dictée par la curiosité, mais le petit s'était aussi ramenté l'enseignement de l'homme aux serpents, d'attaquer les sales bêtes par derrain. Salamone était une sale bête et, en l'incitant à parler, il réussirait peut-être bien à lui sauter à dos.

« Ce vin donne longue langue, dit le brigand. Et c'est péché mortel de ne pas obéir à ce que vin commande. »

Il flaconna un quart de bouteille, et se lança :

« Mon père avait un peu de terre et m'envoya à l'école des prêtres, à Montelusa. Je m'y plus et je devins prêtre à mon tour. J'étais en paix avec Dieu et avec les hommes. Cette vie était la bonne. Mais j'avais une sœur, Sidònia, une fenotte de dix-huit ans, belle comme le jour, un vrai soleil. Blonde. Grande. Douce. Une fleur. Quand j'allais voir ma famille, Sidònia s'asseyait près de moi, me remirait dans les yeux et me caressait la main. Un jour défortuné où j'étais revenu à la maison, je crus que quelqu'un avait défunté. Ma mère pleurait, mon père tremblait, ma sœur était fermée dans sa chambre et ne voulait voir personne. De derrière sa porte fermée, je la dépriai de m'ouvrir, en vain. Alors j'enfonçai la porte d'un coup d'épaule et j'entrai. Sidònia était sur son lit, on aurait dit une vieille. Je m'assis près d'elle sur le lit, je la coquelinai et lui dis : “Quoi que ce soit, il faut que tu me dises ce qui s'est passé.” Elle se fit prier, puis finit par me le dire. Deux jours devant, alors qu'elle était au jardin, s'était présenté Bigozio d'Arrigo, le fils du capitaine de justice Arrigo d'Arrigo. Depuis un moment, me dit Sidònia, ce jeune gars, Bigozio, lui était après, l'importunant par des gestes, des paroles, des clins d'œil, un vrai tourmente-chrétien. À bref parler, il lui exposait ses intentions mais ma sœur ne lui répondait même pas, lui montrant de toutes les façons qu'elle était une fenotte sérieuse. Sauf que lui ne voulait le comprendre ni par beau ni par laid. Ce jour-là, il arriva au jardin, harpa Sidònia, la jeta par terre et abusa d'elle. Alors, j'allai voir ce Bigozio et je lui parlai. “Mecieu, dis-je, vous avez compromis une jeune fille, vous nous avez déshonorés et vous êtes allé puis le chanter sur tous les toits. Que pensez-vous faire ? – Voici ce que je pense faire, qu'il me rebecqua, quand l'envie me prend de fifrer Sidònia, je la flanque par terre et je l'embourre. C'est moi le maître, ici. – Que la volonté de Dieu soit faite”, dis-je et je m'en allai. Mais de ce moment-là, je devins son ombre. Là où il allait, j'y étais aussi. Jusqu'au jour où il passa par le bois de Vitigno, il n'y avait pas âme qui vive alenviron. Je le déchevauchai, il se retrouva éterni par terre et je lui appesai le pied sur la poitrine. “Vous vous souvenez de ce que je vous ai dit : Que la volonté de

Dieu soit faite ?" que je lui demandai. "Je m'en souviens", dit-il. "Alors faisons-la", repris-je et je lui enclavai dans le cœur jusqu'à la garde le couteau que je tenais caché dans ma soutane. Il défunta mais je continuai à le sampiller, j'en fis de la chair à pâté. On ne retrouva jamais son cadavre. »

À cet endroit exact du récit du brigand, Grégoire se mit à chanter.

« Harpe ce pas-rien, et roue-le de coups, / cogne et frappe et réduis-le en onguent / puis ensevelis-le au fond d'un trou / où jamais n'arrive souffle de vent. »

Salamone approuva en clinant de la tête et corna unc nouvelle lampée de vin.

« Un quidam guéri de bien faire, qui savait mes intentions, continua Salamone, vendit la carabasse à Arrigo. Comme j'avais dû me dégrater et me cacher dans la montagne, cette charipe arrêta mon père, ma mère, ma sœur Sidònia jusqu'à tant que je me rende à la justice. La justice ! »

Il se guinda légèrement sur sa fesse gauche et lâcha un pet si tant tellement bruyeux que dehors le chien terrorisé partit à aboyer et le coq à chanter.

Grégoire entama une autre strophe :

« Sur terre, c'est banal / la justice est bancale.

– Pour tout potage, le juge donna raison au mort et au père du mort. Et il me condamna à être mis au vent. Mais c'était un homme de bien. Il vint de nuit à la prison pour me dire qu'il n'avait pas pu agir autrement, Arrigo d'Arrigo l'avait menacé. Comment elle dit, la chanson, Greg ?

– Gardez-vous bien de tous ces nobles, ces marquants / ils tuent, ils volent, de leur pouvoir abusant.

– Je déparquai. Et dès que l'occasion s'en présenta, j'escoffiai le gars qu'avait oublié de se taire avec d'Arrigo, Arrigo lui-même et, pour finir le plat, le juge de bien, après tout c'était quand même un juge. Et voilà mon histoire. Toi, petiot, tu ne sais pas m'en raconter d'aussi belles.

– Bien sûr que si », rebecqua Zosimo par braverie.

Et il lui raconta par le menu l'histoire de son père avec le duc Pes y Pes. Il l'avait entendue cent fois de la bouche de Gisuè.

Quand le petit eut fini, le brigand l'apincha, comme un chat entre deux melettes.

« Je t'y dis ou je t'y dis pas ?

– Dis-y-moi.

– Ce matin, Grégoire m'a expliqué que dans cette maison, vous ne restiez que deux enfants, sans les grands. Alors j'ai décidé de venir, de corbiner ce qu'y avait à corbiner et puis d'vous escoffier, ton frère et toi. »

Il desceignit un coutelas aussi gros que Zosimo et le posa sur la table.

Le petiot fut acertainé que l'heure de sa mort était venue, mais il ne voulut pas rien donner ce plaisir au brigand. Il resta pique-plante à l'apincher.

« Alors, c'est vrai que t'escoffies les enfants, dit-il. Jolie gloire pour un gars comme toi !

– J'escoffie pas les enfants, fit Salamone aussi rouge que ses cheveux. Tant et si bien que je t'escoffie pas. Et tu sais pourquoi ? Parce que ta famille a subi les abus d'un noble, et par le fait c'est comme si nous étions frères. Nous devons toujours rester unis et nous entraider. »

Il se leva, rengaina son baselaire et jeta son tromblon sur l'épaule.

« On est partis », dit-il à Grégoire.

Mais devant que passer la porte, il dit à Zosimo :

« Ne dis à personne que je suis venu ici. Tu connais le proverbe ? Mieux vaut glisser du pied que de la langue. »

Grégoire lança la dernière strophe :

« Le vrai homme garde silence / même avec cent un coups de lance. »

Le lendemain, Gisuè se renvint avec deux cayons.

« Que s'est-il passé pendant les trois jours que j'étais pas là ?

– Rien, dit Pippìno.

– Tout », dit Zosimo.

Quand Filònia se rentourna de Montelusa, de chez sa sœur qu'était finalement sanée, elle trouva que Zosimo avait grandi :

elle n'arrivait pas à comprendre pourquoi, mais son fils lui parut un homme accompli. Quatre jours ne s'étaient pas écoulés depuis son retour que le père Uhù arriva, encore plus en dare que d'habitude, sa grande croix sur son dos.

« J'ai pris une décision », assevera-t-il d'une voix ferme.

Il apincha la famille de Gisuè, tous de flotte à le remirer aussi.

« Ma décision vient directement de Notre-Seigneur Dieu », précisa-t-il avec un regard à couper un clou.

Puis tout par un coup, il sembla piqué par une tarentule. Il chauchait le sol de ses pieds nus, tremblant et tournant comme un pirouet.

« Anathème ! Anathème ! Anathème sur cette maison ! »

Filònia, Pippìno et Zosimo tombèrent à genoux en se signant.

« Enfin, on peut assavoir pourquoi ? » quérit Gisuè, à qui le frater commençait à casser la dévotion.

Pendant ce temps, le père Uhù s'était serené, mais Filònia, Pippìno et Zosimo restèrent cointement agenouillés.

« Cet enfant, dit le père Uhù en guignant Zosimo du doigt, a été touché par l'Esprit saint ! »

Ils eurent tous instinctivement un mouvement de recul, comme si le curé venait de dire que le petiot avait attrapé un bocon contagieux.

« Ça peut se saner ? quérit Gisuè en souci.

– Oui bien, homme ignorant ! J'emmène Zosimo avec moi. Il faut que je lui apprenne à lire, à écrire et à compter. »

Là, Filònia protesta.

« Avec tout le respect que je dois à l'Esprit saint, dit-elle, je sais une seule chose que mon père m'a apprise et qui lui venait de son grand-père : les livres sont affaire du diable, tout juste bons à apporter la guerre, la mort et la disette.

– Les mauvais livres, oui, rebecqua le père Uhù. Mais pas les bons, pas ceux de l'Église et des saints. »

Naturellement, le curé eut gain de cause. Zosimo départit pour vivre dans la caverne du père Uhù. Il y resta jusqu'à ses six ans et quand il se renvint, il assavait même le latin.

CHAPITRE TROIS

Depuis que le monde est monde, le pagan panche sang et sueur sur la terre trois cent soixante-cinq jours par an.

En janvier, février et mars, on plante la vigne, le sumac, les pommes de terre, le blé de l'Inde, le maïs, les melons, les courges, les aubergines ; on sème les laitues et les tomates ; on attache et on greffe les ceps déjà plantés, on transvase le vin ; on sarcle et on bine le blé et les fèves ; on fume les arbres fruitiers ; on pioche la vigne ; on greffe les arbres qu'ont des bourgeons, les poiriers, les pommiers, les pêchers, les amandiers, les châtaigniers et les oliviers qu'ont déjà été émondés.

Et pendant ces trois mois de janvier, février et mars, il ne tomba pas une seule goutte d'eau, le ciel nuait, devenait noir comme la pège, il lançait des éclairs, il tonnait, il se pressurait ni peu ni trop, mais il n'abondait pas à pancher son eau. Zosimo qu'avait désormais sept ans, se rompit l'échine et prit des cals aux mains dans les champs, avec Gisuè, Pippìno, et Filònia qui venait aider dès qu'elle le pouvait.

En avril, mai et juin, on pioche le sumac, on sarcle et on nettoie le blé qu'ensuite on mestive, on coupe également le foin, on greffe les grenadiers, les figuiers, les orangers, les citronniers, les mandariniers ; on transvase le vin pour la deuxième fois ; on fait les essemins pour les tomates, les radis et la laitue ; on sème les haricots et les céleris ; on récolte les fèves.

Et il continuait à ne pas pleuvoir. Pas même une goutte, une larme. Les épis de blé étaient tous à moitié flapes, on récolta moins de fèves qu'on n'en avait semées. Sur les arbres, pointelèrent quelques rares bourgeons, la plupart séchèrent. Désormais on travaillait la terre à male peine, elle avait tant tellement durci qu'elle ne s'effritait plus.

Descendant des Madonìe, arriva un homme à cheval qu'allait voir sa fille, mariée à Fiacca. Il était complètement éclené et ils lui donnèrent une broche de vin.

« C'est toute la terre qu'est comme ça, dit-il, elle est après mourir. Je suis passé par une ville où il y avait de la fumée et des flammes. Poussé par la rage de faim, le monde brigandait les maisons des riches et les brûlait. »

En juillet, août et septembre, on sème les choux-fleurs, les brocolis, les céleris, la laitue, la chicorée, les épinards, les carottes, les raves ; on vendange.

Les journées de vindêmes sont des journées de chansons, de rires et de bades : cette année-là, dans les chaponnières, on aurait plutôt dit que Gisuè, Filònia, Pippìno et Zosimo suivaient un enterrement. C'était funébreux, un crève-cœur. Chaque grappe portait quatre malheureux grains à moitié secs dont on allait à toute peine tirer quelques gouttes.

En octobre, novembre et décembre, on plante l'ail, les oignons, la laitue, les choux, la chicorée, les épinards, les carottes et les raves ; on pioche derechef la vigne, on taille les amandiers, on éclaircit les artichauts et surtout on ramasse les olives.

Gisuè avait cinq oliviers qui donnaient toujours beaucoup : cette fois, la récolte fut de moitié.

« S'il continue à ne pas pleuvoir, fit Gisuè, au prochain rengelage, on ne mettra que la moitié des essemins.

– Pourquoi ? quérit Zosimo.

– Parce que la terre est après se dessécher, répondit son père, et les essemins ne peuvent pas germer. Il vaut mieux les garder : au pis venir, on les mangera. »

Il se baissa, prit une pincée de terre, la mit sur sa langue, la goûta longuement. Il clina la tête, désastré.

« C'est comme si on y avait panché du sel. »

Le vingt décembre de cette année de sécheresse, don Aneto Purpigno arriva à cheval, tirant deux mules enfardelées de coffres en bois et de gibasses.

« J'ai des cadeaux pour la Noël », expliqua-t-il.

Mais il n'était pas joyeux, il semblait même emmalicé. À table, il n'eut pas le cœur à manger, pas faim dit-il, il était en souci à cause du manque de pluie.

« En janvier prochain, il va se mettre à en tomber comme qui la jette, affirma Filònia pour essayer de le rassurer. Et ça contre-pésera toute l'eau qu'est pas venue.

– Non fait, dit don Aneto. J'ai sur les épaules cinquante-trois années de vie et d'expérience, je sais la vieille guerre. À vingt ans, j'ai connu une année comme celle-ci, du tout pareille. La sécheresse a duré deux années encore et la famine s'est installée. Le monde mourait comme des mouches, ou bien s'escoffiait pour une poignée de fèves. »

Un silence tomba. Don Aneto se leva, ouvrit le premier coffre. Il était cafi de livres.

« C'est pour toi, dit-il en s'adressant à Zosimo. J'y ai pris à la cassine du duc. De toute façon, tôt ou tard, les gens affamés la forceront et la brûleront. »

L'autre coffre était plein de cire, de suif et d'étoupe pour faire des bougies et des chelus.

« Comme ça, dit-il encore à Zosimo, la nuit si tu n'as pas sommeil, tu pourras te mettre à lire.

– Mais ça n'a point de nez ! fit Gisuè. La nuit, il va dormir, il se sera dépotenté au travail ni peu ni trop.

– Crois-moi : à partir de janvier, toi, dame Filònia, Pippìno et Zosimo, allez vous reposer », rebecqua don Aneto sûr de son fait.

Dans le troisième coffre, long et étroit, il y avait un tromblon, deux pistolets, de la poudre et des amorces.

« Savez-vous les utiliser ?

– Non fait, répondirent Gisuè et Pippìno.

– Je vais vous y apprendre.

– Mais à quoi ça va nous servir, des armes ?

– Elles pourraient vous être bien utiles au cas où des fourachaux viendraient tournailler par ici. Ne vous fiez à personne. La faim, ça enfiele le monde. »

Dans les quatre gibasses, il y avait de la farine, du blé, des fèves et des ceires. Gisuè le regracia, Zosimo lui baisa la main, Pippìno l'embrassa et puis tous trois sortirent, laissant Filònia et don Aneto seuls. Brave homme, il ne l'avait pas volée, sa petite heure de tranquillité.

Don Aneto eut raison par entier. En janvier, il ne plut pas, et il ne tomba pas une goutte non plus durant les onze mois qui suivirent. La terre, qui naguère était toujours verte et marron, avait viré au jaune et gris, et les animaux emmaigris n'avaient plus que la peau sur les os.

La terre donnait soif, à la voir brûlée comme ça. L'eau dans le puits baissa. Gisuè qu'avait semé le quart de ce qu'il mettait d'habitude, ne récolta rien. La lune n'était plus blanche, mais rougeâtre, on aurait dit un soleil déclinant. Pour passer le temps et occuper les esprits, Gisuè, aidé de Pippìno et Zosimo, cava une fosse derrière la maison et y mussa tout ce qu'était comestible. Ils firent la fosse dans les règles de l'art, à tel heur que les rats, ou d'autres animaux, n'y pussent entrer. Tant qu'à l'animal appelé homme, il n'aurait pas repéré de léger l'emplacement de la fosse. Ensuite, Gisuè construisit, en murs de pierres sèches, une pièce au rez-de-chaussée où Zosimo alla dormir avec tout son cuchon de livres.

À Montelusa, on ne trouvait plus rien à manger, même à prix d'or, c'est pourquoi Filònia régla que sa sœur Angilina viendrait chez eux à la campagne. Son mari, don Girlando le cordonnier, ne voulut pas démigrer de la ville, trop de monde comptait sur lui, ç'aurait été une désertion. Ils s'accordèrent que, tous les quinze jours, Gisuè irait à Montelusa lui porter un peu de provisions, à la nuit fermée pour que personne ne le vît. Ce qui montait à six les bouches à nourrir, dans et hors de la maison. Filònia se ramenta d'un proverbe qui disait :

« Qui range l'corps à peu manger, / range la bourse à bien garder. »

Quand elle le cita à Gisuè, son mari lui rebecqua :

« À manger peu, on mange assez, et on mange toujours. »

Ils étaient donc d'accord. Filònia fixa une quantité de blé, de fèves, de farine et d'huile par semaine.

Pippìno et Zosimo, qu'avaient toujours ventre de loup, se consolèrent en pensant que, puisque qu'ils travaillaient peu, ce qu'ils mangeraient ferait encore de l'abonde.

En août, à cause du grand chaud, on ne pouvait sortir sans une époussette mouillée sur la tête. Les heures où on parvenait à faire quelque chose sans se tuer le cœur et le corps, étaient avant l'aube et au jour failli.

Un matin à la piquette du jour, Zosimo, qu'avait passé toute sa nuit à lire un précis de géographie, eut envie de se bambaner par la campagne. Il marcha, pourpensant à ce qu'il venait de lire, mais tout d'une venue il s'arrêta sur cul. Quelque chose le triboulait, mais quoi ? Puis il comprit : c'était le silence. Pas un oiseau pour chanter, pas un pique-en-terre pour lancer un cocorico, pas un âne pour braire. Rien, un silence de mort. Zosimo comprit qu'il était après pleurer en sentant le devant de sa chemise qui l'empegeait, tiède et benouillé. Il nifla, odorant une puanteur de mort.

« Zosimo ! »

C'était son père. Il se retourna sans avoir eu le temps de sécher ses larmes.

« Pourquoi tu chignes ? Tu as peur ? Faut pas, petit benoni. La sécheresse ne pourra pas durer toujours, va. Et on ne mourra pas de faim. En se regardant, ce qu'on a à la maison nous suffira.

– J'ai pas peur, fit Zosimo. Je pleure parce que j'entends la terre souffrir et se doulouser.

– Moi j'entends ni fric ni frac, pas même un oiseau.

– Justement, rebecqua Zosimo, ce grand silence, c'est sa voix qui guermente. »

Le vingt décembre, don Aneto, qui désormais venait odorer Filònia un mois sur deux, arriva accompagné de ses deux mules enfardelées. Heureusement, il avait apporté un nouveau chargement de cire car Zosimo avait passé la moitié du premier. Et il lui étrenna aussi d'autres livres. Il dit que les choses continueraient comme il l'avait prévu l'année devant : les mois à venir seraient les plus dangereux, déjà quelques maisons isolées avaient été attaquées ; le monde, mis dans les nécessités, malferait de plus en plus.

« Et puis, ramentez-vous bien ce que disaient les anciens : voler pour manger n'est pas péché. »

La nuit même où naissait l'enfant Jésus, alors que toute la famille de collagne attendait que sonnent les cloches de Montelusa pour entamer ses prières, ils entendirent soudain un étrange strépit, comme un œuf qui frit, ça se rapprochait et augmentait.

« Une avale d'eau ! » quincha Filònia, à tort.

Tous sortirent. Le ciel, du ponant au levant, était traversé par une boule de feu qui toupillait, la terre était baignée d'une lueur rougeâtre. Et cette boule ne passait pas grand erre comme une étoile filante, mais elle avançait lentement, solennelle et menaçante. Ils tombèrent tous à genoux. Pour le sûr, ce n'était pas rien l'étoile de l'enfant Jésus. Morts comme terre, ils la virent disparaître derrière le mont Crasto. Et soudain ils entendirent les cloches, pas seulement celles de Montelusa, mais aussi celles de Fela, de Summatino, de Vigàta qui sonnaient en grand démènement et semblaient appeler au secours.

Devant que l'année finît, Gisuè avait pris sa décision. Vu que la cabre n'avait plus de lait et qu'elle délinguait par manque d'herbe, il l'escoffia. Il tordit le cou au pique-en-terre et aux gélines qui ne donnaient plus d'œufs, il égosilla les deux cayons qu'étaient devenus secs comme des fétus de paille. Il épargna l'âne et la mule, des bêtes dont on pouvait toujours avoir affaire. La veille, il était allé à Vigàta et avait riflé quatre grosses pierres de sel dans un entrepôt qui, de bonne encontre, était resté sans gardien : le dernier avait filé du derrière la nuit de la comète et personne ne l'avait plus revu. Aidé de Filònia, Angilina, Pippìno et Zosimo, il détrancha et nettoya la viande, puis la mit dans le sel pour qu'elle se conserve. Ils se réservèrent une géline pour le jour de l'an. « Qui meurt coufle, meurt content », disait le proverbe.

Le matin du premier jour de l'année nouvelle, mais qu'avait tout l'air de vouloir ressembler du long et du lé à l'année devant, apparut à leur porte le père Uhù, brayant et quinchant. Il était encore plus sec, encore plus hagard ; le poids de sa croix le pliait en deux. Ses cheveux lui tombaient plus bas que les épaules et sa barbe lui arrivait à l'ambuni. Il n'abondait pas à rester droit : seule sa fougue intérieure l'empêchait d'aboucher. Il gringuenottait une espèce de litanie et quand il s'arrêta un instant pour reprendre son souffle, Filònia put placer :

« Entrez donc, père Uhù, venez manger un petit quelque chose !

– Non fait ! Je suis à jeun : dix jours sans manger ni boire. »

Et il reprit sa litanie dont à la parfin, ils distinguèrent les paroles :

« ... mais le jour où se fera entendre la voix du septième ange et qu'il se mettra à souffler dans sa trompette, le mystère de Dieu sera accompli. Puis la voix que j'avais entendue du ciel me parla de nouveau et dit : "Marche, prends le livre que l'ange tient dans sa main, ton ventre deviendra amer, mais ta bouche se fera douce comme miel..." »

Il fit volte-face et reprit sa route en continuant à bagouler.

« Il parlait de gloutir les livres ? quérit alarmé Gisuè à Zosimo.

– Non, non, répondit Zosimo, il récitait l'Apocalypse.

– Et c'est quoi cette poque à lisse ?

– Ça explique la fin du monde. »

À ce moment de leur conversation, ils virent le père Uhù s'acasser sous le poids de sa croix. Zosimo courut l'aider.

Le père Uhù avait la vue brouillée, il ne le remit pas, le prenant pour un autre.

« T'serais pas Simon de Cyrène, par rencontre ?

– Si, si, fit Zosimo compassionné, et il sentit ses yeux se mouiller. Je suis Simon et je t'aiderai à porter ta croix. »

Le six janvier, le jour où les rois Mages étrennent leurs cadeaux à l'enfant Jésus, la ville de Montelusa en reçut un, elle aussi : un nouvel évêque, Ballassàro Raina. Cet évêque portait le nom d'un des rois mages, mais par nature, il n'aurait jamais imaginé rien étrenner à personne. Il était si tant tellement étroit de la ceinture qu'à en croire les prêtres de son entourage, il était capable de rester des mois sans s'approprier, afin d'économiser eau et savon, augmentant ainsi la couche de crape qui tachait sa peau de macules sombres. La première chose qu'il ordonna aux prêtres qui dépendaient de lui fut de couper en deux les hosties consacrées. Pour donner la communion à leurs paroissiens, expliqua-t-il, la moitié suffisait, vu que le Seigneur est présent même dans un grain de sable. Or donc pourquoi désamasser toute cette farine pour faire les hosties ? Les prêtres ne savaient-ils donc pas qu'on était en période de famine ?

S'il avait été désargenté comme le crucifix de saint François, on aurait compris : mais tout à l'encontre, il était moyenné, de famille, sauf qu'il n'en avait jamais assez.

Quant à la réduction de soixante-cinq pour cent des cierges en dotation à chaque église, elle provoqua quelques incidents. La mère Giuseppa Dellabartola, qu'avait huitante ans et plus tous ses yeux, buqua dans une chaise, poqua la tête contre une marche de l'autel, et en défunta tout sec. Agàpito Lo Bue, conseiller de son état, qu'était entré dans la cathédrale avec, à sa gauche, son épouse qui lui caquetait à double ratelée à l'oreille et, à sa droite, sa fille Gersomina, trente ans, qui lui caquetait tout autant dans l'oreille correspondante, n'en ressortit plus jamais : la dernière fois où ses fenottes le virent fut quand, se levant pour aller s'escomengier – c'était du moins ce qu'il avait dit –, il s'était enfoncé dans les ténèbres. Il disparut et personne n'en sut plus rien. Mais le cas le plus sérieux fut peut-être celui de dame Sebezia Vullo, l'épouse du capitaine de l'octroi, don Antenore. Dame Sebezia allait toujours à la messe à l'église de San-Cono avec son mari et son cousin Gelasio. Ils se disposaient toujours de la même façon, le mari à droite et le cousin Gelasio à gauche. Ce dimanche-là, allez assavoir pourquoi, le cousin se mit à droite et don Antenore à gauche, et du coup le mari eut la surprise de sentir que sa femme lui glissait un billet dans la main. Il ne dit ni quoi ni qu'est-ce mais, arrivé à la maison, il l'ouvrit et le lut. Le billet disait :

« Gelasio bien-aimé ! Ce soir le cocu se renvient tard. Passe après l'angélus. Nous aurons tant et plus de temps pour nous aimer. À toi pour la vie. Sebezia »

Ce fut ainsi que le cornagu, c'est-à-dire don Antenore, ayant annoncé qu'il devait rester tard sorti, se renvint au bon moment et escoffia comme il se doit épouse et cousin. Tout ça parce que désormais, sur ordre de l'évêque Raina, on entrait et sortait des églises à borgnon-bleu.

Si l'on excepte six familles nobles et quinze familles accommodées, la population de Montelusa tombait maintenant en duelles. Les gens n'avaient même plus la force de citer des proverbes, ce qui d'habitude les dédoulait. Un matin Tìndaro Dedomini, le maire, se mit à sa fenêtre et s'adressa aux gens qui réclamaient du pain ; il parla ni peu ni assez, en appelant tout ce monde ses « frères », il se fit monter les larmes aux yeux pour les souffrances de ses concitoyens. Puis, comme sa femme le tirait par le pourpoint depuis un quart d'heure, il prit congé des Montelusains et alla baufrer un chevreau rôti qu'était sur sa table depuis le même quart d'heure.

Ce fut maître Girlando, le cordonnier, qui jugea à sa juste valeur la trainerie de propos du maire, et son avis fut approuvé d'intrade :

« Les belles paroles ne font pas cuire la soupe. »

Une députation, toujours avec maître Girlando à son chef, fut paternellement reçue par l'évêque. Quand il le vit de près, maître Girlando pondéra à vue de nez que, en étrapant la graisse que le bonhomme avait sous la peau, on aurait pu nourrir une dizaine de personnes.

Le maître cordonnier lui expliqua la situation, réclamant une aide au moins pour les plus nécessiteux.

« Cinq pouparts ont déjà défunté dans les bras de leurs mères, expliqua-t-il.

– Quel âge avaient-ils ? quérit l'évêque.

– Entre trois mois et un an, répondit don Girlando.

– Très bien, commenta Ballassàro Raina. Ce sont désormais tous des angelots. »

Puis il se leva de son fauteuil doré, et hocha sa crosse en tous sens.

« Qui suis-je ? Or tôt, qui suis-je ?

– L'évêque, risqua maître Girlando.

– Eh bien non, erreur ! Je ne suis qu'un misérable serviteur de Dieu ! Je ne suis rien ! Néant ! Vous le savez que la famine est une œuvre de Dieu ! Qu'elle est envoyée par Lui en châtiment de vos péchés ! Pour vous purifier, pour vous laver de vos souillures. »

« Toi, même en cent ans de famine le Seigneur réussirait pas à t'approprier », se pensa maître Girlando.

« Voilà son dessein ! continua l'évêque. Et maintenant, dites-moi : comment puis-je, moi, misérable ver de terre, m'opposer à Sa volonté ? Il me réduirait en cendres d'un trait de foudre.

– Pour sûr que vu comme ça, fit la mère Pinzia Ligotti qu'était bien dévotieuse, ce brave homme a puis raison. »

Et s'étant excusés auprès de l'évêque pour le dérangement, ils s'en repartirent en traînant derrière eux maître Girlando que Ballassàro Raina avait tellement mis en foucade qu'il soufflait par les nifles comme un cheval fourbu.

Gisuè s'était tout juste renvenu de Montelusa et racontait à sa famille les événements que maître Girlando lui avait rapportés quand les occupants de la maison entendirent des quinchées qui se rapprochaient. Sans même remirer ce qui se passait, ils baclèrent aux grandes allures portes et fenêtres. Et bien leur en prit. Une vingtaine de gars et de fenottes, armés de pelles, pioches, maigles et tridents débandèrent devant la maison et s'arrêtèrent sur l'aire. À chef de tous, il y avait un homme sec comme un picarlat, le visage marqué. Zosimo le reconnut de prime abordée, c'était Grégoire, le poète qu'était aussi le créat du brigand Salamone. À toutes aventures, Gisuè chargea le tromblon et les pistolets qu'il donna à ses fils. Ils se mussèrent derrière les fenêtres entrebâillées.

« Donnez-nous à manger / ou on va vous brûler ! »

L'escadron qui le suivait ravacha les deux vers.

« Encore un pas et je vous estourbe comme des chiens !

– Nous sommes des chiens enragés / nous allons vous déchiqueter ! fut la prompte réponse.

– Mais comment il bajafle, c't homme ? quérit Gisuè à son fils.

– Il parle en vers. Et sans vouloir te commander, c'est moi qui vais lui répondre. »

Il rassembla tout le souffle qu'il avait dans le corps et quincha :

« Hé ! les vers, c'est fini ! / Grégoire, déguerpis ! »

Grégoire partit à rire.

« C'est vrai, les vers ont défunté, / je vais donc ta porte enfoncer. »

Et il guigna son monde. Les gens se serrèrent sur deux rangées, laissant le passage à un homme qui n'était pas un homme entier, mais la moitié d'un homme. Il lui manquait les piottes et il était planté sur un chariot en bois monté sur de petites roues, tout pareil à ceux que les marmots se fabriquent pour jouer. Pour avancer, l'homme emploitait ses mains comme des pieds. Il s'arrêta au mitan de l'aire, il desceignit une longue lanière de cuir, grippa par terre un caillou gros comme le poing, le posa au centre de la lanière puis, empaumant dans sa main gauche les deux extrémités de l'engin, il se mit à faire gironner la fronde au-dessus de sa tête, de plus en plus vite. Les trois hommes, bien taudis dans la maison, eurent envie de rire. Que pouvait un caillou contre un épais volet en bois ? Ils avaient mal pondéré la force du demi-homme. La grosse pierre défonça le volet comme un boulet de canon, entra dans la pièce et bésillia la cloche en verre contenant la Sainte Vierge, un cadeau à Filònia que don Aneto avait prélevé à la cassine. À cet instant-là, Pippìno se sentit le front sueux. Il y porta la main et la retira tout emmargaillée de sang. Pippìno avait ça depuis toujours : voir du sang lui était interdit comme le Pater aux ânes. Le cœur lui devenait foie et il ne savait plus ce qu'il faisait. En quinchant comme un cayon qu'on égorge, il ouvrit le volet et fit feu à borgnon-bleu avec son pistolet. La brairie de triomphe dont la troupe avait salué le lancer de la pierre se changea en cris de terreur. Pour adjoindre à la crosse, Gisuè aussi ouvrit une fenêtre et tira avec son tromblon, mais en l'air. En une main tournée, il n'y eut plus personne en vue, sauf le demi-homme qui peinait désespérément et vochiait ses compères pour qu'on l'aidât à se dégrater.

Ils restèrent encore longuement taudis, mais Grégoire et sa bande ne se montrèrent plus.

De cette affaire, Zosimo retira deux observations. La première était que la poésie ne sert pas toujours à mettre de l'ordre et que, de bond ou de volée, on se hâte toujours trop de dire qu'elle a défunté. La deuxième fut que celui qui a faim a toujours raison et que celui qui tire sur un affamé, même par nécessité, a toujours tort.

CHAPITRE QUATRE

Le dix-neuf mai de la troisième année de sécheresse, et deuxième année de famine, quatre personnes se réunirent chez maître Girlando à Montelusa. L'une était maître Girlando lui-même, les trois autres étaient Calàzio Bonocore, fabricant de paniers en sorgho et de bannes en roseau, Marcantonio Zùbbia le maréchal-ferrant et Lucrezio Spitalèri, maître potier. Calàzio annonça que la veille sept personnes étaient mortes de faim : trois petits, deux anciens et deux fenottes.

« On voit à l'œil, conclut-il, qu'encore un peu la population, sans nous ou avec nous, va brigander toute la ville. »

Alors ils rangèrent que le moment de se dégrober était venu et ils en étudièrent les moyens. Ensuite, ils sortirent de chez maître Girlando et firent passer une consigne.

À la troisième heure du matin, la porte d'entrée de la maison du capitaine de justice, don Stellario Spidicato, s'ouvrit sans strepit et ses cinq serviteurs en sortirent, comme convenu avec maître Girlando, pour s'évanouir dans la nuit. Par la porte laissée ouverte, entrèrent maître Girlando, Calàzio, Marcantonio et Lucrezio. Ils n'étaient armés que de couteaux. Dans l'obscurité épaisse, ils avancèrent sans catoller car la veille, le chef des domestiques leur avait décrit les lieux. Don Spidicato et son épouse Afrània couchaient à la royale, chacun dans une chambre, rapport que, soit en rentrant tard, soit en se levant matin, le capitaine troublait le sommeil de sa dame, qu'elle avait turbulent.

Tandis que Marcantonio descendait à la cave, maître Girlando et Calàzio entraient dans la chambre du capitaine et Lucrezio ouvrait la porte de dame Afrània.

En une main tournée, sans avoir eu le temps de comprendre ce qui lui arrivait, don Stellario se retrouva les mains hardées dans le dos.

Dame Afrània, qu'était appréhensive, dormait avec un chandelier de six bougies allumé. C'est pourquoi, se réveillant en sursaut, elle vit de prime face que l'homme qu'avait pénétré dans sa chambre était un étranger. Elle fit état de quincher, mais ce qu'elle aperçut la paralysa. Lucrezio était un bestiau de presque deux mètres : et le bestiau avait déboutonné sa braguette, extirpant son arme naturelle qui ressemblait à un vrai pistolet, il la poignait à deux belles mains et la pointait contre elle.

« Si tu t'dégrobes, fit l'homme, je t'carabine. »

Devant Lucrezio ébahi, la fenotte ouvrit des yeux comme des pains de six livres et partit d'un profond rire de gorge.

« Sainte Vierge ! » exhala-t-elle.

Et malgré l'injonction de Lucrezio, elle se dégroba.

Pendant ce temps, Marcantonio était revenu de la cave avec une bareille de bon vin et un entonnoir. Ils hardèrent pieds et poings le capitaine à une chaise, Calàzio lui enquilla l'entonnoir dans la bouche et maître Girlando prit à lui pancher le vin de la bareille dans la gargate. Tout le monde savait à Montelusa que don Stellario Spidicato ne tenait pas le vin : il s'ivrait avec deux verres.

Au bout d'une heure, le capitaine fin fiolé partait pour la gloire.

« Rappelez Lucrezio », commanda maître Girlando.

Enlacée à Lucrezio, dame Afrània voulut les raccompagner jusqu'à la porte.

« Le Seigneur vous bénisse », dit-elle en prenant congé.

Maintenant ils étaient armés car ils avaient trouvé chez le capitaine deux fusils et quatre pistolets. Pris sur un pied, les gardes du poste de police ne regibèrent pas. Maître Girlando et ses trois compagnons les enchartrèrent sur place et déprisonnèrent les dix détenus condamnés en justice. Sur ces dix-là, six se mirent à la disposition de maître Girlando. Pour les armes, le poste de police se révéla une véritable mine, à tel heur que Lucrezio dut aller belle tire chez lui prendre un chariot pour y maller fusils, espingoles, tromblons, pistolets, poudre et amorces.

L'assignation avec les chefs de quartier était pour cinq heures du matin, tous vinrent armés. Maître Girlando dit qu'on déclencherait la mutemaque à six heures, quand la cloche appellerait à la deuxième messe.

Au cours des cinq dernières années de sa vie, l'évêque qu'avait précédé Ballassàro Raina avait été pris d'une fièvre de construction et du coup, en l'espace de quatre ans, il avait restauré trois églises fermées et en avait bâti trois neuves. Donc, tout bien compté et rabattu, Montelusa possédait huit églises.

« Mais alors comment se fait-il, se demanda maître Girlando posté avec un gars de vingt ans, Zizì, qu'était un de ses neveux, que pas une seule des dix-huit cloches au moins que compte cette charipe de ville n'appelle à la deuxième messe ? »

De là où il était, on voyait le portail de l'église Vergine-Addolorata dont le curé était Calcedonio Schirò, celui qui pesait, net, cent quatre-vingt-seize kilos. Le père Calcedonio était assisté de quatre prêtres, vu que deux au moins devaient le soutenir quand il célébrait la messe. Du porche sortit une petite vieille que maître Girlando arrêta dès qu'elle fut à portée de voix.

« Faites excuse, mais on n'a pas sonné la deuxième messe ?

– Oh ben si c'est pour ça, rebecqua la vieille, ils n'ont pas même sonné la première. Ça fait deux heures que j'y suis et je n'ai pas vu un curé. C'est incomprenable. »

Marcantonio Zùbbia qu'était à la poste près de l'église San-Calò, arriva en courant.

« L'église est ouverte, dit-il, mais y'a personne dedans, ni le père Intelisano ni les deux autres curés. »

Maître Girlando entra en souci. Il y avait de la fourbe. Il

comprit que la situation devenait de plus en plus affaireuse : les gens étaient chez eux, franc prêts, attendant le signal et si ça ne venait pas, ils allaient s'acutir, se désatiser, bref se ramollir. Il prit une décision à la volée.

« Toi, retourne à ton poste », dit-il à Marcantonio. Puis il appela son neveu Zizì et lui ordonna de pénétrer dans l'église pour aller tinter les cloches, le tocsin, le glas, le couvre-feu, l'angélus, ce qui fichtre lui passerait par le coqueluchon, pourvu que le carillon arrivât à toutes les oreilles.

L'écho de la volée de cloches ne s'était pas encore dissipé que, provenant de tous les quartiers, une masse d'au moins quatre cents Montelusains s'affoula devant le bâtiment des archives municipales. La date du vingt avait été choisie parce que c'était jour férié et qu'il n'y aurait personne à l'intérieur. Pour défonder la porte des archives, les coups d'épaule portés de collagne par Calàzio, Marcantonio et Lucrezio suffirent. Puis les tumultuaires entrèrent dans le bâtiment, grippèrent tous les documents qu'ils trouvèrent, et il y en avait à revorge, actes d'état civil, comptes rendus de procès, sentences de tribunaux, attestations de dûs d'impôts, gabelles, maltôtes, octrois, concessions, charges, bénéfices, successions et patentes commerciales, ils les acuchonnèrent dans le mitan de la cour et y mirent le feu. Et bien sûr, au bout d'un moment, au milieu des quinchées de joie des gens, les flambes agrapèrent aussi le bâtiment.

Dans la maison mitoyenne des archives habitait don Stellario Spidicato. Et ce fut de cette maison que jaillit un chant, si tant tellement fort qu'on l'entendit par-dessus la brairie de tout ce monde. C'était une fenotte, périlleusement droite sur la rembarde du balcon, qui beurlait un air d'opéra :

Mon amour, comme tremble mon cœur
Alors que vite passent mes heures !
Si tu ne viens pas, quelle douleur !
Viens vite car sans toi je me meurs.

Ils reconnurent, sous sa perruque et ses vêtements de fenotte, le capitaine de justice, don Stellario Spidicato, complètement buve, qui faisait les mines et embarras d'une vraie fenotte, mais genre un peu bagasse. Don Stellario recoursa sa jupe au-dessus de son genou pelu et esquissa un mouvement de hanches. Puis il reprit :

Je suis là, et toi au loin resté !
À qui donc mon beau joyau donner ?

Un applaudissement sincère éclata, quelqu'un lui demanda de bisser. Après avoir dispensé des révérences de remerciement au risque de faire patacul à chaque coup et de s'abouser au sol, don Stellario s'apprêtait à ravacher sa chanson quand du palais d'en face où habitait le baron Bonifazio di Roccalumèra, partit un coup de feu.

Touché en plein cœur, don Stellario écarta les bras comme s'il avait voulu s'envoler mais dans les faits, il vint s'écramailler sur le pavé.

Celui qu'avait tiré, du haut de son mètre cinquante de prétention et de sotteté, était don Filipello, le fils de don Bonifazio, un jeune levron monté en orgueil et glorieux comme un pet.

« Fini la plaisanterie ! » quincha-t-il à la foule en se penchant à la fenêtre d'où il avait fait feu.

Prévoyant ce qui allait nécessairement se passer, mais cherchant par tous les moyens à l'éviter, maître Girlando courut belle tire à la porte du palais Roccalumèra et ordonna au monde :

« Arrière ! Pas de sang !

– Laisse-nous rire ! » fit quelqu'un dans la foule.

Don Filipello leur avait petafiné leur spectacle, maintenant ils en voulaient un autre. Après avoir délicatement et respectueusement mis don Girlando à l'écart, une trentaine de personnes, s'ébouffant de rire comme à une partie de plaisir, cravantèrent la porte et entrèrent. Maître Girlando ne les suivit pas. Quelques minutes plus tard, s'ouvrit le balcon principal qu'était aussi grand qu'une terrasse.

« Et maintenant, la fête commence », dit un quidam du balcon.

Et de fait, apparurent le baron Bonifazio et la baronne Uzènia. Sauf qu'on avait échangé leurs habits et du coup le baron était atouré en fenotte et la baronne en homme. Ils étaient morts, mais tenus droits de force et ceux qui les poignaient se mirent à les faire danser et baller comme des marionnettes. Les gens riaient à s'en faire peter la basane, certains avaient les larmes aux yeux, d'autres se tenaient le ventre. Un vent de folie passa sur tout ce monde, plus fort encore qu'à Carnaval. Maître Girlando frissonna, la joie peut parfois être féroce, mais quand la férocité devient joyeuse, alors on va de fièvre en chaud mal. Il remira la foule pour trouver Calàzio, Marcantonio et Lucrezio. Pendant ce temps, les deux cadavres ayant été flâtrés à terre, au balcon était apparu don Filipello, nu et vivant. Un seul homme lui tenait les bras dans le dos, Calòrio Ficarra, un géant de presque deux mètres.

« Et lui, j'en fais quoi ? » quérit Calòrio.

Tout d'un train, rires, quinchées, mots de gueule, tout retomba. Un grand silence se fit.

On savait bien que trois ans devant, devant que viennent la sécheresse et la famine, don Filipello avait abusé de toutes les façons de la fille de Calòrio qu'avait treize ans, et le père avait eu beau emplaider, la justice ne l'avait pas écouté.

« Fais-lui comme il a fait à ta fille ! » quincha une fenotte.

À la hauteur du balcon, pointait le manche du drapeau placé à la fenêtre d'en dessous : Calòrio souleva don Filipello et l'empala.

Le monde se divertit tant et plus aux mouvements de bras et de jambes qu'il fit tel une grenouille, devant que défunter, finalement.

Les échevins qui gouvernaient Montelusa, en plus du maire et conseiller don Tìndaro Dedomini, étaient don Alterio La Seta, don Filiberto Giardina, don Occàso Barbèra, don Silivestro Cozzo et din Tinino Titò. C'est bien comme ça que le monde l'appelait, « din » pour le faire sonner à part dans tout ce concert de « don », rapport qu'il parlait, marchait et remirait à pur et à plein comme une fenotte, et pas comme un homme. Il n'avait jamais voulu se marier et il vivait dans son palais avec sa mère, dame Giusberta. Exécutant les ordres de maître Girlando, on trajecta tous les échevins à l'hôtel de ville, mais pour que personne ne les vît, ils entrèrent par la porte de derrière. Maître Girlando entendait faire le vert et sec pour éviter désavancements, meurtres et foucades de la part de gens désormais irraisonnables et capables de tout.

Dénicher les échevins avait toutefois été une entreprise affaireuse.

Don Alterio La Seta s'était allé catir à l'écurie, immergé dans la paille et le crottin des chevaux et, du coup, il était en chemise de nuit et cornait le fauve ; don Filiberto Giardina alité avait feint d'avoir la mort entre les dents ; don Occàso Barbèra avait été trouvé dans son puits, arrapé à la corde de la seille ; don Silivestro Cozzo, qui possédait une crèche grandeur nature, s'était planté déguisé en berger, au milieu des autres personnages devant la grotte de l'enfant Jésus.

Quand les échevins furent tous assis autour de la table de réunion, maître Girlando commença en disant que tout se passerait selon la loi. Et don Silivestro Cozzo, qui ne pouvait s'empêcher de testicoter, lui rompit immédiatement le dé. Même là et malgré la souleur que lui causaient les hommes armés qui l'avaient harpé, il tomba en dispute.

« Vous n'y allez que d'un œil, dit-il, cette réunion n'est pas dans les règles : il manque quelqu'un. »

C'était vrai, maître Girlando avait oublié din Tinino Titò. Il apincha Turiddu Contrera qu'était chargé de le ramener, mais celui-ci écarta les bras.

« Je l'ai trouvé sorti, fit-il. Il n'y avait que dame Giusberta et une nièce bonne sœur.

– Vas-y voir de plus près », dit maître Girlando à Lucrezio Spitalèri.

Pendant qu'il courait chez les Titò, Lucrezio eut le temps de se faire son idée. Il entra par la porte restée ouverte puisque tous les domestiques s'étaient dégratés, grimpa quatre à quatre les marches de l'escalier qui menait au premier étage, traversa deux salons et déboula, lancé comme une carriole de laitier, dans la chambre à coucher de dame Giusberta. Celle-ci, qu'était à plat de lit avec une pattemouille sur le front, se leva d'un bond et prit à quincher comme une géline à qui on tord le cou.

« Comment vous permettez-vous ? Comment osez-vous ? Mon fils n'est pas là ! Il est à Palerme ! Combien de fois dois-je vous le répéter ?

– Je ne suis pas venu pour votre fils », fit Lucrezio tranquille comme Baptiste.

Dame Giusberta en fut bauchée en place. Elle ne s'attendait pas à cette réponse.

« Alors, que voulez-vous ?

– Je veux voir votre nièce. »

Dame Giusberta frémit d'horreur.

« Impossible ! Elle est religieuse de ségrégation.

– Ça veut dire quoi ?

– Ça veut dire que personne ne peut voir son visage ! Ce sont les vœux ! La promesse faite au Seigneur ! »

Lucrezio s'aperçut que, sans le vouloir, la fenotte avait apinché vers la porte de la pièce attenant. Il se dirigea vers cette porte. Alors dame Giusberta se précipita, tomba à genoux en lui agrapant les jambes.

« Vous ne pouvez pas ! Vous commettez un sacrilège ! C'est un péché mortel ! »

D'une main, Lucrezio l'accolleta et la releva, de l'autre il ouvrit un coffre qui se trouvait être à moitié rempli de draps propres, y flaqua dame Giusberta et referma à bonne clé. Puis il ouvrit la porte de la pièce voisine.

La religieuse était accoudée à la fenêtre, les mains jointes en prière. Elle tremblait jusqu'aux oreilles. Elle s'était entortillé un châle noir autour de la tête pour cacher son visage.

« C'est comment vot'nom ? quérit Lucrezio.

– Sœur Marie de la Passion », répondit la religieuse d'une voix tremblante.

À ce stade, Lucrezio se posa une subtile question de doctrine. Si on ne pouvait pas remirer la religieuse au visage, ne pouvait-on pas la remirer en quelque autre partie du corps ? Il se mit à son cul et, de la main gauche, lui recoursa ses jupes pendant que la droite tâtait l'endroit où la nature différencie les hommes des femmes. Ce qu'il toucha le fit reculer d'un bond, dégoûté.

Il avait trouvé din Tinino Titò.

Quand le conseil, enfin au complet, se réunit, la population qu'avait appris la chose s'affoula devant l'hôtel de ville et, comme rapporte don Orazio Principato, le chanoine qui coucha par écrit la chronique de ces événements, « elle criait et gesticulait de façon obscène ». Peut-être, éventualité que le chanoine ne prenait pas en considération, gesticulait-elle rapport aux crampes dues à la faim.

Maître Girlando ne perdit pas de temps à verbier.

« S'agit pas de faire le loup plus petit qu'il n'est », commença-t-il.

Il continua en exposant son point de vue : pour éviter que la population alouvie et exaspérée mît toute la ville à feu et à sang, il n'y avait qu'une solution. Acheter le blé de l'évêque Raina qui, on l'assavait, en possédait des silos cafis, pas moins de deux mille muids, de quoi nourrir les gens de Montelusa et des environs pour au moins trois mois.

« J'ai dit acheter, redoubla maître Girlando, car je suis sûr que l'évêque récalcitrerait à en faire don, même si tous les saints du paradis lui en donnaient l'ordre.

– Mais qui trouvera l'argent pour payer ce blé ? quérit don Occàso Barbèra qui parfois ne comprenait ni fric ni frac.

– Nous autres », rebecqua don Tìndaro Dedomini qu'avait tiré toutes les conséquences du patrigot de maître Girlando.

Ils réglèrent que le juste prix, compte tenu de la sécheresse et de la famine, était de six écus le muid : nobles et bourgeois allaient devoir se tailler pour rassembler la somme nécessaire.

Maître Girlando ordonna à don Tìndaro Dedomini, don Silivestro Cozzo et don Occàso Barbèra de mener la négociation avec l'évêque pendant que don Alterio La Seta, don Filiberto Giardina et din Tinino Titò resteraient à l'hôtel de ville, sous surveillance.

La parlance avec l'évêque ne devait pas dépasser une heure, au bout de laquelle, toutes les demi-heures, les échevins restés sur place seraient escoffiés de différentes façons, un écoleté, un autre mis au vent, un autre brûlé vif, pour varier la chose et accourcir le temps.

Le palais épiscopal se trouvait dans la partie haute de Montelusa avec, attenant, la cathédrale fermée depuis des années. Sur les deux autres côtés de la place, il y avait un monastère de moines franciscains et un couvent de religieuses, des tertiaires de l'ordre de Saint-Benoît. Maître Girlando avait réussi à convaincre la foule de rester devant l'hôtel de ville. Arrivés sur la place où donnaient tous ces bâtiments ecclésiastiques, les trois députés choisis pour négocier et leurs accompagnateurs, qu'étaient maître Girlando, Calàzio et Marcantonio, furent ébaffés de ne pas voir alentour un seul des curés, moines ou bonnes sœurs qui d'habitude entraient et sortaient du palais épiscopal.

À la porte du palais, ils furent reçus par le chanoine Antonino Tomasino, secrétaire et neveu de l'évêque, qui les accompagna à l'étage supérieur, au salon, où se tenait déjà Ballassàro Raina, gauné d'apparat.

Devant que Dedomini, le maire, pût ouvrir la bouche, l'évêque leva une main et dit :

« Refaites votre entrée. »

Et comme les requérants se remiraient les uns les autres tout benonis, ne comprenant pas le sens de cette injonction, le chanoine Tomasino se prit par la main pour la leur expliquer.

« Vous avez oublié les génuflexions. »

« Ce pèlerin veut nous faire endéver », se pensa avec malerage maître Girlando.

Ils s'exécutèrent. Et finalement l'évêque quérit ce qu'ils lui voulaient. Mais devant même que le maire ouvrît la bouche, il leva derechef la main.

« Si vous venez me demander du secours contre la famine, dit-il, j'ai déjà expliqué il y a quelque temps les raisons qui m'interdisent toute intervention. J'ai le cœur bourreaudé par vos souffrances, jour et nuit je prie le Seigneur de réfréner sa colère divine. Je ne peux rien faire de plus. »

Dedomini allait ouvrir la bouche mais l'évêque leva la main.

« Et si je la lui coupais… », pensa en un éclair maître Girlando qu'avait dans sa faque un couteau recourbé de deux empans.

« Au fort, fit l'évêque en se levant, pour toute autre nécessité, veuillez vous adresser au chanoine. »

Tout le monde s'agenouilla, Ballassàro Raina les bénit paternellement et sortit. Finalement Dedomini put parler.

« N'y aurait-il pas moyen de supplier Son Excellence… »

Le chanoine leva la main.

« Alors, ils sont tous pareils ! » se pensa maître Girlando, résigné.

« Il y en aurait un », dit-il. Et il garda la bouche.

C'est alors que don Silivestro prit sa quinte.

« On est ici à enculer les mouches, fit-il, et en attendant, le temps passe. »

Le chanoine Tomasino dit que, à son avis, une heure de plus ou de moins ne changerait pas grand-chose.

L'écume au coin des lèvres, don Silivestro lui apprit que s'ils ne se rentournaient pas à l'hôtel de ville dans la demi-heure, le premier des trois échevins en otage paierait de sa gorge.

« Pour l'évêque, ce n'est pas un argument valable, observa le chanoine. Son Excellence les considérerait comme des martyrs et tout serait dit. »

Ils négocièrent fébrilement pendant une demi-heure et à la fin, ils s'accordèrent sur un prix, huit écus le muid. Les échevins acceptèrent contraints et forcés, car c'était bien une enchérie, un prix trop élevé. Mais c'était toujours mieux que la mort assurée.

Ils firent aussi leurs calculs : le blé venait à coûter seize mille écus que les échevins s'engageaient à remettre au chanoine le lendemain matin, à l'heure de la deuxième messe. La somme reçue, don Antonino Tomasino en personne les accompagnerait aux silos à blé, autorisant les gardiens armés à leur ouvrir.

Du balcon de l'hôtel de ville, maître Girlando annonça la bonne nouvelle aux Montelusains, en exhortant chacun à rentrer chez soi, il fallait que les rues fussent dégagées pour les dizaines et dizaines de chariots qui viendraient charger le blé. De leur côté, les échevins dressèrent la liste de ceux qui devaient payer sur leurs coffres pour rassembler la somme nécessaire.

Et ce fut en cette nuit de préparatifs et d'attente que Gisuè et Zosimo arrivèrent à Montelusa, chargés de provisions pour maître Girlando. De tout ce qui s'était passé, ils ne savaient ni fric ni frac.

CHAPITRE CINQ

Attablés avec Gisuè et Zosimo chez maître Girlando, Calàzio Bonocore, Marcantonio Zùbbia et Lucrezio Spitalèri se guedaient de pain et d'olives, les provisions que Gisuè avait apportées à son beau-frère et que celui-ci dispartissait avec ses amis. Malgré le conseil de maître Girlando, les gens n'avaient pas voulu rentrer chacun chez soi : ils restaient tous de flotte devant l'hôtel de ville et de fois à autre voyaient passer aux grandes allures tantôt don Silivestro Cozzo, tantôt don Filiberto Giardina, tantôt din Tinino Titò à la recherche déconfortée des pécuniaux nécessaires pour payer son blé à l'évêque.

Maître Girlando et les siens aussi avaient rencontré quelques mesaises, pour organiser le chargement du blé. D'intrade, on vit à l'œil que les cinquante-sept chariots trouvés pour le transport ne suffiraient pas à ce dont on avait occasion, mais c'était égal rapport que chaque chariot pouvait faire plusieurs voyages entre Montelusa et Vigàta, où se trouvaient les silos de l'évêque. Là où les chats se peignaient, c'était qu'aux cinquante-sept chariots ne correspondaient que quarante-huit chevaux, ânes ou mules. Ce fut Zosimo qui démêla l'affaire : qu'à la place des bêtes, on couplât des hommes, deux par bras de chariot. Pour la peine, ils recevraient une gibe de blé en plus.

Comme avait réglé maître Girlando, on mettrait le blé en commun et chacun recevrait selon ses besoins, au fort ils se connaissaient tous, personne ne pourrait cabuser.

Une fois trouvés les gars pour s'atteler, ils se dirigèrent vers l'hôtel de ville quand déjà les cloches appelaient pour la première messe.

Tous pique-plante sur un même côté de la place d'où on voyait bien et beau le palais Roccalumèra, les gens déjà réjouis par la distribution de blé qui s'annonçait, gaudissaient sans vergogne du spectacle : sur la tête de don Filipello empalé comme un drapeau était rampée une graille, plumage noir et bec jaune, qui défendait vaillamment son repas de l'assaut des autres volatiles.

Les échevins étaient tous autour de la grande table où trônaient les seize mille écus dans leurs quatre gibasses.

« Comme vous le voyez, nous avons tenu parole, fit don Tìndaro Dedomini, le maire.

– Y avez-vous eu quelque mesaise ? » quérit malicieusement maître Girlando qui assavait combien il est plus facile de tirer de l'huile d'une pierre qu'un tarì de la bourse d'un riche.

« Aucune », rebecqua don Tìndaro, fier comme un aspic.

Là il faisait son mangeur de charrettes ferrées car les autres échevins et lui avaient dû se dépotenter ni peu ni trop. Don Giacinto Sparapà, duc de Fontanella, avait décidé de se trouver mal en entendant leur requête, il s'était épâmi et il n'y avait pas eu moyen de moyenner pour le faire revenir à lui ; don Ireneo Fecarotta, marquis d'Acquapersa, jura son grand serment que la nuit devant des voleurs avaient forcé son coffre-fort et larronné tous ses argents, ainsi que les objets en or ; Angelo Tuttolomondo, baron de la Ricottella, ayant ouï la demande du maire, gloutit sans dire pipette la clé de sa cassette qui n'était pas petite et personne ne comprit comment elle avait pu lui descendre par la gargamelle. On l'accolleta et on lui emboqua un litre de purge de cheval dans la gargate. Mais avec la meilleure volonté du monde, le baron Tuttolomondo n'abondait pas à caquer la clé, qui s'était arrapée de travers, juste dans son pertuis du cul et lui faisait un mal de chien. Le maire le positionna à bouchetons, lui enfila deux doigts dans le trou, et extirpa la clé.

Maître Girlando ordonna à quatre jeunes gars de se charger d'une gibasse chacun, deux autres hommes armés escorteraient les échevins et le maire jusqu'à l'évêché pour remettre les pécuniaux. Aucune des personnes qu'étaient sur la place ne devait les suivre, il valait mieux qu'ils se rendissent seuls à l'assignation.

Quant à lui, il les attendrait à l'hôtel de ville avec ses hommes. C'est de là que, une fois les échevins de retour en compagnie du chanoine Tomasino, ils repartiraient maller le blé aux silos. On ferma Zosimo dans une petite pièce, muni d'une plume et d'une feuille de papier : il n'y avait que lui pour calculer juste la répartition.

Dès qu'il vit la trogne du chanoine qui l'attendait à l'entrée, le maire Dedomini comprit que les choses étaient déconcertées.

« Quelque chose qui ne va pas ? quérit-il essoufflé, autant parce qu'il avait grimpé, que parce que l'anxiété l'avait soudain envahi.

– Un léger contretemps, une broutille », répondit le chanoine en apinchant par terre. Et il les invita : « Venez, venez. »

Ils montèrent jusqu'à la salle où ils avaient été reçus la veille. Ils s'attendaient à trouver Son Excellence Ballassàro Raina sur son trône de gloire, mais ledit trône était vide.

Dedomini ne savait plus à quel saint se vouer. Que signifiait l'évident embarras de don Antonino Tomasino ?

« Devons-nous attendre Son Excellence ? » quérit-il.

Le chanoine guigna que non de la tête.

« Il m'a député », dit-il en allant se placer franc devant le siège épiscopal, comme pour souligner qu'il parlait bien au nom et pour le compte de son saint homme de supérieur.

« Vous quatre, dit-il en s'adressant aux hommes qui portaient les gibasses sur le dos, laissez cela ici et allez attendre à côté. Ne partez pas. »

Les quatre gars firent ce que le chanoine voulait.

« Son Excellence, commença don Tomasino, n'a pas fermé l'œil de la nuit. Notre évêque est déchiré par le doute, il est partagé entre la désobéissance à la volonté divine, à laquelle il s'expose en vous vendant du blé, et sa générosité d'âme qui le pousse à adoucir, grâce à cette vente, la situation désespérée de la population montelusaine. »

Il ménagea une pause, s'essuya les lèvres avec un joli petit mouchoir.

« À l'aube, m'a-t-il fait l'honneur de me raconter, une colombe s'est posée sur le rebord de la fenêtre de sa cellule. C'était, me dit-il, l'Esprit saint venu lui suggérer la bonne façon de trancher son atroce dilemme.

– Et qu'a dit la blanche colombe ? » quérit don Silivestro Cozzo qui savait tourner sa malerage en sarcasme.

Le chanoine feignit de ne pas avoir entendu.

« En expiation du très grave péché qu'il commet en accédant à votre requête, continua don Antonino, Son Excellence a décidé de consacrer une partie de la somme que vous allez lui donner à la restauration de la cathédrale. »

Soupir de soulagement général.

« Sage résolution, commenta le maire.

– Par conséquent, reprit le chanoine en prenant à galoper ses propos comme s'il avait le diable à ses trousses, Son Excellence, qui n'entend pas renoncer à la juste somme qui lui est due pour la vente du blé, propose un ajustement.

– De combien ? quérit le maire qui s'imaginait déjà contraint à fouiller derechef la vesnière du baron Tuttolomondo avec ses doigts, perspective qui ne lui souriait guère.

– Seize écus le muid », asséna don Antonino.

Le couperet tombé, il y eut un instant de silence.

« Mais c'est le double ! » quincha don Silivestro.

Le chanoine écarta les bras.

Le maire se pensa que jamais, même en enquillant tout le bras dans le trou du cul du baron, il ne réussirait à en fortraire l'escot que ce dernier devrait verser.

Din Tinino Titò se vit déjà empalé comme don Filipello et il eut envie de gomir, don Filiberto Giardina en resta mort comme terre, don Alterio La Seta s'acassa par terre rapport que ses jambes ne le soutenaient plus, don Occàso Barbèra péta haut et fort parce qu'il faisait ainsi chaque fois qu'il s'effervait d'importance.

« Pouvons-nous parler à Son Excellence ? quérit don Tìndaro.

– Non fait, messieurs. Son Excellence se recueille. On ne peut la déranger.

– Mais il y va de notre vie ! » quincha don Silivestro.

Le chanoine l'apincha avec froideur.

« Son Excellence est en plein recueillement et médite sur l'éternité. Comment votre vie peut-elle lui importer ? »

Don Silivestro bondit, les mains levées pour accolleter le chanoine et lui servir une bonne batelée de plamuses. On le retint.

« Cathédrale, mon œil ! écumait don Silivestro en se débattant. Ce grand raquedenier veut nous sucer le sang ! »

On finit par le désatiser et le chanoine reprit la parole.

« Il me semble qu'il n'y a rien à ajouter. Trouvez au plus vite la somme manquante et vous aurez le blé. En attendant, vous pouvez laisser les seize mille écus ici en acompte.

– Mon cul, oui », rebecqua, lapidaire, don Tìndaro Dedomini.

Le silence qui de saut tomba sur la place inquiéta maître Girlando qui se précipita au balcon. Il vit la foule qui, telle la mer laissant passer Moïse, s'ouvrait devant le cortège du maire, des échevins, de l'escorte et des porteurs de gibasses. Tous marchaient tête basse. Or donc, quelle quinte avait pris l'évêque de renvoyer les pécuniaux ? Dès que le maire fut entré dans la salle du conseil, il exposa la situation à maître Girlando.

« Pouvez-vous trouver d'autres argents ? quérit maître Girlando, allant au concret.

– Je ne crois pas, fit don Silivestro.

– Et si on réussissait à en trouver, fit le maire, il faudrait trop de temps. »

Le maire et les échevins étaient complètement ébravagés et maître Girlando aussi. Il lui revenait de donner la nouvelle à la population, mais comment les gens réagiraient-ils ? Pour le sûr, ça allait déclencher un massacre et les coups allaient pleuvoir à torche lorgne.

« Le dire, c'est porter le feu auprès des étoupes, fit don Alterio La Seta qui s'était pensé la même chose.

– Et alors, que flambent les étoupes s'il le faut », dit une voix.

Tout le monde se retourna pour apincher qui avait parlé. C'était Zosimo, un enfant qui n'en sembla pas un à ceux qui ne le connaissaient pas, mais bien plutôt un homme de cervelle, juste un peu bas de fesses.

Quand elle eut fini d'écouter maître Girlando, la foule comme un seul homme décida que, de trou ou de brou, l'évêque leur remettrait ce blé. Un millier de gars et de fenottes, armés de pelles, de pioches, de maigles ou de simples tavelles, s'affoula sur la place de l'évêché par trois rues différentes. Ils avaient tout au plus une dizaine d'armes à feu. La grand porte de l'ancien château fort devenu évêché, qu'était en bois doublé de métal, avait été barricadée. De même, les portes du monastère des franciscains et celles du couvent des religieuses de Saint-Benoît étaient baclées, ainsi que les volets, y compris ceux des fenêtres à barreaux.

Une dizaine de jeunes gars moigneux essaya de décrouler la porte à coups d'épaules, avec pour tout résultat de se marpailler les bras.

Maître Girlando donna l'ordre d'abattre à coups de hache deux énormes chênes attenant à la cathédrale et de les ébochier : si on en utilisait les troncs comme des béliers, peut-être la porte céderait-elle.

Pendant qu'ils s'affairaient autour des arbres, la petite cloche de la chapelle particulière de l'évêque tinta. Tout le monde leva les quinquets et vit, à découvert sur la plus haute tour du château, l'évêque Ballassàro Raina, atouré de son habit d'apparat. Avec le soleil qui tapait en plein sur lui, il semblait tresluire d'or. Il n'avait personne à ses côtés. Il leva sa crosse et le silence envahit la place.

« *Gens iniqua! Plebs rea!* commença-t-il d'une voix qu'on entendit au-delà de la place. Comment osez-vous, immondes pécheurs, manquer de respect à votre père ? Repentez-vous immédiatement ! Tous à genoux et frappez-vous la poitrine en implorant votre pardon devant que le Seigneur en colère ne vous envoie sa foudre en plus de la sécheresse ! Or tôt, à genoux ! »

L'évêque arrêta d'enfler le gosier, attendant que son patrigot fît son effet et par le fait deux ou trois fenottes d'un âge s'acassèrent sur leurs genoux. Mais Ninetto Stracuzio, qu'était armé d'un fusil, avait eu tout loisir de viser pendant la contion de l'homme de Dieu. Il tira. La mitre vola loin du coqueluchon de l'évêque qui, pour se taudir, se jeta à bouchetons par terre.

Ce coup de feu fut comme un signal. Tout d'un train, on commença à tirer sur la foule de tous les bâtiments qui donnaient sur la place, ça petait dru comme un feu d'artifice les jours de fête. C'étaient les curés catis derrière les créneaux du château, les bonnes sœurs mussées à leurs fenêtres maintenant entrouvertes et les moines crampis sous les lucarnes de leurs cellules, qui faisaient feu. À la volée, quinchant, jurant, guermantant, la foule vida la place. Sur la terre battue, restèrent éternis deux morts et deux blessés. Un des blessés, Nenè Zirafa tenta de se lever mais il fut abattu d'un coup de fusil par la mère supérieure, sœur Marie de la Miséricorde, à l'état civil Gudrun Schultz, une Allemande arrivée à Montelusa on ne savait comment. Puis avisant, grâce à son excellente vue, un autre chrétien qui se dégognait encore, elle tira derechef, avec plein succès. On entendit derrière les murs du couvent les applaudissements et les vivats des religieuses saluant l'adresse de leur mère abbesse.

Du coup, plus personne dans la foule ne savait que faire, maître Girlando désatisait les plus excités, expliquait qu'une nouvelle cargue contre l'évêché aurait été un suicide. Tandis qu'ils débattaient ainsi, la petite ouverture découpée dans la grand porte s'ouvrit et le chanoine Antonino Tomasino en sortit, escorté de quatre prêtres armés.

« Je viens porter l'extrême-onction à vos morts ! » quincha-t-il.

Puis, la chose faite, avant de se traire arrière, il ajouta :

« Venez récupérer vos morts, on ne tirera pas. »

Et il repaira dans l'évêché.

Maître Girlando crut que la serre d'un aigle lui mordait l'épaule. C'était Gisuè, plus vert que feuille :

« T'as vu Zosimo ? Il est où, l'petiot ? »

Ils apinchèrent tout alentour, quérirent de droite et de gauche, mais personne ne l'avait vu.

Dès le début de la fusillade, Zosimo avait compris que les tirs étaient presque tous dirigés vers le mitan de la place, là où il y avait le plus de monde. Contrairement aux autres, il courut donc en sens inverse, droit sur la grand porte qu'était du coup dans un angle mort. Puis de là, il repartit en rasant le mur jusqu'à la petite rue étroite qui séparait l'évêché du couvent des bénédictines. Ce n'était pas une véritable rue car elle n'arrivait nulle part ou plutôt elle s'arrêtait au bord d'une ravine. À pic sur cette ravine se dressait sur toute sa longueur le rempart postérieur de l'évêché qui, d'abord construit pour être un château fort, occupait cette situation afin d'être inaccessible au moins sur un de ses côtés. Tout ici était silence et paix, on n'entendait ni les cris ni les coups de feu. Zosimo remira la campagne que, de cet endroit, il voyait jusqu'à l'horizon et fut saisi d'une envie de pleurer : terre brûlée, brouie, morte, sans oiseaux en vol, sans animaux aux paccages. Ce fut alors qu'il remarqua, tout au bout de cette ruelle, partant sur la gauche, non pas une autre ruelle, mais un sentier de la largeur d'un homme, ouvert par le passage régulier de quelqu'un accomplissant toujours le même trajet.

Fulgurantes, les paroles de l'homme aux serpents lui revinrent à l'esprit :

« Les sales bêtes, hommes ou animaux, avait dit Fura, il faut toujours les frapper par derrain, dans le dos. »

Il entreprit de descendre ce passage dangereux, en s'agrapant tantôt aux pierres du rempart tantôt aux touffeaux de mauvaise herbe qui poussait là d'abondance. Finalement il se retrouva à la hauteur d'une fenêtre à barreaux dont les volets étaient restés ouverts. Il apincha précautionneusement et ne vit personne, on aurait même dit une pièce inhabitée, pleine de vieux meubles et de barafutes : des statues de saints, un énorme crucifix. Il secoua la grille pour voir s'il pourrait la desceller avec quelque bout de bois mais, à sa grande surprise, la grille lui resta dans les mains. Elle était simplement posée, mais qui sait depuis combien de temps, parce que l'eau, le vent, la poussière et la rouille donnaient l'impression qu'elle était solidement murée. Il la posa par terre, escalada d'un bond le rebord et entra. En touchant le sol, ses pieds soulevèrent un nuage de poussière, il y en avait à revorge, qui recouvrait tout. Depuis combien de temps ne pénétrait-on pas dans cette salle ? Zosimo enquilla un couloir qui desservait quatre portes. Les deux premières donnaient sur des pièces cafies de livres jusqu'au plafond et il grillait de s'y arrêter ; la troisième s'ouvrait sur un cuchon de bougies, cire et étoupes, et là aussi il se serait arrêté de bon hait. La quatrième porte était baclée mais la clé était à l'extérieur. Zosimo ouvrit et tomba le nez sur cinq curés, éternis par terre, pieds et poings hardés. Zosimo reconnut le gros curé, celui qui ne pouvait se dégrober qu'en s'appesant sur deux hommes.

« Pourquoi vous a-t-on hardé pieds et poings ? lui quérit-il.

– Parce que nous avons rebarbé à tirer sur le monde, fit le prêtre. L'évêque a dit qu'il nous livrera au Saint-Office. »

Zosimo continua, il monta une volée d'escalier. Sur le palier, un beau miron pansu lui fit « miaou ». La chose lui parut de bon augure : ça faisait au moins deux ans qu'il n'avait pas vu de miron, ils étaient tous passés à la casserole. Il lui caressa la tête et grimpa la deuxième volée. Il comprit qu'il était arrivé au niveau de la grand porte et il entendit des voix à l'étage du dessus.

Il avait trouvé le chemin pour sauter à dos de la sale bête. Le pied léger, sans tabusser, il fit volte route.

Quinze hommes, tous munis d'armes à feu et de couteaux, rasèrent le mur postérieur du couvent des religieuses, arrivèrent derrière l'évêché et, suivant le chemin découvert par Zosimo, descendirent queue à queue par le sentier et entrèrent par la fenêtre.

De mal venir, du moins pour lui, le chanoine Antonino Tomasino se trouvait dans la grand salle quand Marcantonio et Lucrezio y pénétrèrent. Le chanoine qu'avait ouvert la bouche, d'abord de surprise, puis pour vochier les autres, n'eut pas le temps de comprendre qu'il était après y laisser ses bottes : le baselaire de Lucrezio lui trancha la gargate, celui de Marcantonio s'enclava dans son cœur.

Quatre curés mangeaient au réfectoire quand ils virent entrer Onelio Picciafoco et Bartolino Menè, deux gars dont la trogne vous mettait froid aux os. Et par le fait, un des curés eut une telle traquette qu'il gloutit de travers et qu'on dut lui donner un peu d'eau pour qu'il se remît. Hardés à belles mains, ils furent engeôlés dans une des salles.

L'évêque Ballassàro Raina était dans sa chambre, il se changeait. La puanteur que dégageait son corps et celle qui s'était accumulée dans la chambre étourdirent un instant maître Girlando et Calàzio. L'évêque se faisait aider par un séminariste.

« Ah ! Misérables vers de terre ! » s'exclama-t-il dès qu'il fut revenu de sa surprise. Et il enfila la litanie des « comment osez-vous ? ».

Ce ne fut pas son vocabulaire que Calàzio trouva désagréable, mais sa voix. Sans aguet, il lui campa un coup de poing qui lui fendit les lèvres et lui cassa deux quennes. L'évêque n'était plus en état de bajafler, au mieux il pouvait se doulouser.

Deux cents ans plus tôt, quand le château fort avait été transformé en palais, la cour intérieure avait été entièrement recouverte et on avait bâti une terrasse où on montait par un escalier en colimaçon fermé par une trappe. Arrivés en haut de cet escalier, maître Girlando et ses compagnons passèrent prudemment la tête par la trappe qu'était ouverte. Une dizaine de curés en armes, droits le long du chemin de ronde, montaient la garde en se taudissant derrière les créneaux. Pris par surprise, ils lâchèrent leurs armes et levèrent les bras. Ils furent tous enchartrés dans la salle où se trouvaient déjà quatre des leurs.

Tout d'un train, moines et bonnes sœurs qui n'assavaient pas ce qui se passait à l'intérieur de l'évêché, virent la grand porte s'ouvrir très lentement. Ils attendirent, les armes à la main, mais personne n'entra ni ne sortit. Tandis qu'ils se demandaient ce que voulait dire cette ouverture, la cloche de la chapelle particulière de l'évêque prit à tinter et tout ce monde leva les yeux, prêts à répondre à l'appel de Son Excellence.

Mais l'évêque ne les appelait pas. Solennellement atouré, sa mitre trouée plantée derechef sur la cocuce, Ballassàro Raina suspendu dans le vide dodinait à la plus haute tour. Une hart passée sous ses aisselles et reliée à un créneau le retenait. Calàzio prit la corde, la tira, la relâcha : l'évêque partit à baller de droite à gauche et de gauche à droite, tout comme un battant de cloche.

« Ding dong, j'coupe ? » quérit à voix forte maître Girlando qu'était à côté de Calàzio, un baselaire à la main.

Au bout de quelques minutes, une des fenêtres du couvent s'ouvrit et la tête de la tueuse tudesque apparut.

« Ke teffons-nous faire ? » quérit-elle.

Maître Girlando expliqua que les religieuses et les moines devaient sortir, désarmés, et converger vers l'évêché.

Il n'avait pas fini de parler que le portail du monastère s'ouvrit tout grand et qu'en sortirent une vingtaine de moines qui traversèrent la place à la volée pour se précipiter à l'intérieur du palais.

« Pitié ! Pitié ! » Ils glatissaient à genoux devant les quatre gars que maître Girlando avait députés pour prendre en charge les prisonniers au fur et à mesure qu'ils se rendaient.

Après les moines sortirent les religieuses. Elles ne couraient pas, elles avançaient en rang par deux et à leur chef préallait la tueuse tudesque.

Du coin de l'œil, maître Girlando vit Lollò Zirafa prendre sa mire. C'était le frère de celui que l'Allemande avait assassiné de sang froid. Le cordonnier ne dit rien, ça lui semblait juste ainsi. Un instant plus tard, touchée au visage, la mère abbesse s'abousait par terre, défuntée, tandis que les autres bonnes sœurs, terrorisées, se réfugiaient à l'intérieur du palais dans un grand démènement de pleurs, de cris, de supplications et de lamentations.

Pour finir, curés, religieuses, moines et séminaristes furent tous conduits sur la terrasse de l'évêché et la trappe fut refermée, les laissant en plein air sous le soleil qui continuait à taper. Dans la cassette de l'évêque, maître Girlando trouva cinquante-sept mille écus, un trésor. Il les répartit dans une mouée de sacs et chargea Calàzio de les catir. Puis il donna ordre de faire venir à l'évêché le maire et les échevins avec les seize mille écus qu'ils avaient collectés pour acheter le blé.

On amena l'évêque dans la grand salle où l'attendaient maître Girlando, Zosimo, Calàzio, Marcantonio, Lucrezio, le maire et les échevins.

L'évêque suait et puait ni peu ni trop, mais il n'avait rien perdu de sa bobance. Il avait les lèvres enflées et du mal à japiller. Mais il japilla quand même.

« Voleurs ! fit-il, vous voulez me voler aussi mon blé ?

– Ce n'est pas un vol, lui rebecqua Zosimo, mais une réquisition.

– Si c'est une réquisition, répondit l'évêque, vous devez me payer.

– C'est justement ce qu'on va faire », intervint maître Girlando.

À entendre parler de pécuniaux, Ballassàro Raina cessa de suer et par conséquent corna légèrement moins.

« Vous avez les yeux et la bouche plus grands que le ventre : c'est un vilain défaut, poursuivit maître Girlando. Si vous n'aviez pas tiré sur la corde pour augmenter le tarif, les seize mille écus qui se trouvent dans ces quatre gibasses seraient tous allés dans votre faque. À l'encontre maintenant, un seul de ces sacs vous revient. Le tarif de la réquisition est de deux écus le muid. Consignez par écrit que vous avez été payé et donnez l'ordre de livraison.

– Et apposez aussi votre sceau », conclut Zosimo.

« Le vingt-quatrième jour du mois de mai, vers deux heures du matin, devant l'Intercesseur de Son Excellence l'évêque de Catellonisetta, Mgr Bartolino Pigliotta, se présenta un moine de l'ordre des franciscains, en loques, pieds nus, exténué, miraculeusement échappé aux massacres qui se perpétraient à Montelusa, lequel, d'une voix brisée et pitoyable… »

C'est ainsi que le chanoine Orazio Principato, chroniqueur

de ces journées, raconte comment l'évêque de Catellonisetta fut informé des troubles survenus à Montelusa et de la mauvaise passe où se trouvait son ami Ballassàro Raina.

Le feu à la tête, il convoqua le capitaine de justice, don Galatino Ballistreri, et don Sisinno Maccaluso, premier conseiller.

« Capitaine, dit l'évêque sans marchander, il faut marcher sur cette gentaille de Montelusa, libérer l'évêque et pendre haut et court la moitié de la population, pour l'exemple. »

Don Galatino et don Sisinno, qui en venant à l'évêché avaient eu le temps de conférer, tordirent le nez.

« Vous n'êtes pas d'accord ? quérit Mgr Pigliotta encore plus enfiélé.

– Il faut y aller doucement, commença don Sisinno. Comme vous le savez, la faim est contagieuse, pire que le choléra.

– Mais encore ?

– Ça veut dire, expliqua don Galatino, qu'ici aussi à Catellonisetta certains, poussés par la faim, pourraient bien avoir l'idée de faire comme à Montelusa. Or donc, si avec mes trente soldats, je pars pour Montelusa libérer l'évêque, qui reste ici vous protéger ?

– C'est vrai, dit Mgr Pigliotta en y repensant. Et alors que proposez-vous ?

– Que vous payiez une rançon.

– Il faut y aller tout doux », fit à son tour Mgr Bartolino Pigliotta qui en matière de chicheté pouvait en remontrer à son collègue de Montelusa.

On mit quatre journées pleines pour distribuer le blé et les argents en donnant à chacun selon ses besoins, comme le voulait maître Girlando. Le partage des pécuniaux se révéla le plus affaireux : en caisse, on avait les douze mille écus qui restaient de l'achat du blé, les cinquante-sept mille trouvés dans la cassette de l'évêché et les cinquante mille payés par l'évêque de Catellonisetta pour libérer Ballassàro Raina, les bénédictines, les franciscains, les curés et les séminaristes. À Montelusa ne restèrent que les cinq curés qu'avaient renaqué à tirer. Au bout de tous ces calculs, Zosimo avait mal à la main et au bras droits.

Chez lui, Zosimo fut accueilli par une batelée de coups de pied au cul, de revire-marions et de horions où sa mère, son frère et sa tante débondèrent le souci qui les avait mangés à ne pas le voir se renvenir de Montelusa. Gisuè eut aussi sa part, deux babequins sur les joues que Filònia lui campa à double rebras et qui le firent vaciller, grand et fort comme il était.

Mais Zosimo était heureux : en plus de tout ce qu'il avait appris durant ces journées, il avait enfardelé sa mule de livres et de cire, « réquisitionnés » à l'évêché.

CHAPITRE SIX

« Comptez jusqu'à trois et c'en est fini du mois », ainsi disait-on sagement jadis et, en affirmant qu'il suffisait de compter jusqu'à trois pour faire passer le mois, on voulait dire qu'il faut rien de temps au temps pour passer en un éclair, vous n'avez pas ouvert les yeux au jour que votre cercueil est déjà prêt. Et par le fait, les trois mois où les gens de Montelusa purent se nourrir du blé réquisitionné à l'évêque Raina n'étaient pas arrivés qu'ils étaient déjà repartis. Et vu que la sécheresse continuait à faire rage, sans qu'on aperçût à l'horizon le début de sa fin, tout redevint comme avant, pire même, rapport que les estomacs avaient repris l'habitude de manger. Certes chacun avait maintenant chez soi quelques écus, ceux qu'avaient été dispartis : mais à quoi vous servent les escalins quand il n'y a rien à acheter parce que personne n'a rien à vendre ?

En attendant, l'évêque Raina ne trouvait plus le sommeil. S'être fait embourré par quatre gueux de Montelusa qui l'avaient ridiculisé en lui corbinant ses argents et son blé lui avait mis le coqueluchon en ébullition. À Catellonisetta, Mgr Bartolino Pigliotta lui avait loué un palais où il avait toutes ses aises et il était respecté de tous et de chacun comme chez lui. Mais pour y rester, il devait payer et donc, moins il y restait et moins il lui faudrait désamasser de pécuniaux. Il s'agissait par conséquent de se rentourner au plus tôt à Montelusa. Comme première mesure, l'évêque lança l'interdit local contre tous les habitants de Montelusa et alenviron « pour la grave et irrémédiable offense infligée» et suspendit *a divinis* les curés qu'étaient restés dans la ville après avoir regibé à tirer sur la foule. Mais la suspense leur entra par une oreille pour ressortir par l'autre et ils continuèrent à baptiser, à donner la communion et à porter l'extrême-onction. Mais cette espèce de semi-excommunication pesait à une grande partie de la population, les hommes et les fenottes dévotieux se sentaient en état de péché mortel. En en parlant avec don Silivestro Cozzo devenu maire à la place de Dedomini qu'une attaque avait laissé à moitié paralysé, maître Girlando arriva à la conclusion qu'il fallait faire quelques pas dans le sens d'une pacification avec l'évêque : on affronterait mieux la faim, qui dans quelques mois greverait derechef et plus féroce qu'avant, en ayant l'âme en paix avec notre sainte mère l'Église. C'est pourquoi ils écrivirent une lettre au vice-roi, le cardinal Trivulzio, où ils expliquaient comment les choses s'étaient passées, protestaient de leur obéissance et lui demandaient ses lumières pour résoudre le cas. À lire ces lignes, le cardinal vice-roi qu'était une personne sujette à la mélancolie, fut envahi d'un insondable ennui : il décida donc de ne pas mettre le doigt entre l'arbre et l'écorce. Il expédia telle quelle la lettre à l'évêque Ballassàro Raina, avec une note en marge : « Que Votre Excellence tranche dans l'intérêt général. » Naturellement, pour l'évêque Raina, l'intérêt général coïncidait avec le sien propre et il envoya par conséquent une lettre à don Silivestro Cozzo où il demandait la restitution des cinquante-sept mille écus trouvés dans sa cassette et le paiement des deux mille muids de blé à trente-deux mille écus, soit le tarif qu'il avait demandé et qu'avait mis le feu aux poudres. La remise des cinquante-sept mille écus était indispensable pour entamer la discussion ; au fort, concluait la lettre, vu que Dieu était pour le sûr de son côté, plus les négociations seraient longues et plus il était probable que la colère divine s'acharnerait sur les pécheurs plus encore qu'elle ne s'acharnait présentement.

Dans ses mémoires, le chanoine Orazio Principato, rapportant la lettre de l'évêque Raina aux Montelusains ajoute que « estimant à raison que les négociations avec les insurgés dureraient longtemps, Son Excellence, cruellement meurtrie dans son amour de père par l'entêtement de ses fils égarés dans leurs fautes et leurs péchés, s'accordait en secret avec don Cesare Del Bosco, capitaine de la cavalerie légère de Catellonisetta, pour qu'il entrât dans Montelusa, arrêtât les meneurs et les incarcérât à la prison de la Vicarìa, à Palerme. Son Excellence en personne révélait au capitaine les noms de ses fils rebelles, Girlando Pitrella, Calàzio Bonocore, Marcantonio Zùbbia, Lucrezio Spitalèri, auxquels, l'âme déchirée de douleur, il ajouta les noms de don Tìndaro Dedomini, don Alterio La Seta, don Filiberto Giardina, don Occàso Barbèra, don Silivestro Cozzo et don Tinino Titò, tous échevins de Montelusa qui, soit par lâcheté soit par irrésolution, ne s'étaient pas opposés à la révolte et s'étaient même ligués avec ces gens à l'âme noire et aux opinions inconsidérées ».

De la fenêtre de l'hôtel de ville, don Silivestro Cozzo donna lecture publique de la lettre de l'évêque et reçut en réponse de la foule un chœur de pétarades et de rires. Même en admettant que chacun des Montelusains qu'avaient reçu des escalins, acceptât de les retourner arrière, il manquait toujours seize mille écus à la somme réclamée par Ballassàro Raina. Où les trouver ? On ne peut pas tirer de l'huile d'une pierre, fut la conclusion générale.

La nuit du deux juillet, le capitaine Cesare Del Bosco, avec dix de ses hommes, se présenta à la porte occidentale de Montelusa. Non seulement la porte n'était pas baclée mais elle n'était même pas gardée. Le capitaine attendit une demi-heure que quelqu'un se montrât, mais il ne vit rien venir, manquablement à cette heure de la nuit, tout le monde dormait. Don Cesare entoura de chiffons les sabots des chevaux et entra cointement dans la ville. Sur le chemin pour l'hôtel de ville, ils ne rencontrèrent pas âme qui vive. Là aussi, la porte était grande ouverte et sans surveillance. Arrivés dans la cour, les hommes de don Cesare hardèrent leurs chevaux aux anneaux et montèrent au premier étage. Ils eurent l'impression de pénétrer dans une maison abandonnée depuis longtemps : papiers jonchant le sol, meubles renversés, chaises cassées. Alors qu'ils apinchaient alenviron, ils entendirent le bruit sourd d'une porte qui se refermait. Ils redescendirent à la volée pour trouver les deux battants désormais parfaitement clos. Ils tâchèrent moyen de l'ouvrir, mais rien à faire, la porte avait été fermée à belle clé de l'extérieur. Fou de malerage, don Cesare remonta au premier étage, se mit à la fenêtre et tira un coup de feu. On ne daigna pas lui répondre. Six jours plus tard, déjetés par la faim, le capitaine de la cavalerie légère de Catellonisetta, don Cesare Del Bosco, et ses dix hommes se rendirent à don Silivestro Cozzo qui engeôla le capitaine au poste de police et renvoya les soldats. Il remit à l'un d'entre eux un billet pour l'évêque Raina où il était écrit en tout et pour tout : « De quel côté est Dieu ? »

La nuit du seize juillet, la route pour Montelusa s'abousa à l'improviste à cause d'un effondrement de terrain. Parmi les douze maisons qui bordaient la route, il y en avait une que maître Girlando s'était fait attribuer par les échevins comme asile pour dix orphelins, dont les plus grands avaient six ans. Les petiots défuntèrent tous dans leur sommeil et il fallut deux pleines journées de manœuvre pour caver les corps de sous les décombres. Le lendemain, don Silivestro Cozzo reçut un billet de l'évêque Raina : « De quel côté est Dieu ? »

Or il faut croire que quelqu'un ravacha l'affaire à Dieu. Et Dieu, sans catoller vu qu'il avait autre chose à faire, voulut lever toute équivoque en manifestant clairement son opinion en la matière.

Dans la soirée du vingt-sixième jour de ce même mois de juillet, un navire français, le *Marie-Jeanne*, qui faisait route de Tunis à Messine, alla inexplicablement enquarrer sur les hauts-fonds devant Vigàta, pourtant signalés sur tous les portulans. Le navire se coucha dangereusement et on sauva les dix hommes d'équipage avec leur commandant. Sauva, façon de parler, car suspects de peste, on les mit en quarantaine. En fouillant le navire, on découvrit qu'il transportait un chargement de cinq cents muids de blé, épices rares et soies précieuses. Dans la cassette du commandant, on trouva deux mille écus d'or. Ce qui voulait dire qu'après avoir payé à l'évêque Raina tout ce qu'il demandait, il restait encore cinq cents écus d'or, plus cinq cents muids de blé à dispartir à la population qui se tirait d'affaire pour un mois encore. Maître Girlando constitua deux députations : une, conduite par don Silivestro Cozzo, se rendrait à Catellonisetta remettre les pécuniaux exigés par l'évêque (quand don Silivestro serait rentré sain et sauf à Montelusa, on procéderait à la libération du capitaine Del Bosco qu'en attendant on gardait en otage) ; la deuxième, qu'avait don Occàso Barbèra à son chef, irait à Palerme, auprès du vice-roi, pour lui remettre la soie, les épices et les cinq cents écus d'or en signe de conciliation. Trois jours après avoir reçu cette offrande, le cardinal Trivulzio proclamait l'amnistie pour la sédition de Montelusa. Mais il vaut mieux ici laisser la parole au chanoine Orazio Principato :

« Considérant à raison que subsistait dans la cité une hostilité injustifiée à l'égard de son auguste personne de père bienveillant, Son Excellence n'estima pas opportun de promptement revenir veiller au bien spirituel des âmes des Montelusains et obtint licence de l'autorité éclairée du cardinal vice-roi Trivulzio de n'effectuer son retour qu'une fois l'ordre rétabli par les bons soins du marquis Alizio Boscofino. Ayant réuni ses vassaux des fiefs de Montaperto, Raffadali, Santa Elisabetta et Calamonaci et aidé par la meilleure société de la ville, cet intrépide citoyen porta à bien sa valeureuse entreprise. Il introduisit secrètement dans la ville et dans son palais nombre de ses vassaux armés, ce qui alerta six des chefs de la révolte, pour la précision don Silivestro Cozzo, don Occàso Barbèra, don Filiberto Giardina, Lucrezio Spitalèri, Marcantonio Zùbbia et Calàzio Bonocore, lesquels voulurent demander au marquis don Alizio Boscofino la raison de cet appareil et l'inciter à le défaire. Le marquis fit montre d'accéder bien volontiers à la requête de ces meneurs et les invita au palais ; ceux-ci étant entrés, ses hommes en faction se saisirent d'eux et les décapitèrent sur le champ. Les gardes plantèrent les têtes sanglantes sur des piques, montèrent en selle et, accompagnés du marquis et de ses nombreux partisans, parcoururent toute la ville, terrifiant spectacle pour les méchants et vision d'horreur pour les honnêtes gens. L'ancien maire, Dedomini que la colère divine avait frappé de paralysie, fut étranglé dans son lit par le marquis lui-même. Trois jours plus tard, Son Excellence Mgr Ballassàro Raina pouvait, des larmes de pitié paternelle aux yeux, rentrer dans Montelusa, triomphalement accueilli par une population lasse d'abus, de vexations et de scélératesses. »

Don Alterio La Seta qui, recherché, put se catir chez un sien cousin de Favara, din Tinino Titò qui trouva asile au couvent des augustines de Passo Pisciaro et maître Girlando qui, étant allé voir sa femme chez Gisuè, avait dû s'aliter à cause d'un accès de fièvre tierce, échappèrent provisoirement à la mort.

« Si j'avais été là, se bouliguait don Girlando, je ne les aurais pas laissés se faire entraper comme ça ! Mais comment ils y ont pas vu, ces benonis, que c'était un piège ? »

« Pas un jour ne passait, écrit Giuseppe Picone, historien et avocat, sans que la famine ne fauchât des vies, indistinctement jeunes et vieilles. Et plus elle sévissait, plus elle semblait exacerber l'avidité de certains. »

Et comme d'habitude, ce diplomatique « certains » était à comprendre comme un seul et unique, à savoir don Ballassàro Raina.

« Or il arriva en ces jours-là, raconte l'avocat, que, eu égard au mauvais état des finances publiques, le cardinal Trivulzio créa une députation dont la mission était de suggérer les moyens de renflouer les caisses, et qui proposa la vente de quelques villes domaniales. Montelusa et d'autres bourgs furent mis aux enchères. Affirmant que la famine avait notablement abaissé la valeur des villes mises en vente, Mgr Ballassàro Raina s'acheta Montelusa, Licata et le môle de Palma au prix de cent vingt mille écus d'or. Il ne voulut pas en transmettre la propriété à ses héritiers car à sa mort, il rendrait à tous leur liberté. Malgré cela, les populations ressentirent une très profonde amertume et Giuseppe Babilonia, un noble et généreux citoyen de Licata, partit à ses frais pour Palerme, afin de faire annuler cet acte qui avait transformé notre peuple en un troupeau d'animaux. Dans des lettres de Madrid, en date du vingt septembre, le roi déclara la vente nulle et ordonna que les villes revinssent au domaine royal. Les populations étaient déjà en liesse quand le roi, dans une lettre du vingt octobre, ordonna la suspension de sa précédente décision parce que l'évêque, eu égard à son âge et à son état de santé, avait argumenté de la brièveté de cette propriété, faisant parvenir au roi, à Barcelone, un don de cinq mille muids de blé. Ainsi Montelusa retomba-t-elle dans la condition de cité baronniale et, déchéant de la cinquième place qu'elle occupait dans les parlements nationaux, elle fut reléguée à la trentième. »

Beaucoup crurent que, pour la première fois de sa vie, Mgr Ballassàro Raina s'était fait bailler du cambouis dans une affaire. Vieux et déjeté comme il l'était, pendant combien de temps jouirait-il de la possession des deux villes et du môle ? Mais l'évêque Raina savait parfaitement que le peu de temps qui lui restait devant que défunter, suffisait à ce qu'il brougeait comme vengeance, pour l'affront que ces gueux de Montelusains lui avaient infligé.

Pour commencer, il fit arrêter les curés qu'il estimait traîtres et les expédia à Palerme, devant le tribunal de l'Inquisition. Mais, quelques centaines de mètres après la porte occidentale, la voiture versa dans un fossé. Violemment flaqué au sol, le père Calcedonio Schirò, qui pesait cent quatre-vingt-seize kilos, éclata comme courge ou melon tombant à terre. Trois curés firent gille et disparurent dans la nature. À l'encontre, le père Palizio Intelisano, celui qu'avait la dévotion de saint Calò, se retrouva avec une jambe cassée et on le ramena à Montelusa.

Ensuite, l'évêque vendit trois cents jeunes gens de Montelusa au baron Titazio Agrò de Catellonisetta. Le baron Titazio espérait que la sécheresse prendrait fin un jour ou l'autre : quand ce moment-là arriverait, il y aurait forte enchérie du coût de la main d'œuvre pour le train de dehors, il fallait donc acheter à temps les bras nécessaires.

Après une enquête aussi minutieuse que souterraine, Mgr Raina apprit que c'était Calòrio Ficarra qu'avait empalé don

Filipello di Roccalumèra pour revencher l'honneur de sa fille. Il le fit arrêter, le soumit à un rapide procès et le condamna à mort. Calòrio fut hardé à la grille d'une fenêtre au deuxième étage de l'évêché et laissé défunter de faim, de soif et de froid. Il lui fallut six jours. Son cadavre resta hoché là, pour que les pies et les mouettes le dépècent. Une dizaine de jours plus tard, on arrêta ceux qu'avaient escoffié le baron Bonifazio et la baronne Uzènia et les avaient fait danser et baller au balcon. Ils furent eux aussi jugés, ils étaient quatre, ils eurent la même mort que Calòrio Ficarra. Ainsi le nombre des fenêtres étoupées par des cadavres monta à cinq. Sur la façade, il restait encore dix fenêtres libres, et la population avait niflé ce qui lui pendait au nez. Mgr Ballassàro Raina était délibéré à récupérer petit à petit les pécuniaux qu'il avait désamassés pour s'acheter Montelusa.

Il arriva que la paille prit à brûler sans qu'on y eût approché de flamme. Dans toute la campagne, on voyait des filets de fumée sortir de terre et de fois à autres, une ferme prenait feu tout d'un horion et rien n'y valait, il ne restait plus qu'à attendre que les flambes la dévorent tout entière. Le paysage avait changé. À la place des arbres, qui se désagrégeaient rien qu'à y appeser la paume de la main, poussaient maintenant des plantes que, devant, on trouvait sur la plage toutes petites et maigrichonnes. On les appelait *papelli*, c'était comme des touffeaux de tiges mortes, marron foncé. Maintenant elles poussaient, florissantes, seules plantes à profiter, semblait-il, de la mort de la terre. Tôt un matin qu'on savait être de décembre, mais pas pour le vent ou la pluie, Zosimo vit monter de la poussière, celle qu'on produit inévitablement en marchant. Maître Girlando, qui ne pouvait pas se rentourner à Montelusa, disait que même les fourmis survivantes levaient de la poussière quand elles bougeaient. Au bout d'un moment, Zosimo ne vit plus les petits nuaux, signe que l'homme qui marchait s'était arrêté pour se reposer. Par rapport à l'endroit où Zosimo se trouvait, le sentier était en contrebas, encaissé, et par le fait, l'enfant n'arrivait pas à voir celui ou celle qui cheminait. Il attendit longtemps, mais la poussière ne se leva plus. Il se pensa alors que cette personne n'abondait peut-être plus à continuer et agonisait, épuisée. Il était devenu affaireux de se déplacer, même pour le monde qu'était encore en bonne santé. Zosimo arriva sur le chemin, personne en vue, la poussière était retombée, pas un brin de paille ne bougeait. Le sentier était maintenant bordé par deux rangées de *papelli*, de la taille d'un homme, d'une couleur marron maladive. Zosimo remira de tous côtés et conclut que cette poussière avait été soulevée par un animal, lequel maintenant était allé se catir quelque part. Au moment où il allait faire volte route pour se renvenir, il aperçut une chose qui le baucha en place, comme si on lui enclavait une lame froide entre les omoplates. Il s'arrêta sur cul, puis remira de nouveau, immobile, sans tourner la tête. C'était vrai, et incroyable. La plante de *papello* la plus proche avait ouvert deux yeux qui le regardaient fixement. Épouvanté, il voulut vochier mais n'y abonda pas, il recula, broncha sur une pierre et fit patacul. Un nuage de poussière l'entoura aussitôt et, d'une certaine façon, le protégea en lui dérobant un instant la vision de ces deux énormes yeux, très sombres, qui lui avaient semblé privés de cils. Il trouva la force de se remettre assis, mais pas debout, et il attendit que la poussière retombât.

Les yeux étaient toujours là, mais ils n'appartenaient pas à la plante de *papello*. C'étaient ceux d'un petiot d'à peine cinq ans, la peau brûlée par le soleil de la même couleur marron que le *papello*, dont on voyait nettement par transparence la blancheur du squelette. Il avait une tête volumineuse, sans cheveux, et dans son visage ces yeux effrayants, exorbités, qui dépassaient presque son nez.

« Qui es-tu ? » demanda Zosimo en articulant à male peine.

Le petiot ouvrit la bouche pour répondre, mais ne proféra pas un son, on vit ses dents très blanches, entre ses lèvres sèches et tirées comme s'il riait. La langue était marron, toute crevassée. Zosimo comprit que ce petit n'avait même plus la force de parler, il ne tenait droit que parce qu'il s'était glissé entre les tiges du *papello* qui le soutenaient. Sans ces yeux, Zosimo ne l'aurait jamais découvert, le confondant avec les plus grosses branches de cette sampillerie de plante. Il était en train de défunter de faim, de soif aussi peut-être. Zosimo se leva d'un bond, courut désespérément vers la maison, agrapa une poignée de braises de pain et un orcel d'eau, se renvint sur le sentier. De prime abordée, il ne vit plus le petiot et il eut peur de s'être trompé d'endroit. Mais en remirant mieux, il découvrit qu'il était encore dans la plante, sauf qu'il avait fermé les yeux. Il s'approcha tout doucement et comme s'il craignait que ses gestes pussent réduire ce petit corps en poussière, il le toucha d'une main légère. Il était mort. Dans le spasme de l'agonie, les pieds de l'enfant s'étaient fichés dans le sol comme des racines, de même que ses bras étaient devenus de véritables branches. Privée de la lumière des yeux, sa tête s'était repliée sur sa poitrine et semblait être un bulbe de la plante.

Le premier mouvement de Zosimo fut de le caver du *papello* pour le sépulturer, mais quand il tira sur un des petits bras pour le replier, il entendit l'horrible bruit sec de l'os tout fin qui se brisait. Alors il décida de le laisser là comme ça, plus personne désormais ne pouvait lui porter offense, hommes et bêtes de passage le prendraient pour un arbuste sec qui retournait à la poussière.

« Ce qui est mort se dessèche. » Il se sentait le cerveau emburelucoqué par tout le vin qu'il avait flaconné et flaconnait encore du récipient de terre cuite où il se gardait bien frais. Il voulait s'étourdir, s'assommer, effacer de trou ou de brou l'image de ce marmot desséché par l'arseure. Non seulement il n'y arrivait pas, mais ces mots, « ce qui est mort se dessèche », lui bourdonnaient dans le coqueluchon comme une mouche sous une cloche de verre. Où les avait-il lus ? Il chercha parmi ses livres, plus d'une centaine maintenant. Il parcourut le *Speculum quadruplex* de Vincent de Beauvais, imprimé à Venise en 1624, qui commençait ainsi : « Natura dicit dupliciter : uno modo natura naturans, id est ipsa summa naturae lex quae Deus est, aliter vero natura naturata. »

Il vérifia page après page, mais les mots qui le tarabustaient n'y étaient pas. Alors il prit le livre qu'il savait interdit, celui qu'avait occasionné à son auteur, accusé d'impiété, un procès pour sorcellerie : *Magiae naturalis sive de miraculis rerum naturalium libri IV*, imprimé à Naples en 1558. Les quatre livres de Giambattista Della Porta avaient appartenu, comme il ressortait de la signature qui y était apposée, au chanoine Evaristo Pottino, lequel avait couvert d'annotations serrées la marge de chaque page. Ces quatre livres faisaient partie de la réquisition que Zosimo avait effectuée à l'évêché. Et c'est précisément parmi les remarques que Mgr Pottino avait consignées dans le troisième volume, où Della Porta parle de Thalès et de l'école de Milet, que Zosimo finit par trouver ce qu'il cherchait. Mais ça ne lui suffit pas, il continua sa lecture. Et arriva un moment, quand il fut au bout, où il eut clairement à l'esprit ce qu'il devait faire, une chose simple et naturelle, comment n'y avait-il pas pensé plus tôt ? Mais cette décision découlait-elle de la sapience du livre ou était-elle le produit des fumées que le vin lui avait envoyées au cerveau ?

Dans un coin de sa chambre, il y avait une banne en osier, il la remplit de livres, la malla sur son dos, la porta dehors. La lune éclairait comme en plein jour, la terre avait un reflet rougeâtre, brûlé. Il choisit avec soin son endroit, le trouva près du puits où rien ne risquait de prendre feu. Il renversa par terre le contenu de la banne, retourna dans sa chambre, la remplit derechef, la vida encore. Il dut faire une dizaine de voyages pour sortir tous ses livres.

(« Si l'eau peut se transformer en toute chose, toutes les choses ne peuvent-elles se transformer en eau ? » s'était demandé Mgr Pottino.)

Il considéra un instant seulement le cuchon de pages imprimées sur lesquelles, assoiffé de nouvelles connaissances, il avait consumé les nuits de sa jeunesse. Puis sans catoller, il y mit le feu avec son briquet. Par cette sécheresse, les flambes montèrent comme rien.

(« Il faut réussir à transformer la matière en vapeur. Le tremblement de la vapeur est-il le signe du début de la mutation ? » s'était encore quéri Mgr Pottino.)

Et par le fait, de petit en petit, la maison, la campagne et les arbres survivants tremblaient sous les yeux de Zosimo, on aurait dit qu'ils ballaient.

Bientôt la danse se fit de plus en plus rapide, si tant tellement rapide que la maison, la campagne et les arbres se dessampillèrent comme si des ciseaux gigantesques et invisibles les découpaient en menus morceaux. En l'absence de vent, la fumée qui se dégageait de ce grand feu montait tout droit dans le ciel, elle ne se dispersait pas, on aurait dit une de ces longues aiguilles pour recoudre les gibasses qui s'étirait de plus en plus et piquait vers le haut comme si elle avait voulu transpercer la lune elle-même. Au bout d'un moment, Zosimo ne vit plus la pointe de l'aiguille, trop haute désormais, trop loin dans le ciel.

Il attendit que tous les livres eussent brûlé jusqu'à la dernière page, fussent devenus cendre blanchâtre. Puis il y pancha, par précaution, deux seilles d'eau tirées du puits.

Il dormait depuis deux heures quand il fut réveillé par un bruit qu'il n'avait pas entendu depuis trois ans. Il s'approcha de la fenêtre, traversé d'un frisson de froid. Il pleuvait des cordes, il pleuvait comme qui la jette.

CHAPITRE SEPT

Maudite soit à jamais dame Filotea Tatafiore, marquise de Valle Zuccàta ! Maudites, elle et toute sa charipe de famille ! La trogne grimée comme une poutrône, les fesses toujours à tanguer et rouler, cette fenotte ambitieuse se mit à détrancaner complètement, du moment où elle se maria avec don Francisco Vanasco y Sepùlveda, marquis de la Sierra Perdida et premier conseiller du vice-roi : il n'y avait rien de précieux au monde, robe, meuble, bijou qui à ses yeux le fût assez, aucun objet de valeur que son pauvre cornagu de mari (la moitié, masculine, de Palerme avait trempé son pain avec dame Filotea) rapportât à la maison que son épouse daignât faire mine d'agréer, rien. Elle tordait toujours le nez, dégoûtée, comme si elle n'avait eu sous les nifles, parlant par respect, qu'une puantissime crotte.

Un jour, dame Filotea prit idée qu'elle voulait absolument acheter un tapis arabe, grand quasi comme un fief, qu'elle avait vu dans le salon de dame Libertina Carcavento, duchesse de Calamonaci. Don Francisco dépêcha ses domestiques dans toutes les maisons nobles de Palerme, mais en vain chaque soir il se renvenait avec des tapis toujours dépareils ; on ne les lui avait pas déroulés que la marquise tordait le nez, ce n'était pas ça, non pas du tout du tout, et elle courait se fermer dans sa chambre à la porte de laquelle, la nuit, le marquis pouvait toujours aller chapoter quand il lui venait talent de gésir avec elle (c'est comme ça qu'on dit, entre personnes de noble condition, pour fifrer, baiser) : devant don Francisco, la porte restait inexorablement baclée et, par voie de conséquence, mêmement l'entrée de dame Filotea. Et ce n'était pas tout, chaque matin que Dieu faisait, la marquise trouvait une raison pour tomber en dispute, glatir et quincher, casser de la vaisselle, dessampiller les rideaux.

Le marquis était complètement désastré, il ne savait plus de quel bois faire flèches, seul un miracle pouvait le sauver. Comme l'église San Francesco avait besoin de réparations de conséquence, il fit solennellement vœu de payer tous les frais sur ses coffres si le saint lui accordait la grâce. La nuit même, il rêva qu'à la suite d'un épouvantable combat naval il était fait prisonnier par les Turcs et vendu comme esclave. Sauf qu'à bon point survenait un cavalier arabe qui le prenait en selle et, arrivés dans le désert, lui disait :

« Allah est miséricordieux ! Va ! Tu es libre ! »

Il se réveilla tout sueux de frayeur et attribua ce rêve aux sardines façon becfigues de son dîner, dont il avait baufré un bon kilo. Mais dans la matinée, alors qu'il se lavait, son rêve lui revint et en même temps il se souvint qu'un mois plus tôt avait été capturé et engeôlé le pirate Ibn-abd-Mohammed, fils d'un fils d'une fille de Khair ad-Dìn, plus connu sous le nom de Barberousse, célèbre pirate et le meilleur capitaine de la marine ottomane. Saint François lui guignait la route à suivre. Il ne perdit pas une minute et alla parler au pirate en tête à tête. D'une chose à l'autre, une semaine plus tard, Ibn-abd-Mohammed réussit inexplicablement à se dégrater de prison, et adieu paniers les vendanges étaient faites ! Quatre mois après, une galiotte tunisienne jetait l'ancre pour une heure dans le port de Trapani, le temps de défarder un rouleau de toile aussi long qu'un grand mât : le pirate avait tenu parole, c'était le bon tapis.

Le rouleau fut déposé dans l'entrepôt de don Filippo Carruvias en attendant que don Francisco, promptement informé, envoyât quelqu'un le retirer. Quand ses gens arrivèrent de Palerme, ils ne virent du tapis ni queue ni oreilles, il avait été brûlé par don Filippo Carruvias en personne. En effet, le rouleau n'était pas là depuis cinq jours qu'emmaladissaient d'abord quatre ouvriers, puis trois charretiers, puis sept débardeurs. Le feu réduisit le tapis en cendres, don Filippo Carruvias avait vu juste quant à l'origine de la maladie mais ce fut comme la moutarde après dîner : les flambes ne purent dévorer l'épidémie en même temps que le tapis. D'autant plus que Parenzio Filippodi, physicien de son état, avait arrêté qu'il ne s'agissait pas de peste, mais de simple fièvre paludique.

Informé par ses gens à leur retour de Trapani, don Francisco Vanasco y Sepùlveda, par acquit de conscience, avisa le Conseil de santé du cas du tapis contagieux. Le Conseil mit huit jours pour décider d'envoyer à Trapani son protophysicien, Agostino Tallarita, pour voir de quoi il retournait. Le protophysicien ne put toutefois partir de suite, il devait auparavant régler en justice l'affaire de son gendre qui, en six mois de mariage, avait désamassé aux dés la dot de sa fille.

« Ainsi le fléau auquel rien ne s'opposait, écrit maître Alessandro Minzoni, notaire de son état et historien de l'évêché d'Agrigente, se propagea avec célérité dans les villes de Trapani et Montelusa. La mort survenait accompagnée de manifestations étranges, spasmes, palpitations, léthargies et délires, ainsi que de marques bleuâtres et de bubons, funestes symptômes ; une mort en général rapide, violente, souvent soudaine, sans aucun signe préalable de maladie. »

Touché par le mal, le docteur Parenzio Filippodi rassembla à son chevet, bien qu'à bonne distance, femme, enfants, petits-enfants et parentèle jusqu'au troisième degré.

« Quel mal m'emporte ? » quérit-il dans un filet de voix.

Silence. Seul son deuxième fils, Peppuccio, notoirement niguedouille, se hasarda à répondre :

« La peste, père.

– Je te déshérite, crétin, rebecqua le physicien. Je meurs, que ce soit bien clair pour tout le monde, de fièvre paludique. »

Et il défunta.

Revenu belle tire de sa mission à Trapani, Agostino Tallarita, le protophysicien, présenta son rapport devant le Conseil de santé au grand complet. Il exposa minutieusement les symptômes, il évoqua des cas et émit la terrible sentence :

« Aucun doute : il s'agit de la peste. »

À ces mots, don Francisco Vanasco y Sepùlveda, présent à la réunion en sa qualité de représentant du vice-roi, jaunoya. Si on établissait que cette maladie était la peste, il ne faisait pas l'ombre d'un doute qu'aux yeux de tous il en serait tenu responsable puisqu'il avait révélé l'affaire du tapis contaminé. Il remira dans les yeux don Sebastiano Tringali, physicien, lequel alors se leva de son siège et prit la parole. L'année devant, don Sebastiano n'avait pas été retenu comme protophysicien, le Sénat lui ayant préféré Tallarita. La veille de la réunion, faisant pourvoyance, don Francisco lui avait parlé à pleine bouche : si lui, Tringali, démontrait qu'il ne s'agissait pas de la peste, Tallarita devrait démissionner de ses fonctions et de son poste et avec le soutien de don Francisco, don Sebastiano aurait de bonnes chances de le remplacer.

« Comment mon illustre confrère peut-il affirmer avec autant d'aplomb qu'il s'agit de la peste ? Comment ? Sur quelles bases ? Je me le demande », commença don Sebastiano, sur un ton glacial et mordant.

Il parla pendant deux bonnes heures, démolissant les uns après les autres les arguments du protophysicien et pour finir, il déclara :

« Ce mal est, inconstestablement, la fièvre paludique. »

Ce fut alors que don Emanuele Lopìparo éclata :

« Mais ça ne tient pas debout, du côté de Trapani, il n'y a pas plus de paluds que sur ma main ! »

Don Sebastiano compatit d'un petit rire :

« La fièvre paludique ne vient pas toujours des paluds. »

Et il se lança dans un exposé qui dura à nouveau une heure et à chef duquel, le protophysicien se leva. Il était pâle, sueux, en proie à un tremblement fébrile. Il ouvrit la bouche, la referma. Il se passa la main sur le visage, fit un profond soupir.

« Illustres confrères », commença-t-il, mais il ne continua pas car il s'acassa, épâmi au milieu de l'hémicycle. Ou du moins il semblait épâmi, mais il ne l'était aucunement. Les membres du Conseil se pressèrent autour de lui pour lui porter secours, mais ils renjambèrent bien vite, effrayés. Don Agostino Tallarita était mort sous leurs yeux, mettant un terme à leur docte controverse.

Le premier à mourir de peste, le lendemain, fut justement don Sebastiano Tringali.

En une semaine, la maladie décima à Palerme au moins mille cinq cents personnes de tout âge et condition. La peste n'était pas entrée dans Palerme comme elle le faisait d'habitude, avec l'ordure des rues, par les égoûts à ciel ouvert et dans les masures noires de crape où père, mère et enfants partageaient le même lit, et la même pièce avec l'âne, la bique, le chien et le miron. Non, non, non : la peste était entrée par la grande porte, en plein Conseil de santé, et de là était partie à la manœuvre.

Cette morine toutefois n'arrêta point le père Antonino Strazzera dans son grand œuvre. Armé d'une pelle, d'une pioche et de patience, ce curé cavait sous terre depuis quatre mois, dans une catacombe, au milieu des ossements et de rats de trois pieds de long, à la recherche de la tombe de la Vierge Perpétuelle qui, d'après une ancienne carte, devait se trouver dans ces parages. Le père Strazzera ignorait qu'au-dessus de son coqueluchon sévissait la peste ou du moins, absorbé comme il l'était par son entreprise, il l'avait oublié si un de ses aides le lui avait dit.

Dans le civil, la Vierge Perpétuelle s'appelait Luchina Sinibaldi et elle avait défunté à trente ans tout ronds. Quand en 859, appelés en Sicile par le félon Eufemio da Messina, les Arabes occupèrent Enna, Luchina Sinibaldi n'avait pas trois mois. Toute petite déjà, elle se distinguait par sa bonté d'âme : de famille accommodée, elle volait les provisions chez elle pour les étrenner aux pauvres. Et elle ne changea pas de caractère en devenant une belle fenotte. Son père voulait la marier, mais elle refusa en disant qu'elle avait fait vœu au Seigneur de toujours rester vierge. Quand en 881, frère Elia se révolta contre les Arabes et mit sur pied une armée, la vierge Sinibaldi combattit à ses côtés.

Mais leur victoire fut de courte durée, les Arabes reprirent Enna, frère Elia dut décolé et Luchina Sinibaldi livrée au bon plaisir d'Omar ben Ibrahim qu'avait maté la révolte. Comme la fenotte résistait de toutes ses forces, graffignant et lançant des coups de pieds, Omar ben Ibrahim dut se détignonner pendant deux heures avec elle jusqu'à ce qu'éclené il demandât de l'aide à son lieutenant Farid. À deux, ils réussirent à l'immobiliser et tandis que Farid la tenait, Omar fit son affaire, mais il lui pocha le châssis à toute peine : la virginité de Luchina semblait protégée par un cuir épais. La nuit suivante, toujours aidé par Farid, il voulut de nouveau l'ambattre et profondément ébaffé, constata que Luchina Sinibaldi était redevenue vierge, entière, comme si rien ne s'était passé le soir devant. À bref parler, Luchina fut déflorée dix nuits de rang et dix nuits de rang, elle redevint vierge. Un peu flape, Omar la refila à son lieutenant Farid lequel, au bout d'une vingtaine de jours, la passa à un de ses hommes. Luchina Sinibaldi resta captive huit mois dans le campement arabe, subissant chaque nuit les derniers outrages. Ayant miraculeusement réussi à s'enfuir, elle trouva asile à Palerme chez une sienne cousine. Elle défunta vierge, comme de bien s'accorde, et en odeur de sainteté.

Un matin (ou était-ce une nuit ? le père Strazzera avait perdu le compte du temps), la tombe de la Vierge Perpétuelle apparut comme par miracle, avec le nom gravé dans la dalle de marbre. Après avoir panché quelques pleurs, le curé souleva la lourde plaque et récupéra les ossements. Malgré les deuils et l'affliction, la liesse fut grande parmi les dévotieux et la Vierge Perpétuelle fut portée en procession dans une urne de verre. Là où elle passait, les malades guérissaient. Oui bien, ils guérissaient !

Et ainsi, mérite et gloire de la Vierge Perpétuelle, la peste, accouardie par les miraculeux os blancs, démigra de Palerme.

La nouvelle de la grâce que la Vierge Perpétuelle avait faite aux Palermitains se répandit plus vitement encore que l'épidémie. Chaque jour, ses confères, des gentilshommes ou les autorités des villes alentour venaient quérir au père Strazzera qu'il leur prêtât un petit peu ses ossements miraculeux, mais pour le curé ce n'était ni de mise ni de récepte :

« Pas même à Dieu le père en personne ! »

Les notables de la ville d'Enna surent trouver moyen de

moyenner ; au père Strazzera, ils ne dirent ni quoi ni qu'est-ce mais ils dépêchèrent deux messagers, l'un au cardinal et l'autre au Sénat. Le messager mandé au cardinal était maître Perguso Lagùmina, notaire, homme à l'intelligence vive et au verbe agile. Il argumenta que la Vierge Perpétuelle devait être rendue à Enna puisque c'était là qu'elle avait vu le jour et subi l'outrage qui avait épanoui la fleur de sa béatitude. Il s'agissait donc pour sa ville de récupérer ce qui lui revenait et pour ce faire, elle était prête à se battre, à aller jusque devant le pape et le roi d'Espagne lui-même. Le différend serait long, peut-être douloureux pour certains, ainsi pour l'éviter, mais seulement en tout dernier ressort, les habitants demandaient que les os leur fussent cédés au moins pendant un mois, sur délivrance d'un reçu en bonne et due forme. Le messager envoyé au Sénat était Bartolomè Chinnìci, négociant, un homme croisé d'épaules et pas commode. Devant le Sénat tout entier assemblé, il dit avec concision :

« Vous nous donnez ce paquet d'os, ou je vous assure que Palerme va brûler le cul. »

Il n'en dit pas plus. La survie de la ville de Palerme était largement fondée sur le blé qu'elle achetait à Enna. Bartolomè Chinnìci savait de quoi il parlait et le Sénat mêmement : la Conque d'or produisait bien des oranges et des mandarines, mais peut-on se nourrir exclusivement d'oranges et de mandarines ?

Le Sénat et le cardinal prirent langue. Le résultat fut qu'à la nuit serrée quatre mécréants sacrilèges pénétrèrent dans l'église, hardèrent le père Strazzera pieds et poings, étourdirent d'un coup sur la cocuce le quidam armé qu'était de garde devant l'urne, gruppèrent ladite et fuirent comme foudre.

Depuis le château de Lummardì, l'endroit le plus élevé de la ville, les os défilèrent en procession solennelle par toutes les rues et ruelles d'Enna. Sans résultat. On refit alors la procession en partant du Rocher de Cérès : pas mieux. À une vitesse croissante, les os de la Vierge Perpétuelle coururent du nord au sud et du sud au nord, de l'est à l'ouest et de l'ouest à l'est. En vain : les malades mouraient, les morts restaient morts. Les habitants d'Enna se sentirent offensés ; un esprit plus échauffé que les autres insinua qu'après sa défloration par Omar, Luchina Sinibaldi non seulement n'avait jamais recouvré sa virginité, mais qu'elle était restée huit mois dans le campement arabe par goût personnel. Pour finir, la dixième procession s'arrêta sur cul, en pleine rue, le monde rentra chez soi et l'urne fut abandonnée aux chiens. Ce fut alors que Bartolomè Chinnìci eut l'idée de la récupérer et de la louer au prix fort aux gens de Calascibetta. Les Calascibettains se laissèrent tenter, mais là aussi les os de la Vierge Perpétuelle firent la sourde oreille. Au bout de quinze jours, l'urne fut rendue au Sénat de Palerme. Le cardinal, pour éviter d'autres embiernes du type intimidations, chantages ou suppliques, y consacra une homélie d'où il ressortait que les épisodes d'Enna et de Calascibetta démontraient irréfutablement une chose : le miracle n'était pas transférable d'une ville à une autre ; conséquence : que chacun se fournît auprès de ses propres morts.

Il y eut une vaste floraison de fouilles tandis que le monde continuait à mourir comme des mouches. On assista même à de drôles de choses. À Vallestretta, de mémoire d'homme et de livre, jamais personne n'avait été béatifié. Mais un dimanche le curé, le père Aldanio Pepe, expliqua en chaire que pendant la nuit un vieillard lui était apparu, avec une barbe blanche tant tellement longue qu'elle lui faisait trois fois le tour du cou et qu'il lui avait dit :

« Ah ! Ville ingrate et oublieuse ! Je suis le presque-saint Servazio ! Pourquoi m'avez-vous oublié ? »

Tous ceux qui tenaient encore debout irruèrent à la recherche du presque-saint Servazio. On cava tant et si bien qu'on trouva ses ossements juste sous l'église, et on les porta tout sec en procession. Incontinent, les trois cents pestiférés se levèrent et purent en liesse suivre le cortège. Mais un an plus tard, le père Aldanio se défroqua et s'accointa d'une poutrône. Il savait pertinemment que le presque-saint Servazio n'avait jamais existé, il avait prélevé ces ossements dans la vieille tombe d'un rencontreur de bois et assassin, et les avait catis sous l'église pour les faire trouver à ses paroissiens. Il voulait leur donner au moins l'illusion du salut, et c'est le salut lui-même qu'était venu, le poussant, lui, sur la voie de la perdition. Un autre cas cornu eut lieu à Panastra, Milici et Jannicò, trois bourgades attenant, les unes adossées aux autres. Dans ces parages, avait vécu et défunté la bienheureuse vierge Pulcheria. Les gens de Panastra se mirent à caver, poussés par le désir de vaincre l'épidémie mais aussi par l'ambition d'avoir eux aussi une vierge en quelque sorte à la hauteur de la palermitaine Perpétuelle.

Ils y employèrent trois jours et trois nuits, mais à la fin ils trouvèrent la tombe et les os correspondants. Ils n'eurent pas le temps d'organiser leurs processions que les habitants de Milici en découvrirent une aussi, toute pareille à celle de Panastra et mêmement cafie d'os. Avec une demi-journée de retard, les habitants de Jannicò à leur tour défouirent tombe et os. La vierge Pulcheria pouvait-elle être une et trine ? Chaque bourgade porta en procession sa bienheureuse Pulcheria, mais il ne se passa rien nulle part. Peut-être la bienheureuse ne voulait-elle faire de tort à personne ? Ce fut l'hypothèse retenue, mais depuis ce jour-là, les habitants de Panastra, de Milici et de Jannicò se regardèrent de travers et les coups de couteaux ne furent pas rares.

Pina Spicuzza qui, jusqu'à quarante ans, s'était offerte à qui le lui demandait et aussi à qui ne lui avait rien demandé, avait rêvé une nuit de saint Libertino martyr, premier évêque de Montelusa.

« Repens-toi ! lui avait dit saint Libertino martyr en l'apinchant avec des yeux de braise, repens-toi de ta vie scélérate ! »

À ses côtés, son bon ami du moment dormait encore béatement. La Pina avait jeté l'homme hors du lit d'un coup de pied et s'était précipitée à confesse. Depuis ce jour-là, vingt ans avaient passé et tous les quinze jours, ponctuellement et nuitamment, saint Libertino lui apparaissait dans son sommeil pour lui dire comment se comporter dans l'existence, y compris pour des choses infimes : vendre ses cacous à la voisine, manger le lendemain des ceires plutôt que des haricots. Était-il pensable que saint Libertino ne lui apparût point pour la conseiller pendant la peste ? Non, ce n'était pas pensable et, par le fait, saint Libertino ne manqua pas de lui apparaître.

« Mes ossements, lui dit-il, gisent sous terre, aux Bohémiens, près de l'église San Michele. Cavez. Vous en aurez grand bienfait. »

Les Montelusains, comme l'écrit l'historien Minzoni, « ayant appris le rêve de la pieuse repentie, coururent à la petite place appelée justement des Bohémiens, munis de pelles et de pioches, et creusèrent au nom de l'espérance, priant avec ferveur, mais ils ne trouvèrent rien, pas même sous l'église San Michele, qu'ils démolirent complètement avec toutes les œuvres d'art qu'elle contenait ».

Il y eut comme toujours un esprit mal tourné pour soutenir que le rêve de la Pina était vrai et que c'était saint Libertino qu'était de mauvaise foi, n'ayant jamais pu souffrir saint Michel et qu'il avait ainsi profité de l'occasion pour faire disparaître son église.

Tout espoir de trouver un ossement semblait perdu quand les rares personnes qui se hasardaient à sortir virent apparaître un jour devant la cathédrale un homme sec comme un picarlat, quasiment un squelette ambulant, barbe et cheveux blancs, grand mais plié en deux sous le poids d'une immense croix qu'il portait sur son épaule droite. Tano Bellanca, qui fut le premier à le reconnaître, prit à vochier :

« C'est le père Uhù ! Le père Uhù est revenu ! »

Tous désormais le croyaient défunté, on n'avait plus de nouvelles de lui depuis la première année de sécheresse, c'est-à-dire cinq ans devant. Ils l'assaillirent de questions. Comment avait-il survécu à la famine ? Pourquoi ne l'avait-on plus vu combattre les diables et les esprits ?

Assis par terre, il expliqua qu'il avait échappé à la sécheresse et à la famine en se taudissant dans la deuxième grotte, celle où se trouvait l'eau qui lui servait à baptiser les gens. Jamais l'eau n'avait manqué, même quand elle avait baissé à un demi-doigt du sol et il s'était nourri de mousse, de grenouilles et de vers. Mais le pire moment était venu le matin où, à son réveil, il avait trouvé tout autour du miroir d'eau des touffes de chicorée, des têtes de chou-fleur et des rangées d'asperges qu'avaient poussé tout alentour.

« Mais ça avait quoi de si terrible ? quérit incautement une fenotte.

– C'était l'œuvre de Belial, mon ennemi ! » quincha le père Uhù d'une voix telle que ceux qui l'entendirent décanillèrent comme des rats empoisonnés.

Leur frayeur passée, les gens refirent cercle, deux fois plus nombreux. Le père Uhù expliqua alors qu'en effet, une fois aspergées d'un peu d'eau bénite, ces plantes avaient séché sur pied. Puis il ressaillit en prenant appui sur sa croix, leva le bras et dit :

« Je suis venu sauver la ville de Montelusa de la peste ! Qu'on se le dise ! Or tôt, que tous ceux qui le peuvent viennent ici ce soir à l'angélus ! » Et il s'engoulfa dans la cathédrale.

Ayant appris le retour du père Uhù, les malades eux-mêmes, ceux pour qui il n'y avait plus d'espoir, insistèrent auprès de leurs épouses, maris, enfants, pères, mères, pour qu'ils répondissent à l'appel du curé en souvenir de son long combat contre le mal, diable ou maladie qu'il fût.

Les cloches venaient de sonner l'angélus mais le portail de la cathédrale restait fermé. Le monde, qu'était nombreux et occupait plus des trois quarts de la place, commença à grumeler. Pourquoi ce retard ? Et si c'était une gogue ? Tout d'un train, la porte du balcon de l'évêché s'ouvrit et apparut Mgr Balduccio Principato, le nouvel évêque qui avait succédé à Raina que, Dieu merci, le diable était venu harper huit mois devant. Cet évêque semblait un homme débonnaire, aux manières courtoises et délicates, donnant volontiers l'aumône.

« Mes très chers frères, dit-il dans un silence de mort. Peut-être Dieu entend-il nous montrer sa magnanimité, à nous pauvres pécheurs ! Le père Uhù Ferlito, que vous connaissez tous... »

Tonnerre d'applaudissements, sanglots, quinchées d'allégresse et demandes de bénédiction. L'évêque imposa silence d'un geste.

« Le père Uhù Ferlito, reprit-il, a affronté la fatigue d'un long voyage à pied jusqu'à Palerme pour rencontrer un de ses illustres amis, frère Antonino Caruso, supérieur du couvent des Minimes de cette ville. Or donc, il a réussi à convaincre frère Caruso de lui prêter un fragment d'os du pied de sainte Rosalia qui est jalousement conservé dans ce couvent. Le voici ! »

Comme un seul homme, la foule s'acassa à genoux, joignit dévotement les mains et leva les quinquets. Tout ce qu'elle vit, ce fut son évêque pique-plante, le bras droit vers le ciel, gros det et laridet se touchant par l'extrémité. Le fragment devait être minuscule, les gens crurent à son existence uniquement par un acte de foi.

« De plus, continua l'évêque, le père Uhù s'est fait délivrer un certificat d'authenticité que j'ai examiné attentivement et que j'ai trouvé recevable. C'est pourquoi, dans quatre jours, la sainte journée de dimanche, il y aura en la cathédrale une grand-messe où j'officierai, puis la relique sera portée en procession. Dites-le autour de vous et faites-le savoir aussi dans les villages voisins.

– Nous voulons le père Uhù ! » quincha une voix. Des centaines d'autres lui firent écho, frénétiquement.

« Père Uhù ! Père Uhù ! »

L'évêque se tourna vers l'intérieur et fit un geste. Le père Uhù apparut au balcon, bronchant dans sa croix. Une ovation l'accueillit. Le curé ne dit ni quoi ni qu'est-ce. Le visage creusé, les yeux pointoyants, il tournait brusquement la cocuce de droite et de gauche, on aurait dit un rapace. Puis l'évêque impartit sa bénédiction à la ronde et chacun se rentourna chez soi soigner ses malades.

« Mais tu y as vu, c't os ? » quérit Michele Ciotta à sa femme pour la dixième fois. La fenotte, qu'était après laver les plaies de son homme, lui répondit emmalicée :

« Je t'y ai déjà dit : il était trop petit ! On pouvait pas y voir. Qu'est-ce tu vas penser maintenant ? Que c'était une comédie de l'évêque ? »

Michele Ciotta, qui sa vie durant avait joué la comédie, embabouinant son prochain dru et menu, préféra ne pas rebecquer.

Alors qu'elle lui changeait ses draps et lui racontait la scène de l'évêque, Margarita, la fille de Santa Scimeni, une fenotte qu'avait vu d'autres vents venter, cessa soudain de raconter, assaillie par le doute, pour se demander :

« Mais enfin, ils avaient pas dit que les saints faisaient des miracles que par chez eux ? Que c'était chacun qui mouche son nez ? Comment sainte Rosalia peut s'intriguer de nous puisqu'elle est la patronne de Palerme ?

– C'est justement pour ça, ma fille, qu'il se pourrait bien que je m'en sorte cette fois, lui répondit sa mère. Parce que, vois-tu, ces charipes de Palermitains ont préféré la Vierge Perpétuelle à sainte Rosalia, leur patronne. Pour leur prouver qu'elle n'est pas de la rafetaille, sainte Rosalia va faire son miracle, tu vas voir, mais peut-être pas à Palerme, peut-être dans le trou du cul du diable ! »

CHAPITRE HUIT

Zosimo, qui connaissait bien les habitudes du père Uhù, se dirigea haut le pied, directement vers la place de la cathédrale. Il n'y avait pas âme qui vive, il faisait encore sombre, mais la journée s'annonçait belle. Arrivé sur la place, il apincha alentour sans descendre de cheval. Il le vit de prime abordée, qui dormait agrobé, sa croix contre lui sous le porche de l'évêché. Il mit pied à terre, s'approcha, le remira. Il ne le ramentait pas comme ça, barbe et cheveux désormais tout blancs et, ce qui semblait impossible, encore plus déviandé. Il se baissa, lui posa la main sur l'os de l'épaule – on ne sentait pas de chair sous les doigts – et le sigrolla doucement. Le père Uhù ouvrit les chelus très lentement, à la forcée, et quand il les eut ouverts, Zosimo comprit que le curé n'apinchait rien ni personne précisément, il semblait à des milliers d'années de là, à des milliers de lieues. Les yeux du père Uhù mirent une éternité à rencontrer ceux de Zosimo.

« Attends, ne parle pas, ne dis rien. »

Zosimo obéit, immobile sous le regard du prêtre, mais il ne pouvait pas retenir le sourire de joie qui allait s'épanouissant sur son visage.

« Tu es un de mes enfants », fit le curé. Il se leva tout plan plan, posa sa croix contre une colonne et ouvrit ses bras.

« Viens là, Zosimu.

– Père », dit Zosimo et il l'embrassa. Le père Uhù trampala sous l'étreinte de ce jeune gars, bien tourné de membres et tout en muscles.

« Quel âge as-tu maintenant ?
– Dix-sept.
– Âge d'épousailles. Marié ?
– Pas encore, mon père, et je n'ai pas de promise.
– Tu fais mal, mon fils. Occupe-t'en et vite.
– Oui bien. Père Uhù, j'ai besoin...
– Tout ce que je pourrai, mon fils.
– Il faudrait que ce matin même, vous me fassiez rencontrer l'évêque, pas un de ses secrétaires, mais lui-même, en personne. Il s'agit de quelque chose de très sérieux, sinon jamais je ne me permettrais de le déranger. »

Aucun doute, le garçon qui était devant lui était un pagan : ses vêtements, son corps robuste, son visage tanné par le soleil, ses mains calleuses. Mais ces yeux ? Ils semblaient appartenir à une autre personne, ils détonnaient dans ce visage, ils étaient noirs et profonds, et les pupilles lançaient des éclairs d'intelligence, pas de fourbe matoiserie. Pour finir le plat, il ne semblait en rien intimidé de se trouver en sa présence.

« Votre Excellence, fit le jeune homme en fléchissant rapidement le genou droit pour se relever aussitôt, je vous sais infiniment gré de votre bienveillance.
– Quel âge avez-vous ?
– Dix-sept ans, Votre Excellence.
– Vous en paraissez plus. Alors, dites-moi. »

Zosimo apincha le secrétaire de l'évêque qu'était à ses côtés.

Mgr Balduccio Principato entendit ce regard au vol.

« Voulez-vous avoir l'amabilité de me laisser seul avec ce jeune homme ? » demanda-t-il à son secrétaire, lequel sortit en haussant les épaules, pincé et vexé.

« Vous pouvez parler, je vous écoute. Le père Ferlito m'a dit qu'il s'agit d'une chose sérieuse.
– Très sérieuse, Votre Excellence.
– Alors, courage.
– Le fait est qu'il en faut vraiment beaucoup, du courage, pour vous dire ce que je dois vous dire. »

Mgr Principato eut un léger sourire.

« Mon fils, je confesse depuis quarante ans. On m'a confié les choses les plus atroces, les crimes les plus inhumains, les actions les plus impures que les hommes puissent concevoir et faire. Ces oreilles ont entendu la voix la plus profonde de l'enfer. Parlez donc, sans crainte. Voulez-vous entrer dans le confessionnal ?

– Il ne s'agit pas de péchés, Votre Excellence. Je suis en souci que vous puissiez prendre ce que je vais vous dire comme une offense, un manque de respect.

– Votre intention est-elle de me manquer de respect ?

– Non fait, Votre Excellence, je le jure.

– Alors parlez librement, c'est l'intention qui compte. »

Zosimo inspira profondément, en élargissant la poitrine.

« Votre Excellence, il ne faut pas dire la sainte messe, demain, en la cathédrale. »

Mgr Principato en resta bauché en place, il s'attendait à d'autres propos.

« Vous êtes en train de me dire que demain je ne dois pas célébrer la grand-messe en la cathédrale ? quérit-il, ébaffé.

– Tout juste, Votre Excellence.

– Et pourquoi cela ?

– Parce que... »

Zosimo s'arrêta, le plus difficile venait maintenant.

« Votre Excellence, savez-vous qu'on a déjà connu une terrible morine de peste il y a une soixantaine d'année ?

– Je le sais. Vous le tenez sans doute de votre grand-père ?

– Non fait, Votre Excellence. Je l'ai lu.

– Vous savez donc lire ? quérit l'évêque plus étonné qu'un fondeur de cloches.

– Oui bien, Votre Excellence. Dans le livre qu'a écrit alors le physicien et médecin Angelo Bartolino...

– Mais il est en latin ! »

Zosimo ne rebecqua rien, la stupeur de l'évêque lui faisait le nez de honte.

« Latinum studuisti ? Legere scisne ? Etne etiam loqui ? »

Zosimo écarta les bas, empoissié.

« Vir excellentissimus, latinum legere et loqui scio. »

Mgr Principato le remirait avec des yeux comme des pains de six livres.

« Continue, parle, fit-il en passant au tutoiement.

– Voilà, dans le livre qu'Angelo Bartolino écrivit après la peste, il y a ce passage qui commence par : jam enim pestis contagio… »

Zosimo parla à pleine bouche avec l'évêque pendant une heure de rang. Il lui dit comment, de l'avis d'Angelo Bartolino qui, en sa qualité de médecin, avait vu des milliers de cas de peste, la contagion s'étendait surtout par le contact physique ; il rappela les dizaines de cas observés : à Messine, qui avait aussi été touchée cette fois-là, les gens s'étaient rassemblés dans l'église San Stefano pour prier et, deux jours plus tard, les trois cents fidèles étaient tous mortellement infectés. Quand il eut fini, il était sueux jusqu'aux oreilles. Mgr Principato ne parla pas tout de suite, il s'approcha de la fenêtre où la lumière du jour faisait sa première apparition.

« Ce que tu dis est peut-être juste, dit-il après un long silence, mais pèche par défaut. Dieu en est absent. »

Il remira fixement le jeune homme.

« Crois-tu en Dieu ?

– Certains jours oui, et d'autres non », fit Zosimo pour tout potage. Il avait compris qu'avec cet évêque-là on pouvait parler à bon.

« Il manque Dieu dans ton raisonnement, Son impénétrable volonté, Son imprévisible grâce. Sais-tu qu'à Palerme, avant de porter en procession les reliques de la Vierge Sinibaldi, le père Strazzera a célébré une messe à laquelle plus de mille personnes ont assisté et sur ces mille personnes, aucune n'est morte ?

– Votre Excellence aime les jeux de hasard ? » quérit Zosimo, et il s'en voulut sur pied parce qu'il vit le visage de l'évêque s'assombrir.

« Sais-tu ce que dit saint Augustin ?

– Saint Augustin dit beaucoup de choses.

– Il dit : credo ut intelligam…

– … intelligo ut credam, acheva Zosimo.

– Exactement, mon fils. Comprendre sans croire ne conduit qu'au néant. As-tu lu beaucoup de livres ?

– Oui, énormément.

– Où les gardes-tu ?

– Je les ai tous brûlés. Mais leur fumée a pénétré mon cœur, mes poumons, ma cervelle. Et elle y est restée.

– Je comprends », fit l'évêque et, apinchant résolument Zosimo dans les yeux, il ajouta : « Demain matin, je célébrerai la sainte messe en la cathédrale. »

En sortant de l'évêché, Zosimo tourna sur la gauche et prit la ruelle entre le palais épiscopal et le couvent des bénédictines. La ruelle menait à une espèce de sentier qui longeait l'arrière de l'évêché et donnait sur une ravine. Il retrouva la fenêtre par où il était entré du temps de l'évêque Raina et comme alors, la grille était seulement posée. Il apincha à l'intérieur : personne. Il enleva la grille, la posa par terre et entra. Il longea le couloir qu'il connaissait mais au lieu de monter au premier étage, il poussa plus avant. Comme il s'y attendait il trouva une porte. Elle était ouverte et donnait sur un autre couloir, sombre et humide. Il l'enquilla à borgnon-bleu, les bras tendus en avant car on n'y voyait pas la queue d'un singe. Ses mains touchèrent le bois d'une autre porte. Il la poussa et se retrouva à l'intérieur de la cathédrale déserte. Prestement il fit volte route, replaça la grille et courut chez Nenè Bonocore, le fils de Calàzio Bonocore, un des meneurs de la mutemaque contre l'évêque Raina, que les sbires du marquis Montaperto avaient traîtreusement escoffié. Si Nenè, qui à cette époque avait onze ans, avait survécu, il le devait à Gisuè, le père de Zosimo, qui l'avait recueilli comme un fils. Et Nenè qu'était maintenant un gars de seize ans, considérait Zosimo comme et plus qu'un frère, il aurait donné sa vie pour lui.

Il avait été décidé que la grand-messe commencerait à onze heures du matin, mais dès huit heures le monde commença à s'affouler sur la place. Il n'y avait pas que les Montelusains ; chevaux, ânes, charrettes montraient qu'ils étaient des milliers à être venus, et à venir encore, des villages alenviron. Le capitaine de justice avait embesogné ses hommes, plus des renforts extérieurs : les gardes étaient en rang, pique-plante devant la cathédrale, laquelle n'ouvrirait qu'une demi-heure avant le service religieux, ainsi que l'avait personnellement arrêté l'évêque. Les nobles, les échevins et les maires des communes environnantes, qu'étaient arrivés en voiture sur la place, entraient dans l'évêché par la porte latérale. Ils étaient une centaine, ils assisteraient à la messe dans les tribunes qu'étaient spacieuses. Il restait une heure avant l'ouverture du portail quand un des gardes dit à son camarade :

« Ça sent le brûlé. »

L'autre remua le nez comme un lapin.

« C'est puis vrai.

– Ça vient de l'intérieur de la cathédrale », dit le premier garde, en souci. Ils s'apinchèrent et décidèrent d'aviser le capitaine. Celui-ci arriva, colla son nez contre un gond et nifla. Puis sans dire ni quoi ni qu'est-ce, il se retourna et fila comme foudre chercher le secrétaire de l'évêque.

Pendant que les hommes du capitaine se bouliguaient pour éteindre le feu qui, tout bien compté et rabattu, n'était pas si grave puisque les flambes avaient glouti une petite moitié du maître autel, l'évêque apparut pour dire à la foule qu'il y avait eu un incendie dans la cathédrale et que l'office aurait lieu en l'église San Girlando. Il n'avait pas fini de se retourner pour rentrer dans la cathédrale qu'une grande quinchée l'arrêta net :

« L'église San Girlando a pris feu ! C'est après brûler ! »

À Montelusa, les flambes dévoraient simultanément la cathédrale, et les églises San Girlando, Santi Cosma e Damiano. Si l'église San Calò ne brûla pas, ce fut parce qu'il valait mieux ne pas faire mâcher des groseilles à ce saint-là qui pouvait se montrer dangereux. Mais son église ne suffisait pas pour accueillir les milliers de personnes qui voudraient assister à la cérémonie. Alors l'évêque décida qu'il dirait la messe dans sa chapelle particulière, qui pouvait contenir une centaine de fidèles, tout juste le nombre des notables déjà présents à l'évêché, et qu'ensuite la procession partirait comme prévu. Qu'en attendant les gardes tinssent à distance la population qui semblait plutôt ébravagée.

Devant que commençât la messe, les échevins montelusains Andrea Delporto, Giovanni Gamez, Francesco Maria Montaperto et Marcello Trainìti, écrit l'historien Giuseppe Picone, « prostrés devant l'autel du Très-Saint, en présence du chapitre, et au nom du peuple, remettaient solennellement le sort de la ville entre les mains de Dieu ». Puis l'évêque commença, récitant ce qu'était de réciter et chantant ce qu'était de chanter, tandis que l'encens emboconait tout ce monde. Deux cents personnes étant entassées dans la chapelle qui pouvait en contenir cent au maximum, bouger un bras ou s'agenouiller était toute une affaire. L'office terminé, surgit une question d'étiquette : qui, des nobles ou des échevins, devait venir immédiatement après l'évêque dans le cortège ? Il fallut une demi-heure aux participants encore acuchonnés dans la chapelle pour en tomber d'accord. Alors qu'ils descendaient l'escalier vers le portail de l'évêché, l'un d'eux sentit ses genoux fléchir, un autre eut une volte de cerveau, un autre vomita. Le secrétaire de l'évêque les rassura : ils étaient restés droits trop longtemps dans l'atmosphère étouffante de la chapelle. Avant de déboucher sur la place où la foule les attendait, ils s'arrêtèrent un instant, bien fatigués de marcher. Les nobles, qui venaient en tête comme convenu, donnaient l'impression de sortir non pas du palais épiscopal, mais de quelque sordide taverne. Les jambes molles comme des tripes, barmaillant de droite et de gauche, ils ne tenaient debout que parce qu'instinctivement ils s'étaient tous pris par le bras. Ils avançaient en ligne comme des danseuses de ballet dans l'espace vide de six pas qui s'ouvrait devant eux quand, au troisième pas, ils abouchèrent tous de collagne, nez contre terre : Antenore Grò duc de Favagrossa, Angelo Tuttolomondo prince de la Ricottella, Pasquale Dalli Cardillo duc de la Favara, Mariano Passacanendolo baron de Tripisciano, Paolo Arancio marquis de Terraverde et Massimo Filastò duc de Partanna. Après eux venaient les maires, les conseillers municipaux et les échevins. Eux aussi s'abousèrent au sol, certes avec moins de style et d'ordre que les gentilshommes. Dès que les gens eurent compris que ce n'était pas la faute au vin mais à la peste, ils se déprirent tous, terrorisés ; il ne resta sur la place ni chauve ni chevelu, sauf les morts : tous ceux sans exception qu'avaient assisté à la messe dans la chapelle particulière de l'évêque.

La première rumeur chez les menues gens fut que le Seigneur, pour des raisons qui lui étaient personnelles, portait une dent aux Montelusains, qu'il voulait les laisser mourir comme des chiens et que du coup il avait incendié les églises et même empêché la procession. D'ailleurs le lendemain, le père Uhù reprit la route de Palerme pour aller restituer l'os du pied de sainte Rosalia à qui le lui avait prêté.

Mais le soir, devant le débit de vin de Conzo Palminteri, don Rinaldo Casacapone, qu'était homme de cervelle, tint rêne à quelques amis sur la question.

« Mon cher Calidònio, dit-il à celui d'entre eux qui considérait les incendies comme l'œuvre de Dieu, si par exemple vous ne voulez pas que Sina, votre épouse, cuisine des pâtes aux fèves, que faites-vous, mettez-vous le feu à votre maison ? À vos biens ? Non fait, monsieur, vous avez cinquante façons de convaincre votre épouse de ne pas préparer de pâtes aux fèves. Et si vous disposez de cinquante façons, combien en a donc le Seigneur omnipotent avant de se mettre à brûler les églises, c'est-à-dire son propre bien ?

– Le Seigneur n'a brûlé ni fric ni frac, fit Nenè Bonocore qu'était hâtif de parler et qu'avait entendu leurs propos au passage. Il y a fallu la main de l'homme.

– Et de qui ? quérit incontinent don Rinaldo.

– Hé hé ! rebecqua Nenè d'un air freté, en s'éloignant.

– Je parie sur mes pelotons que ce garçon sait quelque chose », fit don Rinaldo.

Deux soirs plus tard, toujours chez Conzo, devant son deuxième litre de vin, en présence de six personnes, mais surtout en butte aux questions apercevantes de don Rinaldo, Nenè vendit la carabasse et raconta tout le patrigot. Les incendiaires, c'étaient eux : Angilino Basilicò, Volpazio Cimarosa, Zosimo, qui en avait eu l'idée, et lui-même.

« Et pourquoi ? » quérit don Rinaldo, intéressé.

Nenè tenta d'en expliquer les raisons : Zosimo leur avait dit qu'il fallait faire en sorte que tout ce saccage de monde ne se retrouvât pas entassé dans un lieu fermé, rapport que le danger de contagion était très grand. Et il avait eu raison, à tel heur que tous ceux qu'avaient mis le pied dans la chapelle de l'évêque avaient défunté. Par le fait, Zosimo avait répité la vie, au moins provisoirement, à pas loin de deux mille personnes.

« Ça devient simple de clarté, fit don Rinaldo. Et Zosimo est un gars qu'a bien de l'ême. Voilà quelqu'un qu'a commis un péché mortel pour sauver du monde. Manquablement, le Seigneur en tiendra compte. »

Le capitaine de justice qui, c'était inévitable, eut vent de la chose, ne fut pas rien du même avis. Les trois jeunes Montelusains furent engeôlés sur la chaude, Zosimo fut arrêté à côté de chez lui, à la campagne, dans les environs de Vigàta et la chance voulut que personne de sa famille ne vit qu'on l'arrêtait, car sa mère, Filònia, n'avait pas eu le courage en se réveillant de sortir de son lit. Et la chose tarabustait passablement Zosimo.

Ayant appris le cas, l'évêque manda quérir le capitaine de justice, lequel s'attendait aux remerciements de Monseigneur pour avoir enchartré les quatre galapians et dut à l'encontre entendre, tout roupieux, l'évêque lui dire d'un ton glacial :

« Je n'ai aucune intention de sévir excessivement. Et j'entends qu'il en aille de même de la justice des hommes. »

L'évêque n'aurait pas écrasé une mouche contre la pile d'un pont, tout le monde le savait, mais il était têtu comme un âne rouge et quand il voulait quelque chose, fallait se sortir de devant.

« Voilà ce je vais faire, dit le capitaine, je les garderai à la chartre une dizaine de jours et je ne les traduirai pas en justice. »

Mais au bout de quatre jours le capitaine de justice n'y pensait déjà plus, car l'épidémie rengrengeait et à Montelusa on déplorait maintenant une dizaine de morts par jour. Il les oublia complètement : Zosimo tout seul dans une espèce de cul de fosse fermé par six barres de fer, et les trois autres engeôlés de collagne dans une même cellule. Au bout d'un mois, le capitaine n'eut plus assez de sbires pour tous les détenus et il déprisonna les trois compères, lesquels, croyant Zosimo déjà détrappé, s'en allèrent leur grand chemin, contents comme Barabas à la passion. Zosimo continua à vivre dans sa fosse, à trois brasses sous terre. À midi, un gardien lui jetait à travers les barreaux un taillon de pain avec des olives, des sardines ou du fromage. Pour l'eau, il y avait un orcel suspendu à une hart, que le gardien remplissait de fois à autre.

Le seul moment où Zosimo voyait tant et si peu de lumière était quand venait le gardien avec sa torche ; le reste du temps, il faisait noir comme dans le cul du diable. Cette lueur lui permettait de compter les jours.

Pour ne pas raffolir, il gardait continuellement son cerveau en branle, tantôt il se récitait par cœur la vie de saint Zosimo, pape, celui qui au début était l'ami de Pélage et de Caelestius, tantôt il s'employait à d'affaireuses opérations mathématiques. Le tout était de ne pas offrir de brèche, pas la moindre fissure, au découragement. Depuis qu'il moisissait dans ce cul de fosse, on ne lui avait jamais donné la possibilité de s'approprier, il allait à ses nécessités dans un coin où il entendait rats, vermine et cafards venir ensuite se repaître. S'il s'allongeait par terre, et il le fallait de temps en temps car il avait mal aux jambes, ces bestioles répugnantes lui patalaient sur le visage et sur les mains. Il avait la peau croûteuse et devait se retenir à toute force pour ne pas se gratter jusqu'au sang.

Il passa le pire quand il se rendit compte que, de trop longue main, la lumière de la torche n'était plus apparue. Un court instant, il eut très peur d'être devenu aveugle. En se dépotentant, il réussit à obliger son cerveau à raisonner : même s'il était devenu aveugle, le gardien lui aurait apporté le taillon de pain dur qu'il devait disputer aux rats. Non, il n'avait pas perdu la vue, c'était le gardien qui ne lui apportait plus à manger. Tout d'un train, il se sentit un ventre de loup et se demanda : si t'es alouvi comme ça, depuis combien de temps le gardien passe plus ? Voulait-on le laisser mourir de faim ? Il lui devint impossible de maîtriser le branle de son cerveau, des pensées le traversaient, luisantes comme des couleuvres, et éclapaient en mille morceaux dans son esprit démanché. Un tremblement secouait son corps, sans fin ni cesse comme s'il défuntait de froid. La peste était-elle venue le harper même au fond de sa fosse ? Pour de sûr, il était malade et le gardien ne se montrait plus par peur de la morine. Précise, nette, douloureuse comme une lame enclavant sa chair, il eut la vision d'une hirondelle qui volait à l'horizon sur un ciel serein. Des larmes baignèrent son visage et sa poitrine ; il s'abandonna aux pleurs presque avec plaisir et c'est alors qu'il vit la lumière. Il quincha, de tout l'air que contenaient ses poumons, mais il ne demandait pas secours ni aide, c'était une quinchée de joie, voilà tout, un cri et rien d'autre. La lumière s'approcha, puis il entendit quérir :

« Zosimo, c'est toi ? »

Sur la chaude, il ne put même pas rouvrir la bouche. Il n'avait pas reconnu la voix, mais c'était une voix humaine, et ça faisait d'abonde.

Angilino Basalicò et Volpazio Cimiarosa se dépotentèrent ni peu ni trop pour extirper Zosimo de son cul de fosse, il ne tenait plus droit, il s'acassait de tous les côtés comme une boge vide. Ils finirent par y arriver et se mirent alors à lui raconter comment ils l'avaient retrouvé ; ils parlaient de collagne, tout effervés, à tel heur que Zosimo, qui vu son état ne comprenait déjà pas grand-chose, perçut à peine un quart de ce que ses amis lui barjaflaient. Acertainés comme ils l'étaient que le capitaine de justice l'avait déprisonné lui aussi, ils ne s'étaient pas bouligués : ils avaient commencé à entrer en souci quand Nenè, de retour de Vigàta où il était allé trouver Gisuè et dame Filònia, leur avait dit que personne de la maison n'avait vu Zosimo. Alors ils avaient entrepris de le chercher, y compris par la campagne, ils étaient arrivés chez don Aneto Purpigno – à propos,

Zò, je sais que tu vas avoir de la peine, mais don Aneto a défunté de la peste – mais c'était en vain chaque fois : autant aurait valu ferrer les cigales. Ils avaient désormais perdu tout espoir quand Angilino eut un doute :

« Mais on est sûr au moins que cette charipe de capitaine de justice l'a déprisonné ? »

Ils avaient pris leur courage à deux mains et étaient allés au poste de police. Bien qu'il n'y eût pas de garde, ils se donnèrent peur d'entrer. Ils vochièrent sans obtenir de réponse. Pour faire le bec à l'oie, ils allèrent chapoter à la porte du capitaine de justice. À la fenêtre du premier étage apparut une fenotte qui répondit en chignant que tous les gardes étaient morts et que son mari, le capitaine, était après défunter. Ils avaient alors fait volte route aux grandes allures, s'étaient enquillés dans le poste désert et avaient fironé partout. Voilà comment ils l'avaient détrappé.

Dehors, la lumière du soleil frappa Zosimo si fort qu'il dut fermer les yeux, une douleur soudaine au cotivet. Il s'assit sur une marche et posa sa première question :

« Avez-vous des nouvelles de mon père et de ma mère ? »

Les deux amis eurent une hésitation que Zosimo était trop emburelucoqué pour remarquer.

« La dernière fois que nous avons vu Nenè, il y a quinze jours, il nous a dit qu'ils allaient bien.

– Il y a toujours la peste ?

– Oui, ça dure.

– Ça ne s'est pas calmé ?

– Non fait, c'est pire. »

Il se leva, incapable de marcher : ses jambes ne suivaient pas, si la droite avançait, la gauche voulait rester arrapée là où elle était, plantée raide comme un *i*, pas moyen de plier le genou.

« On t'accompagne, fit Volpazio, tout seul t'y arrives pas.

– Non, je veux rester seul. Je vous remercie, sans vous, je serais mort de faim. Vous êtes vraiment des amis. Je reviendrai bientôt à Montelusa, on se verra. Soyez prudents, gardez-vous de l'épidémie.

– Et toi aussi. »

Ils s'embrassèrent. En s'appuyant contre les murs, Zosimo retrouva de petit en petit l'usage de ses jambes.

En marchant avec les pieds laineux, il finit par arriver sur la petite place où restait maître Girlando, le cordonnier qu'était marié avec Angilina, la sœur de Filònia. Il avait eu idée de s'y rafraîchir et de se faire donner une monture, cheval, âne ou mule, pour se rentourner chez lui du côté de Vigàta. Il chapota et rechapota à la porte, personne n'ouvrit. Alors il se mit à vochier :

« Ohé, y a quelqu'un ? »

Rien. Il remira autour de lui. Il n'y avait pas un chat alenviron et pourtant les ombres disaient que le soleil était au milieu du ciel, presque au zénith. Sur cette place, toutes les maisons avaient un étage et Zosimo remarqua que les portes et les fenêtres des rez-de-chaussée étaient partout murées. On ne pouvait ni entrer ni sortir de ces maisons. Signe que tout le monde avait défunté ? Ou signe que les habitants s'étaient fermés chez eux, avec peut-être ce qu'il fallait de farine pour survivre sans contact avec des étrangers ?

« Ohé, c'est Zosimo, vous êtes là ? »

Ce fut comme s'il avait prononcé un mot magique. Deux, trois fenêtres s'ouvrirent par où passèrent des têtes. Zosimo s'en donna merveille, il ne savait pas qu'à Montelusa son nom était honoré comme celui d'un héros.

« Ah, tu es Zosimo ? dit quelqu'un. Qui cherches-tu ?

– Je cherche maître Girlando et sa femme Angilina.

– Ah, Zosimo, je suis désolé.

– Ils ont défunté ?

– J'sais pas, mais il y a quinze jours, on les a menés au lazaret.

– Et c'est où, le lazaret ?

– Là où restait le marquis Minacore. »

Il se recordait la demeure du marquis Minacore comme une belle villa de trois étages, entourée d'un jardin. Quand il y arriva, il crut qu'il s'était trompé, tant la villa lui sembla différente. On avait décombré le grand portail en fer forgé et, à la place du jardin, il n'y avait plus que des pierres et des gravats. Un haquet en sortit, un homme tenait les rênes, deux autres étaient assis dedans, jambes pendantes.

« C'est ici le lazaret ? quérit-il à celui qui conduisait.

– C'est ici, rebecqua l'homme qui passa son chemin.

– Savez-vous s'il y a là maître Girlando le cordonnier et sa femme Angilina ?

– Va les chercher toi-même », fut la réponse.

Devant le bel escalier de la villa, il y avait deux autres haquets, l'un vide et l'autre chargé de trois sacs. Zosimo s'approcha. Ce n'étaient pas des sacs, c'étaient des malades qu'avaient défunté pendant qu'on les conduisait au lazaret. Zosimo entendit parler et guermenter. Mais paroles et plaintes ne provenaient pas d'un endroit précis du jardin. Il comprit alors que c'était la maison, la maison elle-même qui parlait. Par ses fenêtres, par ses balcons, la maison se doulousait :

« Ô Seigneur, aidez-moi ! Ô Sainte Vierge ! Ô saint Caloriu miséricordieux, calme ma souffrance ! Ô doux Jésus, sauve-moi, assiste-moi ! »

Et les lamentations de la maison montaient :

« J'défunte ! Ah, j'ai mal ! Je brûle tout partout ! Ah, pauvre de moi ! »

Sans barguigner, Zosimo pénétra dans la maison qui se lamentait, pénétra dans la douleur de cette maison.

Par dizaines, hommes et femmes étaient par terre, nus, la peau envahie de bubons et de pustules, dans un faganat mêlé de pourriture, de pus, de merde et de pissot. Personne ne s'occupait d'eux, le lazaret n'était pas un endroit où on soignait les empestés, mais l'endroit où ils venaient mourir. Leurs visages étaient déformés par la souffrance et l'horreur, il comprit que jamais il ne reconnaîtrait maître Girlando et tatan Angilina. Mais il explora quand même les trois étages, chacune des salles et chacun des couloirs.

Quand il ressaillit dans ce qui avait été le jardin, il comprit sa chance d'être resté à borgnon-bleu dans un cul de fosse pendant des mois.

Arrivé chez lui, il vit la porte bachée, les fenêtres aussi, sauf une, qu'était ouverte. Tout autour, le terrain était abandonné, de longue main personne ne l'entretenait plus. Il sentit son cœur se serrer. Une voix dit :

« Reste où tu es, encore un pas et je tire. »

La voix venait de l'unique fenêtre ouverte.

« C'est moi, Zosimo », parvint-il à dire.

Il entendit une quinchée de joie jaillir de la maison, la porte s'ouvrit et Nenè Bonocore courut à ses devants, les bras grands ouverts. Mais il s'arrêta sur cul à un pas de Zosimo et l'apincha dans les yeux.

« Tous ? quérit Zosimo.

– Tous, dit Nenè, ils sont derrière la maison, sous le néflier. J'ai planté des croix. J'ai veillé sur eux jusqu'à la fin, mais je n'ai pas pu leur répiter la vie, il faut que tu me croies.

– Je te crois », fit Zosimo en s'asseyant par terre.

Ce fut alors qu'il vit, comme il l'avait imaginé du fond de sa chartre, le vol d'une hirondelle à l'horizon sur un ciel serein : une vision précise, nette, douloureuse comme une lame enclavant sa chair.

CHAPITRE NEUF

Quand la morine de peste fut calmée, que furent enterrés ceux dont le destin était d'être enterrés et sauvés ceux dont il était écrit qu'ils devaient survivre, le père Uhù disparut à son tour. Personne ne le vit plus, sa croix sur le dos, de plus en plus déviandé et ébravagé, sillonner les campagnes, tantôt pour assister un mourant, tantôt pour baptiser un poupart, tantôt pour confesser ceux qu'en avaient le courage, rapport que les pénitences du père Uhù ne consistaient pas en Pater et Ave, mais en fouettades au nerf de bœuf, plamuses et autres horions qu'il administrait lui-même.

La question de plus en plus fréquente de savoir où s'était cati le père Uhù trouva bientôt des réponses. Quelqu'un assevera qu'il s'était retiré à la cime du mont Losco, afin de prier pour les dizaines de milliers de morts de la récente peste : le père Uhù aurait calculé au jugé que, pour sauver une petite demi-douzaine d'âmes, il lui fallait au moins trois années de prières. Un autre fit assavoir que le père Uhù était désormais personne de grand affaire, si tant tellement que le pape l'avait appelé à Rome et ne se séparait plus de lui. Selon une troisième rumeur, rapportée par un négociant en tissus qui prenait sa marchandise à Palerme et la revendait à Montelusa, on avait vu le père Uhù dormir éterni par terre, sa croix à côté de lui, devant une église palermitaine.

C'était le négociant en tissus qu'avait raison.

Repairé à sa grotte quand la peste fut finie, le père Uhù avait décidé de dire deux mots à Zaleos, appelé encore Ayamoth, ou

Belbezìn, ou Kuppureth, grand comte à chef de quarante-sept légions de diables. Zaleos avait pour spécialité d'envoyer aux hommes peste et famine et il surgissait toujours des eaux à chevauchons d'un crocodile rouge et jaune. Pendant dix-huit jours, le père Uhù ne se nourrit que d'une manipule de chicorée et de six asticots : au dix-neuvième jour, il récita la formule et les eaux de la deuxième balme se mirent à bouillonner qu'on y aurait fait cuire un pot au feu. Puis, dans un éclair qu'aveugla le curé et un coup de tonnerre qui lui fit partir les oreilles, Zaleos fit surface, rampé sur son crocodile.

Très beau, blond comme un ange, toujours cuirassé d'or, il passait pour être le plus débonnaire de tous les chefs de légion, d'Abigor à Zopar. Mais ce coup-ci, on voyait à l'œil qu'il était bougrement enfiélé.

« Sambieu ! fit-il. On peut pas avoir une minute tranquille ! Les uns qui m'appellent par ici, les autres par là, résultat : voilà que je cours d'un bout à l'autre du monde ! Que te faut ?

– Pourquoi as-tu envoyé la peste ?

– Tous la même question stupide ! Parce que c'est moi qui décide, peut-être ? Je fais ce que d'autres me disent de faire, moi, j'exécute.

– Qui te l'a ordonné ?

– Quelqu'un de plus puissant que moi.

– Où est-il ?

– Cherche-le parmi tes semblables ! »

Et cela dit, il gourda derechef dans l'eau qui reprit à grésiller comme de l'huile bouillante.

Tes semblables, avait dit Zaleos. Qu'est-ce que cela signifiait ? Qu'il devait chercher parmi tous les hommes qui peuplaient la surface de la terre ? Ou bien le grand diable entendait-il que le chef des satans, celui qui impartissait les ordres, se mussait sous un vêtement de prêtre ou de moine ?

Cette deuxième hypothèse lui parut la plus juste. Et c'est ainsi qu'il se mit en route pour Palerme où il arriva vingt jours après avoir quitté sa caverne. Tous les matins, il se rendait à une église et y restait de la première messe jusqu'à vêpres, remirant tous les prêtres qu'officiaient. Au bout de vingt-cinq églises, le déconfort l'envahit. Zaleos l'avait peut-être emboisé. La vingt-sixième église n'était pas une église comme les autres, mais la cathédrale où Son Excellence le cardinal Zabalèo Trombatore en personne s'apprêtait à célébrer un Te Deum solennel pour la fin de la peste.

Dès que Zabalèo Trombatore fut entré, en surplis et chasuble d'or et d'argent, sa mitre sur la tête et sa crosse à la main, précédé de trois prêtres qui cigrolaient des encensoirs et suivi de cent enfants de chœur chantant, le père Uhù sentit nettement, malgré l'encens qui lui étoupait nez et poumons, une odeur de soufre. De prime abordée, il remira les enfants de chœur un à un rapport que le diable prend souvent le visage de l'innocence. Rien. Mais l'odorement de soufre augmentait. Tout d'un train, il eut la révélation : c'était lui, Son Excellence Zabalèo Trombatore lui-même, le prince du mal, Bael en personne, deuxième après Satan dans l'ordre hiérarchique. Quinchant à plein gosier et faisant tournoyer sa croix comme Roland son épée à Ronceveau, le père Uhù se fraya un passage parmi les fidèles ébaffés et, arrivé en barbe du cardinal, il le guigna du doigt et dit :

« Toi ! »

Il n'eut pas moyen de dire un mot de plus. Dix, vingt, trente personnes se jetèrent sur lui, il tomba à bouchetons tandis qu'on lui atousait des coups de pied et qu'on lui crachait au visage.

Alors qu'on l'emmenait, le père Uhù réussit à apercevoir Son Excellence : Zabalèo Trombatore avait soulevé son visage comme un masque et le tenait relevé sur son front. Dessous se trouvait le vrai visage de Bael, noir comme la pège, des yeux de lave fumante, la bouche tordue en un rictus qui découvrait ses dents jaunes et chevalines.

Le capitaine de justice se pensa que cet individu déjeté était un pauvre hère, détrancané par la rage de faim.

« Pourquoi vouliez-vous assassiner Son Excellence le cardinal ?

– Mais ce n'est pas le cardinal, c'est Bael, prince des démons.

– Et comment le sais-tu ? quérit le capitaine amusé.

– Parce que je suis prêtre ! »

Un prêtre ? Alors la chose pouvait devenir dangereuse. Le capitaine décida que le mieux était de s'en laver les mains. Il ordonna à deux gardes de conduire le curé, ou prétendu tel, au palais des Chiaramonte, qu'était devenu la prison et le tribunal de la sainte Inquisition.

Depuis quelque temps, les juges du Saint-Office faisaient abstinence, l'empedimiento de la peste les avait obligés à ne pas trabajar avec la diligencia qui leur était propre. C'est pourquoi ils se jetèrent tous autant qu'ils étaient sur le père Uhù, affamés d'abjurations *de vehementi*, d'abjurations *de levi* et même, pourquoi pas ? de superbes et spectaculaires autodafés.

À ce temps, les juges se partageaient entre deux écoles. L'une, derrière Mgr Balduino Garagoz, estimait que la torture était ce qu'il y avait de plus persuasif pour induire une fallacieuse opinion hérétique à se démasquer d'elle-même et à se reconnaître comme telle. L'autre s'inspirait de Mgr Ausonio Colapece pour qui le recours au supplice était une complète erreur puisque, dans le cas de croyances hérétiques, c'était l'esprit qui péchait et non le corps. Il fallait donc assister continuellement le coupable par des prières ininterrompues afin qu'il retrouvât le bon chemin.

À cette occasion, les deux écoles décidèrent de se partager l'os à ronger, une semaine chacune, à tour de rôle. Ce furent d'abord les partisans de Balduino Garagoz qui le harpèrent. Pendant vingt-quatre heures de rang, le père Uhù fut interrogé et il répondit en toute candeur, disant qu'il savait appeler les démons, qu'il leur parlait souvent et qu'en réalité le cardinal était Bael.

« Vous auriez osé lever une main sacrilège sur le cardinal dont nous sommes les très respectueux fils ?

– Si vous parlez ainsi, c'est que vous êtes des fils du diable, vous aussi, que vous faites partie de sa légion ! »

On le prit, on l'emmena dans la salle de rédemption et on le harda sur une table, après l'avoir défublé tout nu.

« Empezamos ligero », ordonna Mgr Garagoz.

Les deux familiers du Saint-Office commencèrent donc tout doux, comme le voulait le juge. Ils empaumèrent chacun un de ces fouets qu'on emploie avec les chevaux, lui en atousèrent dix coups sur l'ambuni et la poitrine puis, après l'avoir détaché et hardé derechef à bouchetons, lui en donnèrent dix autres sur le dos et les fesses. La peau se dessampilla, les chairs se fendirent. On le nettoya avec une patte mouillée et on le conduisit à nouveau dans la salle du tribunal.

Le père Uhù, qui tenait à male peine debout, confirma tout ce qu'il avait dit pendant le premier interrogatoire.

On le ramena à la salle de rédemption. Cette fois, Mgr Garagoz enjoignit aux familiers de prendre leurs aises, ses collègues et lui-même avaient besoin d'un peu de repos, six heures feraient de l'abonde.

« Que devons-nous faire maintenant ?

– Continuer, moins ligero. »

Avec des tenailles rougies au feu, ils lui étrapèrent les ongles des pieds et des mains, en y employant très exactement six heures.

Même sous la géhenne de la goutte d'huile bouillante, le père Uhù ne rétracta pas la convicción blasphématoire que le cardinal était l'incarnation du diable.

À la fin de le semaine, on livra aux juges partisans de Mgr Ausonio Colapece un amas de chair aux muscles à nu qui enboconnait le brûlé. De prime face, et pendant deux journées entières, quatre familiers s'occupèrent de ce qui restait du père Uhù, ils le lavèrent, massèrent ses plaies avec des herbes parfumées et miraculeuses qu'arrêtaient le sang et soignaient les blessures. Au bout de ces deux jours, on ramena le père Uhù au tribunal. Un des familiers lui donna à boire une eau verte dans une écuelle en bois. Le curé la possa et incontinent se sentit comme jamais il ne s'était senti, même du temps où il était jeune et démenet. Mgr Colapece lui sourit, lui expliqua qu'il ne l'interrogerait pas, ayant pris connaissance du procès-verbal de l'interrogatoire qui avait été mené par son très éminent ami Mgr Garagoz. À la suite de quoi, le familier qui lui avait donné l'écuelle lui tendit cette fois une coupe contenant un liquide dense, comme du bouillon de géline. Le père Uhù l'emboqua et Mgr Colapece lui dit qu'il avait bien fait parce que cette potion allait le tenir éveillé pendant deux jours et deux nuits, sans que le besoin de sommeil se fît sentir.

« Afin que tu restes lucide pendant la prière », précisa-t-il.

Il se leva et sortit. On fit asseoir le père Uhù sur un tabouret en bois et de chaque côté de lui, s'agrobèrent le père Carlos Siqueiros et le père Jacinto Benavente. Le père Siqueiros se pencha légèrement vers l'oreille droite du père Uhù et entonna : « Ave Maria, gratia plena… »

Il avait une voix de basse, puissante, comme un grondement de tonnerre.

Le père Uhù dut se traire arrière et du coup, il se rapprocha du père Benavente qui, dès que l'oreille gauche de son patient fut à sa portée, attaqua le Pater d'une voix suraiguë de contralto.

Le père Uhù tenta de s'étouper les oreilles avec les mains, mais deux familiers intervinrent tout sec pour les lui harder dans le dos. Au bout de trois heures où ils ne décessèrent pas une minute, les pères Siqueiros et Benavente furent remplacés par les pères Perez et Llorente dont la relève fut ensuite assurée par les pères Menendez y Pelayo et Tamarit. Au bout des douze premières heures, réapparurent les pères Siqueiros et Benavente. Deux fois encore, on lui fit boire de force le liquide épais et jaunâtre de la coupe, celui qui le tenait réveillé.

À la fin de la semaine réservée à Mgr Colapece, il retomba au pouvoir des adeptes de Mgr Garagoz. Ceux-ci se retrouvèrent en face d'un homme sain de corps mais avec un quartier de lune dans la tête. Ses mains semblaient avoir perdu leur force, tout ce qu'il prenait tombait par terre. Si on l'asseyait sur un tabouret, il s'abousait, le regard perdu dans le vide. Mgr Garagoz décida qu'il valait mieux l'estiquer un peu, devant que reprendre l'interrogatoire et il le fit emmener dans la salle de rédemption.

Comme le père Uhù semblait aussi flape qu'une boge de patates vide et avec la même capacité de réaction, on le posa momentanément sur la table sans le harder. On était le quinze et tous les quinze du mois, le révéré don José Ortilla y Orioles y Contreras, grand inquisiteur, effectuait sa visite paternelle, cellule par cellule, de tout le bâtiment, du grenier aux souterrains. Il arriva dans la salle de rédemption quand l'huile du grand chaudron sur l'âtre commençait à bouillir. Don José Ortilla ne vint pas seul, il était accompagné de Son Excellence le cardinal Zabalèo Trombatore qui avait manifesté la magnanime intention de remettre le coupable de la faute très grave dont il avait voulu se souiller.

À male peine, le père Uhù réussit à ouvrir un œil. La première personne qu'il vit fut justement Bael. Ce matin-là, le visage de Son Excellence Trombatore était trop large pour le démon et de fois à autre, son masque glissait vers le bas ; pendant un instant, la créature démoniaque apparaissait pourvue de quatre yeux. Alors, d'un léger coup de menton, Bael se remettait la trogne en place. Voyant cela, le père Uhù comprit qu'il tombait de fièvre en chaud mal. « Se relevant tout soudain de la table, écrit le père Artemio Bentivoglio qu'on avait mandé quérir en qualité de confesseur, il émit moult bruits diaboliques et, tous pris de terreur, nous le vîmes ignoblement et hideusement se déjeter. Puis s'étant accosté au chaudron en trois bonds d'une vigueur qui relevait de la sorcellerie, il clama qu'il valait mieux l'huile bouillante que les prières et plongea dans ladite huile en jetant de hauts cris. Une âcre odeur de friture envahit sur l'instant la salle de rédemption, nous prenant à la gorge. Don José Ortilla ordonna que le coupable fût provisoirement enseveli et que le procès continuât. De son illustre avis, il fallait adjoindre aux accusations de blasphème, sorcellerie, nécromancie et hérésie, le fait de s'être ôté volontairement la vie, don suprême de Notre-Seigneur. »

On ne savait pas à Montelusa que le père Uhù se fût laissé frire, mais seulement qu'il se trouvait dans la chartre du Saint-Office et y subissait la torture. Zosimo, suivi des douze personnes qui maintenant ne le quittaient plus d'une semelle, s'embatit à l'évêché mais l'évêque, estimant plus prudent de ne pas se mêler des affaires de l'Inquisition, refusa de les recevoir en arguant que le cas n'était pas de sa compétence. Zosimo envoya alors ses douze hommes par toute la ville et alenviron raconter ce qu'arrivait au père Uhù. Le résultat fut que chaque jour une centaine de personnes, hommes, fenottes, anciens et enfants, s'affoulaient devant la grotte où naguère habitait le curé qu'on commençait à dire saint. Au bout d'une dizaine de jours, le capitaine de justice de Montelusa, Liborio Favagrossa, calcula que plus d'un millier de personnes s'étaient relayées devant la grotte et entra en souci. Il dépêcha alors un garde exposer à son collègue de Palerme ce qui se passait à Montelusa et dans le canton : il y avait risque de mutemaque. Le capitaine de justice de Palerme en instruisit discrètement un familier du Saint-Office.

La conclusion du procès fut rapide. Reconnu coupable de toutes les fautes dont il était accusé, le cadavre du père Uhù fut condamné au bûcher.

Don José Ortilla y Orioles y Contreras ordonna que le bûcher fût dressé sur le parvis de la cathédrale de Montelusa pour donner l'exemple et décourager d'éventuels tumultuaires.

Le grand inquisiteur voulut scrutiner en personne le cadavre. D'une certaine façon, la friture avait jusque-là ralenti la décomposition, mais il était simple de clarté qu'un voyage de Palerme à Montelusa sous le soleil d'août allait petafiner le corps. Si bien que don José Ortilla donna l'ordre qu'une fois arrivée à destination la dépouille du père Uhù fût composée comme une statue, puis brûlée et les cendres dispersées au vent. Les Montelusains avaient dix jours pour préparer le corps.

Dès que la caisse contenant les restes fut arrivée, le capitaine de justice Liborio Favagrossa la fit porter à l'atelier de maître Martino Zabateri, menuisier et fabricant de santons. Le capitaine de justice ignorait que le menuisier était cousin germain de Pizio Miraglia, un disciple de Zosimo, qu'ils étaient unis par d'étroits liens de sang et par d'autres aussi, d'une autre nature, ou plutôt contre nature.

Pour exécuter la sentence du Saint-Office, le cadavre du père Uhù avait été relaxado au bras séculier, c'est pourquoi le capitaine de justice Liborio Favagrossa fut bien aise de la proposition de Zosimo : ses hommes et lui s'occuperaient de tout.

Dans la boutique de Martino Zabateri, ils s'y mirent à trois : Martino, Zosimo et Pizio. Un quatrième larron, Dedèco Mannino, restait pique-plante à la porte avec une tâche bien précise. Une fois le corps du père Uhù disposé sur l'établi, Zosimo armé d'un couteau retrancha les viscères de l'ambuni du curé et les disposa sur un plat qu'il tendit à Dedèco. Avec des ciseaux, celui-ci les découpa en tout petits morceaux qu'il tendait à chacune des personnes qui passaient devant lui et par centaines faisaient la queue pour obtenir une relique. Quand le cadavre fut partiellement dépouillé de ses chairs, Martino Zabateri remodela le corps autour des os avec de l'argile. Quand l'argile durcit, il le recouvrit d'un enduit de son invention, coloré en rose. Pour le visage, Martino choisit d'utiliser de la cire liquide où il avait panché le même colorant. Pour finir, le père Uhù, pour moitié os et restes de vraie chair, pour moitié argile et cire, fut gauné de l'habit pénitentiel expressément envoyé de Palerme, qui consistait en une soutane jaune emmargaillée de poix çà et là, et enquillé dans un cercueil en planches non rabotées.

Le dix-sept août arrivèrent de Palerme tous les membres du Saint-Office, sauf le grand inquisiteur don José Ortilla qui, parlant par respect, souffrait de caquesangue due à la chaleur. L'évêque de Montelusa avait fait construire tout autour du parvis des estrades en bois pour que les membres du Saint-Office et leurs familiers pussent s'installer confortablement. L'évêque avait en outre réquisitionné les religieux de Montelusa et du canton : ils devaient tous être présents sous peine de lourdes sanctions. L'évêque n'était pas un fidèle de l'Inquisition : il en avait tout simplement peur.

À neuf heures du matin, tout était prêt pour l'autodafé.

Zosimo, Pizio, Dedèco et Tano Pellegriti portèrent le chercus sur leurs épaules, l'ouvrirent, en extirpèrent la demi-statue du père Uhù, la hardèrent à un poteau au sommet du bûcher que les autres hommes de Zosimo avaient préparé pendant la nuit. En comptant les moines, les frères, les curés, les religieuses, les enfants de chœur, les messeigneurs et les familiers du Saint-Office, on arrivait à plus de trois cents, mais personne de Montelusa et alentour. Le capitaine de justice ordonna à ses gardes de regarder à la mèche, cette indifférence de la population l'inquiétait et le mettait mal à l'aise. Qu'étaient-ils après manigancer ? Après avoir installé la statue-cadavre sur le bûcher, Zosimo et ses acolytes disparurent eux aussi.

Les cloches de la cathédrale et des couvents voisins se mirent à sonner le glas. Alors Mgr Balduino Garagoz, qu'était plus âgé que Mgr Ausonio Colapece, se leva et guigna de la main qu'on commençât l'autodafé. Muni d'une torche allumée, un familier, Benito Cereno mit le feu au bûcher. Les flambes prirent de plain saut, les fagots et les bûches avaient été embrevés de liquide inflammable. Le feu ne brûlait pas depuis cinq minutes qu'il arriva au père Uhù la même chose qu'à Bael pendant sa visite à la prison de l'Inquisition. La chaleur fit rapidement fondre la cire qui lui recouvrait le crâne. Et sous la cire pointela, pour ceux qui l'avaient connu, le vrai visage du curé qui, dans les dernières années de sa vie, s'était si tant tellement déviandé qu'on ne pouvait plus faire la différence entre son vivant et maintenant qu'il était mort. Ils n'eurent guère le temps de se merveiller. Dès que le feu se fut élevé, les pères Siqueiros, Benavente, Azis, Maccagnuna, Perez, Llorente, Menendez y Pelayo et Tamarit, dans un irrépressible élan de foi, dévalèrent de la tribune pour venir se placer en rond autour du bûcher, entonnant des prières à pleine gorge. Ému par tant de générosité désespérée, Mgr Ausonio Colapece lui-même se leva de son siège et s'unit au chœur. Il venait d'entamer le credo quand éclata un sicotis de tous les diables.

Atteint par les flambes, le cadavre-statue du père Uhù explosa dans un tabust assourdissant ; des éclats de bois, des troncs d'arbre, des tisons ardents volèrent de tous les côtés. Ce fut un carnage.

En qualité d'historien, et non de confesseur, le père Artemio Bentivoglio était arrivé de Palerme pour conter à la postérité le bon déroulement de l'autodafé.

« Tout le mal et les maléfices qu'avait contenus pendant tant d'années le corps de cet être infâme et abject jaillirent soudain avec véhémence sous les langues ignées. Les pieux et zélés pères, ainsi que Mgr Colapece, qui s'étaient rassemblés autour du bûcher, périrent immédiatement. Mgr Garagoz, aveuglé par un tison ardent, sillonnait le parvis et le diable avait dû prendre possession de sa sainte personne, car tout en courant, horriblement il blasphémait. Sa trajectoire aveugle le conduisit vers le bûcher qui entre-temps s'était effondré et où il brûla tout vif. À la fin de cet affreux et diabolique spectacle, on compta vingt-cinq morts et cinquante blessés. Parmi ceux-ci, dix moururent ensuite à l'hôpital. »

Pendant des mois et des années, à Palerme, à Montelusa et dans tous les environs on parla de cet événement diabolique. Officiellement chauves et chevelus reçurent l'opinion émise par le père Artemio Bentivoglio, c'est-à-dire que le malin avait donné une preuve ultime de sa présence stable dans le corps du père Uhù, en bafouant cruellement les prières des participants à l'autodafé par une explosion d'ire infernale.

Mais tous les Montelusains assavaient, sans pour autant le dire, qui avait eu l'idée de transformer le corps du père Uhù en gigantesque bombe.

Par prudence, le nom de Zosimo ne fut jamais prononcé, mais on commença à estimer ce jeune homme, qui à l'époque n'avait pas vingt ans, pour ce qu'il était : un chef.

TROISIÈME PARTIE

Les années suivantes

CHAPITRE UN

Zosimo dans ses vertes années prit à ressembler à un arbre au printemps, quand pointèlent les bourgeons : son visage était cafi de boutons petits et gros, piqûres de guêpe ou morsures de puce. Un jour où il s'appropriait avec l'eau du puits, il en resta un peu bouligué de se voir comme ça, et même légèrement dégoûté. Comme on était dimanche, il se mit en propre et partit pour Vigàta rejoindre ses amis. À la taverne, il ne trouva que Fofò La Bella, son conscrit et, en le regardant au nez, Zosimo constata que Fofò avait, lui, le visage lisse comme une fesse de nouveau-né.

« Fofò, t'as vu ma tête ? Je dois avoir un bocon !

– Un bocon ? rebecqua La Bella en s'ébouffant de rire. Tu parles d'un bocon ! C'est signe de bonne santé, et à revorge ! »

Et il lui expliqua qu'il s'agissait simplement d'un regorgement, rapport qu'à leur âge ils avaient trop de lymphe, bien plus que leur corps n'en avait faute et que, du coup, il débondait.

« Et toi, comment ça se fait que t'as pas de regorgement de lymphe ?

– Je débonde devant qu'elle m'arrive au visage.

– Ah bon ? Et par où ?

– Comme nature le veut. Par le fifre. »

Le même tantôt, Zosimo prit la route de Montaperto, enquilla le troisième chemin à droite et, au bout d'un moment, arriva devant la maison de la veuve Carlino, qu'il reconnut tout de suite parce que Fofò la lui avait décrite à pur et à plein.

C'était une petite maison d'une seule pièce. Devant la porte fermée, il y avait un homme, ni vieux ni jeune, le cul arrapé sur une pierre et fumant la pipe.

« Bonjour, fit Zosimo en homme du monde.

– Bonjour, lui répondit le quidam en le jaugeant. Vous cherchez quelqu'un ?

– On m'a dit que c'est ici que reste la veuve Carlino.

– Oui bien. La veuve habite ici. Et moi je suis le mari. »

Zosimo fut attrapé comme un preneur de taupes. On dit qu'une femme est veuve quand son mari a défunté. Mais si la veuve a son mari, elle n'est pas veuve. Et par voie de conséquence, il ne pouvait pas rien expliquer à la veuve, qui ne l'était pas, ce qu'il voulait d'elle rapport que le mari allait lui tanner le casaquin.

Pour le sûr, cette charipe de Fofò lui avait alléché les oreilles, c'était tout des gandoises. Il n'avait plus qu'à se dégrater, et aux grandes allures. Il tourna les talons et au moment précis où il allait faire le premier pas, la voix de l'homme l'arrêta sur cul.

« Pourquoi partez-vous ?

– Parce qu'il me semble que madame la veuve n'est pas là, fit Zosimo en remirant la porte fermée.

– Ma femme est là, rebecqua l'homme. Sauf que pour le moment, elle est occupée. Encore cinq minutes et elle sera libre. »

Zosimo se sentit tout sueux. Comment dire à la veuve Carlino, en présence de son mari, qu'il voulait fifrer avec elle ? Tout d'un train, la porte s'ouvrit et un pagan sortit.

« Au revoir, dit-il sans apincher ni Zosimo ni l'homme sur sa pierre.

– C'est à vous », fit l'homme à la pipe.

Complètement ébaffé, Zosimo entra.

« Ferme la porte », fit une voix de femme.

Zosimo bacla la porte. Par une fenêtre basse au fond de la pièce, il entrait assez de lumière pour qu'on distinguât quatre grosses boges remplies de paille en guise de matelas, une table, deux chaises en bois et un brasero pour la cuisine. La veuve, la quarantaine prospère, se tenait à cacaboson sur une bassine pleine d'eau et se lavait l'entre-deux des cuisses. Elle était à peine couverte d'une chemise toute dessampillée. Quand elle eut fini, elle se flâtra sur les sacs, rebrassa bien haut sa chemise, plus haut que ses poupes, et écarta les cuisses.

Mais maintenant Zosimo était désaffamé. Que le mari fût dehors à fumer sa pipe du durant qu'il fifrait sa femme lui semblait n'avoir point de nez.

« Alors, tu t'décides ? » quérit la veuve.

Et vu qu'après avoir avancé de deux pas, Zosimo ne se dégrobait pas davantage, la veuve, en se relevant à moitié, allongea le bras, agrapa une extrémité du cordon qui tenait les bragues de Zosimo et tira. Les bragues churent et la veuve ouvrit des yeux comme des paumes. Jamais elle n'avait vu tel don du ciel sur un corps d'homme : en grosseur, en longueur et en vigueur. Agissant comme en son dormant, la veuve y empauma. Et voilà-t'y pas qu'elle se retrouva en face d'un véritable rain d'arbre, dur comme du marbre, un rain ébranlé par le vent, parce que sa cime ondulait et semblait quérir trêve. La veuve y posa l'autre main, le temps d'une caresse. Toute la lymphe débondonna violemment, lui inondant le visage, les cheveux, les deux poupes. Et bien que la veuve tentât ribon-ribaine d'en étouper la source avec sa chemise, ça regorgeait encore et encore.

« Sainte Mère ! Sainte Mère ! » répétait-elle, mi-effrayée, mi-amusée.

Quand le déluge fut tari, la cime du rain recommença à dodiner : il y avait encore de la lymphe à débonder.

« Une vraie bénédiction ! » s'exclama la veuve.

Elle s'étendit sur les boges à jambes rebindaines. Zosimo s'allongea sur elle mais il ne savait pas comment s'y prendre. Quelque temps plus tôt, son ami Cicciu Lanza l'avait avisé qu'il était parfois affaireux d'entrer la première fois parce que, avec toute la place qu'offrait leur ventre, les fenottes étaient allées catir leurs natures dans un endroit inconnu. Alors, comprenant que ce jeune gars en était à sa première fois et sentant son âme s'enflammer au plaisir d'initier un homme à la vie, la veuve la lui poigna et la guida au bon endroit.

Au bout de deux heures la veuve, ayant pour la troisième fois quinché comme une brebis qu'on égorge, le mari qu'était toujours dehors à fumer se mit en souci. Sans compter qu'un autre pagan était arrivé et attendait que la fenotte fût libre. Alors il se désarrapa de sa pierre et passa derrière la maison pour apincher par la fenêtre. Il ne vit rien parce qu'il anuitiait déjà, en revanche il entendit mieux les gémissements de sa femme, laquelle, quand elle ne se doulousait pas, poussait des soupirs de soufflet de forge.

« Catarì, ça va ?

– Ah, ça va… oui… oui… oui…

– Dehors il y a quelqu'un d'autre…

– Renvoie-le… oui… oui… renvoie-le… ô sainte Mère ! Douce Mère… oui… oui… »

À la parfin, au bout d'une heure encore, la fenotte dit dans un souffle :

« Assez, j'en peux plus. J'suis complètement éclénée. »

Zosimo ressaillit et remonta ses bragues. À borgnon-bleu, la veuve s'était levée aussi pour allumer une bougie. Elle était nue, il ne restait rien de sa chemise.

« Ça fait combien ? » demanda un peu couame Zosimo, en portant la main à sa faque pour payer.

« Rien, rebecqua la veuve. Pour toi, rien du tout. Et si de nouveau tu pètes la guille, reviens me voir, j'te ferai jamais poner. »

Elle approcha la bougie du visage de Zosimo et le remira longuement.

« Comment c'est ton nom ?

– Zosimo. »

La veuve recula, comme en crainte.

« Sainte Vierge ! Zosimo, le Zosimo ?

– Oui, je suis Zosimo. À cause ? Je suis si connu que ça ?

– Pour sûr. Le monde dit que t'as les pelotons carrés. Mais moi je sais maintenant à quoi ils ressemblent : à deux grosses aubergines bien pleines. »

Elle partit à rire, approcha derechef la bougie du visage de Zosimo et, à dessoute, redevint très sérieuse.

« Je peux te coquer ? »

Et sans attendre sa réponse, elle posa ses lèvres sur celles du jeune homme. Alors Zosimo sentit ses jambes devenir molles comme des tripes. Non, ce n'était pas la fatigue après tout ce labourage, mais parce que le baiser sincère de cette fenotte était la plus belle chose qui lui était arrivée dans cette pièce.

Quand il eut vingt ans, Zosimo décréta que le moment était venu pour lui de se marier. Comme il était un bon parti, un jeune gars déjà respecté malgré son âge, propriétaire d'un terrain et d'une maison, franc au trait et sachant en même temps lire et écrire, il avait déjà depuis ses seize ans reçu de fois à autres la visite de ces fenottes qu'arrangent les mariages, et qui lui proposaient telle ou telle jeune fille. Mais Zosimo avait toujours refusé. À vingt ans il changea d'avis, tout en décidant qu'il choisirait sa femme tout seul.

Un dimanche matin, sur la place de Vigàta, il vit s'arrêter une charrette d'où descendirent un père, une mère et leur fille de dix-huit ans qu'entrèrent dans l'église pour entendre la messe. Zosimo ne mangeait pas de cierge, il n'était donc pas question qu'il suivît là cette fenotte qui, rien que le temps de l'apercevoir devant la charrette familiale, lui avait fait monter le sang. Il l'attendit dehors et quand elle sortit, entre père et mère, il fit semblant d'avoir une forte quinte de toux. Pendant un très bref instant, les yeux de la fenotte et ceux de Zosimo se croisèrent. Ce fut suffisant, à tel heur que le dimanche suivant, ils se remirèrent derechef et cette fois sans qu'il fût besoin de toux. Le troisième dimanche, les yeux de Zosimo quérirent :

« On se marie ?

– Oui », répondirent les yeux d'en face.

Zosimo ne connaissait même pas le nom de cette fenotte, mais en deux jours, il sut tout ce qu'il y avait à savoir. Elle s'appelait Ciccina, elle avait dix-huit ans et demi, elle était la fille de Martino Lanzafame et de Giuseppa Locurzio et avait quatre frères, Luzzu, Gaspanu, Totu et Vicè, tous plus âgés qu'elle.

Ils possédaient un bout de terre du côté de Montereale. Le quatrième dimanche, Zosimo se pimpelota et, peigné et floupé de beau, descendit au bourg en s'arrêtant toutefois à hauteur des premières maisons où la charrette des Lanzafame devait manquablement passer. Dès qu'il la vit arriver, il se planta au milieu de la route et leva le bras. Martino Lanzafame tira sur les rênes arrêtant sur cul son cheval. Alors Zosimo s'approcha, ôta sa casquette et dit :

« Je m'appelle Michele Zosimo et je veux épouser votre fille Ciccina. Ce tantôt, si vous me faites l'honneur de me recevoir, je viendrai chez vous et nous parlerons. Bien le bonjour. »

Il remit sa casquette et s'éloigna, laissant père et mère plantés comme deux bâtons de rogations, complètement ébaffés, et Ciccina rouge comme une pivoine.

À midi, devant la famille réunie à table pour le repas, Martino informa ses fils Luzzu, Gaspanu, Totu et Vicè de cette demande en mariage. Mais devant qu'il pût donner son avis, sa femme, Giuseppa dite Pippina, prit la parole.

« J'en veux pas de ce Zosimo chez moi. Tout le monde le sait qu'il est guéri de bien faire, que c'est un pas-rien, un gars capable de tout, qui ne respecte personne.

– C'est une sampille, dit Totu.

– Il a des poutrônes », renchérit Vicè, jaloux parce qu'il avait parfois dû attendre longtemps son tour devant la porte de la veuve Carlino, occupée avec Zosimo qu'en prenait tout à son aise.

« Mais s'il épouse Ciccina, il n'ira plus aux poutrônes, observa avec sagesse Luzzu.

– Et puis, pourquoi tu dis que c'est une sampille ? intervint Gaspanu en s'adressant à Totu. Il a escoffié du monde, que tu saches ?

– Trois pour : Luzzu, Gaspanu et moi, fit alors Martino, le chef de famille. Et trois contre : Pippina, Totu et Vicè. On va régler le cas à notre façon. »

Naturellement personne ne demanda à Francesca, dite Ciccina, ce qu'elle en pensait. L'avis de la fenotte valait la queue du singe, elle ferait tout simplement ce que sa famille déciderait.

Le repas terminé, les Lanzafame sortirent tous sur l'aire devant chez eux pour régler le cas à leur façon. Les quatre garçons défublèrent gilet et chemise et prirent position, Luzzu et Gaspanu d'un côté, Totu et Vicè de l'autre.

« On y va », fit Martino.

Et les quatre gars prirent à se pelauder, s'entre-harper et se détignonner. Au bout d'une demi-heure de trivassée, Totu dut se retirer parce qu'un coup de poing de Luzzu lui avait presque étrapé l'œil gauche et cinq minutes plus tard, Vicè abandonna à son tour rapport qu'il avait failli s'épâmir en encaissant un coup de pied de Gaspanu dans le ventre. Le camp favorable aux noces avait gagné.

Et par le fait, quand Zosimo se présenta à la brune, il trouva la situation suivante : les quatre fils Lanzafame étaient défaciés, qui une dent cassée, qui l'œil enflé ; les yeux de Ciccina en revanche tresluisaient de joie ; Pippina, la mère, faisait le malengroin et Martino, le père, se tenait droit et digne. Devant même que Zosimo exposât ses intentions, les Lanzafame clinèrent de la tête et dirent tous d'une flotte :

« Oui. »

Un mois plus tard, Zosimo et Ciccina se marièrent. Pendant leur première nuit comme mari et femme, Ciccina ouvrit la bouche cinq fois.

La première fois, elle dit :

« Aïe ! »

La deuxième fois, elle dit :

« Maman, que c'est bon ! »

La troisième fois, elle dit :

« Encore ! »

La quatrième fois, elle dit :

« Doucement ! »

La cinquième fois, elle dit :

« Mon amour ! »

Le lendemain matin, chose qui ne lui était jamais arrivée, Zosimo se réveilla alors que le soleil entrait déjà par la fenêtre. Sa femme n'était pas couchée à côté de lui. Un instant il en fut tout chose, puis il l'entendit chanter dans la pièce du bas. Elle avait une voix juste. Il s'habilla, descendit. Ciccina ne l'avait pas entendu : elle préparait le four avant d'y cuire le pain qu'elle avait déjà pétri. Depuis combien de temps était-elle debout ? Forte et belle femme, bonne au lit et habile au ménage. Sur le pas de la porte, Zosimo remira la campagne, et la mer au loin, et poussa un profond soupir de bonheur.

Neuf mois plus tard, Ciccina engia d'un garçon. Ils l'appelèrent Gisuè, du nom du père de Zosimo.

En 1693, c'est-à-dire trois ans après leur mariage, Ciccina engia d'un deuxième garçon. Comme de juste, ils le baptisèrent Martino, du nom du père de Ciccina.

Un beau matin du mois de septembre de cette année-là, très exactement le seize, don Cecè Barresi, agent chef à la douane de Montelusa, se rendait en calèche chez sa fille Ntunietta, mariée à Montereale, avec Nicolino Consolo, scribe de la commune. Sa fille habitait le hameau de Pizzodicane, à une demi-heure de Vigàta. Tout d'un train, son cheval broncha comme si quelque chose au milieu de la route l'avait effrayé, alors qu'il n'y avait rien, puis il s'arrêta sur cul, ne montrant aucune intention de continuer. À grand renfort de mots de gueule et de fouettades sur l'échine de sa bête, l'officier des douanes obtint qu'elle recommençât à avancer. Mais peu après, l'animal fit un nouvel écart et s'arrêta net.

« Mort bieu, mais qu'est-ce qui te prend donc ? » fit don Cecè en descendant de sa calèche pour voir ce qui embronchait tant son cheval.

Et là seulement il comprit ce qui arrivait, en appesant le pied au sol : c'était un croulement de terre. Alors qu'il restait en balan ne sachant ni lier ni délier, il entendit ruire du côté de la mer, c'était sourd et profond. Il se retourna pour apincher et ce qu'il vit lui donna des sueurs froides : une haute colonne de fumée émergeait des eaux qui bouillonnaient alenviron si tant tellement qu'on aurait pu y cuire des œufs. De fois à autre, des boules de feu jaillissant de la colonne de fumée montaient haut dans le ciel. Mort comme terre, monsieur l'officier laissa s'échapper la bride de son cheval qui, tirant derrière lui la calèche vide, prit la fuite sans deport, plus rapide que le Bayard du preux Renaud. Pendant ce temps, sous les pieds de don Cecè qui tenait droit à male peine, la terre branlait de plus en plus fort et il voyait courir affolés de tous les côtés des fouines, des cochons, des moutons, des lapins, des serpents, des chèvres, des mulots et même des chevaux, des mules, des ânes qu'avaient rompu leurs licous et maintenant fuyaient sans savoir où aller. L'officier esquissa un pas, en vain, sa jambe refusa de se désarapper. Il était en pétrufiance. Entre-temps s'était levé un vent teinté de gris qui peu à peu étoupait la lumière du jour tandis que se répandait dans l'atmosphère un bocon de soufre brûlé digne de l'enfer. Ayant repéré un sentier qui menait à une colline appelée Sanpietro, don Cecè réussit finalement à se dégrober, avançant à toute peine rapport que maintenant le vent portait une cendre très fine qui emplâtrait les poumons. En grimpant le raidillon, il vit du monde devant lui, des petiots qui chougnaient, des fenottes qui priaient, des hommes verts comme feuille qu'allaient dans la même direction que lui. Au bout d'une demi-heure de montée, bien qu'on fût à borgnon-bleu comme s'il anuitiait, l'officier des douanes aperçut, sur le replat tout en haut de la colline, une petite maison champêtre avec un olivier devant. Sous l'arbre, une cinquantaine de personnes apinchaient dans la direction de ceux qui encore grimpaient le sentier, les encourageant sans décesser, du geste et de la voix, à arriver au plus vite.

Dans la dernière partie du chemin, don Cecè eut l'impression de se trouver dans une barque en pleine mer pendant la tempête et non pas sur la terre ferme, tant les secousses du croulement de terre étaient violentes et rapprochées. Toussant à cause de la cendre qui lui râpait la gargate et les yeux larmoyants pour la même raison, il arriva enfin sur le terre-plein en haut de la colline. Et là, de prime abordée, il s'aperçut avec ébahissement qu'une atmosphère pure et limpide, un calme absolu régnaient sur ce coin de terre. En remirant tout alentour, il vit que le brouillard épais circondait tout le sommet sans toutefois l'envahir et qu'au-delà les secousses continuaient implacablement et que d'autres pauvres gens terrorisés se dirigeaient en pleurs vers l'endroit où lui était déjà en sauf. Il se sentit comme le naufragé qui nage désespérément au milieu de la tempête et tout à coup trouve un radeau et s'y agrippe. Mais la comparaison ne tenait pas, rapport que les eaux tourbillonnantes continuent à cigroler le naufragé sur son radeau tandis qu'en cet endroit où monsieur l'officier des douanes s'était taudi, le croulement de terre semblait n'être jamais arrivé et n'avoir même aucunement l'intention de venir.

Alors il s'adressa au pagan qui se trouvait à côté de lui et complètement ébaffé, lui quérit :

« Mais comment ça se fait ?

– Comment ça se fait quoi ? quérit à son tour le pagan.

– Ça, fit don Cecè en désignant ce qui se passait de son bras tendu.

– Ah, ça ? répondit le pagan. Je vais vous y expliquer, mecieu. Tout ce monde sont des amis et connaissances de Zosimo. Vous avez déjà entendu parler de lui ?

– Oui bien.

– Hier soir, l'aîné de Zosimo qu'avait même pas trois ans et s'appelait Gisuè, a défunté de fièvre maligne.

– J'en suis désolé, fit l'officier.

– Et nous donc. Ce matin on est tous venus ici pour pleurer la mort du petiot et tout par un coup, il y a eu le croulement de terre. Alors Zosimo qui veillait au chevet de son petit défunté a ressailli en disant que ce croulement de terre était un rompement de visière, une offense que nous portait le ciel. Il est sorti de la maison, il a fait trois fois en courant le tour du sommet en récitant des paroles bachiques, que personne y a rien compris, et puis il est rentré. Alors, obéissant à Zosimo, le croulement de terre s'est dépris de cette maison. »

Le cerveau de don Cecè ne croyait pas l'histoire que le pagan avait racontée, mais ses sens, vue, ouïe et odorat lui disaient l'incontraire.

« Puis-je avoir l'honneur de rencontrer ce Zosimo ?

– Pas maintenant. Il a dit qu'il ne voulait voir personne. Et un ordre de Zosimo, ça ne se discute pas. »

Ce fut à ce moment-là que, exanimé par l'effort, arriva un pêcheur portant une corbeille de poissons qui semblaient bouillis.

« Je les ai trouvés au bord de l'eau, expliqua-t-il. La mer en rejette des cuchons, prêts à manger. »

Et on les mangea, tout flairant de soufre qu'ils étaient.

Le lendemain soir, à son club, don Cecè Barresi raconta ce qui lui était arrivé. Et comme c'était un homme posé, équilibré et de parole, la moitié de l'assistance le crut. Et ainsi le nom de Zosimo passa aussi chez les marquants.

CHAPITRE DEUX

Le vice-roi Veragua était une charipe, pire voleur qu'un rencontreur de bois. De collagne avec son fils Juan qui en matière de malhonnêteté pouvait en remontrer à son géniteur, il avait accaparé, de trou ou de brou, toute l'huile des oliviers de Palerme et de son canton. Puis, comme l'appétit vient en mangeant, il avait fait main basse, toujours de bond ou de volée, sur l'huile de Trapani et de Catellonisetta. Son système consistait à charger l'huile volée sur un navire qu'allait la vendre en Espagne et, comme de bien s'accorde, à empocher le gain. Le vice-roi payait si chichement l'huile aux propriétaires des domaines que ça ne leur remboursait même pas leurs frais, mais ils ne pouvaient pas protester parce que le vice-roi leur procurait prébendes et privilèges. Et avec les pauvres pagans qui possédaient quelques oliviers, les hommes du vice-roi ne perdaient ni temps ni argent : ils harpaient les jarres d'huile, les mallaient sur leurs chariots et fouette cocher. Si quelqu'un se donnait loi de protester un tant soit peu, il finissait en chartre ou pire, sous les balles des hommes du vice-roi et tout était dit.

Le jour finit par arriver où le vice-roi Veragua se réveilla avec la petite idée de larronner aussi l'huile de Montelusa : la vallée entre Montelusa et Vigàta était une véritable forêt d'oliviers d'où dépassait parfois une colonne, qu'on aurait dit en or et qu'appartenait aux temples de l'époque des Grecs.

Le vice-roi avait à Montelusa un de ses créats, en tous points digne de lui. Cet homme, qu'était duc, s'appelait Simón Pes y Pes et possédait trois domaines hérités de son père. Il avait exactement le même âge que Zosimo et ils tiraient passablement d'air l'un à l'autre, il y avait même quelques anciens un peu caquenanos pour raconter une vieille histoire selon laquelle Zosimo et Simón étaient demi-frères parce que fils tous deux de Gisuè, le père de Zosimo, tandis que la mère de Simón était la femme du vieux duc Pes y Pes. Cette histoire, qu'à coup sûr Simón ignorait, était à l'encontre bien connue de Zosimo qui s'en battait les joues au plus haut point, même qu'une fois où quelqu'un pour gandoiser l'avait appelé « p'tit duc », il lui avait atousé une telle plamuse que le gars avait mis trois jours avant de rouvrir ses quinquets.

Quand Simón Pes y Pes reçut l'ordre du vice-roi de s'impatroniser de l'huile en payant les nobles un demi-tarì la jarre et les pagans, zéro, il se sentit bien benaise de pouvoir mesfaire. Parce que telle était sa nature : il n'était content que s'il tiripillait son prochain. Une fois, il avait fait incendier quatre chaumières de pagans par ses serviteurs qu'étaient toujours armés, rapport qu'il passait à cheval dans le chemin devant ces maisons et que, dit-il, comme c'était nuit serrée, il ne voulait pas risquer de s'applater.

Pour commencer, Simón se fit remettre l'huile des nobles en la payant un quart de tarì. Puis il envoya quatre soldats par le canton aviser tous les pagans que trois jours plus tard des chariots passeraient ramasser leurs jarres d'huile. Quiconque résisterait serait exécuté sur le champ.

Sainte Vierge, comme on pleura ! Comme on se doulousa ! Comme on se déconforta ! Faudrait-il donc se passer de la croix d'huile toute fine qu'on traçait sur la soupe de ceires et de fèves ? Et manger sans un brison d'huile la chicorée, la laitue, les têtes de courgette ?

Ils n'étaient quand même pas des biques ou des brebis, sambieu ! Comment allait-on soigner le mal de soleil, celui qui vous prend sans avertir et vous cloue au sol plus mort que vif, si on pouvait plus vous le tirer du corps par l'incantation de l'huile et de l'eau ?

Une procession d'hommes et de fenottes, d'anciens et d'enfants, franc désastrés, fit la grimpette jusque chez Zosimo : certains venaient des montagnes du côté de Cammarata, d'autres de la plaine du Platani, d'autres du bord de la mer, de Montereale et même de Fiacca, pour lui demander conseil, rapport qu'on le savait homme de cœur et de cervelle (et de poigne, s'il le besoin s'y adonnait).

Quand les fenottes furent à jaspiller entre elles, les petiots à jouer de collagne et les anciens à recorder leurs expériences passées, Zosimo appela à part tous les hommes qui n'attendaient que ça.

« J'y ai pensé ni peu ni trop, à cette affaire, dit Zosimo. Il faut donner l'huile, comme le veulent cette charipe de vice-roi et cette sampille de duc Pes y Pes. »

Un murmure parcourut l'assemblée et Tanu Gangarossa, en apinchant Zosimo droit dans les yeux, déclara :

« Sauf le respect que nous te devons tous ici et que tu mérites, moi, je ne donnerai pas mon huile.

– Et tu te feras escoffier. Et ta femme avec tes quatre enfants seront à la rue. Tanù, se faire tuer n'est pas toujours un signe de courage, surtout quand on plonge ceux qui restent dans les bissêtres. »

Tanu Gangarossa baissa la tête sans rebecquer.

« Or ce, continua Zosimo. De retour chez vous, prenez la jarre ou l'orcel ou le grasal où vous conservez votre huile et transvasez-la dans une autre jarre ou un autre orcel, mais pas complètement, il faut laisser deux doigts d'huile au fond, j'suis clair ?

– T'es clair, répondirent les pagans tous de flotte.

– Ensuite vous enterrerez les jarres, orcels ou grasals remplis d'huile et bouchés avec un bon tapon. Puis vous prendrez les jarres, orcels et grasals qu'ont le fond d'huile et vous les remplirez d'eau. L'huile remontera alors à la surface et par ainsi les soldats croiront que chaque jarre, orcel ou grasal est rempli d'huile. Ils malleront le tout et s'en iront. »

Tout le monde partit à rire, certains applaudirent, seul Tanu Gangarossa ne dit ni quoi ni qu'est-ce.

« T'es pas convaincu. À cause ? lui quérit Zosimo

– À cause que le duc fera tuer tout le monde s'il s'aperçoit de la bescosse. Alors je me demande s'il vaut pas mieux se faire tuer avant.

– Tanuzzè, se faire tuer, ça vaut mieux ni avant ni après. Crois-moi et fais ce que je dis. Je t'assure que le duc n'aura pas le temps de connaître mouche en lait. »

Quand tout le monde s'en fut reparti, sauf Fofò La Bella que Zosimo avait prié de rester, il anuitiait déjà. Zosimo fit de la lumière, s'assit à table et écrivit une lettre anonyme pour le vice-roi.

Noble Sénieur et Vice-roi !

Quan nous tous, pagans de Girgenti et du canton, on a sut que vous voulié qu'on done notre uile au duc Pes y Pes, on s'a pas permi de termoyé et on a tout de suite mit nos jarre et nos orcel d'uile à notre porte, pour que les soldat du duc y trouve facilemen avec leur chariot en passant devant ché nous.

Les soldat son puis bien venu et on pris notre uile.

Mè un des serviteur du duc est venu nous raconté une chose que nous a tous mis colère, come quoi le duc a donné l'ordre à quatre serviteur de confianse de vidé nos jarre et nos orcel, d'y remplir d'eau en laissan dessus juste deux dois d'uile pour qu'en reguardant la surface, on croi qu'y a que de l'uile. C'est ça qu'il fait avec nos jarre à nous autre pagans.

Le duc Pes y Pes est qu'un galavard que nous vole notre uile et en plus, parlan par respect, il encule aussi sa majesté le Roi d'Espagne et le Vice-roi que le représante issi !

Prosterné à vos pié, nous supplion Votre Excellence de nous rendre justisse !

Zosimo avait volontairement introduit toutes ces erreurs alors qu'il savait parfaitement écrire sans fautes.

Il remit la lettre à Fofò La Bella.

« Fofò, tu es notre atout : dès que le duc aura fini de larronner l'huile de chez nous, tu sautes sur un cheval et tu pars belle tire pour Palerme. Cette lettre doit arriver entre les mains du vice-roi. Je peux y compter ?

– C'est comme si c'était fait », rebecqua Fofò La Bella.

Six jours plus tard, les soldats du vice-roi, qu'avaient apinché de près jarres, orcels et grasals et trouvé de l'eau sous l'huile, arrêtèrent et enchartrèrent le duc Pes y Pes à Palerme.

Ce fut en vain que le duc habla en espagnol, quincha en sicilien et cria en italien qu'il était innocent comme l'enfant qui vient de naître et qu'il ne savait pas comment l'huile avait pu se changer en eau. Il finit même par dire que c'était droit diablerie à son encontre.

« Ah bon ? fit le vice-roi, vous avez à voir avec le diable ? Alors c'est une affaire qui concerne la sainte Inquisition. »

Et le duc alla s'en expliquer avec les bons pères du palais Chiaramonte : les pagans trouvèrent le jus bon et en donnèrent fort justement tout le mérite à Zosimo qu'était artet et malin comme un singe.

L'année suivante, et nous sommes en 1695, Ciccina engia d'un garçon.

Ses parents l'appelèrent Gisuè, comme le père de Zosimo et en souvenir du petiot mort deux années devant.

Deux ans après cette naissance, et nous sommes en 1697, Ciccina engia à nouveau d'un garçon, qu'ils appelèrent Filippo.

En 1699, Ciccina était derechef enceinte et, à la forme de son ambuni, une releveuse lui dit que pour le sûr, cette fois-ci, ce serait une fille. Ciccina qui, après tous ces garçons, sentait tant et plus le besoin d'une fille, en fut toute ravicolée, mais elle n'abondait pas à répéter à son mari l'avis de la releveuse, croyant que Zosimo voulait un autre garçon. Et à raison, rapport que dans une famille les garçons sont source de richesse et les filles, une cause d'embiernes.

Finalement, un soir, alors qu'elle était déjà au troisième mois, après avoir couché Gisuè et Filippo et envoyé Martino qu'avait six ans s'occuper des bêtes, elle confia à son mari la prévision de la releveuse. Elle s'attendait à ce que Zosimo en ait quelque mautalent, mais tout à l'incontraire. Son homme se leva de table et prit à danser tout autour d'elle en chantant de joie à gorge déployée, ce qui déclencha un sicotis de tous les diables, rapport que Gisuè et Filippo, réveillés dans leur premier sommeil, se mirent à chigner sans que plus rien pût les arrêter et que Martino, revenu de l'étable aux grandes allures pour voir ce qu'arrivait au père, avait ripé et en s'applatant par terre s'était poqué le nez et saignait ni peu ni trop.

Quand ils allèrent se coucher, une lame de lune entrait par la fenêtre, donnant plus de lumière qu'un chandelier à dix bougies. Zosimo se sentait si coufle de bonheur qu'il lui fallait derechef pousser une autre chanson. Ciccina, qu'avait deviné l'élan de son mari, lui étoupa la bouche de sa main pour éviter un nouveau sicotis. Zosimo la lui embrassa et quérit :

« Comment on l'appelle ? »

Le lendemain matin, Zosimo dit à sa femme qu'il devait aller à Montelusa pour une affaire où on demandait son avis. Cela arrivait à toutes rencontres : on appelait Zosimo tantôt à Montelusa, tantôt à Vigàta, ou à Montaperto ou à Montereale, pour expliquer comment il voyait les choses chaque fois qu'un différend risquait de finir en batture, pour une question de bornes entre voisins, pour une offense à l'honneur, pour une répartition d'héritage et ainsi de suite. À bref parler, Zosimo était devenu une espèce de juge de paix qu'essayait toujours de régler en bien ce qui aurait pu mal tourner. Il parlait toujours juste parce qu'il avait le cœur serein et désintéressé. C'est pourquoi Ciccina le crut. Et pourtant, peut-être pour la première fois depuis leur mariage, Zosimo lui avait menti. Par le fait, il avait décidé d'aller à Montelusa non parce qu'on avait besoin de lui, mais parce que c'était jour de marché et qu'il voulait acheter un cadeau à Ciccina qui lui donnait enfin cette petite fille secrètement tant désirée. Il prit la mule et partit.

La matinée était claire et sans vent. Quand Gisuè et Filippo se réveillèrent, Ciccina les fit manger et ensuite les emmena derrière la maison, là où l'herbe était haute et où ils ne pouvaient pas se méhaigner, même s'ils faisaient patacul en jouant à se poursuivre. À cinq pas de là, il y avait un poirier qui donnait des poires très sucrées. Ciccina eut incontinent envie d'en manger une et du coup il fallait absolument qu'elle la mange rapport que, c'est bien connu, il faut toujours satisfaire les envies des femmes enceintes sinon sa fille pouvait naître avec une tache en forme de poire au beau milieu du front. Elle s'approcha de l'arbre et s'aperçut qu'elle avait déjà mangé toutes les poires des branches basses alors que, plus haut, il en pendait encore. Elle pouvait grimper selon son habitude, mais elle se pensa que le bébé fille qu'elle portait dans son ventre méritait des égards. Elle alla chercher l'échelle en bois, fabriquée par Zosimo, et l'appuya solidement contre le tronc. Puis elle monta, tendit la main et cueillit une poire qu'elle mangea en se régalant. Elle ne l'avait pas finie qu'elle prit envie d'en manger une autre. Elle en vit une grosse, bien ferme et mûre comme il faut, sauf que c'était la plus haute de toutes. Elle ne voulut pas y renoncer. Elle monta tout en haut de l'échelle, mais ça ne suffisait toujours pas. Alors elle se hissa sur la pointe des pieds et allongea le bras tant que tant.

Martino qu'était parti travailler à la vigne après le départ de son père pour Montelusa, écoutait les voix et les rires de ses frères qui jouaient. Puis il entendit une quinchée suraiguë et il comprit de premier bond qu'il s'agissait de sa mère. Il courut grand erre derrière la maison, où il savait que sa mère emmenait les petiots. Quand il arriva, il vit Ciccina éternie par terre au pied du poirier et le sang qui sortait à flots d'entre ses jambes. Gisuè et Filippo étaient à côté de leur mère et l'apinchaient en chougnant, les yeux ouverts comme des paumes. Sans se déconforter, Martino qu'était un gamin fort et trapu, prit dans ses bras les deux petits et les emmena à l'intérieur de la maison.

« Soyez sages, que la maman a besoin de moi. »

Agrapant la première patte qui lui tomba sous la main, il la benouilla d'eau fraîche, la mit en boule et l'enfila entre les jambes de Ciccina. Puis, courant comme chat maigre, il fila chez son tonton Gaspanu Lanzafame, le frère de sa mère, qui restait plus bas, juste au pied de la colline.

« Tonton Gaspà, la maman est dérochée de l'échelle. »

Gaspanu qui savait Ciccina enceinte, se tarabâta tout sec et partit en courant chez Zosimo, suivi de Martino qui n'avait plus la force de respirer et s'épouffait.

L'homme comprit tout de suite que sa sœur était morte, vidée de son sang. Il la prit et la transporta dans la chambre du haut. Quand ils la virent, les petiots recommencèrent à chigner.

« Emmène-les chez moi, fit Gaspanu à Martino, mes filles pourront s'occuper d'eux. Et dis à ma femme de tout laisser tomber et de venir ici sans détardance. »

Concetta arriva une demi-heure plus tard en pleurs parce qu'aux paroles de Martino et à l'appel de son mari, elle avait compris que c'était grave.

« On ne peut pas laisser Zosimo la trouver comme ça à son retour, dit Gaspanu à sa femme. Défuble-la, lave-la et mets-lui des vêtements propres. »

Et il sortit, une main sur l'épaule de son neveu. Mais dès qu'ils furent dehors, Martino s'ébroua et fila derrière la maison. Gaspanu comprit qu'il valait mieux le laisser seul. Au pied du poirier, Martino donna enfin libre cours à ses larmes.

Zosimo s'était attardé à Montelusa pour acheter à Ciccina un grand châle vert brodé et il sortait du bourg quand il s'entendit vochié par quelqu'un qui passait en maringote.

« Zosimo, attattends, j'ai à te parler. »

C'était Sisinno Nicotera, une de ses connaissances. L'affaire qu'il lui soumit était assez délicate. Une nièce de Sisinno qu'avait vingt ans était enceinte d'un jeune gars qui, maintenant, dévoulait la marier. Le père de la jeune fille qu'était un frère de Sisinno, voulait escoffier celui qu'avait poché le châssis de sa fille sans offrir la compensation matrimoniale de rigueur. Le cas était grave, il n'y avait pas de temps à perdre et Sisinno avait décidé d'aller consulter Zosimo le jour même. Mais puisqu'il avait la chance de le rencontrer à Montelusa, autant valait régler la chose incontinent.

Le résultat fut que Zosimo ne put pas se dégrober avant quatre heures de l'après-midi, et avec une faim de loup. Pendant qu'il montait la grimpette avec sa mule, il eut la belle idée de faire une surprise à sa femme. Au lieu de continuer tout droit, il prit un autre chemin qu'arrivait juste sur le terre-plein derrière chez eux. Quand il fut en vue de la maison, il descendit, harda la mule à un arbre et se couvrit la tête du châle comme s'il était une fenotte. Il fit quelques pas et s'arrêta sur cul. Quelque chose ne tournait pas rond. Toutes les fenêtres étaient ouvertes et pourtant on n'entendait pas les petiots quincher ou rire. Le silence, trop de silence. Ce fut alors qu'il vit l'échelle appuyée contre le poirier et cela lui parut étrange parce que jamais, au grand jamais, Ciccina ne l'aurait laissée ainsi, une vraie tentation pour les marmots. Il avança de quelques pas et vit, juste sous l'arbre, une patte chiffonnée, rouge. Il se baissa pour mieux apincher et s'aperçut que le chiffon n'était pas emmargaillé de peinture mais de sang, encore gluant. En un éclair qui lui déchira le coqueluchon, il comprit ce qui s'était passé, que sa femme était montée manger une poire et qu'elle était tombée de l'échelle. La petite fille qu'elle avait dans le ventre était pour le sûr perdue, mais peut-être Ciccina… Il fila de plein vol, tourna à l'angle de la maison et tomba le nez dessus son beau-frère Gaspanu qui l'accolleta à deux belles mains.

« Attends, Zò, attends voir. »

Il ne s'arrêta pas, bourra violemment Gaspanu qui dut lâcher prise. Mais par la porte sortirent Fofò La Bella et Tanu Gangarossa, deux des amis de Zosimo que Gaspanu avait avertis du bissêtre. Ils n'eurent pas besoin de l'arrêter, Zosimo se figea tout seul. Il avait compris que Ciccina avait défunté. Les mots ne servaient à rien de rien. Et par le fait, sans dire ni quoi ni qu'est-ce, il défubla lentement sa veste, son gilet, sa chemise, et resta torse nu.

« S'il vous plaît », dit-il.

Fofò et Tanu s'apinchèrent un instant, puis Tanu fit un pas en avant. Zosimo lui décocha un babequin en plein visage, Tanu trampala, mais ne recula pas, pique-plante, les bras pendants le long du corps.

« Tu peux y aller », dit-il.

Et Zosimo le frappa, encore et encore jusqu'à ce que Tanu s'acasse par terre. Alors Fofò s'avança.

« T'as moi encore », dit-il.

Mais Zosimo l'apincha emburelucoqué comme s'il venait de se réveiller.

« Hein ? » quérit-il.

Et juste après, la tête rejetée en arrière, il lança une quinchée, une seule, à n'en plus finir, pas un cri d'homme, mais de loup, de bête sauvage blessée à mort. Il tourna le dos à la maison, prit à courir, de plus en plus vite, de plus en plus loin, en poussant toujours le même hululement.

Gaspanu voulut le suivre, mais Fofò l'arrêta.

« Laisse-le seul », dit-il.

Le loup qu'il était devenu courait parce que la route était longue et que s'il arrivait à temps, peut-être réussirait-il à voir la personne qu'il voulait voir, devant qu'elle ne disparût pour toujours dans le lieu obscur, dans le puits sans fond, dans la ravine sans retour. Sous la lumière de la lune, il courait belle tire et ne s'arrêta qu'une fois pour couper un roseau et ensuite, tout en courant, il le recoupa avec son couteau, y fit les bons pertuis et, avec un bout de raphia qu'il avait dans sa faque, attacha les cinq morceaux de roseau taillés à des longueurs différentes. Plus tard encore, alors qu'il était sûr d'être arrivé au bon endroit, il prit peur. Il était tout bouligué à l'idée de s'être trompé de chemin parce qu'il n'abondait pas à voir l'entrée de la grotte du père Uhù où il avait habité avec le curé à l'époque où celui-ci lui apprenait à lire et à écrire.

Il ne pouvait pas perdre de temps à chercher l'entrée de la grotte, il allait être trop tard. Et alors que déjà, il se déconfortait, il comprit que l'entrée était sous son nez, catie derrière une énorme touffe d'astragale. Il s'y jeta à borgnon-bleu, se graffignant jusqu'au sang bras et poitrine, la franchit et dans l'obscurité épaisse, comprit qu'il était déjà à l'intérieur. Il connaissait bien les lieux et il avança avec assurance, tandis qu'alentour se dégrobaient jicles, lapins de garenne, lézards, tous animaux que son arrivée soudaine avait surpris dans leur sommeil. Il avança encore et, au changement de température sur sa peau, il sut qu'il était arrivé dans la deuxième grotte, celle du bassin. Il sentait maintenant l'humidité de l'air. Il compta trente pas en rasant la paroi de la grotte et s'arrêta parce qu'il devait se trouver à l'endroit qu'il cherchait. Il tendit le bras et par le fait sa main rencontra la paroi au fond de la deuxième grotte.

« Au-delà de cette paroi, lui avait dit un jour le père Uhù, il y a le tout et le rien. »

Il porta à ses lèvres l'instrument en roseau qu'il avait fabriqué et souffla doucement. L'instrument répondit à son souffle. Encouragé il se mit, toujours doucement, à rechercher les notes. Au bout d'une demi-heure, elles lui étaient toutes revenues.

C'était une mélodie que lui avait fait écouter le père Uhù, elle permettait d'arrêter un instant les morts devant qu'ils descendent au lieu d'où on ne revient pas, et il fallait jouer cette musique, lui avait-il expliqué, comme si c'était le dernier geste de sa vie, avec le même désespoir, en rassemblant dans ce souffle toutes les peines et tous les espoirs, tous les jours et toutes les nuits, toutes les larmes et tous les rires non seulement de sa propre vie, mais aussi de la vie de tous ceux qu'on connaissait, morts ou vivants. Et pendant qu'on jouait, il fallait aussi répéter des paroles qui commençaient ainsi :

« Mòirai, aperésioi, nuktos fiula tékna melaines… »

Et alors Zosimo joua en récitant intérieurement ces paroles. Et pendant qu'il jouait, il sentait que tout ce qu'il avait été, était et serait se condensait dans ce souffle que les roseaux changeaient en musique. Peu à peu, sous ses yeux s'assembla un brouillard blanchâtre qui diffusait une légère luisance et prenait de plus en plus consistance. Il obligea son cœur à ne pas s'arrêter, à faire circuler son sang et ses poumons à s'emplir d'air : s'il interrompait le son, tout était perdu. Enfin il la vit. Mais était-ce vérité ou imagination ? Cela n'avait aucune importance. Ciccina portait la robe avec laquelle elle s'était mariée (et il apprendrait ensuite que la femme de Gaspanu l'avait justement habillée avec cette robe après lui avoir défublé l'autre, emmargaillée de sang) et elle marchait lentement en lui tournant le dos. On voyait bien qu'elle n'avait aucune envie de continuer sa route mais qu'elle y était obligée. Zosimo qui ne pouvait décoller ses lèvres du roseau, l'appela, longuement, avec les yeux.

Ciccina dut le sentir car elle s'arrêta et très lentement se tourna pour le remirer.

Elle avait exactement le même visage que le jour où était

mort son fils Gisuè. Puis elle ouvrit la bouche et dit sans parler, mais Zosimo l'entendit quand même :

« Oh maintenant... »

Et elle fit un geste de la main comme quand on jette quelque chose d'inutile par terre.

Elle se retourna et reprit sa route. Zosimo la voyait encore qui s'éloignait et il comprit que c'était la musique qui la maintenait sous ses yeux, encore un peu, devant qu'elle disparût dans le brouillard.

Alors il détacha ses lèvres du roseau et l'obscurité revint incontinent dans la grotte.

CHAPITRE TROIS

Quand Martino, l'aîné de Zosimo, eut dix-sept ans, il se fiança avec une belle et brave fenotte de Montereale qui s'appelait Vicenza Loporto et qu'était sa conscrite. Zosimo se réjouit de ces fiançailles car Martino, une fois marié, continuerait à habiter avec lui et ça lui faisait très plaisir d'avoir une jeune fenotte chez lui, rapport qu'une maison sans fenotte, c'est comme un chelu sans huile. De fait, après la mort de Ciccina, Zosimo n'avait pas voulu se remarier, bien que les entremetteuses eussent été nombreuses à frapper à sa porte. L'année suivante, et nous sommes en 1711, Zosimo et Vannuzzu, c'est-à-dire les pères des deux promis, décidèrent qu'on marierait Martino et Vicenza le dix septembre en l'église San Caloriu à Vigàta. Le premier août, Zosimo alla trouver le curé, le père Apico Stanzillà, pour prendre les accords. Quand il entendit la date choisie, le père Apico tordit à moitié le nez. Zosimo s'en aperçut.

« L'église est-elle déjà prise le dix septembre ? quérit-il.

– Non, on ne peut pas dire qu'elle soit prise », répondit le prêtre.

Et il tordit encore le nez. Zosimo ne savait quelle pièce y mettre, rapport aussi que c'était la première fois qu'il voyait ce curé et qu'il ne connaissait pas ses façons de réagir.

« C'est pas pour dire de dire, mon père, mais cette bobe, vous y faites de nature, ou c'est à cause de ce que je vous demande ?

– À cause de ce que vous me demandez », rebecqua le père

Stanzillà dont la bouche s'étirait maintenant jusqu'à l'oreille gauche.

« Sans vous commander, vous ne pourriez pas mieux vous expliquer ?

– Vous ne savez donc pas que l'évêque de Tindari a dû démigrer à Rome pour l'affaire des pois sacrés ? »

Les pois étaient donc sacrés maintenant ? À quand les cornichons et les concombres ? Bon ieu de bon ieu, l'évêque de Tindari, le pape et les pois, qu'est-ce que ça pouvait avoir à faire avec le mariage de son fils ? Attatends voir, ce père Apico Stanzillà décoconnait peut-être complètement !

« Vous ne savez donc pas que ce pauvre évêque de Catane a été obligé de départir ? Et que tous les Catanais ont été excommuniés ? » insista le père Stanzillà en atousant un grand coup du plat de la main sur le maître autel, parce qu'il commençait à s'efferver sérieusement.

Zosimo n'osait tousser. En même temps, la bouche du père Apico avait pris la place de son oreille gauche pendant que la droite tombait vers sa bouche.

« Et vous ne savez pas que l'évêque de Messine a dû faire pareil ? Se dégrater comme un voleur qu'a les chiens aux trousses ? Hein, vous y savez pas ? »

Le prêtre, dont les quinchées résonnaient par toute l'église, avait empaumé un candélabre qu'il semblait vouloir briser en deux sur la cocuce de Zosimo. Lequel, sûr désormais que le père Stanzillà détrancanait et qu'il était même dangereux, fila du derrière aux grandes allures, sans prendre le temps de dire au revoir.

Martino et sa promise Vicenza avaient la dévotion de saint Caloriu et c'est pourquoi ils voulaient se marier dans son église, mais les choses étant ce qu'elles étaient, Zosimo prit idée de quérir à l'église cathédrale s'il était possible de célébrer ce mariage le dix septembre.

« C'est possible, pour sûr », fit le père Angilu Jacolino qui venait de dire la messe et défublait sa chasuble à la sacristie.

Autant le père Apico Stanzillà était chargé de cuisine, autant le père Angilu Jacolino était sec comme un picarlat. Il semblait une personne de bon sens, avec qui on pouvait discuter. Il écrivit les noms des deux jeunes promis en disant :

« En attendant, je les marque. »

Ça voulait dire quoi ce « en attendant » ? Pourquoi le curé n'y allait-il que d'une fesse ? Zosimo toutefois se retint de le lui quérir. Quand le père Jacolino entendit le nom du père du marié, il leva le regard de son papier.

« Vous êtes donc le fameux Zosimo ?

– Oui bien. Pourquoi ? Il y a embarras ?

– Non fait », rebecqua le curé.

On s'accorda, après quoi Zosimo, qui ne durait plus en sa peau de curiosité, lâcha :

« Je voudrais bien assavoir, mon père : le père Stanzillà, il serait pas un peu traque ? »

Le père Jacolino le regarda d'un air apitoyé.

« Tu déparles, mon fils, il est parfaitement sain d'esprit.

– Alors pourquoi il baliverne de pois sacrés, d'évêques et du pape ? Il a failli me fendre le coqueluchon en deux d'un coup de candélabre !

– Pauvre de lui, il redoute de ne pas pouvoir faire son office, baptiser, confesser, communier, marier…

– Mais pourquoi ? »

Le curé l'apincha.

« Comment ? Vous êtes l'homme que vous êtes et vous ne savez rien de ce qui est en train de se passer dans l'église de Sicile ?

– Non fait. Je ne suis guère dévotieux.

– Je sais, je ne vous vois jamais à la messe. Et vous avez bien tort, non pas de ne pas aller à la messe, mais d'ignorer ce qui est en train de se passer. Avez-vous entendu parler de la controverse de Lipari ?

– Jamais.

– Alors je vais vous y dire », fit le curé.

Et il lui raconta tout le patrigot.

Cette regrettable affaire avait commencé un jour de début novembre de l'année devant, à cause d'une bade ridicule.

L'évêque de Lipari avait envoyé deux serviteurs au marché vendre quatre sacs de pois chiches de ses propriétés. La défortune voulut que ce jour-là fussent en service deux officiers espagnols fraîchement nommés en Sicile, lesquels demandèrent aux serviteurs de payer l'impôt qui revenait au gouvernement. Les serviteurs refusèrent, disant qu'ils n'avaient jamais rien payé sur les marchandises que l'évêque les envoyait vendre, qu'il s'agît de pois chiches ou de tomates, de blé ou de fèves. Alors les deux officiers séquestrèrent un sac. Et ils avaient tort, rapport qu'ils ignoraient la loi selon laquelle le clergé ne payait pas de gabelles. Quand l'évêque apprit le cas, la barbe lui en fuma tant et si bien que les deux officiers décidèrent de restituer le sac. Quand il les vit comparaître devant lui, l'évêque, d'autant recholéré, partit à quincher qu'on avait commis un sacrilège vu que ces pois chiches étaient sacrés du depuis qu'il les avait bénis, et il frappa d'anathème les deux pauvres fonctionnaires.

« L'anathème, ça n'a point de nez ! » fit le juge royal Francesco Miranda, en déclarant nul l'acte de l'évêque.

En effet. Il faut savoir qu'en Sicile, depuis plusieurs siècles, il y avait un accord, une loi appelée Légation apostolique, selon laquelle évêques, cardinaux et même le pape en personne ne pouvaient lancer d'anathème, interdit ou excommunication sans l'approbation du juge royal.

« C'est ce qu'on va voir », fit l'évêque de Lipari.

Et il envoya un curé auprès du vice-roi, à Messine, avec une lettre dans laquelle il demandait la destitution du juge Miranda, une cinquantaine de messes de réparation, l'arrestation des deux officiers et cent sacs de pois chiches.

Sans dire ni quoi ni qu'est-ce, le vice-roi engeôla le curé avec sa lettre.

« Voyons si cette grande sampille aura le culot de m'enchartrer aussi ! » fit l'évêque de Lipari, désormais écumant de colère, quand il apprit la chose. Et il se rendit à Messine demander audience au vice-roi. Un jour passa, puis deux, puis trois et l'évêque en était encore à faire antichambre. Au bout d'une semaine, offensé, il démigra à Rome où il se jeta aux pieds du pape, chignant et se doulousant, pour demander réparation des torts subis.

Pour des raisons politiques bien à lui, le pape se déclara d'accord, proclama que l'annulation prononcée par Miranda était sans valeur et que la compétence de lancer ou lever les anathèmes ne revenait qu'à lui-même et à ses ministres sans que la royauté se mêlât de venir leur briser les pelotons en Sicile. Et pour finir le plat, il excommunia Miranda.

« Le pape a envie de goguenarder, firent les ministres du gouvernement réunis à Palerme. La bulle papale contre notre juge est tout juste bonne à jeter aux orties parce qu'il y manque la signature du vice-roi. Par conséquent on ne doit pas en parler dans les églises. »

Entre-temps, les évêques de Catane et de Messine en parlèrent avec pour résultat que le vice-roi les bannit de l'île.

Quand le père Jacolino eut fini son patrigot, Zosimo partit d'un grand éclat de rire.

« Ça vous ébat, fit le curé très sérieux. Vous feriez mieux de penser que les églises de la moitié de l'île sont fermées et que les pauvres paroissiens qu'ont besoin de se confesser ou de communier ou de baptiser un petit ne savent pas comment faire. On ne peut même pas porter l'extrême-onction !

– Mais qu'en pense l'évêque de Montelusa ? quérit Zosimo.

– On n'est pas sorti du gué ! Il ne s'est pas encore prononcé. Il garde courte langue. Il faut savoir que Son Excellence Ramirez, notre évêque, a deux conseillers, les pères Carmona et Filipazzo. L'un dit une chose pendant que l'autre dit son contraire. On peut espérer. S'il décide de suivre les autres évêques, tout sera dit. La conséquence sera qu'ici aussi on fermera les églises et quant à ce mariage, il faudra souffler la chandelle. »

Quand on fut à quinze jours des noces, l'évêque Ramirez eut la bonne idée de prendre parti. Du coup, non seulement il afficha sur les portes des églises la bulle papale contre le juge Miranda, mais il en colla une autre, fraîchement arrivée de

Rome dans laquelle le pape excommuniait tous les ministres siciliens et tous ceux qui leur obéissaient. Le vice-roi furieux ordonna au commandant de place de Montelusa, qui s'appelait Ochoa, de donner deux jours à l'évêque pour quitter le pays. Deux jours passèrent et Ramirez ne se dégrobait toujours pas. Alors Ochoa accolleta l'évêque, le trajecta jusqu'à Vigàta, l'embarqua sur une felouque et l'expédia à Malte. Ochoa toutefois ignorait qu'avant de partir Ramirez avait nommé un chanoine à sa place, Silio Cozzolo, lequel, le lendemain du départ de l'évêque, afficha l'avis qui excommuniait Ochoa et proclamait l'interdit, c'est-à-dire qu'on ne pouvait ni rouvrir les églises ni donner les sacrements.

À ce stade, et nous sommes fin août, Martino et sa promise perdirent tout espoir de se jamais marier comme Dieu le veut. Et la promise prit à chigner. Déjà elle chignait de bonne guise sans aucune raison, alors ça y allait dru et menu maintenant qu'elle en avait une batelée. Les fenottes qui chignaient donnaient sur le tempérament à Zosimo; il en devenait chèvre de voir toute la sainte journée cette petite réduite à l'état de fontaine.

Un jour sur la brune où ils étaient assis devant chez eux à prendre le frais en compagnie de parents, amis et épouses, ils entendirent le son d'une clochette qui approchait et peu après apparut sur l'aire un homme d'une cinquantaine d'années portant un grande gibasse sur les épaules, vêtu, malgré la chaleur, d'une garnache qui le couvrait bien et beau.

« On peut ?

– Venez, dit Zosimo.

– Bien le bonjour à toute la compagnie », fit l'homme en posant sa gibasse à terre.

À sa voix et à ses manières, tout le monde crut qu'il s'agissait d'un de ces thériacleurs qui vendent dans les foires et sur les marchés des remèdes contre la toux ou le mal de dos. Puis l'homme défubla sa garnache, ouvrit la gibasse, en tira un tricorne dont il se coiffa. Un prêtre ! Et par le fait, il confirma :

« Je suis le père Zigaìna, curé ambulant, toujours à la disposition de qui a besoin de confessions, communions, extrême-onction, bénédictions, baptêmes, mariages, tout ce dont vous pouvez avoir besoin à des prix modérés !

– Mariages ? » s'écria Vicenza, la promise, qui se tenait à l'écart sous un arbre, et elle cessa tout sec de chigner.

« Pour le sûr ! rebecqua le curé en extirpant ostensoirs, encensoirs, burettes, chasubles et missels de sa gibasse. Un mariage coûte un tantinet plus cher qu'une simple communion, mais j'ai tout ce qu'il faut ! »

On soupira de soulagement : ce mariage allait enfin se faire ! Mais la voix calme et ferme de Zosimo figea tout le monde :

« Si tu ne te dégrates pas sur pied, j'abade les chiens et ça va être mal fête. T'es prêtre comme je suis évêque. »

En une main tournée, l'homme rentra tout son attirail dans sa gibasse, remit sa garnache et salua le monde.

« Je vous prie de faire excuse. »

Et il démigra. Vicenza déconfortée reprit à chigner.

La promise cessa de chigner et entra même à sourire quatre jours avant la date fixée. Par le fait était arrivé de Palerme le chanoine Petru Attardi avec cent soldats du vice-roi et sept prêtres remplaçants. Le chanoine qui, du pape, s'en lavait les dents, fit arrêter tous les prêtres qu'étaient d'accord avec Ramirez, décroula la porte du couvent des capucins, en accolleta trois qu'il fit harder et jeter au fin fond d'un puits. Puis, pour être sûr de bien se faire comprendre, il mura portes et fenêtres du couvent des carmélites qui s'étaient proclamées fidèles au pape. Le lendemain, il prononça une messe solennelle en la cathédrale.

Le père Jacolino ne fut pas arrêté car il avait déclaré qu'il se soumettait au chanoine Attardi et qu'il rouvrait l'église cathédrale de Vigàta.

C'est pourquoi, le matin des noces, une cinquantaine de carrioles partirent de chez Zosimo, toutes chargées d'invités en beau dimanche. Mais arrivés sur la place, ils virent les portes de l'église baclées. Ils s'informèrent. Ils apprirent ainsi que la veille, en quinchant que le père Jacolino trahissait le pape, un gars au cerveau mal timbré lui avait atousé deux coups de couteau. Conclusion : le curé était encore en vie, mais pas en état de célébrer un mariage.

Les noces se changèrent incontinent en funérailles. Silence de tombe, tout le monde tête basse, la promise nez de bois devant la porte fermée à bonne clé, les quinquets gonflés comme deux poivrons. Zosimo prit alors les choses en main.

« Tous à l'église San Caloriu ! »

Où diable voulait-il en venir puisque cette église n'était pas plus ouverte, le père Stanzillà ayant été enchartré ? Mais comme Zosimo était Zosimo, les carrioles firent volte route et le suivirent. Arrivé devant l'église, Zosimo appela Fofò La Bella, Tanu Gangarossa et quelques autres et leur dit :

« On décroule la porte. »

Deux coups d'épaule suffirent.

« Tout le monde dedans ! » ordonna Zosimo.

Quand tous furent entrés, Zosimo, dos à la statue de saint Caloriu, appela devant lui Martino et Vicenza qu'avait sa robe de mariée toute benouillée de larmes.

« Écoutez-moi tous, fit Zosimo. Je vous demande de pondérer la situation. Si maintenant nous allons jusqu'à Montelusa, nous y trouverons sept curés pas de chez nous, ceux qu'a amenés le chanoine Attardi, franc prêts à célébrer ce mariage. Mais le célébreraient-ils pour plaire à Dieu ou pour plaire au vice-roi ? Et si nous trouvons un curé de chez nous qui nous rouvre son église, le fera-t-il parce qu'il est sincère ou parce qu'il craint de finir engeôlé vu que le chanoine Attardi n'entend point raillerie ? Alors je me demande et je vous dis : quelle valeur peut avoir un sacrement quand il est administré pour plaire au vice-roi ou parce qu'on a peur de mal finir ? »

Personne ne dit mot en terre.

« Si on est tous d'accord, allons-y », dit Zosimo en se tirant sur le côté de façon à ce que les deux promis se retrouvent face à la statue du saint. Puis il poursuivit :

« Moi, Zosimo, je te demande, à toi Martino Zosimo, au nom et pour le compte de saint Caloriu ici présent : veux-tu prendre pour épouse Vicenza Loporto ?

– Oui bien, père, fit Martino.

– Moi, Zosimo, je te demande, à toi Vicenza Loporto, au

nom et pour le compte de saint Caloriu ici présent : veux-tu prendre Martino Zosimo pour époux ?

– Oui père », fit Vicenza, avec un sourire qui lui allait d'une oreille à l'autre.

« Jurez-vous d'être toujours respectueux et sincères l'un avec l'autre ?

– Nous le jurons, firent de concert Martino et Vicenza.

– Échangez vos anneaux. »

Ils les échangèrent.

« Saint Caloriu vous déclare mari et femme », conclut Zosimo.

L'année suivante, le problème se reposa pareil que pour les noces quand Vicenza engia de son premier enfant qu'on prénomma Michele, comme son grand-père, Michele Zosimo, lequel, pour sa part, ne se recordait censément pas qu'il portait ce nom, rapport que ça faisait maintenant des années que tout le monde ne l'appelait plus que Zosimo.

« C'est vous qui m'avez marié, père, et j'ai laissé faire, dit Martino à Zosimo, parce que j'étais convaincu que les sacrements administrés par force ou peur sont sans valeur. Mais maintenant comment allons-nous baptiser mon fils ? »

Et tout en parlant, il apinchait son père comme pour l'inviter à repiquer du même, c'est-à-dire à baptiser lui-même le petiot à l'église San Calorio, puisque le père Stanzillà était toujours engeôlé.

Mais Zosimo refusa. Toutefois il conseilla à Martino et Vicenza de piller patience parce qu'il allait peut-être résoudre leur problème. Il avait eu vent de quelque chose dont il voulait confirmation.

Le lendemain matin à la piquette du jour, il prit la mule et partit. Il alla d'un bon pas trois heures durant et arriva finalement chez un des messiers du marquis Torregrossa. Ce messier, qui s'appelait Cocò Milazzo, s'était jadis fourvoyé de la droite carrière et Zosimo avait rabillé les choses. Quand il vit arriver Zosimo, Cocò tout benaise lui fit fête, lui servit une demi-broche de bon vin et ses meilleures olives. Comme de bien s'accorde, Cocò ne quérit pas à Zosimo la raison de sa venue : ç'aurait été pure mésadvenance. Ce fut donc Zosimo qui entra en paroles le premier.

« Comment se porte votre frère, le prêtre ? Avez-vous de ses nouvelles ? » commença-t-il.

Le père Amantino Milazzo, qu'était plus âgé que Cocò, avait été enchartré parce que fidèle au pape, mais il avait réussi à faire gille. Du coup le commandant Ochoa l'avait condamné à mort. Recherché, le curé s'était cati à la campagne, mais Zosimo avait appris qu'il voyait souvent Cocò.

« Pensez-vous ! dit Cocò en prenant un air désastré. J'en ai le cœur brisé : mon pauvre frère qu'est tout seul, sans personne pour s'occuper de lui !

– Si par hasard vous le rencontriez...

– Ça me paraît bien difficile, l'interrompit Cocò.

– D'accord, mais si l'occasion se présentait, il faudrait lui dire que Zosimo a des étoupes en sa quenouille.

– Quoi, vous ? » quérit Cocò plus étonné qu'un fondeur de cloches.

Alors Zosimo lui exposa le cas de son petit-fils qu'il fallait baptiser.

Quatre jours après la visite de Zosimo au messier, se présenta un pagan, une espèce d'épouvantail de chenevière, sec et déviandé, un bâton sur l'épaule. Il portait, suspendu à l'extrémité de sa tavelle, un tissu noué aux quatre coins et manifestement bien rempli.

« Je suis le père Amantino Milazzo, dit-il à Zosimo, et faut que je vous y galope. Je crains les soldats d'Ochoa : s'ils me trouvent, ils m'escoffient sur pied. »

Vicenza arriva avec son fançon dans les bras, ils envoyèrent quérir Martino qu'était aux champs.

« Où se met-on ? quérit Vicenza.

– Où vous voulez, rebecqua le curé, Dieu est partout. »

Avec le contenu de son baluchon, le père Amantino était, comme on dit, muni de fil et d'aiguille. Une heure plus tard, le poupart était baptisé à l'eau fraîche du puits.

L'histoire raconte que justement cette année-là, c'est-à-dire en 1713, les nations qui se faisaient la guerre prirent idée de faire la paix. Les rois s'acuchonnèrent dans une ville, qui s'appelait Utrecchiti et, quand ils eurent épuisé querelles, battures et mots de gueule, ils firent pache.

Assis sous l'olivier, il y avait les plus démenets de la bande de Zosimo.

Ils se réunissaient tous les dimanches, d'abord pour écouter les avis de Zosimo et ensuite parce qu'on avait une belle vue sur la mer au loin, on y était bien au frais et le vin fort qu'allait avec les sardines salées, le fromage et les olives aux épices, ravicolait son monde. On avait échangé les nouvelles de la semaine : le 'Ntonio Sammartano dont la mule avait défunté, le Peppi Fragalà qu'avait eu sa quatrième fille et qu'en aurait escoffié sa femme tant ça l'avait enfielé, le Giurlannu Spinoccia qui au moment de mourir avait quéri un curé et il n'y avait pas eu moyen d'en trouver un. Ces patrigots épuisés, Tanu Gangarossa dit qu'à Vigàta l'on bruyait qu'en un certain endroit, on avait fait une certaine paix par laquelle la Sicile changeait de roi.

« C'est vrai, expliqua Zosimo. À la suite du pache qu'ont conclu ces souverains, notre pays qu'était propriété des Espagnols devient propriété d'un duc qui s'appelle Victor Amédée de Savoie et qui, par le fait, passe de duc à roi. Et nous on est toujours comme les pois ou les fèves : achetés et vendus.

– Mais nom d'un rat, c'est où, cette Sapoie ? quérit Fofò La Bella.

– Tu vois le pape ? Il est à Rome. Eh bien, la Savoie c'est deux fois la distance pour aller d'ici à Rome, dans les montagnes.

– Le pape aussi a fait la paix ? quérit Tanu Gangarossa.

– Le pape n'a que faire ni que souder avec cette paix. Le pape, il va continuer à nous briser les pelotons, pire qu'avant.

– Pire, à cause ?

– Rapport que le pape et ce Victor Amédée, ils se testicotent depuis un moment.

– Crois-tu qu'avec ce roi quelque chose va changer ? fit Giurlannu Cucinotta.

– Qu'est-ce tu veux qui change, Giurlà ? intervint Fofò. Tu connais la rime ?

– Quelle rime ?

– Celle-ci : "Tout l'monde y a toujours su / c'est l'pagan qui l'a dans l'cul." Ça te plaît ?

– Non.

– Mais on peut changer de rime, fit Zosimo. Ça pourrait donner : " Paraît qu'au ciel c'est écrit : / pape et roi, ce s'ra fini ! " T'y aimes mieux comme ça ?

– C'est pas dur de changer une rime, commenta Giuggiuzzu Siracusano, qu'était le plus âgé de tous. Là où les chats se peignent, c'est quand il faut changer le monde.

– Quand on veut, on y arrive, rebecqua Zosimo sérieux.

– Et comment ? fit Tanu Gangarossa. On n'a pas d'armes, pas de soldats, on est seuls et abandonnés, on n'a aucun pouvoir, rien, on n'a que les yeux pour pleurer...

– On a une chose, dit Zosimo toujours sérieusement. L'imagination. Qu'est l'arme la plus dangereuse. Mais il faut saisir le bon moment. »

Et personne ne comprit si Zosimo gandoisait ou s'il parlait à bon.

CHAPITRE QUATRE

Le matin du 10 octobre 1713, un navire anglais avec à son bord le nouveau roi de Sicile, venu prendre possession du pays qu'on lui avait étrenné à Utrecchiti, jeta l'ancre dans le port de Palerme. Le roi voyageait avec sa femme Anna et avec le vice-roi Annibale Maffei. Deux autres navires accostèrent, amenant cent cinquante et une personnes de la cour, officiers de la chambre, chevaliers et gardes suisses. Au large attendaient deux autres navires où étaient acuchonnés quatre cent dix-neuf fonctionnaires de tous rangs, pour remplacer ceux qu'avaient servi les Espagnols. Plus au large encore, venaient d'autres navires portant six mille soldats qu'allaient remplacer l'armée espagnole.

Au pied du navire anglais qui manœuvrait pour installer une échelle d'honneur sur son flanc, le Sénat de la ville, atouré jusqu'aux oreilles, attendait le débarquement royal. La moitié de Palerme s'était affoulée, tenue à distance par les gardes du Sénat.

Par l'échelle dévalèrent d'abord, belle tire, une trentaine de gardes suisses qui se rangèrent sur deux files, l'épée dégainée et brandie bien haut. Une demi-heure passa sans autre nouveauté. La population remirait les gardes qu'on aurait pris pour des statues, immobiles bien et beau même si bras et épée commençaient à peser. Puis finalement en haut de l'échelle, apparut quelqu'un de stature moyenne, vêtu de drap gris manifestement de médiocre qualité. Un chambrier, ou un aide de camp de Sa Majesté. Quand le chambrier eut posé le pied à terre, un autre personnage entreprit de descendre, grand et maigre, le visage autoritaire, richement atouré et portant un chapeau cafi de plumes. C'était le roi. Les applaudissements éclatèrent et sous cette explosion, s'avança le prince Niccolò Branciforti dell'Arenella, qu'était chargé de lire une ode de bienvenue composée par le chanoine Verruso qui ne pouvait pas participer en personne, rapport à cette sampillerie de controverse de Lipari. Dix jours plus tôt, le chanoine Verruso avait mêmement composé une ode pour le départ du vice-roi espagnol : il y avait juste changé quelque détail (par exemple « toi qui pars » était devenu « toi qui arrives ») et il l'avait remise telle quelle au prince.

Lequel prince Branciforti se planta pile poil devant le roi et prit à déclamer l'ode qu'il avait apprise par cœur :

« Tel le navire que ballotte l'onde amère / quand terrible dans sa fureur gronde la mer… »

Et ce fut tout. Parce que Sa Majesté, le visage en feu, était tout soudain partie à loucher terriblement. Les yeux du roi se démangognaient pour apincher le serviteur et semblaient commander au prince de le remirer lui aussi. Alors don Niccolò Branciforti dell'Arenella le remira. Qu'y avait-il donc à remirer ? C'était un simple quidam, mal gauné, son épée était même rouillée. Et en plus il était antipathique. Don Niccolò s'apprêtait à reprendre son patrigot quand le roi, encore plus rouge et louchant encore plus fort, siffla comme un serpent :

« Je ne suis pas le roi, crétin ! »

Sainte Mère ! Doux Jésus ! Si la personne devant lui n'était pas Sa Majesté, ça voulait dire que celui qui l'avait traité de crétin était le vice-roi Maffei et ça voulait dire aussi que le vrai roi était l'autre, le serviteur ! Un roi ? De la rafetaille, oui ! Un roi au rabais qui n'avait rien de royal et paraissait même grossier comme du pain d'orge.

Épongeant la sueur de son front, le prince Branciforti dell'Arenella esquissa en crabe deux pas de côté et, arrivé en face de l'homme floupé de drap médiocre, il lui resservit ses alexandrins :

« Tel le navire que ballotte l'onde amère / quand terrible dans sa fureur gronde la mer… »

Victor Amédée écouta tout le chapelet, en tapant de la pointe du pied gauche, le nez levé en l'air vers les nuages. Il affichait un air las et ennuyé. Quand le prince eut enfin fini, la gargate sèche parce que l'ode était longue mais aussi parce qu'il brougeait que le roi lui revaudrait sa méprise, Sa Majesté clina à peine la tête, tourna le dos au noble récitant, au Sénat et tutti quanti et remonta à bord sans proférer un mot de remerciement. Le vice-roi Maffei continuait à apincher le prince sans savoir ni lier ni délier, puis il dit :

« Sa Majesté remercie pour ce joyeux accueil. »

Et à son tour, il remonta à bord.

Le Sénat de la ville attendit une demi-heure en vain que se manifestât quelqu'un d'autre, personne ne descendit plus l'échelle. Toujours l'épée à bout de bras, les gardes suisses ne savaient que faire mais commençaient à trampaler de fatigue. Leur commandant se résolut à donner un ordre et ces pauvres gens purent enfin prendre la position de repos. Encore une demi-heure et le Sénat de la ville se rentourna chacun chez soi.

Au bout d'une vingtaine de jours, les Siciliens comprirent comment leur roi venu de Savoie voyait les choses :

Pour ce qui était de la noblesse :

Obligation était faite aux nobles qui demandaient audience de se présenter à la cour avec deux carrosses maximum (du temps des Espagnols, les nobles n'en déplaçaient jamais moins de cinq).

Les nobles dames ne seraient plus admises à la cour atourées de somptueuses robes de soie et de dentelle et avaient six mois pour changer leur garde-robe.

Les jeux (cartes, dés ou tout autre) étaient strictement interdits aux nobles, dans les clubs comme chez eux.

Il était aussi interdit aux nobles de boire du vin ou toute autre boisson.

Tous les villages et bourgs fondés par des nobles étaient immédiatement confisqués et devenaient propriété de la couronne.

Tous les tribunaux baronniaux devaient être considérés comme abolis.

Tous les privilèges nobiliaires seraient revus au cours de l'année à venir. Pour l'heure, ils étaient suspendus.

Toutes les sources et fontaines appartenant à des nobles devenaient bien commun. Le noble qui en avait besoin payait une taxe, le bourgeois ou le paysan qui étaient dans la même nécessité payait le double.

Pour ce qui était des prêtres :

Tous les prêtres favorables au pape devaient quitter l'île dans les quinze jours sous peine d'arrestation.

Tous les biens de l'Église passaient à la couronne.

Le droit d'asile dans les églises et les monastères était aboli.

Pour ce qui était de l'armée et de la marine :

La troupe serait formée aux trois quarts de soldats piémontais.

La marine en revanche compterait un quart seulement de Piémontais (rapport que la mer, ils s'y entendaient comme une truie en épices).

À la tête de l'armée, un général piémontais.

À la tête de la marine, un amiral prêté par les Anglais.

Tous les commandants de place de toutes les villes étaient remerciés. Les nouveaux seraient nommés sous trente jours.

Pour ce qui était de l'administration :

Soixante pour cent des postes de juge ou ministre seraient occupés par des non-Siciliens.

On ne pouvait plus acheter ni vendre les charges qui seraient distribuées par le vice-roi.

À la direction de tous les services qui s'occupaient d'impôts, taxes, gabelles et redevances seraient placés des fonctionnaires piémontais.

Au premier décembre, impôts, taxes et gabelles devaient être considérés comme majorés de vingt pour cent. De même que toutes les redevances.

La taxe sur la mouture du blé était doublée.

Et il fut clair pour tout le monde que Sa Majesté, dans les vingt premiers jours de son règne, avait joué sa couronne de Sicile.

Le Sénat de la ville de Palerme décréta pour le trente de ce même mois d'octobre une grande fête en l'honneur de Victor Amédée et de sa femme, la reine Anna. On commencerait le tantôt à quatre heures avec une tauromachie, ce qui voulait dire le combat d'un homme, appelé torero, contre un taureau furieux d'une race spéciale qu'on élevait dans un des domaines du prince Aragona y Cortes. Le prince qui, en bon Espagnol, raffolait de ce genre de combat appelé corrida, avait même ouvert une école de toreros et passait ses journées en compagnie de ces jeunes gaillards plus sveltes et beaux les uns que les autres, partageant aussi avec eux, disaient les limes douces, la plupart de ses nuits. Quand on lui quérit un taureau et un torero pour une fête en l'honneur du roi de Savoie, de prime abordée le prince refusa indigné, en clamant sa fidélité au roi d'Espagne et en jurant ses grands dieux que jamais, au grand jamais, il ne concourrait à honorer l'usurpateur. Mais deux jours plus tard, il changea d'avis soit parce que le Sénat lui avait proposé une forte compensation financière, soit parce qu'il n'avait pas vu de corrida depuis longtemps. Sur la place de la Miséricorde qui pouvait contenir un bon cuchon de monde, on entreprit de monter les estrades en bois où devaient s'asseoir les apparents, ainsi que les palissades délimitant l'arène. Dans le même temps, on recruta les picadores, c'est-à-dire des hommes à cheval armés de piques qui devaient exciter le bestiau, et les banderilleros qui, en Sicile, étaient noirs de peau, et plantaient dans le corps du taureau des espèces de flèches qui l'effervaient encore plus. Ces banderilleros noirs, qu'avaient déjà travaillé avec les Espagnols, savaient allumer un petit feu d'artifice au bout de la banderille tout en l'embarrant dans l'animal.

De fois à autres, Turiddru Macca se montrait aux parlements sous l'olivier. Il venait quand il pouvait parce qu'il était cocher chez le marquis Filocolo Lanzetta di Comisini et qu'il devait se tenir toujours à disposition. Turiddru était personne de grand affaire, pas seulement par sa fonction, mais parce qu'il rapportait à ses amis les conversations des nobles.

« Le trente de ce mois, j'irai à Palerme, fit Turiddru, parce que le marquis doit parler au roi et ensuite, le tantôt, il est invité à une grande fête.

– Je n'ai jamais vu Palerme, dit Zosimo.

– Pourquoi t'irais pas ? quérit Turiddru.

– Mais comment ?

– Avec nous. Tu voyageras pas rien confortablement, faudra rester dehors en plein vent, assis sur le siège avec moi.

– Que va dire le marquis, s'il me voit ?

– Le marquis ne les voit même pas, ses serviteurs. Et s'il demande des explications, je lui dirai que je t'ai pris avec moi pour donner la main.

– Et comment je m'habille ?

– Te bouligue donc pas, je te prêterai ce qu'il faut. »

Ils arrivèrent à Palerme tard le matin du vingt-sept et le marquis se fit conduire chez son ami le baron Ragusa, chez qui il mangerait et dormirait. Turiddru et Zosimo aussi pouvaient y manger et dormir, mais dans l'aile des domestiques.

Sainte Vierge, comme cette ville plut à Zosimo ! Il se lantibardanait par les rues, la tête tant tellement rejetée en arrière à remirer les palais, les statues, les églises qu'au bout d'une paire d'heures, il en avait mal au cotivet. À chacune des belles choses qu'il voyait, son cœur gonflait dans sa poitrine et il fallait qu'il pousse un profond soupir. Par moments, il avait l'impression d'être buve tant la tête lui tournait.

À l'incontraire, les visages des gens qu'il voyait marcher le tristaient, rien à voir avec les merveilles qui les entouraient. Jaunâtres, les traits tirés, les yeux cernés, ils semblaient tous avoir le bocon, peut-être que le soleil et l'air de la campagne leur manquaient.

Le trente au matin ils déposèrent le marquis pour l'audience et quand ce fut fini, ils se renvinrent à l'hôtel des Ragusa. Le tantôt, à trois heures, ils vinrent prendre le marquis pour l'accompagner à la corrida, place de la Miséricorde, mais arrivés dans ces parages, ils se firent arrêter par des soldats parce qu'on ne pouvait pas aller plus loin en voiture. Pestant et jurant, le marquis dit à Turiddru et à Zosimo de l'attendre et il continua à pied.

Pour finir, une dizaine de voitures se retrouvèrent sur une petite place, cochers et domestiques prirent à caqueter à double ratelée. Au bout d'une demi-heure, on entendit sonner les trompettes, ce qui voulait dire que Sa Majesté et la reine étaient arrivés et que la fête commençait. De temps en temps, on entendait aussi des applaudissements ou les crépitements des pétards des banderilleros. Tout d'un train, monta un sapré tabus : cris, plaintes, appels à l'aide, moque-dieu, bruit de pas précipités. Cochers et domestiques chauvirent de l'oreille, il se passait quelque chose de grave, peut-être le taureau avait-il encorné le torero.

Et par le fait, le taureau avait bien encorné quelqu'un, mais pas le torero. Voilà ce qu'était arrivé. Dès qu'il était entré dans l'arène, le bestiau avait montré qu'il n'était pas là pour gandoiser, il atousait de grands coups de corne dans la palissade qu'en tremblait de tous les côtés. Quand les banderilleros se mirent de la partie, les choses empirèrent. Entourée par ces hommes noirs qui lui faisaient partir les oreilles avec leurs quinchées, sensipotée par les explosions et les feux d'artifice des banderilles fichées dans ses chairs sanguinolentes, la bête réussit à renverser un homme puis, complètement emmalicée, à le soulever et le jeter derechef au sol en lui donnant encore de terribles coups de corne.

À cette vue, la reine jaunoyant qu'on aurait dit une morte, se leva toute droite en disant qu'elle voulait partir. Du coup, comme le veut l'étiquette, tous les nobles présents se levèrent à leur tour en rejetant leur manteau sur l'épaule et en s'inclinant en direction de la reine. Ces manteaux se portaient noirs, l'intérieur doublé de satin rouge. Ce qu'il advint ensuite, c'est encore le chanoine Verruso qui le raconte, en vers :

Devant tout ce rouge, le taureau furieux
Rue, galope, tremblant des cornes à la queue,
De rage, de folle colère bouillonnant.

Il part à l'assaut et enfin d'un bond puissant,
Franchit les barrières, tel un cheval ailé,
Pour, d'un coup de corne exactement décroché,
Du duc de Superga, planter l'arrière-train
Que sa révérence, hélas, exposait à plein.
Le malheureux hurle et sa reine qui le voit
Transpercé, baignant de sang son habit de soie,
Vacille, gémit, couvre ses yeux de ses mains,
Et par l'horreur vaincue s'évanouit enfin.
Incontinent le taureau, encor bien visant
Au bas-ventre, le comte Stamira frappant,
Le prive sur le champ, noir et sombre destin,
D'une virilité dont or ne reste rien.
Lors le taureau s'arrête, son ire apaisée,
Et désormais sans broncher se laisse emmener.

Le soir même, traversant le quartier de la Vucciria avec Turiddru, Zosimo s'approcha d'un étal de viande où se pressait grande force de monde qui riait de bon hait. On avait abattu le taureau qu'avait tant fait de dégâts à la corrida et maintenant les gens en achetaient allègrement les morceaux. Restait la tête, les yeux ouverts, si colérés que même défuntée cette bête vous mettait froid aux os. Les cornes étaient rougies de sang et sanglant aussi le pelage. Zosimo la voulait et il la paya cher rapport que le vendeur asseverait que la tête d'un taureau qu'avait enculé un noble et en avait châtré un autre ferait l'orgueil et la fierté de toute maison de gens honnêtes et travailleurs.

Quand Zosimo se renvint à Vigàta, pour première chose il appela Savaturi Alletto, qu'excellait à peindre sur les charrettes des scènes de la geste de Roland. Il lui dit qu'il voulait un dessin le plus ressemblant possible de la tête du taureau. Savaturi le lui remit au bout d'une semaine. Alors Zosimo alla à Montelusa chez les demoiselles Colosimo qui savaient coudre et broder comme personne. Il leur expliqua ce qu'il voulait :

qu'elles reportent le dessin au mitan d'un grand tissu noir et solide.

Et cela devint la bannière de Zosimo.

Sur un poteau qu'il avait planté à côté de l'oliver, tous les dimanches quand ses amis se réunissaient, Zosimo la hissait, moitié pour rire, moitié à bon.

Un tantôt, presque à la brune, ses amis étaient assis sous l'olivier. Ils avaient parlé tant et plus de la controverse de Lipari et tous étaient d'avis que Zosimo devait dire publiquement quel camp il choisissait. Mais Zosimo ne s'était pas prononcé, il semblait distrait. En fait, il sentait monter la fièvre, dans son corps il y avait comme une chaleur croissante et de fois à autre un frisson de froid lui zébrait le dos. Son cœur battait plus vite. Mais Zosimo savait que ce n'était pas un bocon, ni fièvre tierce ni malaria. Ça faisait des années que cette fièvre spéciale ne l'avait pas pris. Il régnait maintenant ce silence qu'il y a toujours dans un groupe d'amis quand arrive le moment de prendre congé, on attendait juste que le premier se lève et dise :

« Ben, on va prendre du souci. »

Ce fut exactement dans ce silence que, pour Zosimo, le temps s'arrêta. Tout ce qui le circondait, vivant ou pas, se figea, les feuilles cessèrent de bouger dans la brise du soir qui soufflait encore. Même une chauve-souris dans son vol bas et tortueux s'arrêta les ailes déployées, suspendue, comme dessinée dans un tableau. Et les nuages, eux aussi immobiles, appartenaient au même tableau. Fofò La Bella était légèrement penché vers Tanu Gangarossa, la bouche ouverte comme pour parler mais ses lèvres ne remuaient pas et pas un mot n'en sortait. Il n'y avait pas de bruit, rien, pas un son. La fumée de la pipe de Gegè Cosentino était immobile, à moitié encore dans le fourneau et à moitié dehors. Le chien qu'était après sauter une barrière restait les deux pattes de devant en l'air.

Sur la droite de ce tableau, quelque chose bougea. Mais cette chose n'appartenait pas au tableau, elle tombait du ciel, une espèce de trait noir, très mince, qui pendait exactement au-dessus de la tête de Giacuminu Seddio.

Quand il fut à la perpendiculaire exacte, le trait noir qui ressemblait à un serpent frémit, traversa le crâne de Giacuminu qui se fendit comme une grenade mûre et continua interminablement à le pénétrer jusqu'à lui trancher tout le corps. Cela dura le temps d'un instant.

Puis les bruits reprirent, les voix, les gestes, les mouvements de tous les jours, mais ils semblèrent insupportables à Zosimo, il se sentait partir les oreilles, il eut envie de les étouper avec ses mains. Le premier qui se leva et dit : « On va prendre du souci », fut Giacuminu Seddio.

Le lendemain, à l'heure du repas, Zosimo vit surgir Fofò La Bella, blanc comme un linge bien qu'il eût couru ni peu ni trop. Trop ébouffé, il n'arrivait pas à parler.

« On a tué Giacuminu Seddio, hier au soir. »

Giacuminu repairait chez lui, au lieu-dit Bonamorone. Il ne faisait pas encore nuit serrée. En chemin, il était tombé le nez sur Peppi Nicolosi, un pagan qu'habitait par là et ils avaient décidé de faire un bout de route de collagne en bavardant. Au bout d'une centaine de mètres, ils virent venir trois soldats savoyards à cheval qui s'arrêtèrent sur cul à la vue des deux pagans. Giacuminu et Peppi en firent autant. Alors celui des trois qu'était au milieu dit quelque chose en employant des mots qu'on ne comprenait pas.

« Hein ? » fit Peppi.

Il n'eut pas le temps d'en dire plus. Le soldat de gauche sortit son sabre et lui en estordit un coup du plat de la lame sur le coqueluchon. Le choc fut terrible et devant que tomber, épâmi, Peppi vit Giacuminu qu'avait agrapé les jambes du chef des soldats et essayait de le déchevaucher. Quand Peppi reprit connaissance, les soldats n'y étaient plus. Giacuminu, lui, était là, défunté, la cocuce fendue en deux par un coup de sabre, comme une grenade mûre.

Une fois, il avait à peine dix ans, Zosimo avait cavé un trou de ses mains derrière la maison, il y avait déposé une amande et l'avait recouverte. Un mois plus tard, il s'était réveillé fièvreux.

Il n'avait pas mis le pied dehors que le monde s'était arrêté tout sec. Il régnait un silence comme si aucune chose n'avait jamais existé. Il prit peur et voulut vochier sa mère, Filònia, mais sa voix ne sortait pas : ensuite il vit qu'à l'endroit exact où il avait enterré l'amande, la terre s'ouvrait et qu'un amandier sortait du trou, avec toutes ses feuilles et ses fruits verts, d'abord petit, puis de plus en plus grand. Exactement ce qu'il deviendrait quelques années plus tard.

Et une autre fois, en posant sa main sur l'ambuni de Ciccina qu'était enceinte de Gisuè depuis à peine deux mois, il avait vu le visage de son fils exactement tel qu'il était quand il était venu au monde.

Mais il n'avait prévu ni l'éclair qui foudroya l'amandier ni la fièvre maligne qui tua Gisuè. Il avait toujours prévu des naissances, de nouvelles vies d'hommes, de plantes, d'animaux. Pourquoi maintenant, pour la première fois, lui était clairement apparu un signe de la mort ?

QUATRIÈME PARTIE

Où Zosimo devient roi

CHAPITRE UN

À la moitié de l'année qui suivit, plus précisément au mois de juin 1714, à Montelusa et dans tous les bourgs du canton, on ne trouvait plus un curé disposé à dire la messe, même à prix d'or. Pour représenter le roi, était arrivé de Palerme Girolamo Gioeni qui ordinairement n'y allait déjà pas de main morte et avait par-dessus le marché reçu carte blanche : il pouvait censément faire tout et n'importe quoi. Et par le fait, un jour, il eut une saprée foucade. Il y avait à Chiusa, retiré depuis longtemps parce que devenu aveugle, un prêtre de presque huitante ans, si déjeté qu'il n'abondait plus à tenir debout. Il s'appelait Vito Paternostro. Gioeni manda ses soldats le quérir et l'obligea à célébrer la messe en la cathédrale avec un soldat qui le soutenait pour qu'il ne débaroulât pas de l'autel et un autre soldat sabre au clair pour l'escoffier si, par aventure, il dévoulait continuer l'office. La petite vingtaine de fidèles qui se présentèrent, voyant de quelle messe il s'agissait, désertèrent incontinent et il ne resta pas un chat.

Il fallait trouver une solution. Alors le chanoine Catanzaro, d'accord avec Gioeni, se fit envoyer de Palerme une vingtaine de curés qu'il dispartit entre les différentes églises de Montelusa.

Une nuit, Zosimo qu'était couché depuis deux heures, fut réveillé par un tabus devant la maison où désormais il vivait seul puisque Filippo aussi avait voulu se marier à dix-sept ans, un an après son frère Gisuè. Qui ça pouvait être à cette heure ?

Il apincha par la fenêtre, il y avait une belle lune, il vit une vingtaine d'ombres à côté de l'olivier. On entendait parler à voix basse. Ce n'étaient pas des soldats, mais ce pouvait être un piège, mieux valait y aller bride en main. On ne voyait pas d'armes. Puis il s'entendit vochier.

« Zosimo ! Ouvre ! Nous sommes des amis ! »

Il ne se dégroba pas de derrière la fenêtre. Il lui avait bien semblé reconnaître la voix qui l'avait appelé mais il était plus prudent de faire la sourde oreille.

« Zosimo ! C'est moi, Cocò Milazzo ! »

Cocò Milazzo était le messier, frère de ce père Amantino qu'avait baptisé son petit-fils. Un ami. Il ouvrit la fenêtre.

« Je descends tout de suite. »

Il descendit, alluma bougies et chelus, ouvrit la porte et les fit entrer parce qu'il ne faisait pas rien chaud.

Derrière leur apparence de pagans, Zosimo comprit de prime abordée qu'ils étaient tous prêtres : parce qu'un curé, comme un sbire, peut bien s'habiller comme il veut, même en fenotte, on voit toujours que c'est un curé (ou un sbire).

Et par le fait, en remirant les visages à la ronde, Zosimo vit le père Amantino, encore plus sec et déviandé que dans son souvenir.

Cocò Milazzo entra à parler.

« Il faut que tu nous pardonnes de te déranger, Zosimo, mais l'affaire est très sérieuse et mérite ton attention.

– Je vous écoute.

– Tu connais mon frère Amantino, continua Cocò. Il était abrié dans un endroit que je lui avais trouvé pour échapper aux persécutions. De petit en petit, d'autres prêtres qui eux aussi étaient en fuite, sachant mon frère cati en lieu sûr, sont venus vers lui. Ils sont tous ici. Il se passe qu'ils ont appris que des curés pas de chez nous sont arrivés et ont pris possession de leurs églises. Et pas seulement de leurs églises, mais aussi de leurs maisons, de leurs potagers, de leurs prébendes… À bref parler, si ça continue, ces pauvres gens vont se retrouver sans un patat et complètement détrancanés.

– Que voulez-vous que j'y fasse ?

– Déjà, nous donner un conseil.

– Mais encore.

– Le père Cosimo, fit Cocò en guignant un homme plutôt jeune, grand et bien tourné de membres, est d'avis de mettre ces curés dans l'obligation de quitter Montelusa.

– Et comment ? »

Le père Cosimo commença par rire avant de s'expliquer :

« Une bonne vertouillée. On va y convaincre avec une bonne vertouillée. Les plus jeunes d'entre nous, aidés de quelques-uns de nos paroissiens, entrent dans l'église et, pendant que ces curés disent la messe, leur donnent leur provision de bois vert

– Et ils commettent un sacrilège ! » protesta un ancien.

Le père Cosimo haussa les épaules. Tout le monde remira Zosimo.

« La violence appelle la violence », dit Zosimo.

Il y eut un silence.

« Ainsi comme ainsi, reprit-il après avoir réfléchi un peu, il me semble comprendre que vous voulez que ces curés démigrent et que les églises restent fermées. C'est bien ça ?

– C'est bien ça », répondirent les prêtres en chœur.

Zosimo commençait à avoir sa petite idée.

« Ils dorment où, ces curés ? »

Le père Amantino répondit pour tous les autres.

« C'est simple, ils dorment là où on dormait nous, dans une chambre à la sacristie, dans la cure à côté de l'église, dans... »

Zosimo lui coupa la musette :

« Je vois. Dans une semaine au maximum, je veux connaître nom et prénom de chaque curé et l'endroit où il reste. Je vous garantis qu'ils vont se dégrater de Montelusa sans qu'on commette de sacrilège, et qu'ils ne voudront plus jamais y revenir. »

Le père Manueli Lovoi était après dormir dans la cure mitoyenne de l'église Santi Cosma e Damiano quand il entendit un grondement épouvantable. Comme il était né dans une région où la terre bougeait souvent, il crut à un croulement de terre. Il avait l'habitude de garder une bougie allumée, même quand il dormait. Il se dressa dans son lit ; au même moment, la porte de sa chambre s'ouvrit et le Diable apparut. C'était lui, aucun doute, roux des pieds à la tête, deux grandes cornes, emboconnant le soufre et le bouc, les yeux ouverts comme un chien qui rend des mâts de cocagne de travers, un fouet de haquetier dans la main gauche, l'index de la main droite pointé comme un canon de fusil. Il ne disait mot. Le père Manueli en pissa dans ses bragues tout en se signant d'une main tremblante.

« Va… va… de… rere… retro… sa… satanas », parvint-il à barbeloter.

L'éclat de rire du Diable lui mit froid aux os, si tant tellement puissant que la flamme de la bougie faillit s'éteindre.

« T'as damné ton âme, charipe de curé ! » rebecqua le Diable d'une voix naturellement caverneuse et en pur dialecte sicilien, ce que le curé en la circonstance ne releva pas. « Et maintenant, tu vas me suivre en enfer retrouver les âmes damnées ! »

Là, le père Manueli en caqua dans ses bragues.

« Non… Non… Pour l'amour de Dieu ! »

Et il se mit à chougner. En chougnant, il descendit de son lit, sa gandouse lui dégoulinant des fesses, et se jeta à genoux.

« Pour l'amour de Dieu !

– Dieu ? T'appelles Dieu maintenant, Dieu que t'as trahi en reniant le pape ? »

Et il lui atousa un coup de fouet en plein trogne.

« Qu'est-ce tu viens me parler de Dieu, pauv' benoni ! Lève-toi et suis-moi ! »

Sentant sa blessure pancher du sang, le père Manueli s'agrobogna comme un poupart dans son berceau.

« Non… Non…

– Tu me fais pitié, tiens ! dit le Diable. Alors je vais te donner une chance d'éviter les flammes de l'enfer : tu démigres de cette église avant demain soir, et peut-être que tout s'arrangera. »

Et pour finir le plat, il lui estordit un coup de fouet supplémentaire devant que quitter la pièce.

Cette nuit-là vingt diables apparurent à Montelusa, un par curé, et vingt curés à la piquette du jour, qui à pied, qui en voiture, qui en charrette, qui à cheval, se dégratèrent, abandonnant les églises. Le soir même, vingt ex-diables mangèrent et burent à renonce sous l'olivier où ventelait la bannière de Zosimo.

Ce mois de décembre 1714 fut bien triste. Emmalicés par cette affaire de diable auquel ils ne croyaient pas (à dire vrai, ils ne croyaient pas plus en Dieu), Gioeni et Catanzaro donnèrent ordre à la troupe de battre toute la contrée pour retrouver les curés réfractaires. Ces derniers devaient se rentourner incontinent à leurs églises, les rouvrir et célébrer les offices. On enchartrerait immédiatement ceux qui refuseraient ou s'y opposeraient.

« Et s'il y a un ou deux morts au passage, tant mieux. Comme ça, ils comprendront que c'est pas de la rigolade », fit Gioeni au commandant.

La chasse commença, mais il s'en fallait le manche qu'ils missent la main sur les curés catis, que les pagans protégeaient. Alors, pour obliger les pagans à vendre la carabasse, certains soldats brûlèrent leurs maisons. Un matin, deux jours avant Noël, des placards couvrirent les murs de Montelusa et alenviron, avec un texte du pape qui maudissait les Montelusains en les appelant « fils ingrats, déserteurs ». Un autre placard, signé de Gioeni, expliqua aux nobles que s'ils n'assistaient pas à la messe de Noël, ils encourraient la condamnation à mort. Le père Minico Sacchitello prit à arpenter les rues en débagoulant des injures contre le pape. Atterré, le monde se barricada chacun chez soi.

Le matin de la sainte journée de Noël, une mouée de gens se rendit à Sanpietro, chez Zosimo qu'avait préparé pour ses amis des biscuits au vin cuit, des gâteaux aux amandes et du vin doux. Tout ce saccage de monde se coquait en échangeant les vœux. Il y avait aussi Custantino Seddio, le frère du gars qu'avait été tué sans raison par le soldat piémontais. En embrassant Zosimo, Custantino lui glissa à l'oreille :

« Cette nuit, l'enfant Jésus m'a apporté un cadeau.

– Ah bon ? fit Zosimo en le retenant contre lui. Et quoi donc ?

– Un soldat piémontais qui s'était perdu. Il a chapoté à ma porte, j'ai ouvert, je l'ai vu devant moi, je l'ai fait entrer et je lui ai tranché la gargate.

– Pourquoi as-tu fait ça ?

– Comme ça, mon frère Giacuminu est content.

– Où as-tu mis le cadavre ?

– En lieu sûr. »

Une demi-heure plus tard, arriva Cicciu Cascio, un gars toujours joyeux mais qui, cette fois, était en cervelle.

« T'as du souci ? lui quérit Zosimo en le prenant à part.

– Hier tantôt, voilà que ma femme qu'était descendue au jardin, prend à quincher. Elle avait trouvé un homme, blessé à mort. Il parlait encore. Je l'ai emmené à la maison. C'était un curé, les Piémontais l'avaient retrouvé et voulaient l'arrêter. Mais il s'était défendu et avait réussi à gagner la campagne malgré ses blessures. Peu après il s'est signé, il a demandé au Seigneur de lui pardonner ses péchés, il a fermé les yeux et il a défunté.

– Et pourquoi t'es en souci ?

– Parce que je ne sais pas quoi faire de ce mort. Je lui ferais offense si je le déposais à l'église : c'était un adversaire de ces curés qui sont pas de chez nous. Qu'est-ce que tu me conseilles ? »

Zosimo décida tout sec.

« Amène-le-moi ici cette nuit.

– L'mort ?

– Oui bien. Il m'intéresse.

– Comme mort ou comme curé ?

– Comme curé.

– Alors il peut pas te servir à grand-chose. Il était gauné en civil.

– Alors apporte-moi aussi un habit de curé.

– Que j'trouve où ?

– Débrouille-toi. C'est pas les églises abandonnées qui manquent… »

Puis il s'approcha de Custantinu Seddio.

« Cette nuit, amène-moi ton Piémontais.
– L'défunté ?
– Oui bien.
– À cause ?
– À cause que deux ça fait pas trois. »

Le matin du 27 décembre 1714, don Armando Giaele Ficarra, marquis de Santo Spirito, quitta en carrosse son hôtel de Montelusa, en compagnie d'un invité, son ami le baron Ippolito Gaudenzio, baron de La Frasca. Le marquis voulait montrer à son ami une petite tour qu'il avait fait appondre sur le toit de sa villa de Bonamore en l'équipant de toutes les longues-vues modernes pour remirer les étoiles, rapport qu'il se piquait d'astronomie. Avec plus de mots de gueule qu'en proféreraient un haquetier ou un cantonnier colérés, le baron racontait à son hôte qu'il avait toujours en travers de la corgnôle le fait que Gioeni l'avait obligé à entendre la sainte messe de Noël de collagne avec les autres nobles.

« Excuse-moi, quérit le marquis, c'est pas pour dire de dire, mais tu y allais bien chaque année, à la messe de Noël ? Je te voyais !

– Ah non, bon ieu d'bon ieu ! s'efferva le baron. C'est pas la même chose que j'y assiste de ma propre volonté, ou contraint par cette charipe de Gioeni.

– C'est pas faux.

– Alors tu sais ce que j'ai fait ? J'ai blasphémé Dieu, la Vierge Marie, Jésus et les saints avec, tout le temps que la messe a duré. Et elle n'a pas été courte ! »

Puis ils entrèrent à parler des maltôtes du roi savoyard qu'allaient finir d'appaillardir une population qui gagnait déjà pas seulement d'eau pour boire.

« Sans compter que naguère, fit le marquis, on s'arrangeait avec les employés du fisc, on se rendait des services, chou pour chou, sans aller parler au devin : pauvres gens, vu le salaire qu'ils touchaient, ils avaient toujours besoin de quelque chose… Mais avec ces Piémontais, pas moyen de moyenner, tu leur parles, ils ne te comprennent pas.

– Regarde, là ! fit le baron en lui coupant la musette.

– Où ? quérit le marquis en se penchant vers l'autre fenêtre.

– Rien, excuse-moi, j'avais cru…

– Et si ces fonctionnaires piémontais étaient honnêtes, tu te rends compte ? conclut le marquis d'un ton angoissé.

– Excuse-moi Armando, reprit le baron pensif. Veux-tu ordonner à ton cocher de faire volte route ? Il me semble avoir vu une chose pas tout à fait normale. »

Il y avait une chose pas tout à fait normale. Ça pendait de la plus haute branche de l'olivier millénaire qui marquait le carrefour pour Vigàta. Il s'agissait de deux cadavres pendus ensemble à la même hart, bien serrée par plusieurs tours. Sur la cocuce d'un des deux, s'était posée une graille qui lui picorait un œil.

« Allons-nous-en, dit le baron qu'avait envie de vomiter.

– C'est pas chrétien de les laisser comme ça », fit le marquis qui se sentait lui aussi l'estomac chaviré, mais ne trouvait pas juste d'abandonner ainsi deux pauvres morts.

Et il donna ordre au cocher et au valet assis avec lui de grimper à l'arbre pour couper la hart et de redescendre les corps à terre. Ce ne fut ni facile ni rapide. Au fur et à mesure que les corps se rapprochaient du sol, la puanteur de mort augmentait.

« Mais depuis combien de temps sont-ils là-haut ? se demanda le baron en s'étoupant le nez avec un mouchoir.

– Hier, ils y étaient pas, fit un pagan, un ancien qui s'était arrêté pour apincher. J'suis passé hier soir et ils y étaient pas.

– Et alors ? fit le baron ébaffé.

– Ça veut dire, expliqua le pagan, qui en ce genre de choses voyait à l'œil, qu'on les a escoffiés ailleurs y a quelques jours et qu'ensuite on les a hardés dans l'olivier. »

Entre-temps, les deux cadavres avaient été étendus par terre.

« Sainte Vierge, un prêtre ! s'exclama le marquis sensipoté.

– Sambieu, un soldat piémontais ! » dit le baron ébravagé en reconnaissant l'uniforme de l'autre mort.

Le pagan, le cocher et le valet, eux, ne dirent ni quoi ni qu'est-ce.

En s'approchant pour apincher le soldat, le marquis aperçut

une espèce de rouleau de papier qui dépassait de sa veste, à la hauteur de la poitrine. Il catolla un instant, puis se décida et dit à son valet :

« Prends ça. »

Le valet extirpa le papier.

« Ouvre-le. »

Le valet le déroula.

Le marquis ne voulait pas toucher, dégoûté :

« Tiens-le déplié. »

Le valet le tint déplié.

Le marquis approcha son visage. On lisait, écrit en gros caractères rouges comme du sang :

« Ni avec le pape ni avec le roi. »

Entre-temps, deux autres pagans avaient rejoint le groupe. L'un d'eux s'approcha du cadavre du prêtre et le reconnut.

« C'est le père 'Ntoniu Ventu, il avait démigré pour pas dire la messe.

– Et maintenant, qu'est-ce qu'on fait ? quérit le baron.

– Nous deux, on rentre à Montelusa avertir le capitaine de justice », répondit le marquis, et il poursuivit en s'adressant au valet : « Toi, reste ici et ne laisse personne approcher. Et attention à ce papier, il ne faut pas qu'il se perde. »

Les deux nobles partis, un des pagans demanda à l'ancien :

« Tu sais c'qu'est écrit sur c'papier ?

– Oui bien. C'est écrit qu'il faut être ni du côté du pape ni du côté du roi.

– Et qui dit ça ?

– T'as pas compris ? C'est Zosimo », rebecqua l'ancien avec un sourire.

Un beau matin, au début du mois de janvier de l'année suivante, arriva un pagan, tout ébouffé.

« Qu'y a-t-il ?

– File vite, Zosimo ! Un des hommes du capitaine de justice est après venir chez toi. Un marquant.

– Y a des soldats qui l'accompagnent ?

– Non, il est seul. Il est après grimper le raidillon à cheval.

– Alors je l'attends », dit Zosimo sans se mettre en dare.

Le pagan disparut.

L'homme de la loi avait une quarantaine d'années, bien membré, plutôt grand, des gestes lents mais sûrs. Il arrêta son cheval à la limite de l'aire :

« On peut ? »

Une voix profonde, sans une ombre de morgue ou de mépris.

« Venez. »

L'homme descendit, harda son cheval à la barrière et avança pour se retrouver en face de Zosimo.

« Je m'appelle Petru Montaperto, dit-il. Et je suis le second du capitaine de justice, Gnaziu Tarallo. Vous êtes Zosimo ?

– Oui bien. »

Montaperto l'apincha longuement, les yeux dans les yeux. Puis il se retourna, s'éloigna de quelques pas, prit à observer une brigantine au loin sur la mer.

« C'est beau, dit-il.

– Puis-je vous offrir une broche de vin ?

– Oui bien, merci.

– Asseyez-vous, je vous y apporte », dit Zosimo en lui montrant un banc de pierre à côté de la porte.

Quand il se renvint avec deux gobelets, Zosimo le trouva assis qu'avait allumé sa pipe comme quelqu'un qui se met à son aise chez un vieil ami qu'il n'aurait pas vu depuis longtemps.

« Santé, fit-il devant que boire, en levant son gobelet.

– À la vôtre », rebecqua Zosimo avec le même geste et en s'asseyant à son tour. Ils burent en silence, en savourant le vin fort et légèrement amer.

Montaperto n'ouvrit plus la bouche, jusqu'à ce qu'il eût vidé son verre qu'il reposa entre eux deux.

« Encore ?

– Non, merci », dit-il.

Il regarda vers la mer, on ne voyait plus la brigantine. Il poussa un soupir comme si la chose lui déplaisait et il dit :

« On bruit… »

Comme il n'en ajouta pas plus, Zosimo se vit obligé de demander :

« À quel sujet ? »

Montaperto fit un geste vague.

« On bruit, des patrigots, des commérages. On dit que vous, Zosimo, auriez tué d'abord un prêtre, ensuite un soldat savoyard et puis que vous auriez pendu les deux cadavres. »

Zosimo ouvrit la bouche pour nier, mais Montaperto l'arrêta en levant la main :

« Gardez votre salive. C'est un soldat piémontais qu'a tué le curé et c'est Custantinu Seddio qu'a tué le soldat piémontais pour venger la mort de son frère Giacuminu. Ne vous l'avais-je pas dit ? Patrigots, commérages. »

Il sembla avoir soudain perdu tout intérêt pour ce qu'il disait, il se leva, sourit à Zosimo.

« Merci pour le vin et excusez le dérangement. »

Tranquille comme Baptiste, il se dirigea vers son cheval, le détacha et l'enfourcha.

« Alors pourquoi êtes-vous venu ? demanda Zosimo.

– Pour faire connaissance. Parce qu'il fallait que je comprenne qui avait monté la comédie de la pendaison et écrit le message : "Ni avec le pape ni avec le roi." Et maintenant que j'ai eu l'honneur de vous rencontrer, je suis prêt à parier mes pelotons que c'est vous. Bien le bonjour. »

Il tourna bride et s'en alla. Zosimo resta longuement à le remirer pendant qu'il redescendait le sentier. Il venait de parler avec un homme, un vrai.

CHAPITRE DEUX

L'histoire raconte qu'au mois de janvier de l'année suivante, et nous sommes désormais en 1716, le pape reconduisit l'excommunication solennelle contre tous ceux qui, dans l'île, obéissaient aux ordres du roi sans tenir compte de ses ordres à lui. Pour toute réponse, le vice-roi Maffei eut une idée : tous les gens d'église, prêtres, religieux, bonnes sœurs, devaient signer un papier où on disait qu'ils respectaient avant tout l'autorité du roi. À Montelusa, vingt-sept curés refusèrent de signer. On les emmena enforgés à Vigàta, on les embarqua sur une tartane gênoise et on les expédia à Rome. Quand il vit arriver chez lui ces pauvres gens, le pape s'efferva. Pas plus tard que la veille, le cardinal qui gérait ses finances lui avait expliqué qu'on comptait deux mille trois cents personnes expulsées de Sicile, évêques et leur suite, messeigneurs, chanoines, prêtres, religieuses et frères, et qu'on nourrissait et logeait tout ce monde à graisse d'argent. Pour se sortir d'embarras, le pape n'y alla pas par quatre chemins : il décréta qu'il fallait considérer que la Légation apostolique était abolie.

« Ah oui ? » fit le vice-roi qu'on aurait pris pour une fenotte, vu le cuchon de dentelles qu'il appondait à son habit, mais qui en réalité traitait le monde à la fourche. « Eh bien, je vais lui envoyer quelques bouches supplémentaires à nourrir. »

Et il donna des ordres précis. Le juge Schirò, à Montelusa, décroula la porte du couvent San Vito avec l'aide d'une poignée de soldats savoyards et accolleta la trentaine de moines et curés qui s'y étaient catis. Puis, la routine : enforgés, emmenés à

Vigàta et embarqués pour Rome. Il fit même arrêter l'archidiacre Ugo et le chanoine Biancucci, mais il ne les exila pas et les garda enchartrés. Or le clerc qui s'occupait personnellement d'enforger ce chanoine, et qui s'appelait Locicero, se mit à regiber et protester contre Schirò. Le juge, qu'était pas un enfant de chœur, s'approcha de lui et lui atousa un coup de pied dans les pelotons. Le pauvre homme s'acassa en se lamentant, et alors Schirò lui lança :

« De quoi tu te plains ? T'as pas de pelotons, donc tu n'y as pas mal. »

Puis arriva à Montelusa un nouveau vicaire général, envoyé par le vice-roi, qui s'appelait Vanni. Ce Vanni ne reculait devant aucune mascarade. Le premier dimanche après Pâques, il ordonna une grande prière publique : il se mit une hart autour du cou, une couronne d'épines sur la cocuce, deux grosses pierres sur les épaules et empauma une croix dans la main droite. Ainsi équipé, il se bambana par toute la ville. Deux chaises à porteurs lui filaient le train. Dans la première, il y avait le gros frère Peppi Ballotta, carme déchaux, si chargé de cuisine qu'il ne pouvait plus tenir debout ; quand il essayait, ses jambes pliaient, il débaroulait comme un boulet. Dans la deuxième, il y avait le chanoine Brignone qu'on avait forcé à quitter son lit où il était après agoniser et qui défunta pendant la procession. Quelqu'un s'en aperçut et s'approcha de Vanni pour l'avertir.

« C'est encore mieux comme ça, rebecqua le vicaire. Dégrobez-le de sa chaise et portez-le à dos d'homme. Montrez à tout le monde qu'il est mort. »

Et son ordre exécuté, Vanni prit à quincher :

« Apinchez tous, apinchez bien ! Le chanoine Brignone, ce saint homme, a donné sa vie pour sauver vos sampilleries d'âmes ! Rejoignez la procession ! »

« Ça vous mettait froid aux os, dit Fofò La Bella à Zosimo et à leurs amis, réunis le tantôt même sous l'olivier. Le vicaire Vanni a ramagé ni peu ni trop, mais personne ne l'a suivi. Ils ont défilé, la chaise de Ballotta, le chanoine défunté et lui, sans un chat derrière. Les gens t'ont pris au mot, Zosimo : ils font comme tu voulais, ils ne sont ni avec le roi ni avec le pape.

– Mais ils marronnent, intervint Tanu Gangarossa.

– C'est-à-dire ? quérit Zosimo.

– T'avais parlé juste : ces curés disent la messe, confessent, communient, bref font ce qu'ils doivent faire soit au nom du pape, soit au nom du roi. Ils ne le font pas au nom de Dieu et par le fait, ils ne représentent pas Dieu. Du coup, le monde va pas à confesse, communie pas et défunte sans curé. Mais ils n'ont pas la conscience tranquille. Il faudrait que quelqu'un leur dise : vous pouvez avoir la conscience tranquille.

– J'y ai pas dit ? quérit Zosimo.

– Pas assez. Si c'est Dieu, ou Jésus ou la Vierge Marie qui leur dit, alors oui.

– Tu gandoises ?

– J'suis pas en veine de gandoiser. Hier y a Nicolino Alletto qu'a passé le pas. Il voulait un curé, mais ses enfants l'ont pas appelé. Le Nicolino a défunté en leur japillant une batelée de malédictions. Et ce matin, Sciaveriu, l'aîné de Nicolino, m'a dit qu'ils avaient peut-être mesfait de pas appeler un curé, n'importe lequel. »

Pendant tout le reste du temps, Zosimo sembla perdu dans ses pensées. À la fin, quand tout ce monde se saluait pour rentrer chez soi, il appela Fofò La Bella à part.

« Fofò, il y est encore le rocher de l'Homme Mort ? »

La Bella, qui ne se souvenait pas de ce rocher, l'apincha en ouvrant des yeux comme des paumes.

« Tu te souviens pas ?

– Non.

– Fofò, quand on était petits gones et qu'on allait du côté de Montereale, on jouait en haut de la colline de l'Homme Mort. Il y avait un rocher, quand on parlait…

– Oui, je me souviens maintenant », dit Fofò en lui coupant la musette.

C'était un secret. Ils s'étaient aperçus un jour qu'au mitan de ce gros rocher qu'était tout en haut de la colline, il y avait un golet. Zosimo y avait d'abord enquillé la main puis tout le bras sans toucher le fond. Alors Fofò y avait lancé un gadin : ils avaient eu beau chauvir de l'oreille, le gadin tomba sans qu'ils entendissent le bruit de sa chute. Une paire de jours plus tard, ils y retournèrent avec une hart de quatre toises.

Ils la firent passer dans le golet qui l'avala par entier. Jusqu'où allait-il ? Zosimo plaqua sa bouche à l'entrée et quérit, comme s'il parlait à quelqu'un :

« Hé, il a un fond, ton trou du cul ? »

Il arriva alors une chose bachique. À cent toises de là, au pied de la colline, se trouvait la route pour Montereale. Au moment où Zosimo prononçait ces mots, passait un pagan rampé sur un âne. Le pagan tira sur les rênes, s'arrêta et se mit à quincher tout enfielé, en remirant alentour :

« Viens-y, enculé ! C'est pas le fond de mon trou du cul que je vais te montrer, mais la longueur de mon fifre ! »

Zosimo et Fofò s'apinchèrent. Le pagan avait cru que leur question lui était destinée. Mais comment la voix avait-elle fait pour arriver si loin ? Zosimo essaya derechef. Il remit sa bouche près du pertuis et dit tout bas :

« Ton fifre est peut-être long, mais il est acuti.

– Ah, il est acuti, mon fifre ? quincha le pagan à cent toises de là. Sors un peu si t'as le courage, viens donc y tâter ! »

Ils gandoisèrent encore un peu avec le pagan et le lendemain, ils refirent un essai : Zosimo resta en bas sur la route, Fofò monta en haut de la colline et parla dans le golet, d'une voix normale. De la route, Zosimo entendit chaque mot comme si Fofò était à côté de lui après parler, mais invisible.

Arriva le soir de la fête de saint Campagnolo. Il n'y avait de tableau ou de statue de ce saint dans aucune église, les prêtres ne voulaient pas en entendre parler car, d'après eux, c'était un saint qu'existait même pas, qu'avait été inventé par les pagans. Et par le fait, pas un curé ne venait à cette procession nocturne. Vu les temps qui couraient, à savoir qu'à cause de l'affaire de la controverse il n'y avait plus aucune fête ni procession, l'absence même de curés permit que cette fête-là continuât à être célébrée sans interruption chaque année. Comme saint Campagnolo n'avait ni tableau ni statue qui le représentât aucunement, chacun le voyait à sa façon, avec la barbe ou sans, une faux à la main ou pas, et ainsi de suite. C'était le saint protecteur des récoltes, il faisait pleuvoir quand c'était le moment, il faisait briller le soleil juste ce qu'il fallait, il éloignait le gel, il veillait sur les patates qu'on venait de semer, sur la vigne quand les grappes commençaient à mûrir et il chassait les sauterelles et les moineaux qui dévastaient le blé. À chef de la procession qui partait de Montelusa à huit heures du soir venaient des fenottes portant des bannes de fruits et de légumes, puis les chanteurs, hommes et femmes, entonnant la louange de saint Campagnolo. Au même moment, à huit heures, une procession identique partait de Montereale, mêmement en l'honneur de saint Campagnolo. À minuit tapant, les deux processions se rejoignaient au pied de la colline de l'Homme Mort et tout ce monde se mettait à chanter et à danser.

En chemin, les chanteurs hommes improvisaient. Par exemple, brandissant un concombre, ils lançaient :

Ô grand saint Campagnolo,
Tu m'as donné un concombre,
Gros et dur, ah l' beau cadeau,
Pour qu'on l'trouv' quand il fait sombre.

Les chanteuses improvisaient à leur tour. Elles empaumaient un melon dans lequel on avait creusé un petit golet et elles répondaient :

Ô grand saint Campagnolo,
Moi j'ai l'melon en gros lot,
Bien juteux et savoureux !
Faut y goûter, qui en veut ?

Les deux processions, à minuit précis, se rencontrèrent au pied de l'Homme Mort. Les hommes se saluèrent, les fenottes s'embrassèrent et se coquèrent. Ensuite, comme d'habitude, ils entonnèrent le chant dédié au saint :

Fais-moi la grâce, doux saint,
Que ma panse n'ait plus faim
Qu'les bissêtres restent loin...

Ce fut alors qu'au sommet de l'Homme Mort, juste à côté de l'éperon rocheux, s'élevèrent quatre langues de feu.

« Doux Jésus ! C'est qui, c'est quoi ? Y a puis le feu ?

– On dirait des feux grégeois », fit quelqu'un qu'avait oublié d'être bête.

Ils en étaient encore à se demander ce qu'était ce feu quand au beau mitan des quatre flambes, apparut la silhouette d'un homme. Malgré la distance, tout le monde vit clairement qu'il était nu, bien membré, moigneux et généreusement doté, à tel heur que les plus jeunes fenottes, se hontoyant, baissèrent les quinquets. Le visage cati sous une couronne de pampres, l'homme nu leva les bras au ciel et parla :

« Je suis saint Campagnolo.

– Miracle ! Miracle ! »

Alors les plus jeunes fenottes relevèrent les quinquets parce que les pudendes d'un saint c'est pas impudique, c'est même quelque chose de sacré, peut-être de futures reliques. Tous les fidèles étaient tombés à genoux, qui chignant, qui tremblant, qui priant, non pas tant de voir leur saint que d'entendre ses paroles tout près à l'oreille de chacun, comme la voix du curé au confessionnal.

« Vous m'entendez ? quérit le saint.

– Oui ! oui ! fut la réponse.

– Mes fidèles bien-aimés, reprit la voix du saint qui sussurait, faut pas vous bouliguer rapport que vous ne pouvez pas aller à l'église vous confesser, communier et baptiser vos petits gones. Le Seigneur le sait bien que c'est pas de votre faute, mais celle de toutes ces charipes de curés qui finiront en enfer ! Le Seigneur comprend tout ! Priez en levant les yeux vers le ciel : la voilà, la maison du bon Dieu ! Coquez vos petiots avec amour, ça vaut baptême. Et si quelqu'un est après défunter, aidez-le à faire le signe de croix, ça suffit ! Vous avez compris ?

– Oui ! oui ! oui ! dirent-ils tous en pleurant.

– Je vous bénis. »

En une main tournée, les flambes s'éteignirent et le saint disparut.

Une semaine n'était pas passée depuis la miraculeuse apparition de saint Campagnolo que Montaperto, l'homme de justice, se présenta derechef chez Zosimo. Il fit tout comme la fois précédente.

« On peut ? »

Il attendit la réponse, descendit, harda son cheval, remira le paysage.

« Je peux vous offrir une broche de vin ?

– Oui bien. »

Quand Zosimo se renvint avec deux gobelets, il le trouva assis sur le banc, en familier de la maison. Ils possèrent en silence, mais cette fois, ce fut Zosimo qui attaqua.

« On bruit...

– Ah oui ? Et de quoi ?

– Que le vice-roi veut vous faire capitaine de justice. »

Montaperto balaya l'air de sa main, comme quand on chasse une mouche.

« Jolie besogne, enchartrer des prêtres ! Les voilà à s'entreharper pire qu'avant. Heureusement, les gens s'occupent de leurs affaires : les empoignées entre curés désormais, ils s'en battent les joues. Il n'y a plus ni chauve ni chevelu pour aller à l'église. »

Il enleva son chapeau et s'éventa. Le soleil était sacrément chaud.

« Vous voulez entrer ?

– Ça ne vous gêne pas si je reste dehors ? Cet endroit est très beau. »

Son regard sembla tomber comme par hasard sur le poteau où, le dimanche, Zosimo hissait sa bannière.

« Et ça vous sert à quoi ? »

Il n'attendit pas que Zosimo lui répondît. Il se leva.

« Je regrette, mais il faut que je prenne du souci, je dois rentrer à Montelusa. Moi aussi quand je me serai retiré, j'aimerais avoir une petite maison comme la vôtre. »

Il s'éloigna d'un pas tardif, monta sur son cheval, remira alentour les arbres fruitiers, le blé, la vigne.

« Belles terres, bien tenues, dit-il avec un léger sourire. On voit à l'œil que vous avez la dévotion de saint Campagnolo. »

Il était simple de clarté que Montaperto savait tout ce qu'il y avait à savoir et qu'il était après jouer avec lui comme le chat avec la souris.

Une nuit de début février 1716, Zosimo fit un rêve, ou plutôt deux, l'un à la suite de l'autre. Il rêva qu'en dormant comme il dormait et entendant du sicotis dans la chambre, il se réveillait. Mais le sicotis venait de la pièce du bas, c'était la voix d'une fenotte qui chantait. Il comprit alors que, comme souvent dans les rêves, le temps s'était mis à tourner à l'envers et qu'était après se répéter telle quelle la scène du lendemain de son mariage. Il s'habilla et descendit. Ciccina préparait le four pour y cuire le pain qu'elle avait déjà pétri. Sauf que cette fois-ci, elle remarquait sa présence et disait :

« C'est comme ça que tu te dématines ? T'as pourtant bien à faire !

– Moi ? Et quoi donc ?

– T'as oublié qu'on va te donner la mission ?

– Mais quelle mission ? »

Alors Ciccina s'essuyait les mains sur son devantail, avant de lui rebecquer :

« Suis-moi que je te montre. »

Ils marchaient que ça durait un monde, tantôt par des champs brûlés par l'arseure et cafis d'ossements d'hommes et d'animaux, tantôt au milieu de blés hauts qui pliaient et se relevaient comme une mer jaune, tantôt dans des rues où des pendus dodinaient aux balcons, tantôt parmi une mouée de marmots qui jouaient, tantôt à travers un champ de bataille plein de cadavres puants et de blessés qui se doulousaient désespérément. Puis Zosimo reconnut qu'ils étaient arrivés devant la grotte du père Uhù.

« T'as vu tout ce qu'il y a à faire ? » lui quérit Ciccina.

Et elle entra dans la grotte. Zosimo la suivit. Et dans l'obscurité, il entendit la voix de sa femme qui disait :

« Il faut que je me rentourne à l'autre grotte. Toi, reste ici et dors. »

Zosimo obéit, ferma les yeux, s'endormit et rêva.

Il rêva qu'il se trouvait sur un escalier de cinq marches qu'il devait absolument gravir. Sur le premier degré, il y avait une file de fourmis à tête d'homme. Ces fourmis étaient si grosses et si nombreuses qu'il fallait se frayer son chemin au milieu. Sans savoir comment, il se retrouva empaumant une épée. Il donna de l'épée à torche lorgne, coupa quelques têtes de fourmi humaine, se tantouilla de sang et réussit à atteindre le deuxième degré. Il y trouva le père Uhù tel qu'il se le ramentait petit, déviandé, ses longs cheveux au vent, sa croix sur le dos.

« Monte, Zosimo, monte ! lui dit le père Uhù avec des yeux qui pointoyaient comme deux flambes. Toi seul peux vaincre le Diable ! »

Sur le troisième degré, il y avait sa mère Filònia qu'était après s'accoucher de lui. À côté d'elle se tenaient une géline blanche et une cabre d'Agrigente. Ce fut la cabre qui prit la parole et elle dit :

« C'est pour ça que ta mère s'accouche de toi, Zosimo, parce que tu dois grimper le degré suivant. »

Et Zosimo grimpa, mais il se sentait de plus en plus las.

Maintenant à côté de lui, il y avait un homme agenouillé, un homme portant un chapeau bleu ciel, qui lui tendait une longue-vue. Il le reconnut : c'était le magicien Apparenzio qu'il avait rencontré quand il était petiot.

« Remire donc ! » lui dit le magicien.

Zosimo porta la longue-vue à son œil et resta bauché en place. Il vit une ville dont les maisons avaient des toits en or, des fenêtres en or, des rues en or.

« Il en sera ainsi si tu le veux », dit Apparenzio.

Sur la cinquième marche, il n'y avait personne. On entendait juste une voix, forte, solennelle, mais on ne comprenait pas ce qu'elle disait.

Zosimo fit encore un pas et arriva sur une estrade où il y avait une chaise en paille à moitié charpillée.

« Ceci est ton trône, fit une voix. Assieds-toi ! »

Zosimo s'assit. Arriva un enfant, un cercle de fer entre les mains. Il s'approcha, le posa sur le coqueluchon de Zosimo, puis disparut.

« Ceci est ta couronne », dit la même voix.

Et de prime abordée, la couronne lui pesa. Elle lui pesait si tant tellement qu'il en ployait le cou. Mais comment cette couronne qu'avait apportée un marmot pouvait-elle être si lourde ? Peu après, la couronne commença à chauffer. Et à chauffer si tant tellement qu'elle finit par brûler. Zosimo la sentait qui lui grillait la cocuce, alors il tenta de s'en débarrasser. Il fit le vert et le sec, mais pas moyen de moyenner, le fer s'était empégé à la peau. Il prit à glatir à l'aide.

Il se réveilla dans son lit, sueux et triboulant.

Pendant les parlements du dimanche tantôt, qui parfois duraient jusqu'à la nuit serrée, Zosimo racontait l'histoire du monde, en allant à reculons, c'est-à-dire qu'il était parti du présent et de petit en petit, il remontait dans le passé. Il apprenait aussi à ses compagnons à lire et à écrire parce qu'il disait que quatre choses donnent sa dignité à un homme : le travail, l'instruction (c'est pourquoi il voulait qu'ils sachent lire et écrire), l'honneur et la parole donnée. Un jour, Zosimo raconta le cas des Horaces et des Curiaces. Il expliqua qu'autrefois, il y a très longtemps, Rome et une ville voisine, qui s'appelait Albe, étaient sur le point de se déclarer la guerre.

« Et si on réglait c'te affaire avec un brison de jugeote ? fit le Romain à l'Albain.

– Mais comment ? quérit ce dernier.

– Vu qu'on n'a pas réussi à se mettre d'accord et qu'il faut en passer par la guerre, au lieu d'opposer nos armées, ce qui signifie des centaines de morts et de blessés, pourquoi ne pas organiser un combat singulier : trois des nôtres contre trois des vôtres ? Le gagnant remporte tout.

– D'accord, rebecqua l'Albain.

– Comme la bataille à trois contre trois dans l'histoire des paladins de France ! interrompit Fofò La Bella.

– Oui bien, reprit Zosimo, sauf que le combat des paladins régla la queue d'un singe. À bref parler, les Romains désignèrent trois jumeaux appelés Horaces et les gens d'Albe firent pareil avec trois autres jumeaux, les Curiaces. Le combat fut terrible, un seul des Horaces survécut. Et ainsi Rome empocha la ville d'Albe pour le prix de deux morts.

– Saprée idée, vraiment ! commenta Giurlannu Cucinotta.

– Il faudrait que tous les hommes se mettent d'accord, dit Zosimo censément pensif, pour créer une espèce de tribunal universel qui trancherait les litiges entre les pays. Ce tribunal aurait trois mois pour régler un désaccord. S'il n'y abonde pas et que les pays ne veuillent toujours pas faire pache, alors on passerait au combat de trois soldats d'un pays contre trois soldats du pays ennemi. Ce serait une façon d'éviter les guerres où on devient pire que des bêtes sauvages. Et on n'aurait plus occasion des armées, ni de les payer à prix d'or. »

Après ces paroles, ce fut le silence.

Tôt le matin du lundi, il se leva avec une idée bien précise en tête. À moitié habillé, il alla chercher l'échelle, l'appuya contre le sorbier derrière la maison. Avec son tronc droit comme un *i*, ce sorbier se prêtait bien à ce qu'il voulait faire. Il entreprit de l'écorcer en partant du haut et en veillant à ne pas l'entailler pour laisser le tronc égal, lisse et blanc. Il employa deux jours pour ôter l'écorce, puis il laissa l'arbre sécher au soleil. Au bout d'une semaine, il remonta sur son échelle et, avec un poinçon, prit à écrire ses lois sur l'arbre, en commençant par le haut. Il lui fallut une dizaine de jours pour graver la première loi, celle sur le tribunal mondial et les guerres réglées dans les combats par trois. Quand il eut fini, il catit le texte sous des brassées de paille hardées avec des fils de raphia. Et depuis ce jour-là, chaque fois qu'il se pensait une loi, après en avoir parlé avec ses amis, il l'écrivait sur le sorbier.

CHAPITRE TROIS

Les semaines passant, l'écriture envahissait le sorbier. À ce temps, Zosimo pourpensa une batelée de lois. Par exemple, en même temps que l'abolition de la noblesse, il voulait ce qu'il appelait « l'inégalité discrète » obtenue par « une proportion plus prudente entre pauvreté et richesse ». On donnerait à tout le monde la possibilité de vivre de son ouvrage. On enchartrerait ceux qui récalcitreraient à travailler et on les condamnerait aux travaux forcés. Mais pour chacun, l'ouvrage aurait des interruptions, rapport qu'en plus des heures nécessaires pour manger, il fallait aussi du temps pour l'étude, les arts et la science. Enfin, vu et attendu que par nature l'homme est porté au mal, il y aurait une récompense pour tout citoyen qui se montrerait bon et généreux.

Dans les campagnes, on expliqua ces lois de Zosimo, et d'autres encore, aux pagans, aux journaliers, aux gens de saison et tous voulaient Zosimo pour chef.

« Zosimo est juste ! Zosimo est du côté des pauvres gens ! Faut en faire notre roi ! » commençait à dire le monde.

L'année 1718 commença mal, et même très mal. Victor Amédée ne décessait de demander au vice-roi de pressurer les Siciliens, de les traire, de leur sucer le sang avec toujours plus d'impôts, on n'avait même plus de quoi s'acheter un carrichon de pain, tous les pécuniaux partaient dans les caisses sans fond des Piémontais. À tel heur que quelqu'un s'amusa à mélanger les lettres du nom du roi qui, en latin était Victorius Amedeus, ce qui donna « Cor eius est avidum », son cœur est avide.

Quant à la controverse, le roi fit déclarer nuls par l'administration de Palerme tous les rescrits, bulles et excommunications du pape. Ceux qui en possédaient devaient les remettre aux capitaines de justice, sous peine de condamnation à mort immédiate. Arriva aussi à Montelusa, comme représentant de l'administration palermitaine, la pire des charipes, un homme sans cœur, capable de décharpir le ventre d'une fenotte enceinte, qui s'appelait Pompeo Grugno. Comme dans le parler de Montelusa, le mot « grugnu » signifie sale groin, mine patibulaire, le monde guermentait à voix basse :

« Ah, le *grugnu* de Grugno ! » et ponctuait la phrase en crachant par terre.

Pendant le parlement du premier dimanche de mai, Zosimo fit vite un tri parmi ceux qu'étaient venus et resta avec une vingtaine de ses amis de plus longue date, les plus fiables et les plus résolus. Il y avait Fofò La Bella, Tanu Gangarossa, Nenè Zammuto, Giurlannu Cucinotta, Nonò Martorana, Salvo Tortorici, Ninì Sferlazza, Binnu Lopresti, Gnaziu Fichera, Lollò Disalvo, Piddru Catalano, Michele Guttadauria, Saro Epifanio et d'autres encore.

« Vous vous ramentez, fit-il, quand je vous ai dit que notre heure viendrait et qu'il fallait attendre le bon moment ? Eh bien, je vous dis que le bon moment est après arriver : c'est quand finit le jour et que commence la nuit, quand il ne fait déjà plus jour et pas encore nuit, entre chien et loup comme on dit. Si vous êtes toujours d'accord avec moi, c'est le moment de me le faire assavoir.

– Il y a un bien qu'on est d'accord, répondit Tanu Gangarossa au nom de tous les autres.

– Alors voilà ce qu'il faut faire. Dispartissez-vous le territoire de Montelusa et des villages alenviron. Dès demain matin, chacun de vous va se bambaner dans son secteur et prendre langue avec tous ceux qu'il rencontrera, en expliquant la situation et en demandant qui est d'accord avec nous. Quand vous comprenez qu'ils sont d'accord à bon, et pas à la venvole, vous leur dites qu'il faudra se battre et peut-être bien payer de sa gorge. Chaque groupe doit avoir un lieu où entrevenir que vous choisirez, et où chacun se rendra quand viendra l'appel. Et tout ce monde doit être armé peu ou prou, baselaire, faux, triandine, maigle. On ne fera plus nos parlements. À la fin du mois, renvenez-vous tous ici et dites-moi combien d'hommes vous avez recrutés et vos lieux d'assignation. Vous avez des questions ?

– Eh bien moi, ce que t'es après dire, rebecqua Tanu Gangarossa, je l'ai déjà fait, il y a un mois. J'ai cent treize gars à mes ordres. Tous armés.

– Moi pareil, fit Fofò La Bella en rigolant. Sauf que moi, j'en ai cent sept. Mais on a déniché aussi quatre sabres. »

Fin mai, les lieutenants de Zosimo arrivèrent au parlement satisfaits et tout en dare. Zosimo embrassa et coqua ses fils qu'étaient venus aussi, rapport qu'ils voulaient participer à l'affaire, mais il le leur interdit solennellement en disant qu'il ne voulait pas que ses petits-enfants se retrouvent orfentés par sa faute, et il les renvoya à leurs foyers. Les lieutenants étaient satisfaits parce que tout bien compté et rabattu, ils avaient formé une armée de presque mille hommes, censément dessampillés et déviandés c'était vrai, mais tous entalentés de se libérer des Savoie et de ne plus se laisser marcher sur les pieds. Et s'ils étaient en fièvre comme les singes, c'est qu'on bruyait que les Espagnols avaient pris la Sardaigne et entendaient faire voile vers Palerme. À Montelusa, il n'y avait pas grande force de soldats savoyards et qui plus est, ils semblaient passablement refroidis rapport qu'ils sentaient bien qu'il y avait de l'oignon. Quelques morts feraient de l'abonde pour les convaincre de se rendre.

Mais avec les troupes espagnoles, ce n'était pas le même calibre, rapport que ces gens-là débarquaient bien armés et tout effervés de remettre la main sur une région qu'ils avaient possédée. Alors, que faire ? Se battre contre les Espagnols signifiait manquablement perdre la guerre.

« Il faut, dit Zosimo, que nous agissions quand il ne fait déjà plus jour et pas encore nuit. C'est-à-dire quand les Savoyards sont après déparquer et les Espagnols après arriver.

– Et comment on le saura ?

– Parce que les Savoyards nous y diront, rebecqua Zosimo.

– Les Savoyards vont t'y dire, à toi ? quérit Fofò La Bella ébaffé.

– Tu déparles ! Comme ils sont trois teigneux et un pelé, dès qu'ils vont sentir le serpent dessous l'herbe ou bien ils vont se dégrater en abandonnant la ville, ou bien ils vont demander des renforts aux villes voisines. Et nous, de bond ou de volée, on le saura. Et c'est ça le moment exact qui nous intéresse. Quelque chose me dit que ce n'est plus qu'une question de jours. »

Le huit juillet, à trois heures du tantôt, à Montelusa se déchaîna un sicotis, un sabbat, un tumulte. On ne sut pas où, on ne sut pas qui, on ne sut ni pourquoi ni comment, mais l'on se mit à bruire que les Espagnols avaient débarqué à Palerme, que la capitale était tombée entre leurs mains presque sans résistance, que la population était en liesse rapport que les Savoyards avaient démigré et qu'il ne passerait pas deux jours que les premiers soldats espagnols ne fussent aux portes de Montelusa. Ces bruits eurent tôt fait de se changer en vacarme, les Montelusains sortirent dans la rue en quinchant d'une seule voix :

« Vive l'Espagne ! Vive Philippe V ! »

Les militaires savoyards se catirent dans la forteresse en attendant les ordres. La population était comme buve et Pompeo Grugno fort préoccupé.

Il manda quérir le capitaine de justice Montaperto, lequel s'intriguait tant que tant pour éviter que la joie de tout ce monde tournât à la hargne.

« J'ai déjà demandé des renforts à Naro, dit Grugno.

– J'en suis ravi, rebecqua Montaperto. Puis-je me rentourner à ce que j'étais après faire ? »

Pompeo Grugno tordit le nez :

« Qu'avez-vous ?

– Il est hors de saison de me demander conseil quand vous avez déjà pris votre décision.

– Vous avez raison. Mais l'heure est grave, on ne peut pas

perdre de temps à discuter de propositions et contre-propositions.

– Alors, décidez tout seul. »

À la brune, la situation devint plus dangereuse rapport que le marquis Boscofino à qui les Savoyards avaient confisqué un domaine, ouvrit tout grand sa demeure, étrennant du vin à volonté. Ce fut alors que les vivats se changèrent en cris de mort :

« À mort les Savoie ! À mort Pompeo Grugno ! »

Pompeo Grugno commença à battre le tambour avec les dents. Les renforts n'arriveraient pas avant le lendemain matin, ça laissait tout le temps de mourir de mort acquise. Quelques gadins volèrent contre les fenêtres du bâtiment où se tenaient les représentants du gouvernement, c'est-à-dire Grugno lui-même et son frère Nicola.

Le soir, la ville apparut tout éclairée comme la nuit de l'Ascension, le monde chantait et dansait. Et plus le vin du marquis Boscofino coulait à gondelées, plus les jets de gadins augmentaient. Accouardi, Grugno qu'avait trois soldats à sa disposition, donna ordre à l'un d'eux de grimper au sommet de la colline derrière, et de mettre le feu à une énorme bareille cafie de matériaux qui brûlaient en produisant de hautes flambes : c'était le signal d'appel à l'aide entendu avec les soldats des villes alentour.

Quand le capitaine Montaperto vit cette grande brasance dans la nuit noire, il courut comme chat maigre jusqu'au palais gouvernemental :

« Tuez ce feu ! »

Mais, à part le fait qu'une fois allumé, le brasier ne voulut plus s'éteindre, il était trop tard. De sa maison de Sanpietro, Zosimo aussi l'avait vu et il avait compris qu'à Montelusa les Savoyards quéraient secours.

Dans la nuit entre le huit et le neuf, chaque lieutenant réunit ses hommes et les bandes se dirigèrent vers le compite des quatre routes, à Spinasanta.

Quand tout le monde fut là et qu'ils se comptèrent, ils s'aperçurent qu'ils étaient plus d'un millier, armés des objets les plus bachiques ; certains même, à défaut d'autre chose, avaient apporté une gibasse remplie de pierres. Zosimo envoya le groupe de Nenè Zammuto à Vigàta avec la consigne d'arriver jusqu'aux portes de la ville et d'y attendre les ordres ; il envoya la bande de Giurlannu Cucinotta sur la route qui venait de Catellonisetta pour bloquer les soldats savoyards qui se porteraient au secours de Grugno ; il commanda la même chose à Nonò Martorana pour la route de Palerme et à Salvo Tortorici pour la route de Palma. À la suite de quoi, il prit le chemin de Montelusa avec les autres. À Porta di Ponte, par où on entrait dans la ville, il garda avec lui Fofò La Bella, Tanu Gangarossa et leurs hommes, c'est-à-dire plus de deux cents personnes, pour marcher sur le château où se trouvaient les soldats savoyards. Personne pour monter la garde : les militaires s'étaient fermés à l'intérieur. Tanu Gangarossa, qu'avait été mineur, plaça quatre charges de poudre à mèche courte aux portes du château et allait y allumer quand Zosimo lui dit :

« Apponces-en d'autres.

– À cause ? Ça fait déjà d'abonde.

– Écoute, Tanu : plus ça pète fort, plus ils prennent peur. »

Le portail s'écroula déchicoté, mais l'explosion fut si forte qu'elle étourdit même Zosimo et ses hommes. Passé cette surdité momentanée, on entendit des quinchées dans le château :

« Les Espagnols ! Les Espagnols ! »

Puis il y eut des ordres, incomprenables. Puis plus rien, silence total.

« Qu'est-ce qu'on fait ? quérit Fofò La Bella.

– On entre ! » rebecqua Zosimo et il se précipita vers le château, empaumant une épée que quelqu'un lui avait donnée et ramageant : « Suivez-moi ! Tous avec moi ! Sus ! »

L'escadron des deux cents personnes lui emboîta le pas. Mais quand en s'appressant ils se furent engoulfés dans la grand cour, jurant et risquant de se crever les yeux les uns les autres avec leurs fourches, ils s'arrêtèrent sur cul, presque par magie. Une trentaine de soldats savoyards étaient rangés pique-plante, armés jusqu'aux dents. Le lieutenant qui les commandait empaumait dans sa main droite un drapeau. Blanc.

Les trente soldats sans exception, trente et un avec leur lieutenant, avaient eux les yeux ouverts comme un chien qui rend des mâts de cocagne en travers : ils s'attendaient aux troupes espagnoles et ils tombaient le nez sur deux cents va-nu-pieds, embousés, dessampillés, loqueteux.

« Ça veut dire quoi, ce chiffon blanc ? quérit Tanu perplexe.

– Qu'ils se rendent, dit Zosimo. Désarmez-les tout de suite avant qu'ils changent d'idée et nous fassent passer le goût du pain. »

Les Savoyards se laissèrent désarmer sans regiber. Fofò La Bella qui en mangeait de miche de comment l'affaire avait fini, les embrassa et les coqua un par un. Zosimo ordonna de les engeôler dans la grand salle puis, à la nuit close, après leur avoir donné un taillon de pain, de les accompagner à Porta di Ponte et de les remettre en liberté.

On ne risquait pas de tour de mal engin car manquablement les Espagnols qui marchaient sur Montelusa les feraient prisonniers.

Zosimo expédia la plus grande partie des armes confisquées aux Savoyards, ainsi que celles des entrepôts, à Nonò Martorana qui défendait la route de Palerme et à Giurlannu Cucinotta qu'était sur celle de Catellonisetta, et il leur envoya en renfort tous ceux qu'attendaient à Porta di Ponte. Il donna aussi l'ordre à la bande de Nenè Zammuto d'occuper Vigàta.

L'énorme explosion avait réveillé tout Montelusa, mais on ne vit sortir ni chauve ni chevelu. Si tout ce sicotis signifiait que les Espagnols étaient arrivés, le mieux était encore de ne pas aller s'infrasquer dans les combats. Le même sicotis toutefois fit chauvir de l'oreille le capitaine de justice, Montaperto, qui avec tout son effectif consistant en dix hommes, partit aux grandes allures en direction du château. Il comprit sur la chaude de quoi il retournait, d'ailleurs il s'attendait tôt ou tard à un coup d'éclat de la part d'un homme comme Zosimo. Arrivé devant la brèche qu'avait été la porte du château, en homme qui préférait tenir le loup par les oreilles, il dit à sa petite troupe de ne pas entrer avec lui, de l'attendre dehors et de ne rien dire ou faire avec les pagans qui pût mettre le feu auprès des étoupes.

Dans la cour, il trouva les hommes qui s'étaient impatronisés du château, occupés à jouer, à manger ou à dormir. Beaucoup le reconnurent mais le voyant seul et sans arme, personne ne cilla. Il s'enquit de Zosimo et on lui répondit qu'il était dans la grand salle de réunion. Il monta l'escalier et, du couloir, entendit des voix colérées qui tenaient chapitre :

« Il faut donner une leçon à Pompeo Grugno, et pas plus tard que maintenant.

– Arrêtons-le !

– Non fait, faut lui couper la tête incontinent !

– Très juste : à mort !

– À mort ! À mort ! »

Montaperto s'avança sur le seuil et les voix se turent. Zosimo était assis avec cinq ou six personnes autour de lui.

« On peut ? »

Tanu Gangarossa empauma l'épée qu'il avait posée sur la table.

« Tout doux ! » fit Zosimo.

Et s'adressant à Montaperto :

« Soyez le bienvenu ! Entrez ! Prenez donc une chaise. »

Tranquille comme s'il avait été en visite mondaine, le capitaine s'assit. Il ne regardait personne d'autre que Zosimo.

« Êtes-vous venu seul ?

– Non, j'ai une dizaine d'hommes aux portes du château.

– Savez-vous que les Savoyards se sont rendus ?

– Je l'avais compris. Vous les avez tués ?

– Non.

– Vous avez bien fait.

– Les Espagnols sont encore loin ? »

Montaperto partit à rire. D'abord tout doucement, puis de plus en plus fort. Il riait en s'essuyant les larmes de ses yeux. Enfin il put parler.

« Mais où avez-vous vu des Espagnols ? Y a pas plus d'Espagnols que sur ma main ! »

Ahuris, les autres l'apinchèrent. Le capitaine sortit de sa

faque une lettre décachetée sur laquelle on voyait encore le sceau royal. Il la tendit à Zosimo.

« Elle est arrivée ce matin de Palerme, portée par un chevau-léger. Mais Grugno n'a pas voulu lui ouvrir, il croyait à un piège. Alors le chevau-léger me l'a remise et il est reparti. »

Zosimo la lut. C'était une missive de l'aide de camp du vice-roi ; elle disait que l'on bruyait d'un débarquement des Espagnols en Sicile, mais que ce n'était pas vrai : leur flotte était bien arrivée au large de Palerme le trente juin, mais ils n'avaient pas débarqué. Il fallait donc réprimer toute révolte, mutemaque ou caquehan. D'un côté Zosimo s'en réjouit vu qu'il y avait grand à dire entre des Piémontais qui n'avaient plus envie de se battre et des Espagnols frais débarqués. D'un autre côté, il fronça le nez : ça signifiait qu'il n'avait pas agi au moment qu'il avait décidé, sur la ligne incertaine entre la lumière et l'ombre, mais trop tôt. Il avait fait l'erreur de croire vraie une controuverie, un désir de la population : pour les Piémontais, il faisait encore jour. Mais la voie était maintenant tracée. Il prit une décision.

« Capitaine, vous n'avez rien contre le fait de continuer avec moi comme avec les Savoyards ?

– Et puis quoi ! » commenta Tanu indigné.

Zosimo le foudroya du regard.

« Pour moi, pas de problème, rebecqua Montaperto.

– Attatends, le voilà prêt à nous vendre aux Piémontais pour un tarì ! » explosa Gangarossa qui n'abondait pas à se contenir.

Zosimo fit comme s'il ne l'avait pas entendu.

« Alors capitaine, enchartrez Pompeo Grugno et tous ceux qui sont avec lui au palais gouvernemental. »

Montaperto l'apincha, admiratif.

« Vous avez pris la bonne décision. Je vais l'arrêter tout de suite et je vous l'amène ici. Mieux, il faudrait qu'avec votre groupe, vous vous installiez au palais gouvernemental. C'est plus juste. C'est vous maintenant qui gouvernez. Et c'est moi qui reste au château avec mes hommes.

– D'accord. »

Une demi-heure plus tard, vu que personne ne répondait à son ordre d'ouvrir, Montaperto fit décrouler la porte et arrêta Pompeo Grugno et son frère Nicola qui s'étaient tous les deux empaletoqués de cuirasse et jambières, ainsi que tous ceux qu'il trouva et qu'étaient favorables au gouvernement piémontais : Tano Modica et son fils Litteriu, Pepè Ficani et son fils Jacomu, maître Aitano Cosentino, le notaire, et son fils Niria, Luigino Lombardi, le secrétaire. Il arrêta aussi les soldats qu'étaient aux ordres de Grugno. Et il emmena tout ce saccage de monde au château où il les engeôla.

Dans le tantôt, cinq équipes de Zosimo armées d'échelles, de marteaux, de maillets et de burins, martelèrent tous les blasons des nobles qu'étaient sculptés aux entrées des palais. Deux crieurs publics munis de tambour, expliquaient l'affaire :

« Sur ordre de Zosimo, à partir de dorénavant, à Montelusa, la noblesse n'existe plus. »

Personne ne dit ni quoi ni qu'est-ce, les portes d'entrée restèrent baclées. Mais un certain nombre de pauvres riclaires trouvèrent le jus bon et coururent s'enrôler dans la bande des pagans.

Quand il comprit qu'un pagan du nom de Zosimo avait pris la ville, le marquis Boscofino fit ouvrir ses portes et remira ces paroissiens qui voulaient écharpiller son blason mais qui se retrouvaient à faire le vert et le sec rapport qu'il était placé fort haut et que leur échelle n'arrivait pas jusque-là.

« Et les Piémontais, vous les avez escoffiés ? quérit-il.

– Non, ils sont enchartrés.

– Dommage », rebecqua le marquis et il ajouta : « Je vais vous donner une échelle plus grande. »

On apporta l'échelle.

« Quand vous aurez fini, fit le marquis en rentrant chez lui, mes serviteurs ont ordre de vous offrir à boire. À volonté. À vous et à vos amis. »

Le même tantôt, maître Francesco Ballarò, le notaire, était agenouillé devant un tableau de la Sainte Vierge et de flotte avec lui : son épouse Fidele ; son fils aîné Peppi, sa femme

'Ntunietta et leurs trois enfançons ; son fils puîné Arisio, sa femme Gemma qu'était empreignée et la servante Niculina. Ils étaient agrobognés là depuis que l'explosion les avait réveillés, à gringuenotter des dizaines de chapelets pour que la madone les protège d'un massacre qu'ils croyaient assuré. Ils n'avaient rien mangé, se sentaient l'estomac tout dépontelé et les marmots de Peppi chignaient sans savoir pourquoi. Soudain ils entendirent chapoter fort à la porte et une voix qui disait :

« Ouvrez, au nom de Zosimo ! »

Sainte Mère ! Zosimo ! Le malandrin qui s'était impatronisé de la ville, comme désormais chacun savait, rapport que la chose avait été contée de fenêtre en fenêtre.

Vert comme feuille, le notaire donna un ordre : toute la famille, sauf son fils aîné, devait monter au grenier, fermer la trappe et acuchonner malles et objets lourds dessus. Pendant ce temps, on chapotait plus fort.

« Ouvrez sans crainte ! C'est moi, Zosimo en personne, j'ai besoin de parler au notaire ! »

Dès que sa famille se fut catie au grenier, le notaire fit ouvrir la porte par son fils Peppi. Zosimo entra avec deux gars armés.

« En quoi puis-je vous être utile ? quérit le notaire, avec la voix d'une bique étranglée par sa hart.

– J'ai besoin d'un acte. »

Le notaire en resta tout benoni, suffoquant de stupeur.

« Un acte notarié ?

– Oui bien.

– Et quel acte ?

– Qu'à partir d'aujourd'hui, sur mon ordre, cette ville ne s'appelle plus Montelusa, qu'a toujours été un nom inventé, une controuverie, mais Girgenti qu'est le nom que lui avaient donné les Arabes. »

Le notaire ne toupilla pas à l'entour du buisson à se demander si cet acte aurait quelque validité ou s'il servirait tout juste à se torcher le cul. Il le rédigea et y apposa signature, timbre et sceau.

« Combien ça fait ? quérit Zosimo pour finir.

– Mais vous n'y pensez pas, rien du tout ! » fit le notaire.

Une heure plus tard, trois crieurs, munis chacun d'un tambour, annonçaient aux Montelusains qu'à partir de dorénavant ils seraient des Girgentais.

CHAPITRE QUATRE

Sa première nuit comme patron de Girgenti fut pour Zosimo plutôt mauvaise, il n'avait pas plus tôt fermé les yeux qu'une idée lui traversait le coqueluchon et le réveillait. Et puis il fallait tenir compte de l'inconfort du lit qu'il avait trouvé dans la chambre occupée par Pompeo Grugno : des matelas où on s'enfonçait si tant tellement qu'on risquait d'y étouffer. À tel heur qu'au bout d'un moment, Zosimo ressaillit, enleva les matelas et se recoucha sur les planches. Mais autant valut. À quatre heures et demie, il ouvrit la fenêtre de la chambre et s'y pencha. De la rue, quelqu'un le vochia :

« Zosimo ! C'est toi, Zosimo ?

– Oui bien, c'est moi. Et toi, qui es-tu ?

– Je m'appelle Peppi Lanzetta et j'suis haquetier. Je vais t'dire une chose : les deux fourniers de la ville sont fermés et du coup, faut que j'parte travailler sans pain. T'commences bien, mon gars ! »

Comment, comment ? Les fourniers étaient restés fermés et on allait pleurer le pain à Girgenti ce jour-là ? Mais c'était un cas de révolution ! Il alla grand erre réveiller Fofò La Bella qui dormait sur une table dans la salle du conseil.

« Fofò, on vient de me dire que les fourniers sont fermés. Prends avec toi quelques hommes armés et oblige-les à ouvrir et à cuire le pain sur pied. »

Fofò fila comme foudre, lui aussi savait ce que ça pouvait signifier. Zosimo se rentourna dans sa chambre pour en ressortir aussi vite.

« Tanu ! Tanu Gangarossa !

– J'suis là, fit Tanu en passant la tête par une porte.

– Tanu, on est après faire une couennerie !

– On est après en faire une batelée, alors une de plus, une de moins…

– Écoute-moi : Montaperto nous a montré une lettre qu'affirme que les Espagnols n'ont pas débarqué.

– Tu fais trop confiance à Montaperto.

– Tanu, ganache donc pas, la lettre est authentique. Cela revient donc à dire qu'il n'y a que les Piémontais. D'accord ?

– D'accord.

– Et tu sais ce qu'on est après faire ? On se défend des Espagnols, alors qu'y en a pas et on ne se défend pas des Piémontais, alors qu'y en a.

– Nom d'un rat, c'est vrai ! fit Tanu, bauché en place.

– Et par le fait, nous n'avons personne sur la route de Naro. Prends tes hommes et files-y belle tire ! »

Tanu parti, survint Montaperto, fringant et sémillant.

« Nuit calme. Une ou deux bagarres sans gravité. Vous aviez quelque chose à me dire ?

– Oui, capitaine. D'ici une heure au plus, je voudrais voir ici le maire et les échevins. Il faut que je leur parle.

– Ils vont à coup sûr avoir peur de se faire escoffier.

– Vous pouvez vous porter garant.

– Et moi, qui me donne une garantie ?

– Moi, rebecqua Zosimo.

– D'accord, fit Montaperto, mais attention, si je donne ma parole qu'on ne les touchera pas, je tiendrai cette parole quitte à ce que ça tourne au vinaigre. »

Une heure plus tard, escortés par les hommes du capitaine, arrivèrent le maire, Gerardo Sterlino, et trois échevins qui s'appelaient Sala, Pitacciolo et Garì. Il y avait deux autres personnes que Montaperto présenta comme Scalia, suppléant à Vicenzella et Perticone, suppléant à Vigàta. On voyait à l'œil qu'ils n'osaient tousser et qu'ils ne suaient pas seulement de chaleur. Zosimo les fit s'asseoir et perdit une heure à les rassurer. Ils devaient rester en fonction et gérer les affaires de la ville comme ils l'avaient fait jusqu'à présent, il n'y avait rien de changé. Ils ressortirent du palais gouvernemental un peu plus ravoiés qu'ils n'y étaient entrés. On rouvrit l'hôtel de ville et deux hommes de Montaperto y prirent la garde.

Les édiles sortis, Fofò La Bella arriva pour annoncer que les fourniers s'étaient remis au travail, que les porte-pots avaient rouvert et les habitants repris leur train de tous les jours. Pas un noble ni un bourgeois ne s'était encore montré.

« J'arrive pas à croire que c'est vrai, conclut-il.

– Quoi ? quérit Zosimo.

– Que nous avons pris Montelusa sans perdre un seul homme et sans embiernes.

– Mais ce n'est peut-être pas vrai », dit Zosimo pensif.

Ils furent interrompus par quelqu'un qui se présenta comme Onofrio Savatteri.

« Suivant votre exemple, dit-il, il y a deux heures, nous avons pris le bourg de Gallotta. Il y avait deux soldats piémontais que nous avons tués. Je suis ici pour vous dire que Gallotta attend les ordres de Zosimo.

– Très honoré », fit Zosimo d'un ton cérémonieux.

Et comme il n'y avait rien à ajouter, Onofrio Savatteri s'inclina, repassa la porte et disparut.

« Sais-tu combien d'habitants compte Gallotta ? quérit Zosimo encore ébaffé, à Fofò.

– Oui, une quarantaine au plus. Ils ont escoffié deux Piémontais et, dès qu'ils pourront, ils vont nous le mettre sur l'addition et nous le faire payer.

– Tu vois ? fit Zosimo. Il y a une minute encore, rapport comme s'étaient passées les choses, t'avais l'impression d'être dans un rêve, et maintenant, plus du tout. »

Zosimo et Fofò étaient encore après parler quand ils entendirent un cheval entrer au galop dans la cour du palais et une voix sensipotée qui criait :

« Place ! Place ! »

Ils s'approchèrent de la fenêtre et virent, parlant tout en dare avec les hommes de Fofò La Bella, Tanu Gangarossa dont les paroles faisaient monter en colère ceux qui l'écoutaient. Tanu avait le front bandé d'un tissu ensaigné.

Mais n'aurait-il pas dû se trouver sur la route de Naro ? Et pourquoi était-il méhaignié ?

Il était manquablement arrivé quelque bissêtre. Puis ils virent Tanu repousser les autres pour se frayer un chemin.

« Il vient par ici », dit Fofò.

Ils n'attendirent pas que Tanu entrât dans la grand salle, ils coururent à ses devants.

« Qu'y a-t-il ? Que se passe-t-il ? »

Tanu Gangarossa semblait à la fois complètement mort de fatigue et tout vif d'une rage qu'il avait du mal à contenir.

« T'es ben une grande bugne, tiens ! » dit-il en s'adressant à Zosimo

Ce fut alors qu'une voix dans la cour quincha :

« À mort Pompeo Grugno !

– À mort ! répondirent cent voix.

– On peut savoir ce qui se passe, nom d'un rat ? quérit Zosimo.

– Il se passe qu'il y avait même pas une demi-heure qu'on marchait sur la route de Naro quand on a vu arriver un cavalier aux grandes allures. C'était Peppi Schillaci, de notre groupe de Vigàta, qu'on avait autorisé à aller voir son père qu'est bien malade. Alors qu'il se renvenait par le chemin de Pinnicchiu, il a vu se lever de la poussière sur la route de Naro, comme des nuaux de sabots de cheval. Il s'est cati et il les a vus. C'étaient une trentaine de chevau-légers piémontais qui se dirigeaient par ici.

– Et alors t'as fait quoi ? quérit Zosimo.

– Heureusement, c'est un coin que je connais bien. J'ai marché encore jusqu'au défilé de Cumella qu'est encaissé dans les rochers, et j'ai posté mes gars sur ces rochers ; j'en ai fait se capier une trentaine après le défilé, de sorte que s'il leur prenait idée de reculer, ils se trouvaient coincés tandis que moi et une trentaine d'autres, on les attendait sur la route. Dès que les Savoyards nous ont vus, ils sont partis à l'attaque et se sont engoulfés dans le défilé. À partir de là, l'affaire était toisée.

Nous avons perdu une dizaine d'hommes, les Savoyards une quinzaine, les autres ont réussi à couper la queue.

– Bravo », fit Zosimo sincèrement admiratif.

Dans la cour, les quinchées avaient repris. Ce n'étaient plus seulement les hommes de Fofò La Bella, beaucoup de Girgentais les avaient rejoints.

« Mais pourquoi veulent-ils la mort de Pompeo Grugno ? quérit Fofò La Bella.

– Parce que dans la gibasse du lieutenant qui commandait les chevau-légers et qu'y a laissé ses bottes, on a trouvé cette lettre. »

Il la sortit de sa faque et la tendit à Zosimo. Ce n'était pas une befflerie, les sceaux étaient rompus, mais authentiques. La lettre, signée de Pompeo Grugno, était adressée au colonel Sannazzaro, commandant la garnison de Naro et demandait de l'aide rapport qu'à Montelusa ça sentait fortement le brûlé. Grugno finissait en se disant prisonnier des Montelusains en mutemaque.

« Et alors ? fit Zosimo.

– Comment et alors ? rebecqua Tanu. Tu peux m'expliquer comment le Grugnu en prison réussit à demander du secours ? Ça veut dire qu'il a encore des amis ici prêts à l'aider ! »

Zosimo ne répondit pas, il sentait que quelque chose ne tournait pas rond, mais il n'eut pas le temps de rien dire ni de rien faire. Une vingtaine d'hommes entrèrent en quinchant, Zosimo se retrouva une épée à la main, marchant sur le château à chef de trois cents personnes exulcérées.

Devant la brèche qui naguère était la porte se tenaient deux gardes de Montaperto qui n'opposèrent pas de résistance, ils remirent leurs mousquets et se laissèrent enchartrer dans une cellule. Les deux frères Grugno avaient été isolés dans une pièce tandis que dix-sept autres prisonniers étaient rassemblés dans une vaste salle. En son cœur, Zosimo ne sentait ni colère ni haine, il était poussé par la haine et la colère de ceux qui le suivaient et l'excitaient de leurs cris, dans un vaporement de sueur et de désespoir. Ce n'était pas lui qui agissait mais les autres qui le faisaient agir. Il ouvrit la porte. Pompeo Grugno et son frère Nicola, qu'avaient entendu les quinchées, comprirent que c'était la main de la mort qui venait d'ouvrir cette porte. D'abord ils tombèrent à genoux puis, ne tenant même plus ainsi, ils se traînèrent à quatre pattes comme des bêtes, vers Zosimo :

« Pour l'amour du ciel, pitié ! »

Ils portaient encore la cuirasse qu'ils avaient au moment de leur arrestation et ils donnèrent à Zosimo l'impression de deux fourmis à tête humaine. Il laissa retomber son épée d'abord sur la tête de Pompeo, puis sur celle de Nicola et tandis que le sang le benouillait, il sut qu'il avait déjà vu cette scène en rêve. Il lâcha son épée et déparqua. Mais il avait donné le signal. On ouvrit la porte de la grand salle, les dix-sept personnes qui s'y trouvaient furent toutes escoffiées, à coups de baselaire, d'épée, de mousquets. Peu après arrivèrent dix-neuf haquets que Tanu Gangarossa avait mandé quérir. On installa un mort sur chaque chariot et on fit une procession par toutes les rues de Girgenti. À la parfin, on harda les morts par les pieds au balcon du palais gouvernemental. On s'affoula et tout ce monde bouchetait les corps qui pendouillaient, leur lançait des gadins et leur crachait dessus.

Et tous disaient :

« Ils ont eu la mort qui s'méritaient ! »

Et tous se demandaient :

« Où est passé Zosimo ? »

Une fois hors de la pièce où il avait bazi les frères Grugno, Zosimo se retrouva dans un palier de quatorze pas, puis un escalier de vingt et une marches, et après un couloir de quatre-vingt-dix-neuf pas suivi d'un escalier de quarante-deux marches, et après encore un palier de sept pas et encore un escalier de vingt et une marches et puis un couloir de trente-trois pas qui donnait dans un salon. Il entra, s'assit sur une chaise et se mit à pleurer.

À la brune, il prit sa décision. Il se leva, descendit, sortit. Il marcha sans rencontrer en chemin âme qui vive, Girgenti semblait désert. Il se dirigea vers la place d'où venaient en revanche des rires, des chants et des éclats de voix. La première chose qu'il vit en arrivant furent les dix-neuf cadavres dessampillés qui pendillaient, puis un saccage de monde qui buvait et mangeait : le marquis Boscofino avait derechef ouvert cave et cellier pour faire godemine, la mort des Grugno et de leurs amis l'avait rempli de joie. Zosimo ne sut jamais pourquoi ni comment mais il se retrouva tout sec rampé sur un haquet encore attelé de son mulet :

« Girgentais ! »

Tout le monde se retourna en direction de cette voix forte et vit Zosimo, les vêtements enordés de sang, les yeux comme des flambes. Une espèce de rage le faisait trembler. On fit silence, accouardi.

« Girgentais, vous le voyez ce sang, sur mes vêtements ? Il emmargaille pas que mes habits, il embouse aussi ma conscience ! Même si ces dix-neuf pauvres gars méritaient la mort, ils méritaient une mort d'homme, pas de bête égorgée ! Maintenant vous êtes là, à rire de les voir pendus et vous ne rougissez pas ? Vous n'avez pas le nez de honte ? Ne savez-vous pas que le sang appelle le sang ? À genoux ! Tous à genoux avec moi ! »

Quand toute la place se fut agenouillée, Zosimo dit :

« Répétez avec moi : Je jure solennellement…

– Je jure solennellement, fit la place.

– … qu'à Girgenti personne ne périra plus de mort acquise ! »

La foule répéta ses paroles. Alors Zosimo ressaillit et ordonna :

« Donnez à ces pauvres malheureux la sépulture chrétienne qui leur revient. »

Et pendant qu'on dépendait les corps, d'abord un, puis deux, puis trois, puis cent, puis deux cents prirent à quincher :

« Toi, oui bien, que tu es juste ! Toi seul Zosimo, tu es juste ! Nous te voulons pour roi ! Zosimo doit être notre roi ! »

Et tout par un coup, ce fut un chœur :

« Vive le roi Zosimo ! »

Sur le haquet dont Zosimo était descendu, grimpa Fofò La Bella.

« Girgentais ! Demain matin à neuf heures, tous devant la cathédrale ! Faisons de Zosimo notre roi ! »

Alors qu'éclataient acclamations et applaudissements, Zosimo, qu'était plutôt emburelucoqué par tout ce sicotis, sentit qu'on le tirait par le bras. C'était le marquis Boscofino.

« Vous ne pouvez pas vous faire couronner roi dans des vêtements imbrettés de sang. Avez-vous de quoi vous changer ?

– Non, dit Zosimo.

– Venez chez moi. »

Zosimo le suivit. Arrivé dans sa chambre à coucher, le marquis ouvrit une armoire grande comme une maison.

« Choisissez. »

C'était vite dit ! Il n'y avait que des vêtures luxueuses, battues en or et en argent.

Zosimo se pensa qu'avec un habit de ce genre il ressemblerait à un bouffon, de ceux qui gagnent leur vie en faisant rire le monde. À la parfin, tout bien fatrouillé, il dénicha des vêtements de chasse et les enfila. Le marquis qu'était resté à la porte de la chambre s'attendait à le voir atouré bien autrement.

« Vous êtes un homme de cervelle, dit-il. Quoique ça, je ne crois pas que vous réussirez.

– Comment cela ?

– Vous avez le courage, l'intelligence et l'instruction. Mais vous n'êtes toujours qu'un pagan. Et à part ce millier de pauvres riclaires, qui voulez-vous qui vous suive ? Les bourgeois ? C'est du monde qui ne pense qu'à son intérêt. Les nobles ? C'est du monde qui ne pense qu'à ses privilèges. Les Piémontais nous les ont enlevés, les Espagnols pour le sûr nous les redonneront. La noblesse de Montelusa n'a encore rien épousé : tant que vous escoffiez des Savoyards ça va, mais dès que vous passerez aux Espagnols, si tant est que vous réussissiez à en bazir un seul, vous les aurez tous contre vous. Vous êtes seul. Et vous n'avez personne à qui demander de l'aide ; parce qu'aucun autre pagan n'a été capable de faire ce que vous êtes après faire. Et alors, tout bien compté et rabattu, que donnez-vous à ceux qui vous suivent ? »

Zosimo le remira et sourit.

« Vous n'comprendrez jamais c'que je leur donne.

– Je vais tâcher moyen.

– Vous pouvez pas, vous avez pas connu la faim, la misère noire. Mais je vais vous y dire quand même : j'leur offre un rêve. »

Le marquis s'inclina jusqu'à terre.

Empaumant la lampe que lui avait donnée le marquis, Zosimo se rentourna au palais. En chemin, on le reconnaissait.

« Bonne nuit, Monsieur le Roi.

– Bonne nuit, Majesté.

– Bonne nuit, bonne nuit », répondait Zosimo, plutôt mal tourné car il repensait au tableau brossé par le marquis Boscofino et qu'il se sentait tout embronché dans ces habits qui ne lui appartenaient pas.

Dans la cour du palais, il n'y avait personne, sauf une ombre qui dit :

« Je vous attendais, Majesté. »

C'était le capitaine Montaperto.

« Mais où étiez-vous passé toute la sainte journée ? » quérit Zosimo. Et il ajouta :

« Si vous aviez été là, peut-être...

– C'est mieux comme ça, rebecqua Montaperto. Si j'avais été là, j'aurais dû vous empêcher de les escoffier. Et on aurait risqué de devoir s'entre-harper. D'autre part, je n'avais pas garanti la vie de Pompeo Grugno et de ses amis. Quand j'ai vu que les choses mévenaient et que mes deux hommes n'avaient pas été tués, je m'en suis allé voir ce qui se disait à Vigàta.

– Et que dit-on à Vigàta ?

– Rien. »

Ils étaient arrivés dans la grand salle. Ils s'assirent et Zosimo redévida ce que Boscofino lui avait dit.

« Le marquis a raison, dit Montaperto. Vous devez agir avec

prudence. Demain quand on vous proclamera roi, ferez-vous une déclaration ?

– Non, pas demain matin, mais dans le tantôt, oui.

– Et dans ce discours du tantôt, parlerez-vous de la noblesse ?

– La noblesse est abolie.

– Baveries, mon cher roi, des mots. Venons-en au concret : vous voulez leur prendre leurs fortunes, leurs châteaux, leurs terres ?

– Les fortunes et les châteaux, non. La moitié de leurs domaines, oui.

– En moins d'une semaine ils auront trouvé quelqu'un pour vous faire perdre le goût du pain. Ou bien ils feront une contre-révolution.

– Et avec quels hommes ?

– Des hommes, ils en ont à revorge. Le baron Tuttolomondo, pour ne citer que lui, dispose avec ses messiers, ses chefs d'équipe et ses surveillants, d'une soixantaine d'hommes armés dru et menu et capables de manier aussi bien le baselaire que le mousquet. Le prince Tomasi a environ septante personnes armées sous les ordres de Manzella, le chef de ses messiers. Tenez, je sais même de source sûre que ce Manzella a mandé quérir au prince ce qu'il devait faire et que le prince lui a répondu de ne rien faire pour le moment, mais de se tenir prêt. Quant au marquis Ficarra…

– Ça fait déjà de l'abonde, fit Zosimo.

– Ils attendent, mon cher, prêts à retourner la robe. Là maintenant, les nobles sont de votre côté parce que vous êtes un peu mieux que les Piémontais. Mais ils boiront à tout torrent et tourneront à tout vent. Vous voyez ce que je veux dire ?

– On ne peut mieux, dit Zosimo. N'empêche que moi, je dois dire et faire ce que j'ai en tête. »

Montaperto écarta les bras.

« C'est pas pour la chose de dire, mais vous, quérit Zosimo, de quel côté êtes-vous ?

– Moi, je ne suis avec personne. Je fais respecter la loi. Pour l'heure, c'est vous qui faites les lois, alors je les respecte et je les fais respecter.

– Et si demain arrive un pèlerin qui m'estourbe et fait d'autres lois, comment réagissez-vous ?

– Je fais respecter les nouvelles lois.

– Mais vous n'avez pas un avis, une opinion personnelle ?

– Oui bien. Mais je la garde pour moi et ça ne m'empêche pas de faire mon devoir. »

Silence. Puis Zosimo reprit la parole :

« Capitaine, d'homme à homme : que pensez-vous de moi ?

– Que vous êtes un homme digne du plus grand respect.

– Quoique ça, si on vous donne l'ordre de m'arrêter, vous m'arrêterez.

– Pour de sûr, dit Montaperto. Mais tâchez moyen de ne pas vous faire arrêter. »

Toute la nuit, Fofò La Bella et Tanu Gangarossa travaillèrent comme des massacres pour préparer le couronnement. Comme Zosimo avait ordonné la libération de tous les prêtres enchartrés par les Piémontais, le chanoine De Martino, qu'était resté trois mois engeôlé, prétendait que le couronnement eût lieu dans la cathédrale et voulait être celui qui poserait la couronne sur la cocuce de Zosimo. Mais Fofò et Tanu, qui savaient ce que Zosimo pensait des curés, rebecquèrent qu'il fallait le couronner devant et non pas dans la cathédrale. À la parfin, ils arrivèrent à un compromis : pendant qu'on couronnerait Zosimo, le chanoine dirait une messe solennelle de *Taddeum*, les portes de la cathédrale grandes ouvertes pour que les gens pussent suivre les deux choses en même temps, certes peut-être un peu guerles, un œil regardant la Sainte Vierge et l'autre saint Joseph. Pour le tapis rouge, ce ne fut pas difficultueux, il y en avait un grand dans le salon de l'hôtel de ville, ils le prirent, l'enroulèrent et le firent débarouler sur l'escalier du parvis de la cathédrale où il y avait assez de place.

Mais pour le trône, le déconfort les prit. Ils avaient faute de quelque chose de spécial et pour y trouver, il leur aurait fallu courir les quatre coins et le milieu de la ville. Ils réveillèrent le marquis Boscofino et lui demandèrent conseil. Le marquis prit un instant de réflexion.

« Suivez-moi », dit-il.

Il les emmena dans son salon de réception et guigna un vieux fauteuil en bois doré.

« C'est tout ? fit Tanu. On pouvait trouver mieux. »

Le marquis partit à rire.

« Niguedandouilles ! C'est un fauteuil historique ! Il a une valeur inestimable !

– Ah bon ? dit Fofò. Alors vous nous y prêtez !

– Sûrement pas, rebecqua le marquis. J'aurais l'air de quoi devant les autres nobles si je vous le donnais de mon propre chef ? On va faire comme ça : vous êtes venus ici avec l'intention de le gruper, je m'y suis opposé et vous l'avez emporté malgré ma résistance. »

Ils prirent à quincher à en réveiller la moitié de la ville.

« Laissez ça, pillerauds !

– Et nous, on y prend quand même !

– Non !

– Si ! »

À bref parler, au bout de dix minutes de cette mascarade, ils ressortirent avec le fauteuil et l'installèrent sur le tapis rouge. Mais il advint que don Gualberto Boscofino, le vieux marquis de nonante ans qu'était gâteux et sourd comme un tupin, entendit le tabus malgré sa surdité et vochia son fils. Le marquis dut lui expliquer que deux galavars avaient corbiné le fauteuil.

À cette nouvelle, don Gualberto porta une main sur son cœur et retomba sur son lit, comme mort. Dans ce fauteuil, entre autres, s'étaient assis : en 1296 Farinata degli Uberti, en 1307 Constance Chiaromonte fille de Frédéric II, en 1398 le roi Martin, en 1449 le vice-roi Lupo Ximenes, en 1701 Philippe V. Se pouvait-il qu'un tel fauteuil dût subir l'affront d'un cul de pagan ?

À la piquette du jour, la place de la cathédrale était déjà cafie de monde, si dru serré qu'un rat n'aurait pu passer au travers. Sur les côtés du fauteuil, se placèrent Fofò La Bella avec la bannière de Zosimo, portant la tête de taureau, et Tanu Gangarossa qu'empaumait une faux dans une main et une maigle dans l'autre, les instruments de travail des pagans. Le capitaine Montaperto et ses hommes maintenaient l'ordre. À neuf heures pétantes, les cloches de la cathédrale partirent à sonner et le chanoine De Martino entama sa messe. Un instant plus tard, par les portes grandes ouvertes sortit Zosimo, salué par des ovations et des applaudissements.

Il alla s'asseoir dans le fauteuil et attendit que quelqu'un fît quelque chose. Fofò et Tanu jaunoyèrent. Ils avaient complètement oublié la couronne. Et le moyen de moyenner maintenant ? De petit en petit, vu qu'il ne se passait rien, la foule fit silence. Y avait-il des embiernes ? Au bout d'un moment, quelqu'un sur la place s'intrigua de quérir :

« On peut savoir ce qui s'passe ?

– On n'a plus pensé à la couronne », dit Fofò tout couame.

Zosimo ne put se retenir et éclata de rire. Son rire passa dans les premiers rangs du public, grossit, grossit jusqu'aux dernières rangées. Et chauves et chevelus partirent à rire. Au milieu de ces éclats de rire, du fin fond de la place, on entendit une voix :

« J'vais y donner la mienne, de couronne ! »

Celui qu'avait parlé était un pauvre hère qui vivait en demandant l'aumône à du monde pas plus accommodé que lui. On l'appelait « l'Jésus battu », rapport qu'il portait toujours sur la tête une couronne d'épines, franc pareille à celle qu'on voit sur les tableaux représentant le Christ livré aux Juifs par Pilate. Alors, sur la place, le silence tomba tout sec. La foule s'ouvrit en deux et l'Jésus battu, qu'en plus était bancane, passa au mitan. Il monta à toute peine les cinq marches du parvis, arriva à la hauteur de Zosimo, enleva sa couronne et la lui tendit.

Zosimo, empaumant la couronne, se leva et dit en la montrant alentour :

« Voilà la vraie couronne que tout vrai roi devrait coiffer. Les épines signifient les devoirs et les soucis qu'un roi doit prendre sur lui. Moi, Michele Zosimo, j'accepte cette couronne et je me proclame roi de Girgenti. »

Il se posa la couronne sur le coqueluchon en l'enfonçant exprès pour que quelques gouttes de sang pussent perler de son front et couler sur son visage. En voyant cela, le monde émotionné se jeta à genoux. Puis Zosimo se leva et dit en ouvrant les bras :

« Je vous embrasse tous ! »

Puis il repaira dans la cathédrale sous un haro d'acclamations, applaudissements, pétarades, hurlements, pleurs, rires, évanouissements et inévitables bagarres tandis que le capitaine Montaperto arrêtait à male peine les plus ébravagés qui voulaient entrer dans la cathédrale et obliger le chanoine à proclamer Zosimo non seulement roi, mais saint.

CHAPITRE CINQ

Le tantôt même de son couronnement, Zosimo écrivit une lettre dont il fit trois copies identiques en les signant toutes Zosimo Ier, roi de Girgenti. Ces lettres, qu'il fit remettre en mains propres, étaient adressées au baron Tuttolomondo, au prince Tomasi, au marquis Ficarra et au marquis Boscofino.

La lettre disait que Zosimo avait l'intention d'établir au plus tôt un relevé des domaines appartenant aux nobles girgentais. Une fois le relevé effectué, les domaines seraient coupés en deux. Une moitié resterait au propriétaire noble, l'autre moitié serait partagée en des centaines de petits champs qui reviendraient à ceux qui les avaient travaillés jusque-là soit comme métayers soit comme journaliers.

Pour finir on disait que l'ordre royal serait exécuté par la force si messieurs les nobles ne s'y pliaient pas de leur propre volonté.

Dès qu'il eut envoyé les lettres, Zosimo fit battre le tambour pour appeler la population de Girgenti et, de la fenêtre du palais, il lut ce qu'il avait écrit à la noblesse. Il réussit à male peine à obtenir le silence au milieu des quinchées de joie et des acclamations :

« Vive Zosimo ! »

Il reprit en disant que tous ceux qui avaient travaillé les terres de tel ou tel domaine devaient se présenter à l'hôtel de ville pour inscrire leur nom sur une liste spéciale, de façon à partager la moitié du domaine en autant de parcelles qu'étaient les personnes qu'avaient panché sur ces terres leur sueur, leur travail, leur sang, leur vie.

Il venait tout juste de finir de parler quand arriva belle tire le marquis Boscofino lancé comme une carriole de laitier. Il agitait sous le nez de Zosimo la lettre qu'il avait reçue et il n'abondait même pas à bajafler, tant il avait les dents serrées de colère.

« Vvvvous aaaavez oooosé m'envoyer cette lettre ? À moi ? À moi ? Le marquis Orazio Boscofino ?

– Oui bien.

– Mais enfin ? Avec ce que j'ai fait pour vous ?

– Pardon marquis, mais qu'avez-vous fait ?

– Je vous ai donné un habit correct ! Je vous ai donné un trône !

– Comme vous pouvez le voir, j'ai défublé votre habit. Les vêtements que je porte sont à moi, je les ai envoyé prendre chez moi. On rapporte en ce moment les vôtres chez vous, avec le fauteuil. Et puisque vous êtes là, veuillez accepter mes remerciements.

– Vos remerciements, je m'en torche le cul ! Vous avez donc l'intention de me harper encore plus de terres que les Piémontais ?

– J'sais pas combien de terre les Piémontais vous avaient harpé, moi je veux la moitié de vos domaines et de ceux de vos semblables.

– Et il n'y a pas d'exception pour moi qui suis votre ami ?

– Non. »

Ce non sec eut sur le marquis le même effet qu'un oui. Il se calma, de broc en bouche sa colère disparut.

« Bien le bonjour », dit-il.

Et il démigra.

« Je me suis fait un ennemi du plus », commenta Zosimo à part soi.

Vers cinq heures, alors que Zosimo était avec Fofò et Tanu, un des hommes de garde l'avisa qu'il y avait quelqu'un à la porte, bien floupé, un bourgeois, qui demandait audience.

« Laisse-le passer », fit Zosimo.

Un homme grand entra, imposant, tout gauné de noir. Une graille, un corbeau.

Il fit une révérence à cul ouvert.

« Je suis Annibale Zaccaria, dit-il pour se présenter. Et j'ose venir solliciter de votre grande bienveillance et bénignité, ô Votre Illustre Majesté, que vous m'accordiez l'honneur d'une patiente et paternelle audience, et ce nonobstant que je sois le dernier de vos fidèles serviteurs.

– Qui est ce Nonobstant ? quérit Fofò, emboisé par ce qu'il avait pris pour un nom de famille.

– Je n'ai certes en aucune façon l'inestimable chance, l'extrême bonheur d'être connu de vous. Mais, faisant violence à la modestie innée qui est la mienne, je me retrouve contraint et forcé de vous dire qui je suis. Je suis...

– Vous en faites, des arias ! fit Tanu. Vous v'nez d'le dire qui vous êtes : Annibale Zaccaria !

– ... je suis, continua Zaccaria en rien déconforté, assez estimé et même, il faut bien le dire, honoré parmi ceux qui aident autrui à trouver la voie de la justice dans l'enchevêtrement labyrintique, l'écheveau de normes, décrets qui...

– Homme de loi ? quérit Zosimo.

– Très humblement : maître reconnu.

– Ça va, parlez.

– Entre quatre-z-yeux, fit Annibale Zaccaria. En admettant que les miens, rapportés aux vôtres, puissent être appelés des yeux. »

Quand Fofò et Tanu furent sortis, Zaccaria resta droit et coi.

« Asseyez-vous et parlez », dit Zosimo.

L'avocat s'assit et se mit à parler. Il entra, continua et ne s'arrêta plus. Il partit de loin. Il dit qu'il défendait à Palerme les intérêts du baron Tuttolomondo dont il était l'ami, qu'il se trouvait à Montelusa depuis quelques jours et qu'il avait eu l'occasion de comprendre en quelle considération ses sujets tenaient Zosimo dont la parole faisait loi. Mais qu'était la loi ? Qu'était le droit ? Et il expliqua à Zosimo pendant une grande demi-heure que le droit, depuis la nuit des temps, était fait par les puissants dans l'intérêt même de leur pouvoir. Et qu'il y avait pouvoir et pouvoir, mais que le pouvoir le plus puissant de tous était celui qui venait de Dieu. Et à qui Dieu le donnait-il depuis toujours ? Aux empereurs, aux rois, aux nobles. Et il expliqua aussi qu'il y avait roi et roi, avec tout le respect naturellement qu'il devait à la Majesté devant laquelle il se tenait.

« Il avesprit », fit Zosimo en regardant par la fenêtre la nuit tomber.

Alors l'homme de loi lui expliqua qu'ils avaient parlé de cette affaire de partage des domaines avec le baron Tuttolomondo, le prince Tomasi, le marquis Boscofino et le marquis Ficarra, lesquels, en gros, n'y étaient pas contraires par principe et pensaient qu'on pouvait trouver un accord. Mais un tel accord requérait du temps et des médiations. La proposition qu'il était chargé de transmettre à Zosimo était la suivante : puisque ce délai était absolument nécessaire, pourquoi ne pas reparler de la question en laissant passer, mettons, un an et, en attendant, laisser les choses comme elles étaient ? Si Zosimo acceptait, il en aurait avantage.

« Lequel ? »

Annibale Zaccaria baissa la voix et tira sa chaise contre celle de Zosimo. Et il lui dit quel était l'avantage. Quinze arpents de terre, en amandiers et blé, qui appartenaient à un parent du baron Tuttolomondo et jouxtaient le terrain de Zosimo. Un mot, et le lendemain même, il en était propriétaire.

« Faites excuse, je reviens tout de suite », fit Zosimo en se levant et en quittant la pièce. Dehors il y avait encore Tanu qui parlait avec trois de ses hommes.

« Tanu, dit Zosimo, rends-moi un service, arrête le crétin qu'est là-dedans et flanque-le en prison. Demain matin, tu le renvoies chez lui avec un bon coup de pied au cul. »

Le baron Tuttolomondo resta bouche bée, la musette coupée, quand il entendit la nouvelle que lui apportait un serviteur. Puis il se ressaisit et rentra dans son bureau. Ou du moins, dans la pièce qu'il appelait son bureau mais où on ne trouvait pas un livre ni une feuille de papier, puisqu'il n'avait jamais voulu s'abaisser à rien étudier en dehors du vin français.

« Il l'a fait arrêter ! fit le baron en s'acassant dans un fauteuil qu'on entendit croissir sous son quintal.

– Je m'y attendais », fit le prince Tomasi.

Ils s'étaient tous retrouvés de collagne chez le baron dès qu'ils avaient reçu la lettre de Zosimo et avaient décidé d'envoyer Zaccaria lui proposer leur pache. Mais ils n'y avaient fait que de l'eau toute claire. Encore plus taciturnes qu'avant, ils échangeaient des regards à couper un clou.

« Il en est où question fenottes, ce Zosimo ? s'informa le marquis Ficarra.

– À cause ? quérit le marquis Boscofino qu'était désormais dans leur camp.

– Ben, je me disais que s'il aimait courir fauvette, on faisait venir une belle poutrône pas d'ici, on la lui présentait et…

– Et il l'enchartre elle aussi, conclut le baron Tuttolomondo.

– Alors, on fait quoi ? s'efferva le marquis Ficarra. On se rend ? On lui dit : Majesté, mais allez donc, prenez nos terres, nos maisons…

– Et peut-être que même si on les lui donne, insista le baron, ça ne lui suffira pas. On va le voir arriver un jour et s'entendre dire : messeigneurs, voulez-vous avoir l'amabilité ? Pantalons baissés et culs bien offerts, s'il vous plaît ! Faudra qu'on se laisse enculer et après il nous coupera la tête !

– Tout doux, fit alors le prince qui ne parlait pour ainsi dire jamais, mais qu'aurait embabouiné le diable en personne. Tout doux. La plus grosse erreur que nous puissions commettre en ce moment est de perdre la tête et de prendre ce Zosimo de front. Il faut le travailler en finesse. »

Tous restèrent en bonne silence. Le prince but le vin qu'était resté dans son verre.

« Excellent, dit-il.

– Un autre ? » quérit le baron.

Le prince opina du bonnet. Le baron remplit son verre sans que le prince le regracie. On voyait à l'œil qu'il pourpensait.

« J'ai peut-être trouvé », dit-il à un certain point.

Le lendemain, à la piquette du jour, un deux-mâts, armé d'espringale et battant pavillon piémontais, se présenta devant le môle de Vigàta et entama les manœuvres d'accostage.

Nenè Zammuto qui, avec ses hommes, s'était impatronisé de la tour construite par Charles Quint pour défendre la côte des Sarrasins, tenait toujours prêts les quatre canons sur la terrasse : Nenè les avait essayés, ils étaient en parfait état.

« J'fais quoi ? quérit Filippu Bellavia qu'avait été nommé canonnier chef.

– Attends qu'on lui voie la poupe », rebecqua Nenè.

Pour accoster, le deux-mâts devait manquablement se présenter par la poupe et son espringale serait alors pointée du côté opposé à la tour.

Quand finalement Nenè estima que le tir était favorable, il ordonna :

« Feu ! »

Le premier canon refusa de tirer, le coup du deuxième tomba dans l'eau à quelques mètres du bateau, le troisième boulet atteignit les rochers, quant au quatrième, pour ce qui est de partir il partit, mais on ne sut jamais où il atterrit.

Sur le deux-mâts, ce fut le desroi. Ne sachant rien de Zosimo, ces pauvres gens qu'étaient en mer depuis Dieu sait quand durent penser qu'ils s'étaient trompés de route et débarquaient en pays ennemi. Et par le fait, un marin monta sur la jetée et demanda à l'aide de pavillons :

« Où sommes-nous ?

– Dans la merde », rebecqua de vive voix Nenè.

À ce moment-là, le premier canon se décida à tirer. Ce coup-là aussi tomba dans l'eau, mais ce fut suffisant. Hissant les voiles, le deux-mâts prit le large et disparut à l'horizon.

En apprenant le cas, Zosimo tira peine. Le deux-mâts allait manquablement donner l'alarme. Et si arrivaient de gros bâtiments et une vraie armée, comment Nenè Zammuto ferait-il pour leur résister ? Et les Savoyards de Naro, allaient-ils revenir en force ?

L'affrontement eut lieu le tantôt à trois heures, mais là où Zosimo s'y attendait le moins, c'est-à-dire sur la route de Catellonisetta. Il y avait là une centaine d'hommes commandés par Giurlannu Cucinotta qui, avant de prendre du plomb dans la cervelle et de se marier, avait été rencontreur de bois. Cucinotta avait posté ses hommes à l'endroit où la route traversait la forêt dite de la Chiapparina. C'était une forêt épaisse. Quand l'homme de garde l'avertit qu'une trentaine de Savoyards à cheval armés jusqu'aux dents étaient après arriver, Giurlannu ordonna à ses gars de se catir des deux côtés de la route, derrière des buissons d'astragale. Quand les soldats furent arrivés à la hauteur des hommes embusqués, ceux-ci tirèrent avec les dix mousquets qu'ils possédaient, cinq de chaque côté. Trois soldats y laissèrent leurs bottes, touchés en plein, les autres descendirent de cheval rapport qu'il était impossible d'entrer sous les couverts avec les bêtes et poursuivirent ceux qu'avaient tiré. Et comme l'avait prévu Cucinotta, ce fut leur perte. Les Piémontais se retrouvèrent éparpillés et furent escoffiés par des adversaires qui se laissaient tomber des arbres, le baselaire entre les dents. Une dizaine de rescapés remontèrent à cheval et s'enfuirent. Cucinotta ne perdit pas un seul homme.

Mais Zosimo passa une nuit amère, contrairement aux Girgentais qui firent joyeux reviel : il comprenait que jusque-là la fortune lui avait souri. Mais si venait la défortune ? Il n'avait pas assez d'hommes pour monter une vraie défense, il fallait les trouver. Et tout cela, à cause de son erreur d'avoir agi trop tôt, alors que les Savoyards n'étaient pas encore engagés contre les Espagnols. Pour l'heure, les Savoyards pouvaient se concentrer sur Girgenti quand ils le voulaient et l'occuper avec quatre coups de canon.

Les Girgentais se mirent en dare de bonne heure rapport que l'on bruyait que, dans la nuit, des harpailleurs avaient pénétré chez don Masino Incontrera, un riche bourgeois négociant en fèves, blé et amandes, qui prêtait un écu et en demandait cent en retour, qu'ils l'avaient assommé et larronné. Mais ils n'avaient corbiné que les pécuniaux, sans toucher l'argenterie ni les objets précieux. Don Masino n'avait pas défunté, mais il avait été recueilli bien déjeté chez un de ses frères qui s'appelait Agatino. Le coqueluchon tout dolent, il expliqua tant bien que mal au capitaine Montaperto que les cabasseurs étaient quatre, le visage caché par un foulard, qu'ils cherchaient de l'argent sec et qu'ils en avaient trouvé en veux-tu en voilà dans ses quatre cassettes toujours mussées sous le lit en cas de prêt urgent. Et vu qu'il prêtait à des commerçants et à des bourgeois, les quatre cassettes étaient remplies à revorge.

« Y avait de quoi payer une armée ! » bavait don Masino.

Ces mots donnèrent une petite idée au capitaine. En sortant de chez don Masino, il se dirigea vers le palais du gouvernement. De la cour à l'escalier, de l'escalier au couloir, du couloir jusqu'au seuil d'une porte fermée, il y avait une file d'hommes de Zosimo qu'attendaient. Montaperto ouvrit la porte sans chapoter et entra. Droit devant une table, se tenait Fofò qui puisait des argents dans une des cassettes posées devant lui, les comptait et les passait à Tanu qui reportait le chiffre sur une feuille avant de les ranger en petites piles.

« Jour de solde, hein ? dit-il avec entrain.

– Oui bien, fit Tanu en le regardant de travers.

– Sa Majesté est levée ?

– Oui. »

Il ressortit de la pièce et alla chapoter à la porte d'à côté.

« Entrez. »

Il poussa la porte. Zosimo était assis et écrivait.

« Savez-vous, entama le capitaine, que l'argent avec lequel vous payez aujourd'hui votre armée a été larronné cette nuit ?

– Oui bien », rebecqua Zosimo.

Montaperto ne s'y attendait pas.

« Vous le saviez ? C'est vous qui en avez donné l'ordre ?

– Non fait, on me l'a dit après coup, ce matin.

– Et vous ?

– J'ai approuvé. Et je vais vous expliquer pourquoi. Je sais que je suis dans le juste, que j'agis pour rabobiner un tant soit peu cette société. Et par le fait je me moque bien qu'on corbine ses pécuniaux à un richereau pour faciliter mes projets. Je m'en bats les joues. J'suis clair ?

– On ne peut plus clair, fit le capitaine. Et comment comptez-vous continuer ? En corbinant encore ?

– S'il le faut, oui. Et vous, capitaine, réfléchissez un peu aussi : ne vaut-il pas mieux qu'une seule personne corbine puis dispartisse à tout le monde, plutôt que chacun corbine pour son propre compte ? Sous le coup du désespoir ? Peut-être en escoffiant son prochain ? »

Montaperto resta à quia.

« Qu'allez-vous faire ? quérit Zosimo.

– Rien », conclut le capitaine de justice.

Tard dans la matinée, les marquis Boscofino et Ficarra se présentèrent au palais du gouvernement. Ils étaient tout sensipotés, en grand déménement, et demandèrent à parler seuls à seul avec Zosimo.

« Le fait que je sois là devant vous, commença le marquis Ficarra, ne signifie aucunement que je reconnaisse votre royauté, mais votre pouvoir actuel. Je tiens à vous le dire avant toute autre chose. »

Après avoir fait cette introduction solennelle dans un italien parfait, il entra à mieux parler.

« On est venu de collagne, Boscofino et moi, au nom aussi du prince Tomasi et du baron Tuttolomondo. »

Puis il guigna Boscofino, c'était à lui de parler.

« Ce matin à la diane, on m'a remis cette lettre de mon ami le comte Bonaca di Catellonisetta », fit Boscofino.

Il la tendit à Zosimo qui la prit et la lut.

« Cher ami, les Espagnols ont pris Palerme sans coup férir, mais les Savoyards se préparent à se défendre vaillamment. Pour ce faire, il leur faut avoir l'assurance de ne pas risquer une trahison, ou un complot, ou une attaque dans leur dos. Je sais de source sûre qu'ils feront mouvement en direction de Montelusa afin d'éliminer tout désordre. Attendez-vous par conséquent à une attaque imminente. Connaissant bien vos sentiments anti-savoyards, j'ai voulu vous mettre en garde à temps. Votre Contardo Bonaca di Catellonisetta qui vous salue. »

Alors s'éclaira pour Zosimo tout ce qui s'était passé la veille, le deux-mâts à Vigàta, l'attaque sur la route de Catellonisetta : les Savoyards commençaient à se dégrober. Mais si ces deux charipes de nobles pensaient qu'il allait se rendre seulement sur la foi d'une lettre menaçante, ils s'emboisaient d'importance.

« Si la situation se présente ainsi, reprit le marquis Ficarra, il ne reste qu'une chose à faire.

– Et quoi ? » quérit Zosimo.

Il s'attendait à tout sauf à la réponse qui vint.

« Nous battre de collagne, peuple et noblesse. En unissant nos forces, nous pouvons résister longtemps à un siège savoyard. Nous pouvons distribuer à manger pour tous, nous avons de la nourriture à revorge. Et pour ce qui est des gens d'armes, tout bien compté et rabattu, nous disposons de plus de deux cents hommes.

– Où sont-ils ?

– Nous les avons regroupés au domaine de Baldacchino, chez le prince Tomasi, avec à leur tête Manzella, le chef des messiers. Un mot de vous et ces hommes se mettront à votre service et au nôtre, dans l'intérêt commun.

– Je comprends l'intérêt du marquis Boscofino, dit Zosimo, mais le vôtre ? Et celui des autres nobles ?

– D'abord, rebecqua le marquis Ficarra, à force d'impôts, de petit en petit les Savoyards vont nous réduire au désespoir. Vous, c'est la moitié de nos domaines que vous nous harpez, et vous l'annoncez. Eux, sans rien dire, ils vont nous harper jusqu'à la chemise. Ensuite, la première chose dont ils nous demanderont compte en arrivant, c'est pourquoi nous ne vous avons pas éliminé. Ils diront que nous sommes vos complices et ce sera une bonne raison pour nous entoueiller définitivement. Alors, que décidez-vous ?

– Il faut que je voie avec mes hommes, dit Zosimo.

– Bon, mais faites vite, on n'a pas de temps », conclut Ficarra.

Zosimo entra en paroles avec Fofò et Tanu.

Fofò réagit dru.

« T'oublies que ce Manzella a escoffié de ses mains trois saisonniers qu'avaient rebarbé ? »

Mais Tanu se montra plus apercevant.

« Si c'est comme les nobles disent, et moi je crois qu'ils gandoisent pas, on aura grand affaire de ces deux cents hommes. On y surveillera, s'agirait pas qu'ils s'amusent à chanter l'évangile aux vierges. »

Ils disputèrent, se détignonnèrent, se rabibochèrent et tinrent derechef chapitre. Finalement Zosimo dit à Fofò La Bella :

« Va chez Boscofino et dis-lui que c'est d'accord. »

À sept heures du soir, cent hommes armés, tous à cheval, avec Manzella à leur chef, arrivèrent à Girgenti. Ils s'installèrent dans la cour de l'hôtel du prince Tomasi.

Manzella se présenta devant Zosimo et s'inclina en ôtant son chapeau.

« Aux ordres de Sa Majesté.

– On m'avait parlé de deux cents hommes, fit Zosimo.

– Demain matin, les cent qui manquent seront là. »

Zosimo le renvoya incontinent. Il ne supportait pas sa vue. C'était même pas un homme, mais une chose répugnante qu'emboconait la sueur et la pourriture.

Il éprouva le besoin de conférer avec le capitaine Montaperto et l'envoya quérir. Mais il resta introuvable.

Montaperto resta introuvable rapport qu'il était devant le prince Tomasi qui lui avait posé une question claire et nette :

« Vous, capitaine, êtes-vous toujours aux ordres du roi Victor Amédée auquel vous avez d'ailleurs juré obéissance et fidélité, ou aux ordres de ce cul-terreux qui s'appelle Zosimo ? »

Le soir même, de plus en plus convaincu que les Savoyards allaient arriver d'un moment à l'autre, Zosimo envoya Fofò La Bella et son groupe en renfort à Vigàta. Tanu Gangarossa resta à Girgenti avec une dizaine d'hommes de confiance, les autres partirent consolider la défense sur les routes de Palerme, Naro et Catellonisetta. Ce fut la première nuit où Zosimo dormit.

Le lendemain matin, Zosimo se réveilla tard, il était sept heures, le soleil déjà haut. Il était si éclené des jours précédents que la fatigue lui était tombée sur le corps tout d'un horion. Il se mit à la fenêtre, la ville était calme, le monde vaquait à ses habitudes. Tanu dormait encore lui aussi.

« Tanu, habille-toi et viens avec moi. On va prendre les chevaux et aller à Vigàta voir comment les nôtres s'en sortent. Je me suis pensé de déplacer les hommes de Fofò le long de la côte, au cas où les Savoyards essaieraient de débarquer à recoi. »

Dans la cour, ils ne trouvèrent pas les hommes de Tanu. Mais ils en virent deux sur la place qui jaquetaient avec le capitaine Montaperto et trois gardes.

Ils s'approchèrent du petit groupe.

« Bonjour, Majesté, fit le capitaine.

– Bonjour, répondit Zosimo.

– Où sont les autres ? » quérit Tanu à ses deux hommes.

Mais la réponse était superflue. On lisait la trahison sur leurs visages. Il était toutefois bien tard pour tenter quoi que ce fût.

« Sauve-toi, Zosimo ! » cria-t-il avant que les trois gardes ne le saisissent.

Qu'il se sauvât ? Et où ? Et pourquoi ? Il resta face à face avec le capitaine. Mais ce ne fut qu'un instant car la situation se retourna. Tandis que les deux traîtres filaient du derrière, Tanu réussit à débarater les gardes et accolleta Montaperto de dos en lui pointant un baselaire sur la gorge. Gangarossa était croisé d'épaules, il pouvait vous briser le dos à la seule force de ses bras, le capitaine se sentit pris dans un étau, il comprit qu'il ne lui restait pas longtemps à vivre.

« Non ! fit Zosimo d'un ton ferme et dur. Ne me trahis pas, toi aussi, Tanu. J'ai donné ma parole qu'on ne verserait plus de sang. Respecte-moi. »

Alors Tanu donna une violente bourrade au capitaine qui trampala, puis il ouvrit la bouche, poussa une quinchée terrible, animale, et s'enclava son arme dans le ventre.

Pendant qu'il s'acassait à terre, les gardes le frappèrent à coups de sabre.

« Je vous déclare en état d'arrestation, Majesté », dit Montaperto. Et dans sa voix, il n'y avait pas de gaudisserie, de beferie, d'ironie, seulement un profond respect.

Ils marchaient en silence vers le château, Zosimo et le capitaine, l'un à côté de l'autre. Montaperto avait renvoyé les gardes. Et le monde qui les voyait passer n'y comprenait goutte. C'était-y vrai, ou pas, qu'on avait arrêté Zosimo ? Et si on l'avait arrêté, pourquoi qu'il était pas enferré, qu'il semblait libre comme l'air ? Après, Zosimo parla :

« Pouvez-vous me raconter ce qui s'est passé ? »

Et le capitaine lui raconta que toute l'affaire avait été montée par le prince Tomasi. Que la lettre au marquis Boscofino était une fourbe. Que l'arrivée du deux-mâts et la bataille avec les Savoyards sur la route de Catellonisetta étaient cas fortuit mais qu'elles avaient joué en faveur du prince. Que pendant la nuit, les cent hommes commandés par Manzella étaient sortis de la ville et avaient rejoint les cent autres qui les attendaient sous les remparts. Ensuite, par petits groupes, ils avaient assailli comme des loups les hommes de Zosimo à Vigàta et ailleurs. Conclusion : une cinquantaine de personnes étaient déjà engeôlées au château, le reste des troupes de Zosimo était rentré chez soi. Fofò La Bella, Nenè Zammuto et Giurlannu Cucinotta avaient payé de leur gorge. Salvo Tortorici et Nonò Martorana étaient déjà enchartrés.

Arrivés au château qu'était surveillé par dix hommes du capitaine plus une vingtaine de volontaires choisis parmi les serviteurs des bourgeois, Montaperto fit entrer Zosimo dans la salle du conseil.

« Je vous mets là parce que les cellules sont pleines.

– Et après ?

– Je vous le dirai. Je sais pour sûr qu'on a déjà donné l'ordre de construire le gibet. Ils ont l'intention de vous mettre au vent demain à midi, en présence des premiers soldats savoyards. Comme ça, messieurs les nobles se refont une virginité aux yeux du roi Victor Amédée. »

Dans le tantôt, toute la ville sut que Zosimo avait été enchartré.

Peppi Imbornuni, paralytique et aveugle, était à sa place habituelle, à demander l'aumône. Quelqu'un vint à passer.

« Peppi, ils ont arrêté Zosimo.

– Moi, comme j'suis aveugle, rebecqua Peppi, je l'ai jamais vu ce Zosimo. Pour moi, il peut n'avoir jamais existé, je peux toujours dire que j'y ai rêvé. »

« J'ai ordre d'aller incontinent chez vous brûler votre maison, dit le capitaine. Y a-t-il quelque chose que vous voulez sauver ?

– Oui bien, répondit Zosimo, une boîte, petite. Elle est mussée, mais je vais vous dire où.

– Qu'y a-t-il dedans ?

– Ce qu'il faut pour construire un cerf-volant. »

Montaperto ne brouit que la maison, pas le sorbier qu'était derrière. Le tronc était entièrement écrit, mais on ne lisait plus rien, l'écorce repoussait. À côté de la boîte en bois, qui contenait quatre tiges de roseau, une feuille de papier vélin bleu ciel, une grosse pelote de ficelle et une poignée de farine, il y avait aussi cinq livres, eux aussi illisibles, tout dessampillés et tombant en poussière. Montaperto crut comprendre un titre, *Comedia* ou quelque chose d'approchant, d'un certain Lighieri, et un autre qui contenait ...*gnitate hominis* d'un auteur qui s'appelait Pic. Il les jeta dans les flambes de la maison.

À la brune, le capitaine se présenta devant Zosimo avec la boîte en bois. Zosimo le regracia.

« Il faut que je vous dise quelque chose, fit Montaperto. J'ai réussi à convaincre le prince Tomasi et les autres nobles de vous pendre à huit heures du matin demain. Voulez-vous un curé ?

– Non fait. Mais pourquoi toute cette précipitation ?

– Parce que je suis convaincu que les Savoyards vont exiger de vous pendre eux-mêmes. Personne ne pourra rien dire contre. Et moi, ça ne me plaît pas que votre histoire finisse comme ça, que vous alliez périr sous une main étrangère. C'est mieux de boucler la boucle entre nous, entre gens du même pays.

– Merci », dit Zosimo.

CINQUIÈME PARTIE

Où Zosimo meurt

LA FABRICATION DU CERF-VOLANT

Là est la vraie difficulté de la double mort, la mort la plus amère, la mort la plus misérable, qui n'est pas de défunter sans savoir qu'on défunte, ce qui serait la mort simple, mais de défunter en sachant qu'on défunte, quand on vous fait savoir le moment précis de votre mort, quand vous remirez la poignée de sable qu'on a acuchonnée devant vous en disant : « quand le temps l'aura désamassé, grain après grain, à cet instant précis vous serez au bout de votre vie », quand se lève une brise de mer, légère, et que vous avez beau vous dépotenter à bacler portes et fenêtres, à étouper la moindre fente, à boucher les pertuis, rien n'y vaut, cette brise, dont on ne comprend pas par où elle s'engoulfe, trouve toujours le moyen d'entrer et de désunir le sable, grain après grain et vous savez, vous comprenez que vous ne pourrez plus refaire après aucune des choses que vous avez déjà faites, tout simplement parce qu'il n'y aura plus d'après et par le fait, si vous finissez de construire le cerf-volant, quand vous avez fini de construire le cerf-volant, quand le cerf-volant est construit, quand le cerf-volant est fabriqué, quand le cerf-volant est fini, quand il n'y a plus rien à ajouter au cerf-volant, quand le cerf-volant est prêt à voler, c'est vous-même qui, en finissant de construire le cerf-volant, avez soufflé un bon coup sur ce qui restait de la poignée de sable et en avez debesillé au moins la moitié… et alors j'fais quoi ? j'la colle ou j'la colle pas cette dernière bande de papier vélin ? et si j'la colle et que le cerf-volant est fini, c'est pas aussi ma vie qu'est finie ? vous savez ce que je vous dis, hein ? eh bien, j'arrête de me marcourer, j'y mets, ce dernier morceau de vélin et allez vous faire, tous autant que vous êtes, voilà ça y est, j'y ai mis, voyons si la colle de farine tient le coup, le cerf-volant est terminé, bonne nuit tout le monde, même si ça commence pile à faire jour.

LE SOMMEIL

Le sommeil le prit par surprise alors qu'il venait de finir le cerf-volant et ce n'était pas que du sommeil, mais aussi une fatigue de plomb qui lui sciait les épaules et lui tordait l'ambuni. Il apincha par la fenêtre de la grand salle : il y avait un point dans le drap noir du ciel qui s'effilochait, s'amincissait, il pouvait donc prendre trois bonnes heures de sommeil. Il remira le gars qu'on avait mis pour le garder, qu'était de Naro, un homme de confiance du capitaine Montaperto qui s'appelait Cono Trupia et qui dormait dans un fauteuil, son mousquet posé en travers des cuisses. Zosimo repoussa un peu le cerf-volant, étendit les bras sur la table, y appuya le coqueluchon et irrua dans le sommeil comme on se jette à la mer, avec une pierre au cou pour se noyer plus vite.

L'ARRIVÉE DU CAPITAINE MONTAPERTO

La porte s'ouvrit de saut. Le capitaine Montaperto entra et, voyant que prisonnier et geôlier dormaient, les réveilla d'un large « Bonjour à tous ! ».

Cono Trupia ressaillit tout droit, effrayé, et son mousquet s'abousa par terre.

« À vos ordres, capitaine.

– Les ordres sont que tu débarrasses le plancher. »

Cono se baissa pour ramasser son arme. Puis il remira Zosimo, il voulait dire quelque chose, mais rien ne sortit de sa bouche, ou plutôt si, on entendit quelque chose, une espèce de raclement, comme avant de cracher :

« Je vous baise les mains, Majesté. »

Et il sortit. Montaperto ferma la porte. Il apincha le cerf-volant posé sur la table. Il était vraiment beau, construit dans les règles de l'art, bien équilibré, il semblait vivant, on aurait presque dit qu'il frémissait à rester ainsi immobile, qu'il attendait le plus petit souffle de vent pour prendre son envol.

« Nous sommes puis prêts, dit le capitaine. Et vous ?

– Je suis prêt aussi », rebecqua Zosimo.

Le capitaine parut en balan.

« Et ce cerf-volant, qu'en faites-vous ? Vous y emportez jusqu'au gibet ?

– C'est interdit ?

– Interdit, non, mais c'est censément pas le moment.

– Si vous m'ouvrez la fenêtre, je l'abade. C'est bien l'heure, avec ce vent du matin.

– Vous me répondez si je vous pose une question ? quérit Montaperto.

– Oui bien.

– Pourquoi tous ces arias autour d'un cerf-volant, qu'est puis un jeu de marmot ? Faites excuse si je vous y dis, mais je ne trouve pas rien que ce soit une affaire d'homme.

– Vous voulez savoir ce que ce cerf-volant représente pour moi ? Il ne représente rien, ce cerf-volant est un cerf-volant, un point c'est tout. »

Le capitaine le remira, désarçonné. Montaperto était un homme d'action, mais c'était aussi quelqu'un qu'aimait pour-penser, trouver aux choses un autre sens que ce qu'elles paraissaient.

« Et alors ?

– J'y ai joué un jour que j'étais petit gone et ça m'a paru merveilleux, un miracle, j'ai eu l'impression de voler en même temps que le cerf-volant, je me suis senti léger, léger, de collagne avec les moineaux, les palombes, les corbeaux, les alouettes, un oiseau parmi les oiseaux. Et ce jour-là, j'ai fait une promesse solennelle, qu'à l'heure de ma mort, je ferais voler un autre cerf-volant pour quitter cette terre léger, léger, en oubliant le poids de mon corps. Ça vous suffit comme explication ? »

Le capitaine guigna que oui en clinant la tête. Il ouvrit le balcon qui donnait sur la cour intérieure du château et Zosimo, prenant délicatement le cerf-volant, le suivit à l'extérieur. Frissonnant à cause de la fraîcheur, il tenait le cerf-volant pincé entre deux doigts à l'endroit précis où la ficelle était attachée, juste au croisement des deux baguettes de roseau qui en formaient le squelette. Il eut incontinent la conviction qu'il avait construit un appareil miraculeusement parfait, équilibré de façon magique dans chacune de ses parties. Rien que tenu ainsi, le cerf-volant vibrait au moindre souffle matinal et semblait une créature vivante, un faucon rampé sur le poing du fauconnier. Zosimo attendit un peu le bras levé, puis arriva une rafale de vent, mais il comprit que ce n'était pas sérieux, qu'elle ferait piquer le cerf-volant et l'enverrait s'abouser sur les toits. Puis en vint une autre, ni trop forte ni trop faible, juste ce qu'il faut, alors il relâcha l'étreinte de ses deux doigts et entre ses doigts la ficelle glissa, défila de plus en plus vite au fur et à mesure que le cerf-volant prenait le bon courant et montait dans le ciel, montait le nez pointé en haut mieux que si on l'avait lancé, tirant la corde après soi avec tant de force et de vitesse que Zosimo sentit la peau de ses doigts irritée comme si, au lieu d'une ficelle, il tenait une lame de feu. Le cerf-volant se confondait presque maintenant avec un nuage et la corde était toute dévidée. Zosimo en serra encore un peu le bout, sans abonder à perdre sa créature pour toujours.

CE QUE SIGNIFIE LÂCHER LA FICELLE

Je me souviens précisément comment ça s'est passé quand j'étais petit gone et que je m'étais fabriqué un cerf-volant avec le papier que m'avait étrenné don Aneto Purpigno, Dieu ait son âme. Une fois là-haut, le cerf-volant se transforma, ce n'était plus du papier vélin, de la colle de farine et des baguettes de roseau, non, tout par un coup il était devenu vivant, il s'était changé en palombe, une vraie palombe, mais hardée, prisonnière de la ficelle que je serrais entre mes doigts et il tirait, tirait, tirait pour gagner sa liberté tout comme ce cerf-volant maintenant que je vais abader, mais je sais qu'en lâchant la ficelle, je ne perdrai pas seulement le cerf-volant, mais aussi l'imagination, je perdrai la capacité de changer les choses à mon gré et de les voir, non pas comme elles sont, mais comme je les ai fait devenir ; bon d'accord, mais que t'en monte à cette heure de l'imagination, maintenant que tu te trouves à un pas de la mort, ne vaut-il pas mieux perdre l'imagination plutôt que refuser la liberté à un cerf-volant ?

LE TRAJET

De la porte du salon, partait un couloir de trente-trois pas, après il fallait descendre un escalier de vingt et une marches, après encore il y avait une espèce de palier long de sept pas avec au bout un escalier de quarante-deux marches, et après venait un couloir de quatre-vingt-dix-neuf pas qui portait à un autre escalier de vingt et une marches, ensuite partait un palier de quatorze pas, et de là un escalier de quarante-deux marches qu'emmenait dans un salon long de trente-trois pas et là, il y avait une porte qui donnait dans la salle de la garnison, longue de quatre-vingt-dix-neuf pas et dans cette salle il y avait une haute porte qui donnait sur l'extérieur, en plein sur la place et, à dix-huit pas de la porte d'entrée du château, il y avait l'engin construit pour l'occasion par Filippo Aquilino, le charpentier, qui consistait en une estrade en bois où on montait par cinq degrés, en bois eux aussi, et sur cette estrade, il y avait la potence et à côté de la potence, il y avait le frappart, maître Casimirro Capuano qu'on avait fait venir exprès de Naro, un homme bien membré et généreux qu'escoffiait toujours du premier coup et ne faisait pas souffrir vilainement les condamnés. Il avait amené ses aides avec lui, ceux qui tiraient la corde, 'Ntonio Impiduglia et Binno Lopasquale, eux aussi de Naro.

LE SOUFFLE

La première chose que vit Zosimo en passant la porte du château, fut l'estrade du gibet où se tenait le bourreau, avec deux autres personnes ; la deuxième chose qu'il vit fut une place franc vide, déserte et abandonnée. Sur cette place débouchaient cinq rues ou ruelles et à chaque carrefour, il y avait des cordons de soldats afin que personne ne pût arriver à proximité, et ça pouvait se comprendre, mais le fait était que derrière ces soldats, il n'y avait pas un chat. Zosimo s'arrêta, bauché en place. Était-il possible que tous, amis et ennemis, l'eussent déjà oublié ? Personne pour lui embrasser la main en pleurant ? Personne pour lui cracher au visage en l'insultant ? Ébaffé, il apincha le capitaine. Montaperto, qu'avait compris ce qui traversait le coqueluchon de Zosimo, tenta de lui donner une explication :

« Je sais que ce n'est pas beau de défunter comme ça, Majesté. Mais j'ai dû donner des ordres pour que le monde reste chez soi. »

Et ce fut justement à cet instant-là, entre les roulades échevelées d'un merle au loin, que Zosimo entendit le souffle. Ce n'était pas la respiration d'un seul homme, mais d'une mouée de gens qui respiraient doucement, comme pour ne pas faire entendre qu'elles étaient là, mais qu'étaient bien là ; Zosimo comprit que cette espèce de légère brise marine était un souffle humain et qu'elle arrivait de par-dessus les toits des édifices et des maisons qu'entouraient la place et il comprit aussi que c'étaient les gens de Vigàta et de Montelusa qui respiraient, ses concitoyens, ses amis, ses connaissances, venus exprès pour l'accompagner au seuil de la mort et qui le remiraient du haut des toits, allongés à bouchetons, pour ne pas être vus des gardes qui, en réalité les avaient parfaitement vus et feignaient de ne pas les voir. En chauvant de l'oreille, Zosimo distingua parmi toutes, la respiration asthmatique et rugueuse du pipa Minico Lofaro, huitante ans et le pied clopiant – nom d'un rat, comment l'avaient-ils hissé sur le toit de l'hôtel Contrera ? –, il reconnut la respiration, franc pareille à un cri-cri de grillon, de don Birtino Mascolo qui devait être allongé sur les cheneaux de la maison des Mongiardino, et celle large et profonde d'Aitano Savatteri, et celle en éclat de rire de Bartulinu Sammarco qu'arrivait d'en haut de l'hôtel Altieri, et celle de Pippo Santacroce, de Giugiù Spampinato, de Masino Notarbartolo, de Giacuminu Nocera, de 'Ngiulinu Bianco, de Massiminu Vitale, et tandis qu'il reconnaissait une à une leurs respirations, il vit aussi leurs visages et se sentit tout ravoié.

BON, J'Y VAIS

Ils firent en bonne silence les dix-huit pas de la porte du château jusqu'à l'estrade, à la vérité Montaperto fit dix-sept pas, rapport qu'il marchait toujours à une demi-toise derrière Zosimo. Et quand ils arrivèrent au point où il fallait gravir le premier des cinq degrés, le capitaine dit en basset :

« Je m'arrête ici. »

Et il le dit en parfait italien, rapport que le moment était ce qu'il était et que quand le moment est ce qu'il est, c'est nécessité de japiller en italien, sinon on dit que vous avez fait votre éducation autour du collège, que vous n'êtes qu'un pauvre riclaire et pas un marquant.

Zosimo s'arrêta et se retourna pour apincher le capitaine.

« Vous ne me tenez pas compagnie jusqu'au bout ?

– Non, il vaut mieux que vous montiez tout seul, comme ça le monde qu'est agrobé sur les toits vous voit mieux.

– Et comment savez-vous qu'il y a du monde sur les toits ?

– Parce que cette nuit mes soldats les ont aidés à y grimper. »

Il tendit la main à Zosimo, Zosimo la lui serra vigoureusement.

« Merci, dit-il.

– Tous mes vœux, fit le capitaine, ne sachant que dire.

– Vous de même », fit écho Zosimo.

Puis il retira sa main et, toujours en apinchant Montaperto, il fit :

« Bon, j'y vais. »

En parfait italien, naturellement, rapport que le moment était ce qu'il était. Il se retourna pour commencer à monter les cinq degrés quand, levant la tête, il reconnut le frappart. Ils se connaissaient de longue main, de quand ils étaient petiots, une fois ils s'étaient fiolés ensemble, après ils s'étaient peladés puis avaient fait la paix et s'étaient fiolés derechef.

« Je te salue, Casimì.

– Je te salue, Zò », répondit le bourreau et il lui sourit car il avait toujours trouvé Zosimo sympathique. Mais même comme ça, il resta les bras croisés rapport que c'est ainsi que se tiennent toujours les bourreaux quand ils attendent de tuer, vu qu'autrement ils ne savent pas quoi faire de leurs bras et de leurs mains.

LE PREMIER DEGRÉ

Zosimo allait gravir le premier degré mais il resta le pied en l'air avant de l'appeser à nouveau par terre, comme s'il dévoulait monter.

Il se mit à cacaboson, remirant une colonne de grosses fourmis noires qui traversaient la planche aux grandes allures, affairées, et tandis qu'elles disparaissaient à gauche, d'autres arrivaient de la droite si bien que la colonne semblait toujours la même, identique, alors que les fourmis qui la composaient étaient sans cesse autres, même si à les voir on aurait dit que c'étaient toujours les mêmes.

Pris de curiosité, le capitaine Montaperto avança d'un pas et se mit lui aussi à cacaboson, à côté de Zosimo. Il remira la colonne de fourmis, mais il ne lui trouva rien de particulier. Il se marubla le casaquin pour essayer de comprendre pourquoi le condamné s'était arrêté ainsi, puis il crut pouvoir donner une réponse à la question qu'il s'était posée.

« Majesté, peut-être craignez-vous d'écramailler les fourmis en montant ? »

Zosimo ne lui répondit même pas. Il leva le bras droit, fit retomber son index perpendiculairement au-dessus de la colonne et le maintint ainsi, en suspens. Puis s'adressant à une fourmi, il lui dit :

« Toi, passe. »

Et il la laissa poursuivre son chemin.

Puis il dit à une deuxième fourmi :

« Toi aussi, passe. »

Et il la laissa poursuivre son chemin.

Le capitaine l'apinchait, plus étonné qu'un fondeur de cloches.

« Pas toi », fit Zosimo à une troisième fourmi.

Il laissa retomber son index et l'escarbouilla. Puis il continua :

« Toi oui... toi oui... toi oui... toi non... toi non... toi oui. »

À ce stade, le capitaine crut avoir deviné ce que Zosimo était après faire. Et il s'en sentit benaise rapport que Zosimo accomplissait finalement quelque chose qu'avait une signification différente de ce qu'elle paraissait.

« J'ai compris, Majesté. Vous réalisez une parabole du destin de l'homme. »

Zosimo se retourna vers le capitaine et parut sincèrement ébaffé.

« Moi ? Le destin ?

– Oui bien. Le destin qui décide au hasard, à vue de nez, selon la direction du vent, au petit bonheur la chance, qui doit vivre et qui doit défunter.

– Que non pas, rebecqua Zosimo. Je n'ai pas pensé une seconde que ce que je faisais pût signifier autre chose que ce que c'était.

– Et c'était quoi ?

– Rien. Une gandoise. Un jeu de quand j'étais petit gone. »

Il ressaillit et gravit le premier degré, en faisant toutefois attention de ne pas écramailler la colonne de fourmis.

LE DEUXIÈME DEGRÉ

Sur le deuxième degré, il s'arrêta et tous ceux qu'étaient agrobés sur les toits ainsi que le capitaine Montaperto virent que Zosimo ouvrait et fermait la bouche comme s'il parlait avec quelqu'un à côté de lui, mais à côté de lui il n'y avait, et il ne pouvait y avoir, ni chauve ni chevelu.

Eh bien si, il y avait quelqu'un, c'était le père Uhù, apparu à dessoute, enfin, ce qui restait du père Uhù rapport qu'il n'avait plus sa croix et qu'il lui manquait une piotte, un bras, un quinquet, une oreille, qu'il avait un trou à la place de l'ambuni et un autre à la place de la bouche. Il emboconnait et grouillait de vers. Zosimo en fut impressionné.

« Je te fais peur ? quérit le curé.

– Peur, non, vous me prenez de court, rebecqua Zosimo. Si vous êtes tout dessampillé comme ça, c'est peut-être bien de ma faute, quand j'ai fait sauter votre cadavre et tout le monde qu'était autour.

– Hum, fit le père Uhù, tu y as aidé, mais le fait est qu'il faut pas mal de temps avant de mourir.

– Vous gandoisez, mon père ? Vous êtes mort depuis bientôt…

– Ah, alors toi tu crois qu'on est mort quand on ferme les yeux pour toujours ? Non, Zosimo, ce n'est que le début de la mort, à partir de ce moment-là, on commence à mourir, comme à la naissance on com-

mence à vivre. Et il en passe du temps avant qu'on meure finalement, il en faut du temps avant de perdre toute sa chair qui tombe en bave, et de se changer en squelette net comme torchette ; et il faut plus de temps encore avant que les os se fêlent, s'éclapent et deviennent, si on est damné, poussière stérile qui ne produit rien ou, si on est pardonné, bel engrais bien gras qui donne des fruits et des fleurs. C'est ça, le vrai et unique salut, et pas les bescosses dont on vous a farci le coqueluchon. Je te souhaite de tout mon cœur de pouvoir devenir engrais qui dans un millier d'années fera pousser un arbre. »

Et il disparut.

LE TROISIÈME DEGRÉ

Sur le troisième degré, ils le virent qui semblait se réjouir et se pencher en avant, la main droite comme caressant un animal qu'était pas là et qui ne pouvait pas être là.

L'animal était une cabre d'Agrigente, une belle bête au long pelage marron, avec deux cornes de licorne et de plantureuses mamelles sombres. À côté d'elle, une géline blanche. Sa vie durant, Zosimo avait eu la capacité de se ramenter chaque animal, il lui suffisait de l'avoir vu une fois. Il se tarabusta l'entendement mais ces deux-là, il ne les avait jamais vus.

« Pour sûr que tu ne me remets pas, fit la cabre qu'avait lu dans ses pensées. Je suis celle qu'a allaité ta mère Filònia quand elle venait tout juste de s'accoucher de toi. Et le lait que Filònia te donna à posser était aussi le mien.

– Et moi, dit la géline blanche, j'ai ravicolé ta mère Filònia avec un bel œuf tout chaud. Et toi aussi, tu t'es nourri de moi.

– Et que veut dire votre présence ici, en ce moment ? » quérit Zosimo tout en caressant le pelage de la cabre.

Les deux bestioles s'apinchèrent.

« Signifie ? quérit la géline à la cabre. Qu'est-ce que ça veut dire ?

– Va-t'en savoir », rebriqua la cabre.

Et elles disparurent.

LE QUATRIÈME DEGRÉ

Sur le quatrième degré, le monde et le capitaine virent Zosimo qui, après s'être arrêté, se retournait et, les deux mains à hauteur de l'œil droit, prenait à remirer d'abord le ciel, puis les maisons alentour tout en japillant avec quelqu'un qu'était pas là et qui ne pouvait pas être là.

Eh bien si, il y avait quelqu'un mais Zosimo avait beau l'apincher, il ne le remettait pas. Ce quidam, qu'était nu, n'avait plus ses deux piottes mais réussissait quand même à tenir droit, et il était aussi dessampillé que le père Uhù, vers et bocon compris.

« Tu étais petit gone, fit l'homme, quand tu m'as vu. À ce temps, je portais un chapeau pointu bleu ciel, très très grand, et aussi un manteau cafi d'étoiles et de demi-lunes...

– Apparenzio ! Le magicien ! s'exclama alors Zosimo.

– Dans le mille ! » fit le magicien, tout benaise.

Et alors Zosimo se ramenta une chose. Il se recorda que le magicien l'avait fait remirer avec sa longue-vue et il avait vu la lune de près, si tant tellement près qu'il en avait même entendu la musique.

« Tu as encore ta longue-vue ? » quérit-il.

L'instrument apparut dans la main d'Apparenzio.

« La voici. »

Zosimo l'empauma, l'allongea au maximum et la pointa contre le ciel. Il voulait voir à quelle hauteur était arrivé son cerf-volant. Mais tout était noir comme le cul du diable et il avait beau manipuler l'instrument, il ne voyait que du noir partout.

Alors il le pointa vers les maisons et les édifices qu'étaient tout proches, mais le résultat fut le même.

« Cette longue-vue doit être étoupée », dit-il au magicien.

Apparenzio guigna que non de la tête et de l'index gauche.

« Cette longue-vue fonctionne très bien, rebecqua-t-il. Et les lentilles sont si tant tellement propres qu'elles brillent.

– Alors comment se fait-il que je sois à borgon-bleu ?

– Ça se fait, lui expliqua Apparenzio, que même si tu respires

encore, t'as déjà défunté. Et un mort, ça voit pas la queue d'un ciron. On voit mieux les choses quand on est vivant et encore mieux quand on est petit gone. Rends-moi cette longue-vue qu'il se fait tard.»

Zosimo lui retourna arrière l'instrument et Apparenzio disparut.

LE CINQUIÈME DEGRÉ

Sur le cinquième degré, il s'arrêta derechef, puis se retourna, parla sans proférer un son et par le fait personne n'entendit rien.

Quelques mots étaient remontés du puits le plus profond de sa mémoire : peut-être refaisaient-ils surface parce qu'il était arrivé en haut des marches et il s'était pris à penser que maintenant il était al som de l'escalina.

Ces mots-là exactement, al som de l'escalina. Mais quelle langue était-ce ? Il avait sûrement lu ça quelque part, il y a très longtemps, mais il ne se ramentait pas où.

Il lui vint aussi : «Ara vos prec», mais il n'en comprit pas le sens.

Et il ne comprit pas davantage le sens des mots qui suivirent : «sovenha vos a temps de ma dolor».

Et du coup il décida de ne pas les prononcer, ces mots. Si on a perdu le vrai sens d'une chose, pourquoi la dire ?

DU SOM DE L'ESCALINA

Du som de l'escalina à l'endroit où se tenait le bourreau, il y avait six pas et Zosimo les fit belle tire rapport qu'il craignait l'apparition d'autres morts vivants ou animaux parlants, et ils lui brisaient les pelotons à fournir ou demander tous ces sens. Il s'arrêta devant Casimirro Capuano.

«Je vais y faire en une main tournée, le rassura le frappart.

– Je ne doute pas de ton habileté, fit Zosimo.

– Tourne-toi. »

Zosimo se mit de dos. 'Ntonio Impiduglia, un des aides, s'avança, une fine hart à la main pour lier les poignets de Zosimo dans son dos.

« Non », ordonna le capitaine Montaperto.

Impiduglia se retira et à sa place s'avança l'autre aide, Binno Lopasquale, tenant dans la main un capuchon noir à enfiler sur la tête du condamné.

« Non », dit encore le capitaine Montaperto.

Lopasquale se retira lui aussi. Zosimo se retourna à moitié vers le capitaine et lui fit un sourire de merci. D'une main à la délicatesse de fenotte, Casimirro encola la hart à Zosimo et la disposa bien comme il faut. Puis il guigna ses aides, les deux hommes prirent la hart et se disposèrent l'un devant et l'autre derrière, comme au tir à la corde. Casimirro leva la tête et contrôla du regard la poulie où passait la hart. Tout semblait en ordre. Il apincha le capitaine pour lui faire comprendre qu'au pied de la potence bourreau et condamné étaient prêts et attendaient son ordre. Le capitaine leva le bras.

Zosimo prit envie d'éternuer comme s'il était soudainement enrhumé. Il se retint à male peine. Mais le nez lui démangeait derechef. Il leva la main pour se gratter et ses doigts rencontrèrent quelque chose en l'air. C'était une corde qui pendait. Il remira vers le ciel, ébaffé, et vit son cerf-volant. Le cerf-volant était revenu et se maintenait immobile en hauteur, pile au-dessus de son coqueluchon. Comment avait-il pu revenir ? Et pourquoi était-il revenu ? Puis il comprit et sentit sa poitrine s'élargir : il avait cru perdre son imagination en lâchant la corde du cerf-volant et, en fait, les choses allaient tout autrement. Au moment précis où le capitaine laissait retomber son bras, Zosimo agrappa la corde des deux mains en percevant un arrachement violent, manquablement provoqué par le cerf-volant qui reprenait de la vitesse et de la hauteur.

Il se mit à grimper lestement à la corde, sans éprouver de fatigue, et il se sentait à chaque mouvement de bras plus léger et plus libre.

Arrivé un moment, il s'arrêta et remira en bas. Il vit la place, les maisons avec le monde qui redescendait des toits et au mitan de la place, il vit aussi une potence avec une chose, une sorte de sac, qui pendait du gibet en dodinant.

Il éclata de rire. Et reprit à grimper.

NOTE DE L'AUTEUR

En juin 1994 à Rome, dans la librairie où je vais tous les jours, je me suis retrouvé à feuilleter un opuscule intitulé *Agrigente* et je suis tombé sur le passage que je rapporte ci-dessous. Il s'agit d'un épisode qui eut lieu dans cette ville en 1718, alors qu'elle s'appelait encore Girgenti :

> Le peuple réussit à neutraliser la garnison des Savoie, instrument d'un roi excommunié par le souverain pontife, prit le contrôle de Girgenti et entreprit de réorganiser le pouvoir politique en désarmant les nobles, en faisant justice sommaire de plusieurs dirigeants, fonctionnaires et policiers locaux, et en allant jusqu'à proclamer roi son propre chef, un paysan du nom de Zosimo. Mais l'absence d'un programme politique réaliste priva cette contestation destructrice d'une issue positive. Il fut alors facile au capitaine Pietro Montaperto d'avoir raison des insurgés et de reprendre le contrôle de la ville.

Je n'en croyais pas mes yeux. Comment donc, Agrigente, où j'ai fait mes études jusqu'au lycée, avait été, encore que brièvement, un royaume gouverné par un paysan et personne n'en savait pratiquement rien ? J'ai alors acheté ce petit livre, publié par Fenice 2000 (les auteurs en sont Antonino Marrone et Daniela Maria Ragusa) et je l'ai lu avec le plus grand intérêt. Deux mois plus tard, je suis allé en vacances dans ma ville d'origine, à quelques kilomètres d'Agrigente et j'ai pu me mettre en contact avec Antonino Marrone. Il m'a très aimablement expliqué qu'il avait lu cette histoire dans *Memorie storiche agrigentine* (Mémoires historiques d'Agrigente) de Giuseppe Picone, publiés en 1866. Un ami m'en a offert un exemplaire anastatique.

Picone consacre à cet épisode une courte page hâtive, où il définit Zosimo comme une « bête féroce », restant dans un tel flou qu'on ne comprend même pas si le roi a été exécuté ou s'il est mort d'une grippe.

On parle aussi de Zosimo dans le premier des trois volumes de Luigi Riccobene, *Sicilia ed Europa* (Sellerio, 1996) : une dizaine de lignes en tout, où on apprend que Zosimo buvait du vin mélangé à de la poudre à canon.

Toutes ces omissions, distractions et tergiversations ne firent que me conforter dans mon intention d'écrire une biographie de Zosimo sans faire davantage de recherches : en inventant. Le lecteur reconnaîtra aisément les rares pages qui ne sont pas le fruit de mon imagination. Tout comme il pourra reconnaître les citations (par exemple les « lois » de Zosimo, écrites sur un arbre écorcé, sont de l'abbé Meli). Autre chose : beaucoup de mots, verbes, adverbes sont parfois écrits de façon irrégulière ; mais il ne s'agit ni d'erreurs ni de fautes d'impression. Je remercie de tout cœur Angelo Morino, qui m'a aimablement corrigé quand j'ai hasardé de l'« espagnol ».

A. C.

GLOSSAIRE DE FRANÇAIS ANCIEN ET DE FRANÇAIS RÉGIONAL DE LYON

(Les mots en italique appartiennent au français régional de Lyon. Les mots en romain appartiennent au français ancien.)

A

abader : mettre en liberté (un animal)
ablager : accabler
abonde (faire de l'abonde) : faire du profit, excéder en quantité
abonder (ne pas abonder à) : ne pas réussir à
abouchier : tomber face contre terre
abourdeler : tromper, rouler
abouser (s') : tomber
abrier : dissimuler
acasser (s') : s'affaler
accoiser : apaiser
accolleter : prendre au collet
accommodé : riche
accouardi : effrayé
acculer : s'asseoir sur son derrière
acculer (s') : reculer
acuchonner (s') : s'entasser
acuti : mou, sans énergie
acutir (s') : se ramollir
adenter : mordre
affaireux : compliqué
affaiter : préparer
affaner : travailler dur
afférir : convenir
affouler (s') : affluer
âge (d'un âge) : âgé
agraper : saisir
agrobé : accroupi, tassé
agrobogner (s') : se recroqueviller
agrogné : recroquevillé
aguet (sans aguet) : spontanément
air (tirer d'air) : ressembler
alentir : retarder
alenviron : alentour
aliboron : homme qui se mêle de tout
alouvi : affamé
ambuni : ventre
amignarder un enfant : le gâter
ânée : chargement d'un âne
antibust : poitrine
anuitier : 1. se faire nuit – 2. la tombée de la nuit
apercevant : perspicace
apincher : regarder, voir
appaillardir : appauvrir
appeser : appuyer
applater (s') : tomber
appondre : ajouter
appresser : bousculer

approprier : nettoyer
aprêt : préparatif
arraper : accrocher
arseure : brûlure
asavanté : instruit
asseverer : affirmer
assignation : rendez-vous
atinter : équiper
atourer : vêtir
atouser : flanquer
ave : aïeul
avesprir : commencer à faire nuit
avoler : accourir

B

babequin : gifle
baché : habillé
bacler : fermer
bade : plaisanterie
bagouler : parler inconsidérément
bailler sur les épaules : donner des coups
bajafler : parler
baliverner : parler de façon oiseuse
baller : danser
balmer : monter et redescendre, osciller
bambane : promenade
bambaner (se) : baguenauder
bancane : boiteux
banne : panier
barafutes : rebut
barater : tromper
barbeloter : marmotter
bareille : tonneau de 220 litres
barguigner : hésiter
barmailler : tituber
baselaire : coutelas
bauché en place : stupéfait
baufrer : manger
baveries : fariboles
bazir : tuer
befflerie : tromperie
benaise : satisfait
beneurté : bonne fortune
benouiller : tremper
bescosse : tromperie
bésillier : détruire
beurler : meugler
bissêtre : malheur
bistoquer une femme : lui faire l'amour
bobance : arrogance
bobe : moue
boc (à boc et tabac) : à tort et à travers
bocon : 1. mauvaise odeur – 2. maladie
boge : grand sac de jute
borgnon-bleu (à borgnon-bleu) : à l'aveuglette
bouche (parler à demie bouche) : murmurer
bouche (dire à pleine bouche) : dire ouvertement
boucheter : injurier
bouchetons (à bouchetons) : à plat ventre
bouchonner : caresser
bouges : testicules
bouligué : ému
bouliguer : s'agiter
boutée (tout d'une boutée) : d'un seul coup
bragues : pantalon
brairie : cri
braises (braises de pain) : miettes de pain
brassière : corsage
braverie : défi
bref (de bref) : bientôt
bric (à bric et à brac) : à tort et à travers

brigander : piller
brimbaler : 1. secouer – 2. jouir d'une femme
brocheron : goulot
broncher : faire un faux pas
brouer : s'agiter
brouger : réfléchir, ruminer
brouir : brûler
brune : crépuscule
bugne : idiot
buquer : heurter
buve : ivre

C

cabre : chèvre
cabuser : tricher, tromper
cacaboson (à cacaboson) : accroupi
cacou : œuf
cafi : plein
cambre (de cambre) : de travers
caniche (jouer à caniche) : jouer à la marelle
caprioler : sauter
caquehan : révolte
caquenano : benêt
caquer : déféquer
caquesangue : diarrhée
carabasse (vendre la carabasse) : révéler un secret
cargue (donner la cargue) : attaquer
carrichon (carrichon de pain) : quartier de pain
cartel : document
catir : cacher
catoller : hésiter
caver : creuser
cayon : cochon
ceire : pois chiche
chancagner : harceler
chancir : moisir
chancissure : moisissure
chapeler : couper
chaponnière : rangée de ceps de vigne
chapoter : frapper
chargé (être chargé de cuisine) : avoir de l'embonpoint
charipe (charipe de) : saleté de
charpiller : mettre en lambeaux
chartre : prison
chauchée : grêle de coups
chaucher : fouler
chaude (sur la chaude) : tout de suite
chauffourer : brûler
chauvir de l'oreille : dresser l'oreille
chelu : œil
chercus : cercueil
chevance : les biens
chicheté : avarice
cicuir : entourer
cigroler : secouer
circonder : entourer
clapoton : pied
cocuce : tête
coi : silencieux
cointement : prudemment
colérer (se) : se mettre en colère
collagne (de collagne) : ensemble
companage : aliments qui accompagnent le pain
compas (pour le juste compas) : pour être précis
compite : carrefour
congression : accouplement
contion : harangue
contrepasser : croiser
controuverie : chose imaginaire

coqueliner : dorloter
coqueluchon : tête
coquer : donner un baiser
corbiner : voler
cordier (ordre du cordier) : mort par pendaison
corgnole : gosier
corner : puer
cornu : bizarre
cotivet : nuque
couame : embarrassé
couâne : étonné
coufle : repu
cramoisi (en cramoisi) : fieffé
crampir : s'accroupir
crape : crasse
cras (à cras) : ruiné
cravanter : briser
créat : homme de confiance
cremer : brûler
crinser : brûler
croisé d'épaules : robuste
crosser : bercer
cuignet : pain de qualité supérieure

D

dare (être en dare) : être agité
darnier (le darnier) : le derrière
dé (rompre le dé) : interrompre
débander : déferler
débarater : repousser
débarouler : tomber (dans une pente, un escalier)
debesiller : gaspiller
débiffer : affaiblir
débondonner : ôter le bondon du tonneau
débuer : laver
décaniller : fuir
décapier (se) : se dégager
décharpir : 1. séparer – 2. déchirer
déchicoter : déchiqueter
décoler : décapiter
décombrer : débarrasser
décrouler : défoncer
dédouloir : consoler
défarder : décharger
défonder : détruire
défouir : déterrer
défubler : enlever
défuir : fuir
défunter : mourir
dégogner (se) : remuer
dégrater (se) : partir
dégrober (se) : 1. se sortir – 2. bouger
déjeté : affaibli
déjeter (se) : se contorsionner
délinguer : s'affaiblir
démanché : déréglé
démangogner (se) : se tortiller
démarcourer (se) : se tourmenter
dématiner (se) : se lever tôt
démenet : malin
démenter (se) : se lamenter
dépareil : différent
déparler : ne pas parler sérieusement
déparquer : partir
dépontelé (avoir l'estomac dépontelé) : avoir très faim
deport (sans deport) : sans délai
dépotenter (se) : faire des efforts
déprier : supplier
déprisonner : libérer
derne : pie grièche
dérocher : tomber de haut
dérompu : fatigué
derrain : derrière
désamasser : dissiper

désatiser : calmer
désavancement : préjudice, ruine
desceindre : ôter ce qui est ceint
désenfergier : dégager, libérer
desroi : confusion
dessampiller : déchirer
dessoute (à dessoute) : à l'improviste
désunir : séparer
det (le gros det) : le pouce
détardance : retard
détignonner (se) : se battre
détrancaner : devenir fou
détrapper : libérer
devantail : tablier de cuisinier
déviandé : amaigri
dévotion (casser la dévotion) : agacer
difficultueux (pour une chose) : difficile
discéder : s'éloigner
dispartir : partager
dodiner : osciller
dossel : dossier
doulouser (se) : geindre
duelles (tomber en duelles) : 1. s'effondrer – 2. mourir de faim

E

ébaffé : étonné
ébatement : plaisir
ébouffé : essoufflé
ébouffer (s'ébouffer de rire) : éclater de rire
ébravagé : bouleversé
écaché : écrasé, aplati
échiffre : écharde
éclaper : éclater
éclééné : épuisé
écoleter : décapiter
écramailler (s') : s'écraser
efferver (s') : s'exciter
égosiller : égorger
élais (de plein élais) : de toutes ses forces
élinde : fronde
embarrer : enfoncer
embattre (s') : foncer
embesogner : embaucher
emboconné : malade
emboconner : sentir mauvais
emboiser (s') : se tromper
emboquer (s') : avaler
embreler : fixer un chargement avec des cordes
embrever : imbiber
embroncher : gêner
embûche (être aux embûches) : guetter
emburelucoqué : étourdi, brouillé
ême : intelligence
emmaigrir : maigrir
emmalicé : énervé
emmargailler : salir
empaletoqué : enveloppé
empaumer : tenir dans sa main
empegé : empêtré
empiautrer : empêtrer
emplaider : poursuivre en justice
empoissié : embarrassé
empreigner : féconder
enceper : entraver
enchartrer : emprisonner
enchérie : prix trop élevé
enclaver : enfoncer (arme)
encoler : passer au cou
encontre (de bonne encontre) : heureusement
encontre (heure de bonne encontre) : le bon moment

endéver : enrager
enfardeler : charger
enferrer : enchaîner
enfieler : irriter
enforger : enchaîner
engier : accoucher
engin (un tour de mal engin) : mauvais tour
engouer : avaler gloutonnement
engoulfer (s') : pénétrer
enorder : salir
enquarrer : échouer (bateau)
enquérant : curieux
enquérir : chercher à savoir
enquiller : enfiler
enquinauder : tromper
enrayer l'ouvrage : commencer un travail
entalenté de : désireux de
entame : blessure
entoueiller : tromper
entraficolé : emmêlé
entraper : prendre au piège
entredeux (être entredeux de) : être sur le point de
entrevenir : se rencontrer
épâmir (s') : s'évanouir
épaule (croisé d'épaules) : costaud
épouffé : essoufflé
époussette : chiffon
erre (grand erre) : rapidement
esbanier (s') : se divertir
escalins : argent
escarbillat : gaillard
escoffier : tuer, égorger
escomengier : donner le sacrement de la communion
escot : quote-part
escourgeon : pénis
essardrer : dessécher
essemins : semences
estiquer : piquer
estordre (estordre un coup) : donner un coup
estorer : construire
estourber : tuer
éterni : allongé
étouper : boucher, fermer
étraper : enlever, arracher
étrenner : donner
exanimé : épuisé

F

faganat : odeur de renfermé
falibourde : sottise
faque : poche
fatrouiller : 1. parler inconsidérément – 2. farfouiller
faute (avoir faute de) : manquer de
fenière : fenil
fenotte : femme
fiarde : toupie
fifre : pénis
fifrer : faire l'amour à (pour un homme)
figue (faire la figue) : se moquer de quelqu'un
filastre : gendre
fioler (se) : s'enivrer
fironer : fureter
flambe : flamme
flape : sans forces
flaquer : lancer brusquement
flâtrer (se) : se jeter à terre
fleurage : les fleurs
flotte (de flotte) : ensemble
floupé : habillé
fortraire : faire sortir
foucade : coup de tête

fournier : boulanger
frelampier : homme de peu
freté : rusé
froignier : faire la moue
froncier (sans froncier) : sans protester
fumeux : enivrant
fumière : fumée

G

gabouiller : mouiller
gadin : caillou
galavard : vaurien
galiotte : petit navire
galoper (+ complément d'objet direct) : faire très vite
gambiller : boiter
ganacher (ganache donc pas!) : ne dis pas de bêtises!
ganchir : éviter
gandiller : ne pas se résoudre à
gandoiser : plaisanter
gandouse : excrément
gargate : gorge
garnache : long manteau
gaudir : se réjouir
gauné : habillé
gavache : vaurien
géline : poule
genoillons (à genoillons) : à genoux
gerle : cuve
gibasse : sacoche
gille (faire gille) : s'enfuir
gingant (yeux gingants) : yeux vifs
gironner : tourner
glatir : crier
gloire (partir pour la gloire) : s'enivrer
gloutir : avaler
gobe : bouchée
godemine : liesse
gogue : plaisanterie
goguenarder : plaisanter
golet : trou
gomir : vomir
gouliafre : glouton (pour un diable)
gourder : couler
goyarde : serpe
graffigner : griffer
graille : corbeau
grasal : récipient
gringuenotter : marmonner
groseilles (faire mâcher des groseilles) : offenser
grumeler : grommeler
grupper : saisir
gueder (se) : se rassasier
guenipe : femme de mauvaise vie
guermenter : se plaindre
guigner : faire signe
guinder (se) : monter

H

hait (de bon hait) : 1. volontiers – 2. hardiment
haquet : charrette
haquetier : charretier
harder : attacher
hargoter : empoigner
harier : importuner
harpailleur : voleur, pillard
harper : empoigner
hart : corde
haussebec : moue de mépris
hocher : pendre, accrocher
hontoyer (se) : rougir de honte
hucher : jucher

I

improvu (à l'improvu) : à l'improviste
incautement : imprudemment
infrasquer (s') : se mêler de
intrade (d') : d'emblée
irruer : faire irruption
ivrer (s') : s'enivrer

J

jambe (à jambes rebindaines) : 1. sur le dos – 2. les quatre fers en l'air
jaqueter : parler
jaquiller : trop parler
jaspiller : parler
jicle : couleuvre à collier
jocquer : rester sans rien faire
jouvent : jeune homme

L

laridet : index
lentibardaner (se) : flâner
levron (un jeune levron) : un jeune homme ignorant

M

maigle : pioche
main (en une main tournée) : rapidement
main (hausser la main à) : aider
maisniée : maisonnée
male aventure : mésaventure
malengroin : mauvaise humeur
malerage : fureur
malevole : malveillant
maller : charger
maltôte : impôt extraordinaire
mandrier : berger
manipule : poignée
manquablement : à coup sûr
marcourer (se marcourer le menillon) : se faire du souci
maréer : naviguer
marpailler : abîmer
marpaut : vaurien
marronner : être mécontent
maupiteux : cruel
mautalent : colère
mécroire : ne pas croire
méhaignier : blesser
mélancolieux : maussade
melette (être comme un chat entre deux melettes) : hésiter
membru : vigoureux
menée : intrigue, manœuvre
merveillable : étonnant
mésadvenance : inconvenance
mestiver : moissonner
mévenir : mal tourner
miche (en manger de miche) : être extrêmement content
miron : chat
moigneux : costaud
morine : épidémie
mouchenez : mouchoir
mouée : multitude
murtrir : tuer
musser : cacher
mutemaque : rébellion

N

negin : d'une éclatante blancheur
nifle : narine
nuau : nuage
nuer : être nuageux

O

odorer : 1. flairer – 2. répandre une odeur
officieux : empressé, dévoué
oppugner : attaquer
orcel : cruche

P

paccage : pâturage
pache (faire pache) : faire un pacte
pagan : paysan
pancher d'eau : uriner
panosse : personne sans énergie
parçonner : donner
parlance : entretien
parlement : réunion
patacul (faire patacul) : tomber sur son derrière
pataler : courir
patience (piller patience) : prendre patience
patrigot : paroles
pécuniaux : argent
pelauder (se) : se battre
pelosse (envoyer aux pelosses) : envoyer promener
pelotons : testicules
pelu : poilu
pertuisier : trouer
petafiner : abîmer
petas : morceau
pétrufiance (en pétrufiance) : figé
peu plus, peu moins : environ
picou : nez
pied (sur pied) : sur-le-champ
pier : boire
pignocher : manger mal volontiers
pillandre : canaille
pimpeloter (se) : s'habiller avec élégance
piotte : jambe
piouter (ne plus pouvoir piouter) : ne plus pouvoir parler
pirouet : toupie
pique-en-terre : coq vivant
plamuse : gifle
plat et court : carrément
pondérer : juger
poner : payer
poquer : frapper
posse : sein
posser : 1. téter - 2. boire
potringuer : prendre ou donner des médicaments
poupe : sein
poupel : tétin
pourpenser : réfléchir
poutrône : 1. poupée – 2. prostituée
préaller : aller devant

Q

quenne : dent
queue (couper la queue) : s'enfuir
quêter : rechercher
quinaud : confus, honteux
quinchée : cri

R

rabât : tapage
rabobiner : arranger
racater (se) : se blottir
rafetaille : choses sans valeur
raffolir : devenir fou
ragache (coup de ragache) : coup de chance
rain : branche
ramager : crier
ramenter (se) : se souvenir
rampé : juché
rance (voix rance) : voix éraillée
rancuneux : rancunier
randon (de randon) : à vive allure
raquedenier : avare
ravacher : répéter
ravaler : redescendre
ravicoler : réconforter
ravoier : réconforter
rebarber : résister
rebecquer : répliquer
rebrasser : retrousser (un vêtement)
recenser : raconter
recesse : repos, relâche
recoi : abri, cachette
recorder : remettre à l'esprit
recorder (se) : se rappeler
recourser : retrousser
recrénillé : ratatiné
redarguer : reprocher
refonder : rembourser
refrigère : 1. rafraîchissement – 2. soulagement
regarder (se) : se restreindre
regiber : résister
regracier : remercier
releveuse : sage-femme
relicher (se) : se régaler
remirer : regarder
renaquer : renâcler
rencontre (à toutes rencontres) : à tout propos
rêne (tenir rêne à) : converser avec
rengelage : semailles
rengrenger : augmenter
renjamber : enjamber en arrière
repairer : rentrer chez soi
repapillotté : remis en bon état
répiter : sauver, épargner
ressaillir : se remettre debout
retrait : cabinet d'aisance
revel : révolte
revencher : venger
revenue : retour
reviel : fête, joie bruyante
revorge (à revorge) : abondamment
ribaler : secouer
riclaire (pauvre riclaire) : pauvre homme
rifler : voler
ringue : malingre
riper : glisser
ronquille : jeu d'enfants
roupieux : désappointé, honteux
royale (coucher à la royale) : faire chambres séparées
rue (se mettre en rue) : entrer dans la bagarre
ruire : faire grand bruit

S

sampille : personne méprisable
sampillerie : saloperie

saner : guérir
sapré : sacré
saut (de plain saut) : tout d'un coup
sauvagin : sauvage
sauvement (se tirer à sauvement) : se mettre à l'abri
scrutiner : examiner
sensipoté : agité, ému
serener : calmer
sicotis : bruit, agitation
sigroller : secouer
silence (en bonne silence) : silencieusement
singotte : averse
sortablement : à propos
soubarbade : coup sous le menton
soudre : payer
souleur : frayeur
sourd : secret
strépit : bruit
surâgé : très âgé
sus (se mettre sus) : se mettre debout

T

tabusser : faire du bruit
tailler (se) : se cotiser
taillon : morceau
talent : envie, désir
tantôt : après-midi
tapir : boucher
tapon : bouchon
tarabâter (se) : s'agiter
tatan : tante
taudir (se) : se mettre à l'abri
tavelle : bâton
terrifique : terrible
thériacleur : vendeur de médicaments
timonner : 1. presser – 2. aiguillonner
tintin : tintement des cloches
tirelupin : mauvais plaisant
tiripiller : 1. tirailler – 2. tracasser
tollir : enlever
torche (à torche lorgne) : à tort et à travers ; sans cible
touffeau : petite touffe
toupillon : petite touffe de poils
train de dehors : travaux des champs
trainerie de propos : long discours
traire (se traire arrière) : s'éloigner
trajecter : transporter
trampaler : tituber
traque : fou
traquette : peur
tresluire : briller
tressuer : être violemment agité
tribouler : 1. tourmenter – 2. être agité
trumer : aller çà et là
tumultuaire : fauteur de troubles
tupin : pot
turbulent (sommeil turbulent) : sommeil agité
turelure : refrain

V

vaguer : aller çà et là
vanner : gausser
vapeur : odeur
venir (de mal venir) : malheureusement
vent (cueillir vent) : reprendre haleine
venvole (à la venvole) : à la légère
verbier : parler de façon oiseuse
vertouillée : volée de coups
vochier : appeler à voix haute
voir (sembler à voir) : paraître

TABLE DES MATIÈRES

LA LITTÉRATURE ÉTRANGÈRE CHEZ FAYARD

Leopoldo Alas, dit Clarín : *La Régente* ; *Son fils unique.*
Piotr Alechkovski : *Le Putois.*
Isabel Allende : *La Maison aux esprits* ; *D'amour et d'ombre* ; *Eva Luna* ; *Les Contes d'Eva Luna* ; *Le Plan infini* ; *Paula.*
Anthologie de la prose albanaise, présentée par Alexandre Zotos.
Jakob Arjouni : *Magic Hoffmann* ; *Un ami.*
Alexandre Arkhanguelski : *Alexandre Ier, le feu follet.*
J.G. Ballard : *La Bonté des femmes* ; *Fièvre guerrière* ; *La Course au paradis* ; *La Face cachée du soleil* ; *Super-Cannes.*
Réza Barahéni : *Shéhérazade et son romancier (2e éd.).*
Thomas Berger : *L'Invité* ; *Le Crime d'Orrie* ; *Rencontre avec le mal.*
Vitaliano Brancati : *Les Années perdues* ; *Le Vieux avec les bottes,* suivi d'un essai de Leonardo Sciascia ; *Don Juan en Sicile* ; *Rêve de valse,* suivi de *Les Aventures de Tobaïco* ; *La Gouvernante,* suivi de *Retour à la censure* ; *Journal romain* ; *Singulière Aventure de voyage* ; *Les Plaisirs.*
Joseph Brodsky : *Loin de Byzance.*
Hermann Burger : *La Mère artificielle* ; *Blankenburg* ; *Brenner.*
Oddone Camerana : *Les Passe-Temps du Professeur* ; *La Nuit de* l'Archiduc.
Andrea Camilleri : *La Concession du téléphone* ; *La Saison de la chasse* ; *Un filet de fumée.*
Rossana Campo : *L'Acteur américain* ; *À la folie.*
Rocco Carbone : *Le Siège.*
Varlam Chalamov : *La Quatrième Vologda* ; *Récits de Kolyma.*
La Chanson des Niebelungs, traduite, présentée et annotée par Jean Amsler.
Jerome Charyn : *Capitaine Kidd.*
Cyril Connolly : *Le Tombeau de Palinure* ; *Ce qu'il faut faire pour ne plus être écrivain* ; *100 Livres clés de la littérature moderne.*
Joseph Conrad, Ford Madox Ford : *L'Aventure.*
Julio Cortázar : *Les Gagnants.*

Osamu Dazai : *Mes dernières années.*

David Davidar : *La Maison aux mangues bleues.*

Francisco Delicado : *Portrait de la Gaillarde andalouse.*

Alfred Döblin : *Hamlet ou La longue nuit prend fin* ; *Wang-loun,* avec un essai de Günter Grass.

Milo Dor : *Mitteleuropa, Mythe ou réalité* ; *Vienne, chemises bleues* ; *Un monde à la dérive* ; *Morts en sursis.*

Aris Fakinos : *La Citadelle de la mémoire* ; *La Vie volée* ; *Le Maître d'œuvre.*

J. G. Farrell : *Le Siège de Krishnapur* ; *Hôtel Majestic* ; *Une fille dans la tête.*

Lion Feuchtwanger : *Le Faux Néron* ; *La Guerre de Judée* ; *Les Fils* ; *La Sagesse du fou ou Mort et transfiguration de Jean-Jacques Rousseau* ; *Le jour viendra* ; *Simone.*

Francis Scott Fitzgerald : *Carnets.*

Marcello Fois : *Nulla.*

Paula Fox : *Personnages désespérés* ; *Pauvre Georges!*

Eleonore Frey : *État d'urgence.*

Mavis Gallant : *Les Quatre Saisons* ; *L'Été d'un célibataire* ; *Voix perdues dans la neige* ; *Ciel vert, ciel d'eau* ; *De l'autre côté du pont* ; *Poisson d'avril.*

Jane Gardam : *Un amour d'enfant* ; *L'Homme Vert* ; *L'Été d'après les funérailles.*

Juan Goytisolo : *Paysages après la bataille* ; *Chroniques sarrasines* ; *Chasse gardée* ; *Les Royaumes déchirés* ; *Les Vertus de l'oiseau solitaire* ; *L'Arbre de la littérature* ; *À la recherche de Gaudí en Cappadoce* ; *La Longue Vie des Marx* ; *La Forêt de l'écriture* ; *État de siège* ; *Trois Semaines en ce jardin* ; *Cogitus interruptus*; *Foutricomédie.*

Grimmelshausen : *Les Aventures de Simplicissimus.*

Gunnar Gunnarsson : *Frères jurés.*

Erich Hackl : *Le Mobile d'Aurora.*

Zbigniew Herbert : *Monsieur Cogito et autres poèmes.*

Shifra Horn : *Quatre mères.*

Narendra Jadhav : *Intouchable.*

Henry James : *L'Américain* ; *Roderick Hudson.*

Francesco Jovine : *Signora Ava* ; *La Maison des trois veuves.*

Roberto Juarroz : *Poésie verticale.*

Ismail Kadaré : *Les Tambours de la pluie* ; *Chronique de la ville de pierre* ; *Le Grand Hiver* ; *Le Crépuscule des dieux de la steppe* ; *Avril brisé* ; *Le Pont aux trois arches* ; *La Niche de la honte* ; *Invitation à un concert officiel et autres récits* ; *Qui a ramené Doruntine?* ; *L'Année noire,* suivi de *Le cortège de la noce s'est figé dans la glace* ; *Eschyle ou l'éternel perdant* ; *Le Dossier H.* ; *Poèmes, 1958-1988* ; *Le Concert* ; *Le Palais des rêves* ; *Printemps albanais* ; *Le Monstre* ; *Invitation à l'atelier de l'écrivain,* suivi de *Le Poids de la croix* ; *La*

Pyramide ; *La Grande Muraille*, suivi de *Le Firman aveugle* ; *Clair de lune* ; *L'Ombre* ; *L'Aigle* ; *Spiritus* ; *Mauvaise Saison sur l'Olympe* ; *Novembre d'une capitale* ; *Trois Chants funèbres pour le Kosovo*; *Il a fallu ce deuil pour se retrouver*; *L'Hiver de la grande solitude; Froides Fleurs d'avril*; *Vie, jeu et mort de Lul Mrazek*; *Œuvres complètes* (11 vol.).

Yoram Kaniuk : *Mes chers disparus* ; *Encore une histoire d'amour* ; *Il commanda l'« Exodus ».*

Mark Kharitonov : *Prokhor Menchoutine* ; *Netchaïsk*, suivi de *Ahasvérus* ; *La Mallette de Milachévitch* ; *Les Deux Ivan* ; *Un mode d'existence* ; *Étude sur les masques* ; *Une journée en février* ; *Le Gardien* ; *Le Voyant* ; *Retour de nulle part* ; *Le Professeur de mensonge.*

Danilo Kiš : *La Leçon d'anatomie* ; *Homo poeticus* ; *Le Résidu amer de l'expérience* ; *Le Luth et les Cicatrices* ; *Les Lions mécaniques et autres pièces.*

Jerzy Kosinski : *Le Jeu de la passion.*

Édouard Kouznetsov : *Roman russe.*

Hartmut Lange : *Le Récital*, suivi de *La Sonate Waldstein* ; *Une fatigue*, suivi de *La Promenade sur la grève* ; *Le Voyage à Trieste* suivi de *Le Marais de Riemeister* ; *L'Immolation* ; *Le Houx* ; *L'Ange exterminateur d'Arthur Schnitzler.*

Le Tasse : *Rimes et plaintes.*

Hugo Loetscher : *Si Dieu était suisse…* ; *La Tresseuse de couronnes* ; *Un automne dans la Grosse Orange* ; *Le Coq prêcheur* ; *La Mouche et la Soupe* ; *Saison.*

Russell Lucas : *Le Salon de massages et autres nouvelles.*

C. S. Mahrendorff : *Et ils troublèrent le sommeil du monde* ; *La Valse des anges déchus.*

Luigi Malerba : *La Planète bleue* ; *Clopes* ; *Le Feu grégeois* ; *Les Pierres volantes* ; *La Vie d'châtiau.*

Thomas Mann : *Les Buddenbrook* ; *La Montagne magique* ; *La Mort à Venise*, suivi de *Tristan.*

Gregorio Manzur : *Iguazú.*

Dacia Maraini : *Voix.*

Monika Maron : *La Transfuge* ; *Le Malentendu* ; *Rue du Silence, n° 6.*

Stelio Mattioni : *Les Métamorphoses d'Alma* ; *La Plus Belle du royaume.*

Predrag Matvejevitch : *Bréviaire méditerranéen* ; *Épistolaire de l'Autre Europe* ; *Le Monde « ex ».*

Vladimir Maximov : *La Coupe de la fureur.*

Mary McCarthy : *Cannibales et Missionnaires* ; *L'Oasis et autres récits* ; *Le Roman et les Idées, et autres essais* ; *Comment j'ai grandi.*

Piero Meldini : *La Bienheureuse aux vertiges.*

Migjeni : *Chroniques d'une ville du Nord*, précédé de *L'Irruption de Migjeni dans la littérature albanaise*, par Ismail Kadaré.

Czeslaw Milosz : *Visions de la baie de San Francisco* ; *Milosz par Milosz*, entretiens de Czeslaw Milosz avec Ewa Czarnecka et Aleksander Fiut ; *Empereur de la terre* ; *L'Immoralité de l'art* ; *Terre inépuisable*, poèmes ; *Chroniques*, poèmes ; *De la Baltique au Pacifique.*

Karl Philipp Moritz : *Anton Reiser.*

Vladimir Nabokov : *Ada ou l'Ardeur* ; *Regarde, regarde les arlequins!* ; *La Transparence des choses* ; *Machenka* ; *Littératures I* (Austen, Dickens, Flaubert, Stevenson, Proust, Kafka, Joyce) ; *Littératures II* (Gogol, Tourguéniev, Dostoïevski, Tolstoï, Tchekhov, Gorki) ; *Littératures III (Don Quichotte)* ; *L'Homme de l'URSS et autres pièces.*

Kenji Nakagami : *Mille Ans de plaisir* ; *La Mer aux arbres morts* ; *Sur les ailes du soleil* ; *Hymne* ; *Le Bout du monde, moment suprême.*

Nezâmi : *Les Sept Portraits.*

Edna O'Brien : *Un cœur fanatique* ; *Les Filles de la campagne* ; *Les Grands Chemins* ; *Qui étais-tu, Johnny?* ; *Les Victimes de la paix* ; *Lanterne magique* ; *Vents et Marées* ; *Nuit* ; *La Maison du splendide isolement* ; *Les Païens d'Irlande* ; *Tu ne tueras point* ; *Le Joli Mois d'août* ; *Décembres fous.*

Fernando del Paso : *Palinure de Mexico* ; *Des nouvelles de l'Empire* ; *Linda 67. Histoire d'un crime.*

T.R. Pearson : *L'Heure de l'Évangile.*

Leo Perutz : *Turlupin* ; *La Neige de saint Pierre* ; *La Troisième Balle* ; *La nuit, sous le pont de pierre* ; *Où roules-tu, petite pomme?* ; *Le Maître du Jugement dernier* ; *Nuit de mai à Vienne.*

Alexeï Peskov : *Paul Ier, empereur de Russie ou Le 7 novembre.*

Romana Petri : *La Guerre d'Alcina.*

Frederic Prokosch : *Voix dans la nuit.*

James Purdy : *Dans le creux de sa main* ; *La Tunique de Nessus* ; *L'Oiseau de paradis.*

Barbara Pym : *Crampton Hodnet* ; *Jane et Prudence* ; *Comme une gazelle apprivoisée.*

Peter Rosei : *Comédie*, suivi de *Homme & Femme S.a.r.l.* ; *Les Nuages*, suivi de *Quinze Mille Âmes* ; *L'Insurrection*, suivi de *Notre paysage : descriptif.*

Herbert Rosendorfer : *Stéphanie et la Vie antérieure* ; *Les Saints d'or ou Colomb découvre l'Europe* ; *Suite allemande* ; *Grand Solo pour Anton* ; *L'Architecte des ruines.*

Anatoli Rybakov : *Sable lourd.*

David Samoïlov : *Pour mémoire.*

Diego de San Pedro : *Prison d'amour.*

Francesca Sanvitale : *Le Fils de l'Empire.*

Alberto Savinio : *Souvenirs* ; *Hermaphrodito* ; *La Maison hantée* ; *La Boîte à musique.*

J. G. Schnabel : *L'Île de Felsenbourg.*

Ingo Schulze : *Histoires sans gravité* ; *33 moments de bonheur.*

Leonardo Sciascia : *Mots croisés* ; *Petites chroniques* ; *Œil de chèvre* ; *Monsieur le député*, suivi de *Les Mafieux* ; *La Sorcière et le Capitaine* ; *1912 + 1* ; *Portes ouvertes* ; *Le Chevalier et la Mort* ; *Faits divers d'histoire littéraire et civile* ; *Une histoire simple* ; *Heures d'Espagne* ; *En future mémoire* ; *Portraits d'écrivains* ; *Œuvres complètes* (3 volumes).

Richard Sennett : *Les Grenouilles de Transylvanie* ; *Une soirée Brahms.*

Jenefer Shute : *Folle de moi* ; *Point de rupture.*

Francisco Sionil José : *Po-on* ; *À l'ombre du* balete ; *Mon frère, mon bourreau.*

Alexandre Soljénitsyne : *Œuvres complètes* (version définitive). Tome 1 : *Le Premier Cercle* ; tome 2 : *Le Pavillon des cancéreux, Une journée d'Ivan Denissovitch et autres récits* ; tome 3 : *Œuvres dramatiques* ; tome 4 : *L'Archipel du goulag*, vol. 1 ; *Les tanks connaissent la vérité* ; *Les Invisibles* ; *La Roue rouge* (version définitive) – *Premier nœud : Août 14* – *Deuxième nœud : Novembre 16* – *Troisième nœud : Mars 17* ; *Ego*, suivi de *Sur le fil* ; *Nos pluralistes* ; *Les tanks connaissent la vérité* ; *Les Invisibles* ; *Nos jeunes* ; *Comment réaménager notre Russie ? Réflexions dans la mesure de mes forces* ; *Le « Problème russe » à la fin du* XXe *siècle* ; *Le grain tombé entre les meules* ; *La Russie sous l'avalanche*; *Deux Récits de guerre.*

Muriel Spark : *Intentions suspectes* ; *La Place du conducteur* ; *L'Unique Problème* ; *Ne pas déranger* ; *Une serre sur l'East River* ; *Les Célibataires* ; *Pan ! pan ! tu es morte* ; *L'Appropriation* ; *Le Pisseur de copie* ; *L'Ingénieur culturel* ; *Les Consolateurs* ; *Le Banquet* ; *Les Belles Années de mademoiselle Brodie* ; *L'Abbesse de Crewe* ; *Memento mori* ; *Robinson* ; *Curriculum vitae* ; *Demoiselles aux moyens modestes* ; *Droits territoriaux* ; *L'Image publique* ; *Rêves et réalité* ; *Ouvert au public.*

Luan Starova : *Le Temps des chèvres* ; *Les Livres de mon père.*

Christina Stead : *L'Homme qui aimait les enfants.*

Patrick Süskind : *Le Parfum* ; *Le Pigeon* ; *La Contrebasse* ; *Un combat et autres récits.*

Wisława Szymborska : *De la mort sans exagérer* ; *Je ne sais quelles gens.*

Korneï Tchoukovski : *Journal. Tome 1 : 1901-1929* ; *tome 2: 1930-1969.*

Albert Vigoleis Thelen : *L'Île du second visage.*

Anthony Trollope : *Les Tours de Barchester.*

Sebastiano Vassalli : *Le Cygne.*

Luis Vélez de Guevara : *Le Diable boiteux.*

Yvonne Vera : *Papillon brûle.*

Gore Vidal : *En direct du Golgotha* ; *L'Histoire à l'écran*
Alice Walker : *Le Cœur noir.*
Ernst Weiss : *Georg Letham, médecin et meurtrier* ; *Le Séducteur* ; *L'Aristocrate.*
Urs Widmer : *Le Paradis de l'oubli* ; *Le Siphon bleu* ; *Les Hommes jaunes.*
Christa Wolf : *Adieu aux fantômes* ; *Médée ; Ici même, autre part.*
Adam Zagajewski : *Solidarité, solitude* ; *Coup de crayon* ; *Palissade. Marronniers. Liseron. Dieu* ; *La Trahison* ; *Mystique pour débutants* ; *Dans une autre beauté.*
Theodore Zeldin : *Le Bonheur* ; *De la conversation.*

Histoire de la littérature japonaise (trois tomes), par Shuichi Kato.
Histoire de la littérature polonaise, par Czeslaw Milosz.
Histoire de la littérature russe, ouvrage dirigé par Efim Etkind, Georges Nivat, Ilya Serman et Vittorio Strada.
– *Des origines aux Lumières.*
– *Le XIXe siècle.* Tome 1 : *L'Époque de Pouchkine et de Gogol.*
– *Le XXe siècle.* Tome 1 : *L'Âge d'argent* ; tome 2 : *La Révolution et les Années vingt* ; tome 3 : *Gels et Dégels.*
Histoire de la littérature américaine, par Pierre-Yves Pétillon.
– *Notre demi-siècle (1939-1989).*
Histoire de la littérature espagnole, sous la direction de Jean Canavaggio.
– Tome 1 : *Moyen Âge – XVIe siècle – XVIIe siècle.*
– Tome 2 : *XVIIIe siècle – XIXe siècle – XXe siècle.*
Histoire des littératures scandinaves, par Régis Boyer.
Histoire de la littérature néerlandaise, ouvrage dirigé par Hanna Stouten, Jaap Goedegebuure, Frits van Oostrom.
Histoire de la littérature tchèque, par Hana Voisine-Jechova.
Histoire de la littérature coréeenne. Des origines à 1919, par Cho Dong-il et Daniel Bouchez.

Achevé d'imprimer en février 2003
sur presse Cameron
dans les ateliers de
Bussière Camedan Imprimeries
à Saint-Amand-Montrond (Cher)
pour le compte de la librairie Arthème Fayard
75, rue des Saints-Pères - 75006 Paris

Ouvrage réalisé en Garamond
par Dominique Guillaumin, Paris

35-67-1681-2/01

ISBN 2-213-61481-4

Dépôt légal : février 2003.
N° d'Édition : 29699. – N° d'Impression : 030745/4.

Imprimé en France